11.22.63 下

〔美〕斯蒂芬·金 著 辛红娟 鄢宏福 译

斯蒂芬·金作品系列
STEPHEN KING

人民文学出版社
PEOPLE'S LITERATURE PUBLISHING HOUSE

/

第四部　萨迪与将军

第十四章

1

追思会于新学年的第一天晚上举行。如果用眼泪沾湿的手帕条数来衡量追思会是否成功，我和萨迪组织的活动可谓大获成功。我肯定孩子们的情绪得到了痛快的宣泄，米米女士本人也会喜欢这样的告别式。“爱挖苦的人往往是穿着盔甲的胆小鬼，”她曾经对我说，“我也一样。”

在大部分时间里，教师们忍着没有流泪，然后迈克打动了他们。迈克冷静、诚挚地朗诵着箴言第三十一章。此后，放映幻灯片时，教师们听着极其伤感的音乐《西城故事》，再也无法止住泪水。我发现波尔曼教练很有趣。眼泪从他涨红的脸上流下，高声的哭泣从他宽大的胸膛中传出来。德诺姆橄榄球队的领袖让我想起大家第二喜欢的卡通鸭子，鸭宝宝休易。

我站在正在播放米米女士照片的大屏幕前，将观察到的这一幕悄悄告诉萨迪。她也哭了，后来不得不下台，走进旁边的房间里，然后笑容战胜泪水。她现在安全地站在黑影里，责备地看着我……然后对我伸出中指。我认为我是罪有应得。我在想，米米女士是不是仍然认为萨迪和我会相处得极好。

我想她很可能还是这么认为的。

我挑选《十二怒汉》作为秋天要演的戏。既是偶然，也是我故意疏忽，我没有通知塞缪尔·弗伦奇公司，我想将我们的版本改名为《陪审团》，这样我就能用些女演员。我会在十月下旬挑选演员，十一月十三日开始排练，届时狮子队的最后一场橄榄球常规赛业已结束。我有意让文斯·诺尔斯出演八号陪审员——坚持己见的家伙，在电影中由亨利·方达出演—— 迈克·科斯劳则出演我认为最棒的角色：盛气凌人、粗暴无礼的三号陪审员。

但我同时在关注一场更重要的演出，弗兰克·邓宁事件相比这场演出，就像毫无价值的杂耍短剧。这场演出名为《杰克和李在达拉斯》。演出如果顺利，其中的一幕会是悲剧。时机成熟时，我必须准备登场，演出要提前开始。

2

十月六日，德诺姆狮子队赢得第五场橄榄球赛，朝着献给文斯·诺尔斯的全胜赛季前进。文斯在《人鼠之间》中扮演乔治，但他永远没有机会在乔治·安伯森版的《十二怒汉》中出演角色了—— 这一点稍后再说。那是个为期三天的周末的第一天，接下来的星期一是哥伦布日。

我在假期期间开车去了达拉斯。很多商店都开着，我的第一站是格林维尔大道上的一家当铺。我告诉柜台后面那个身材矮小的男人，我想买他手里最便宜的结婚戒指。我从店里走出来，左手第三根手指上戴着八元的金戒指（至少看起来是金的）。然后我开车到市中心中央大街下半段的一处地方，我是在达拉斯的黄页上搜索到这个地方的：沉默的迈克卫星电子产品店。在那里，一位穿着整齐、身材矮小的男人接待了我。他戴着角质架眼镜，衣服上挂着一枚既古怪又前卫的徽章，徽章上面写着“别相信任何人”。

“你是沉默的迈克吗？”

“是的。”

“你真的沉默寡言吗？”

他笑了。“那要看是谁想听我说话。”

“假定没有人想听。”我说，告诉他我想要什么。结果是，我本可以省下八块钱。因为他根本没兴趣听我讲我所谓的不忠的妻子。我想买的装备倒是引起了这位老板的兴趣。在这个话题上，他是多话的迈克。

“先生，我不知道你是从哪个星球来的，你们可能有那样的装备，但我们这里肯定没有。”

我想起米米女士曾把我比作《地球停转之日》里的外星访客。“我不知道你是什么意思。”

“你想要一台小型无线收听设备？好吧。我有很多，在你左边的玻璃盒子里。它们叫晶体管收音机。牌子有摩托罗拉和通用，但是日本制造的质量最好。”他嘟起下嘴唇，把一缕头发从额头上吹开。“这不是当头一棒吗？十五年前，我们将他们的两个城市炸成放射性尘埃，将他们打败，但他们死了吗？没有！他们藏在洞里，等着灰尘落下来，然后爬出来，拿起电路板和烙铁，而非日本南部机关枪。到一九八五年，他们会拥有全世界。至少我居住的地方会是他们的。”

“所以，你帮不了我？”

“你开什么玩笑？我当然能。沉默的迈克·麦凯克伦总是乐意满足顾客在电子方面的需求。但是得花钱。”

“我很愿意花这笔钱。把这个撒谎的婊子拽上离婚法庭后，我能省下很多钱。”

“嗯哼。在这儿等我一会儿，我去后面拿点东西。把门上的牌子翻成‘关门打烊’，好吗？我想给你看样东西，可能不……嗯，可能是合法的，但谁知道呢？沉默的迈克·麦凯克伦是律师吗？”

“我猜不是。”

这位二十世纪六十年代电子产品导购再次露面时，一只手里拿着一个外观奇怪的装置，另一只手拿着一个小纸板盒。盒子上印着日文。装置看起来像是给少妇用的仿真阴茎，安装在黑色的塑料圆盘上。圆盘有三英寸厚，直径跟二角五分硬币差不多，一团电线从圆盘里伸出来。他把这玩意放在柜台上。

“这是个回声器。就是在达拉斯造的，朋友。如果有人能打败日本人的子孙，那就是我们。到一九七〇年，达拉斯电子业会取代银行业。记住我说的话吧，”他在胸前画了个十字，指着天说，“上帝保佑得克萨斯。”

我拿起那玩意。“这东西的脚得立在家里的脚垫上，算什么回声器？”

“这是最接近你跟我描述的玩意，你想要的那种窃听器。体积很小，因为没有真空管，也不使用电池。它用的是家用普通交流电。”

“把它插在墙上吗？”

“当然，为什么不能呢？你的妻子和她男朋友可以看着它说：‘太棒了，我们出去时有人在这里装了窃听器，让我们来场闹腾的性交，然后聊聊私事。’”

好吧，他是个怪诞又好笑的人。不过，忍耐是种美德。我想得到我需要的东西。

“那这玩意怎么用？”

他敲了敲圆盘。“把这个装进灯座。不是落地灯，除非你想录下老鼠在踢脚板内跑动的声音。明白吗？是台灯，人们会在台灯旁说话。”他拂一下电线。“红线和黄线连接到灯线，灯线插在墙上。打开灯，窃听器才会打开。他们打开灯，嘿，你就能听到动静啦。”

“旁边这个是麦克风吗？”

“对，在美国货里算不错的。现在—— 你看见剩下的两根电线了吗？蓝色和绿色的？”

“嗯。”

他打开印着日文的纸板盒，取出一台盘式录音机。体积比萨迪的云斯顿牌香烟包大一点，但没大多少。

“把这些电线连到这里。把底座部分装在灯里，录音机放在办公桌抽屉里，或者放在你妻子的短裤中。或者在墙上钻个小洞，把它装在洞里。”

“录音机总是从电灯线取电吗？”

“那是自然。”

“我能买两个这种回声器吗？”

“四个都可以，如果你需要的话。但是要一个星期。”

“两个就够了。多少钱？”

“这类东西可不便宜。一对要一百四十块。最低价。必须现金支付。”他的口气中带着遗憾，仿佛是说，我们刚才做了个美妙的电子技术梦，现在梦该结束了。

“请你安装的话得加多少钱？”我看到他一阵惊慌，赶紧解释，“我不是让你干黑活，完全不是那么回事。只是把窃听器装在台灯里，连在录音机上——行不行？”

“当然可以，怎么称呼？”

“叫我无名先生吧。”

他的眼睛一亮，就像E. 霍华德·亨特[①]刚刚听说事情曝光了。“不错的名字。”

“谢谢。你得多带点电线。我如果能就近安装，线就短点儿；我要是不得不藏在橱柜里或者墙的另一边，线就得长点儿。”

“可以，但线不能超过十英尺，否则听不清声音。还有，你用的线越多，东西被人发现的几率就越大。”

一个英语老师也能明白这一点。

“一共多少钱？”

“嗯……一百八。”

他准备好讨价还价，但我没那个时间，也没那个爱好。我放五张面值二十元的钞票在柜台上，然后说：“我拿到货再给你余款。但我事先得试试东西能不能正常工作，怎么样？”

“好的，可以。”

“还有一件事。用旧台灯。很旧的那种。”

“很旧的？”

“旧货甩卖或者跳蚤市场上两毛五一盏的那种。”我在导过一些戏之后——算上我在里斯本高中导演的戏，《人鼠之间》已经是我的第五出——对背景布置有了些了解。我最不希望看到的情况是，有人从带简单家具的公寓里偷走装有窃听器的台灯。

有一小会儿，他看起来很疑惑，然后心领神会的笑容出现在他脸上。“我明白了。真实。”

---

① E. 霍华德·亨特（1918—2007），美国情报官员。曾协助尼克松策划“水门窃听”，导致尼克松政府垮台。

“计划是这样，斯坦。”我朝门口走去，然后走回来，胳膊靠在晶体管收音机展示柜上，盯着他的眼睛。我不敢发誓说他看见的是杀害弗兰克·邓宁的那个人，但我也不敢发誓说他没有看见那个人。“你不会跟人乱说，对吧？”

“不会，当然不会！”他用两根手指盖住嘴唇。

“这就对了，”我说，“什么时候能好？”

“得过几天。”

“我下星期一回来。你什么时候打烊？”

“五点。”

我算了算从约迪到达拉斯的距离，然后说：“再加二十块，开到七点。我最快也要那个时候才到。怎么样？”

“好的。”

“很好。把东西都准备好。”

“我会的。还有别的问题吗？”

“有。你到底为什么叫沉默的迈克？”

我期待他说“因为我会保守秘密”，但他没这样说。“我小时候总以为圣诞颂歌是在唱我。脑子有点卡住了。”

我没有问为什么，但朝车走去时，突然领悟，笑了起来。

沉默的迈克，神圣的迈克。①

有时候，我们生活的这个世界真是奇怪。

3

李和玛丽娜回到美国后，会住进几套租金便宜的公寓，包括我在奥尔良已经拜访过的一套。但是，根据阿尔的笔记，我想我只需要注

---

① 圣诞颂歌的开头是 Silent night, Holy night（寂静的夜，神圣的夜），被儿时的迈克误听成了 Silent Mike, Holy Mike（沉默的迈克，神圣的迈克）。

意两套公寓。一处位于达拉斯西尼利街二一四号。另一处位于沃斯堡，这一处正是我拜访完沉默的迈克之后要去的地方。

我有张城市地图，但还是问了三次路。最后，是位上了年纪的黑人妇女，小零售铺的店员，给我指对了路。我最终找到地方时，便明白那里为何那么难找了。梅赛德斯街尽头是尚未修好的沙砾路，两边挤满了比小佃农的窝棚好不了多少的破烂房屋。街道通向一片巨大但几乎空着的停车场，风滚草在破烂的沥青间拂动。停车场外是一家仓库的空心砖后墙。墙上用白灰写着十英尺高的字："蒙哥马利—沃德百货公司地块"，"闲人勿入，违者必究"，以及"警方监控"。

空气中弥漫着从敖德萨—米德兰方向传来的裂化石油味以及附近的污水味。敞开的窗户传出摇滚乐。我听到多维尔斯，约翰尼·伯内特，李·多尔西，查比·切克……这是在开始的四十码街道上。女人们在生锈的旋转木马上晾衣服。她们都穿着罩衣，那罩衣很可能是从扎耶尔折扣店或者马默斯马特市场买的。她们看起来都像是怀孕了。一个肮脏的小男孩和一个同样肮脏的小女孩站在开裂的泥土车道上，看着我开车过去。他们手牵着手，长得太像，肯定是双胞胎。男孩光着身子，穿一只短袜，拿着一支玩具枪。女孩穿着米老鼠 T 恤，下面是一块松垮垮的尿裤。她抱着一个跟她一样脏的塑料娃娃。两个光着上身的男人在各自的院子之间踢着球，嘴角都叼着香烟。在他们旁边，一只公鸡和两只浑身污泥的母鸡在灰地上啄食，旁边是条骨瘦如柴的狗，不知是睡着了还是死了。

我把车停在二七〇三号门口，李无法忍受玛格丽特·奥斯瓦尔德让人窒息的爱之后，就会带着妻子和女儿搬到这里住。两块水泥板通向一块油污的地面。要是在城市更富庶的地方，这个地方肯定会变成车库。一块可能被当作草坪的荒地上长满杂草，散放着便宜的塑料玩具。一个穿着破烂粉色短裤的女孩正对着房子墙壁不停地踢足球，球每次击中木头墙板，她就高喊一声。

一个女人，头发卷在巨大的蓝色卷发筒上，嘴里叼着烟，把头从窗户里挤出来，喊道："罗塞特，你再踢，我就出来把你这个讨厌鬼打一顿！"然后那个女人看见了我。"你想干什么？你要是来收钱，我可帮不了你。都是我丈夫管。他今天去上班了。”

“不是来收钱。”我说。罗塞特大吼着把球踢向我，我用脚边接住球，轻轻地踢回去，她不再吼叫，露出勉强的微笑。“我只想跟你聊聊。”

“那你等一下。我穿衣服。”

她的头不见了。我等着。罗塞特这次把球踢得很高，但球撞到房子之前，被我用手掌接住了。

“不准用手，你这个肮脏的老王八蛋，”她说，“要罚球！”

“罗塞特，我是怎么说你张那该死的嘴的！”妈妈走出来，站到门阶上。她用黄色薄纱巾盖住卷发筒。她看起来像被茧包裹的昆虫，那种有毒的昆虫。

“肮脏的狗杂种老王八蛋！”罗塞特尖叫，然后朝蒙哥马利-沃德百货公司仓库方向的梅赛德斯街上仓皇逃窜，一边踢球，一边疯笑。

“你想干什么？”妈妈二十二岁，看起来却像是五十岁。好几颗牙都没有了，黑色的眼睛也褪了色。

“想问几个问题。”我说。

“我跟你有什么好说的？”

我掏出钱包，拿出一张五块的。“别问问题，我来问。”

“你不是这一带的。听口音像北方人。”

“你想不想要钱，女士？”

“那要看你问什么问题。我可不会告诉你我胸罩的罩杯。”

“首先，我想知道你在这里住多久了。”

“这个地方吗？大概六个星期吧。哈里以为他能在蒙哥马利-沃德百货公司仓库找到活儿，但是他们不招人。所以他去了万宝盛华人力资源公司。你听说过吗？”

“做临时工？”

“对，他跟黑人一起干活。”不过她说的不是“干活”，是“干话”。“跟黑人一起在路边干活，每天九块钱。他说自己好像回到了西得克萨斯劳教所。”

“你们的房租是多少？”

“五十块钱一个月。”

“有家具吗？”

“简单家具。可以这样说吧。有张该死的床，一个该死的煤气炉子，炉子迟早会把我们都害死。我不会让你进去看的，别指望了。我他妈的都不知道你是谁。”

“有没有台灯？”

“你疯了，先生。”

“到底有没有？”

“有，两个。一个是好的，一个是坏的。我不会待在这儿的，我要是待在这儿，那就是他妈的见鬼了！他说什么不想搬回莫泽尔，跟我妈妈一起住，但不至于那么糟吧。我不会待在这儿的。你闻到这地方的气味了吗？”

“是的，夫人。”

“一股屎臭。不是猫屎，狗屎，是人屎。跟黑人一起工作是一回事，但像黑人那样生活？不。问完了吗？”

还没有，尽管我希望问完了。我对她厌烦了，也不想再评判她。她是她的时代、她的选择以及这条臭气熏天的街上的囚犯。我留意到黄色头巾下面的卷发筒。肥胖的蓝色昆虫等待孵化。

“没有人会在这儿住很久，对吧？”

“在梅赛德斯街上吗？”她挥挥烟头。烟头指向通往废弃停车场和巨大仓库的砂砾路，仓库里面装着她永远不可能拥有的好东西。烟头指向拥挤而简陋的小屋，破烂的空心砖台阶，用纸板挡住的破烂窗户。烟头指向愤怒的孩子。烟头指向老旧而锈迹斑斑的福特、哈德逊和斯图贝克百灵鸟汽车。烟头指向无情的得克萨斯天空。然后，她发出可怕的笑声，笑声既好笑又绝望。

“先生，这是通往无望之路上的一个公交车站。我和布拉蒂·休准备回莫泽尔。哈里如果不跟我们走，我们就自己去。”

我把地图从裤子口袋中拿出来，撕下一小片，然后把我在约迪的电话写在上面。又掏出五块钱，递给她。她看了一眼，但没有接。

“我要你的电话号码干什么？我又没有他妈的电话。没有达拉斯和沃斯堡的电话交换机。那是他妈的长途。”

“你要是准备搬出去，就打电话给我。我只希望你做这件事。你打电话说：‘先生，我是罗塞特的妈妈，我们准备搬走了。’仅此而已。”

我能看出她在盘算。但她没盘算很久。十美元比她丈夫在得克萨斯的烈日下干一整天活挣的钱还要多。因为万宝盛华根本不知道节假日付一倍半的加班费。而且丈夫根本不知道这十美元的存在。

“再给我几美分，”她说，“我要打长途。”

“拿去，再给你一块。记着点，别忘了。”

“不会忘的。”

“那是，你可不能忘。因为你要是忘了，我就去找你丈夫说。这件事对我很重要。你叫什么名字？”

“艾维·坦普尔顿。”

我站在泥土和草丛中，迎面飘来屎臭、半熟的石油以及天然气的气味。

“先生？你怎么了？你的样子很滑稽！”

“没什么。”我说。可能没什么。坦普尔顿根本不是什么罕见的姓氏。当然，一个人只要尽力，可以说服自己相信任何事。我就是个活生生的例子。

“你叫什么名字？”

“普通人，”我说，“你再问一遍，我还是这么说。”

她听到这种小学生式玩笑，终于咧嘴笑了。

“是的，好吧。走吧。你开出去的路上可能会撞死我那个小婊子。那你就帮了我一个忙。”

我驾车回到约迪，在门上发现一张便条。

> 乔治：
>
> 能打个电话给我吗？需要帮个忙。
>
> —— 萨迪（这就是麻烦所在）

她到底是什么意思？我进屋打电话给她，就能弄明白了。

4

博尔曼教练的妈妈住在艾比利尼的一家疗养院里，髋部骨折。德诺姆联合高中的萨迪·霍金斯舞会[①]在这个周六举行。

“教练说服我陪他一起监督跳舞！他的原话是这么说的：‘你怎能拒绝参加这个以你的名字命名的舞会？’他上周说的。我像个傻子一样，同意了。现在他要去艾比利尼，我怎么办呢？监督两百个处于性饥渴状态的十六岁男孩跳扭摆舞和菲利舞吗？我不要！要是有的男孩带了啤酒呢？”

我想他们要是没带才怪，但觉得最好别这么说。

“或者要是有人在停车场打架怎么办？埃伦·多克蒂说，去年，一群来自亨德森高中的男孩搞砸了舞会，两所学校分别有两个孩子进了医院。乔治，你能帮我吗？求你了！”

“我被萨迪·邓希尔变成萨迪·霍金斯了吗？”我笑着说。想到跟她一起去舞会，我的情绪并不低落。

“别开玩笑了！一点都不好笑！”

“萨迪，我很高兴跟你一起去。你能帮我带朵胸花吗？”

“我会帮你带瓶香槟，如果你需要的话，”她沉思片刻，“不，不能花我的工资。就一瓶科达克酒吧。”

“是七点半开始吗？”我其实知道时间。学校里到处都贴着海报。

“对。”

“只是场录音舞会。没有乐队。这很好。”

“为什么？”

“现场乐队会带来问题。我有次参加一场舞会，推销员在休息时卖了些啤酒。那真是一次令我难忘的经历。”

---

① 通常由中学或者大学主办的非正式舞会，特色是女生主动邀请男生跳舞。

“有人打架吗？”她的声音听起来有些恐惧，但也带着好奇。

“没有。但是吐得满地都是。真是灿烂啊。”

“是在佛罗里达吗？”

是在里斯本高中，二〇〇九年。但我告诉她是的，在佛罗里达。我还告诉她，我很高兴陪她去监督舞会。

“非常感谢，乔治。”

“我很荣幸，夫人。”

这绝对是事实。

5

萨迪·霍金斯舞会由加油俱乐部承办，准备工作非常出色：体育馆的椽子（当然是银色和金色的）上挂满飘带。现场提供大量姜汁汽水、柠檬小脆饼，还有美国未来的家庭主妇们准备的红色天鹅绒纸托蛋糕。艺术系——很小却很有献身精神——贡献了一份卡通壁画，上面是不朽的霍金斯小姐本人在多帕奇追逐心仪的单身汉。大部分工作是马蒂·肖和迈克的女朋友博比·吉尔做的，她们可以理直气壮地为此而自豪。我不知道她们七八年之后是否还会同样自豪。那时，第一拨妇女解放拥护者开始烧掉乳罩，参加游行，要求与生俱来的生育权。更不要说写有“我不是财产”，“女人不需要男人，就像鱼不需要自行车”的T恤。

那晚的DJ和主持人是唐纳德·贝林厄姆，二年级的学生。他过来时带着很酷的唱片集，两只新秀丽手提箱。在我的授意下（萨迪看起来很疑惑），他把韦伯科牌留声机和他爸爸的放大器连上学校的公共广播系统。体育馆很大，产生自然的混响。几声回荡的尖叫之后，隆隆的音乐开始播放。唐纳德生在约迪，但住在马里兰州罗克维尔。他戴着粉边眼镜，镜片很厚，休闲裤的皮带扣在后面，穿着奇异的鞍脊鞋。真是疯狂啊。涂着百利发乳的鲍比·莱德尔[①]鸭屁股发型下面，满脸

① 鲍比·莱德尔（1942— ），美国摇滚歌手。

青春痘。看起来，他得等到四十二岁左右才能得到女孩的初吻。他在麦克风前既敏捷又风趣，他的唱片集（他称之为“唱片堆”和“唐纳德·贝林厄姆的声音圆垛”），如前所述，奇酷无比。

“我们用被岁月尘封的声音揭开舞会的序幕，一首炫酷至极、堪称金曲、举足轻重的摇滚经典，跟着‘丹尼与孩子们’的节奏，舞动你的脚步吧！”

《舞步回旋》震撼整个体育馆。舞会像二十世纪六十年代早期一般舞会那样开始，只是女孩跟女孩跳吉特巴舞。穿着低帮皮鞋的脚飞舞着。裙裾摇摆。不过不一会儿，舞池中间就充满一对对男孩女孩……在快舞部分，至少有《负心的杰克》和《凌晨两点三刻》这样更时髦的乐曲。

没有多少孩子能达到《与星共舞》的水平，但他们年轻，有激情，显而易见，跳得很疯狂。看到他们这样，我很高兴。稍后，唐纳德·贝林厄姆要是没想到把灯光调暗一点，我会亲自去调。萨迪开始很紧张，准备好面对乱子。但这些孩子们只是来开心的。没有从亨德森高中或者其他学校来捣乱的人。她看到这一切，逐渐放松下来。

音乐接连不断地放了四十分钟，我吃了四个红色天鹅绒纸托蛋糕，靠向萨迪，说：“安德森学监该进行第一轮巡视了，看看场内有没有人行为不检。”

“想让我跟你一起去吗？”

“我想让你留心潘趣酒盆。要是哪个男孩端着一杯什么东西靠近它，哪怕是止咳糖浆，我想让你用电刑或者阉割吓唬他，你觉得哪个有效便使用哪个。”

她靠到墙上，笑到眼角闪着泪光。“滚吧，乔治，你真下流。”

我走开了。我很高兴自己逗笑了她，不过，即便三年过去了，我还是很容易忘记有点下流的笑话在以前这个时代会产生多大效果。

我看到一对男女在体育馆东边比较隐蔽的地方有逾矩之举——男的在女的羊毛衫里乱摸，女的显然要把男的嘴唇吸掉——我拍了拍乱摸的家伙的肩膀，他们跳开。“留到舞会之后吧，”我说，“现在，回到体育馆去。慢点走。冷静下来。喝点潘趣酒。”

他们走开。女孩扣上羊毛衫，男孩弯着腰走路，青春期男孩的那种步态众所周知，叫“扭着 × 疼的步子”。

二十几只红色萤火虫在金工教室后面闪烁。我挥挥手，吸烟区的几个孩子也朝我挥挥手。我把头伸向木工教室东边的角落，看到让我不悦的一幕。迈克·科斯劳、吉姆·拉杜和文斯·诺尔斯挤在那儿，互相传递着什么东西。我一把将那东西抢过来，在他们弄清状况之前扔到链子围起来的篱笆外面。

吉姆有点惊讶，然后露出橄榄球英雄般的懒散笑容。“你好，安伯森先生。”

“省省吧，吉姆。我不是被你迷得神魂颠倒的女生，我也不是你的教练。”

他很震惊，有点害怕了。但我没有从他脸上看到不服。我想，如果是在达拉斯的校园里，我可能会看到不服。文斯后退一步。迈克站在原地，看起来垂头丧气，局促不安。不，不只是局促不安，简直是羞愧难当。

“在录音舞会上来一瓶，”我说，“我没指望你们遵守所有纪律，但你们违反纪律时为什么总是这么愚蠢？吉米，你被抓住喝酒，被球队开除了，还会有‘阿拉巴马大学奖学金’吗？”

“我猜我也许会被罚退出校队一年，”他说，“就是这样。”

“对，停赛一年。但是你必须有比赛成绩才能拿到奖学金。你也一样，迈克，你会被踢出戏剧俱乐部。你想这样吗？”

“不想，先生。”简直就是低语。

“你呢，文斯？”

“嘿嘿，不想，安伯森先生。绝对不想。我们还能演陪审团这部戏吗？因为我们如果能——”

“你不知道在老师批评你时要闭上嘴吗？”

“是，安伯森先生。”

“你们几个下次不会得到我的原谅了，今天晚上算你们走运。今晚记住我的忠告：别糟蹋了自己的前途。不能因为一年后你们甚至不会记得的学校舞会喝一品脱五星威士忌而自毁前程。你们明白吗？”

“记住了，先生，”迈克说，“对不起。”

“我也是，”文斯说，“真的。”他画了个十字，咧嘴笑了。有些人就是这德性。这个世界也许需要一帮聪明人，让世界更有生气，谁知道呢？

“吉姆？”

“明白了，先生，”他说，“请别告诉我爸爸。”

“我不会的，这是我们之间的事，”我看着他们，“你们明年到了大学，可以找到很多地方喝酒。但在我们学校不行。听到了吗？”

这次，他们异口同声地说听到了。

“那进去吧。喝点果汁，把你们的满嘴酒气漱干净。”

他们走了。我等了一会儿，远远地跟在后面。我低着头，双手深深地插在裤兜里，陷入深思。在我们学校不行，我说的是“我们学校”。

“来我们这里教书，”米米曾经说，“你生来就是干这个的。”

这一刻，二〇一一年从未显得如此遥远。见鬼，杰克·埃平从未显得如此遥远。低沉的次中音萨克斯从得克萨斯州腹地一个正在举办聚会的体育馆里响起。甜蜜的微风将乐声吹散在夜空中。鼓手击打着诱人的节奏，吸引人们赶紧从椅子上站起来，迈开舞步。

我想正是在这一刻，我决定永远不再回未来。

6

低沉的萨克斯和刺激的鼓点来自钻石乐队。歌曲是他们的《漫步》。孩子们没有跳这支舞。没怎么跳。

这是我和克里斯蒂在星期四晚上舞蹈班学的第一支舞。是成双成对跳的舞蹈。为了营造气氛，每对男女从拍手的男人和女人中间的过道扭过去。而我回到体育馆里看到的舞姿迥然不同。男孩和女孩们一起跳，在彼此的怀中转动，好像跳华尔兹，然后分开，最后回到起始位置。他们分开时以脚跟支地，髋部摆向前方，动作既迷人又性感。

我从餐桌后面看到迈克、吉姆和文斯加入男的一边。文斯没怎么跳——说他跳得像个白人男孩，简直是对所有白人男孩的侮辱——但吉姆和迈克跳得很有运动员的气势，有种不经意的魅力。另一边的女孩们很快就开始看着他们。

“我都有点担心你了！”萨迪的吼声盖过音乐，“外面一切还好吗？”

“很好！”我吼着答道，“这支舞叫什么？”

“麦迪逊！他们整个月都在室外演奏台上跳！想让我教你吗？”

“小姐，”我一边说一边拉起她的胳膊，“让我来教你吧。”

孩子们看到我们上场，腾出地方，一边鼓掌一边喊：“加油，安伯森先生！”“秀给他看看，邓希尔小姐！”萨迪一边笑，一边把马尾辫扎紧。她的脸上泛起红晕，显得异常美丽。她脚跟踩地，拍着手，跟其他女孩一起摇动肩膀，然后向前进入到我的怀里，抬眼看着我的眼睛。我很满意自己的高个子，能够让她仰视。我们像结婚蛋糕上的新娘和新郎一样旋转，然后分开。我身子向下沉得很低，在趾尖上旋转，双手像艾尔·乔森[①]唱《保姆》时一样伸出来。更多掌声响起，并且，女孩们发出前披头士时代的那种尖叫。我不是在炫耀（好吧，也许有一点），因为我很喜欢跳舞。我很久没这么跳了。

歌曲结束，萨克斯低沉的回响消失，我们回到那永恒的摇滚世界，DJ 喜欢称之为“律动场”。我们走下场地。

“上帝啊，真过瘾，”她说，抓起我的胳膊，捏了捏，“你真有趣。”

我没来得及回应，唐纳德高声广播说：“为了向两位真正会跳舞的监督人——这在我们学校的历史上还是第一次——致敬，现在来一首经典老歌。这首歌已从我们的视线中消失，却被我们铭记在心。一首举足轻重、我从我老爸的唱片收藏中挑出来的歌曲。我把老爸的唱片拿来，他可不知道。你们谁要是告诉他，我可就惨了。明白吗，你们这些摇滚乐迷，这是安伯森先生和邓希尔女士上高中时的音乐！”

他们全都看向我们两个，嗯……好吧……

---

① 艾尔·乔森（1886—1950），美国演员和歌手。

你有这种经历吗？你晚上在外面看见云彩的边缘被照成明亮的金色时，就知道月亮一两秒钟后就会出来。我站在绉纱彩带轻舞飞扬的德诺姆体育馆里时，就是这种感觉。我知道他要放什么歌，我知道我们会随歌起舞，我知道我们会怎么跳。紧接着，音乐前奏开始：

“吧哒哒……吧哒哒迪咚……”

格伦·米勒。《喜悦心情》。

萨迪把手伸到背后，扯下橡皮筋，松开马尾辫。笑容依旧，开始扭臀。头发平稳地从一边肩膀晃到另一边肩膀。

“你会跳摇摆舞吗？”我的声音盖过音乐声。我明知道她会。也知道她想跳。

“你是说林迪舞？”她问道。

“对。”

“嗯……”

“跳吧，邓希尔女士，”一个女生喊道，“我们要看！”这个女孩的两个朋友将萨迪推向我。

她犹豫一下。我又旋转一圈，伸出双手。我们朝舞池走去时，孩子们一阵欢呼，让开地方。我把萨迪拉向我。她迟疑片刻之后，开始向左旋转，然后向右旋转。A字形无袖连衣裙让她能轻松换脚。我们跳的正是住在沟里的里奇和住在堤上的贝维一九五八年秋天学跳的林迪舞变化动作。“喧闹起来”。当然是的。因为过去很和谐。

我们双手紧扣，我把她拉到我身边，然后放回去，两个人分开。然后，我们就像已经一起练习了几个月的搭档（可能是在废弃的户外野餐地，跟着放慢的唱片），我们弯腰踢脚，先向左踢，再向右踢。孩子们跳跃着，欢呼着，一边拍手，一边在我们周围磨光的地板上围成一个圈。

我们一起跳，她像芭蕾舞女那样跳起，旋转。

“现在推我，提醒我往左还是往右。”

我的右手被轻轻地推了一下，她的这个动作仿佛是应我意念的召唤，如期而至。她像螺旋桨一样转回去，秀发飘飘，在灯光下一会儿闪着红光，一会儿闪着蓝光。我听到好几个女生在喘气。我抓住萨迪，以一只脚跟支撑身体，弯下身，萨迪俯在我的胳膊上。我不停祈祷她别把我的膝盖弄骨折。

我站起来，她跟我同时起来。她从我的胳膊下钻出来，回到我的怀中。我们在灯光下尽情舞蹈。

舞蹈就是生命。

7

舞会十一点结束，但直到星期天凌晨零点一刻，我才把森利纳开上萨迪的车道。监督青少年舞会这项迷人的工作还包括一个没人会告诉你的部分，那就是音乐结束以后，要保证所有的东西都被收拾好并锁了起来。

我俩在回去的路上都没怎么说话。唐纳德又放了几首很诱人的爵士乐曲，孩子们也纠缠着让我们继续跳，但我们拒绝了。一次记忆很难忘，但两次记忆可能无法抹掉。这在小镇上也许不是什么好事。对我来说，这段记忆已经无法抹掉。我不停回味她在我怀里的感觉，以及她在我脸边急促的呼吸。

我熄灭发动机，转向她。现在她会说“谢谢你来救场”，或者“谢谢你，我今晚过得很开心”之类的话。

但是她没有这么说。她什么都没说。她的头发披在肩上。她只是看着我。连衣裙里面，牛津纺衬衫上面的两个扣子没有扣。耳环闪闪发光。我们凑到一起，一开始有些迟疑，然后紧紧抱在一起。亲吻，但又不只是亲吻。就像是饥饿时吃东西，或者口渴时喝水。我能闻到她身上的香水味，还有香水下面的汗味。我能尝到她的嘴唇和舌头上烟草的味道，很淡，但很刺激。她的手指从我的头发间滑落（一只小手指在我的耳朵上搔痒，让我的耳朵一阵酥麻），然后扣住我的背。她的拇指在移动，移动，抚摸我后颈光滑的皮肤。在我的另一个生命中，后颈被长发盖住。我的手伸进她的衣服，抚摸她丰满的乳房。她低声说："噢，谢谢你，我之前还担心会跌倒呢。"

"很荣幸。"我说，轻轻揉捏着她的乳房。

我们拥吻了约莫五分钟，爱抚越来越大胆，呼吸越来越急促。汽车挡风玻璃上出现雾气。然后，她推开我，我看见她的脸已经湿了。上帝啊，她什么时候开始哭的？

"乔治，对不起，"她说，"我办不到。我太害怕了。"她的连衣裙被掀到膝盖上面，露出吊袜带、衬裙的边缘和短裤的花边露出来。她把裙边往下拉到膝盖。

我猜是因为她的婚姻，婚姻已经结束，但其影响还在—— 这是二十世纪中叶，不是二十一世纪。也有可能是顾虑邻居。周围的房子看起来很暗，仿佛已经熟睡，但你说不准。在小镇上，人们总是乐于谈论新来的教师和牧师。结果，我的两种揣测都不对，但我当时并不知道。

"萨迪，你不想就别勉强。我不是——"

"你不明白。不是我不想。这不是我害怕的原因。是因为我从没做过。"

我还没来得及说话，她已经下车，朝房子跑去，手在钱包里摸着钥匙。头都没回一下。

8

我十二点四十回到家，从车库往屋里走，扭着 × 疼的步子。我刚打开厨房的灯，电话就响了。一九六一年距离来电显示技术还有四十年，但此时此刻，在我经过这样一个夜晚之后，打电话给我的只可能是一个人。

"乔治，是我。"她的声音镇静，但有些沙哑。她哭过，哭得很厉害。我听得出来。

"嗨，萨迪。你还没给我机会谢谢你给了我这段快乐的时光。舞会当中，还有舞会之后。”

“我也很开心。我很久没跳舞了。我真害怕告诉你，我是跟谁学了这舞蹈。”

“嗯，”我又说，“我是跟前妻一起学的。我猜你可能是跟与你合不来的丈夫学的。”这不是猜测，实际情况就是这样。我已经不再对这样的事感到意外，但我要是跟你说我习惯了这一连串奇妙的和谐，我肯定是在撒谎。

“是的，”她的语气很平淡，“是他。萨凡纳克莱顿家族的约翰·克莱顿。‘合不来’这个词很准确。因为他这个人很奇怪。”

“你们的婚姻维持了多久？”

“很久，如果你认为我们的关系是婚姻的话。”她笑了。是艾维·坦普尔顿的那种笑，既好笑又绝望。“对我来说，很久是指四年多。六月学校放假以后，我准备去里诺[①]做一趟谨慎的旅行。我想找份暑期工作，当个服务员什么的。要得到州民身份，最低居住期限是六个星期。这意味着到七月下旬或者八月上旬我就能……我习惯开玩笑说……像打死一匹断腿的马一样搞定这件事。”

“我能等，”我说，但我立即就怀疑这话不是真的。因为演员们已经聚集在舞台两侧，演出即将开始。到一九六二年六月，李·哈维·奥斯瓦尔德会回到美国，先跟罗伯特一家住在一起，然后跟妈妈住。到八月，他会来到沃斯堡的梅赛德斯街，在附近的莱斯利焊接厂上班，组装铝窗和防风门。

“我不知道我能不能等。”她的声音很低，我非常专心才听得见。“我二十三岁时做了处女新娘，现在是二十八岁的离异处女。果实挂在树上时间太长了，用我们那儿的话说。尤其是，人们—— 我妈妈也算一个—— 以为我四年前就有了蜂飞蝶舞的经验。我从没告诉任何人，你如果说出去，我想我会死的。”

“萨迪，除了我们俩不会有人知道的。永远不会。是他不行吗？”

---

① 美国著名的离婚城市，位于内华达州西部。欲离婚者，只须在那儿住满三个月，即可离婚。

“不完全是——”她停下来，沉默一会儿，再次开口时，声音里充满恐惧，“乔治……这是共用电话线吗？”

“不是。我每个月多付三美元五十美分，这宝贝完全归我一个人用。”

“谢天谢地。但还是不能在电话里说这件事。当然，在阿尔餐馆吃叉角羚肉汉堡时说这件事就更不合适了。你能来吃晚饭吗？我们可以在我的后院里来次小型野餐，五点钟左右怎么样？”

“很好。我会带个奶油蛋糕什么的。”

“我想让你带点别的。”

“带什么？”

“这虽然不是共用电话线，但我还是不能在电话里说。药店里能买到的东西。但别去约迪药店。”

“萨迪——”

“什么都不要说，求你了。我要挂电话，往脸上浇点凉水了。感觉脸上火烧火燎的。”

我的耳朵里滴答一声，她挂断了。我脱衣上床，在床上醒着躺了很久，思考了很多问题：时间、爱与死亡。

第十五章

1

星期天上午十点，我跳进森利纳，驱车二十英里，来到朗德希尔。主干道上有家药店，药店正在营业。我看见门上的广告：“我们为德诺姆狮子队呐喊！”我突然想起来，朗德希尔也属于第四联合区。我继续往前开到基林。在那里，一位上了年纪的药剂师——长得碰巧像德里的基恩先生——朝我使了个眼色，然后递给我一只棕色袋子，找了零钱。“别干违法的事，年轻人。”

我随机应变，也朝他使个眼色，然后开车回约迪镇。我头天晚上很晚才睡，但是我再躺下准备打个盹时，根本睡不着。所以，我还是去了温加滕商场，买了个奶油蛋糕。看起来不怎么新鲜，但我并不在意。我想，萨迪也不会在意。有野餐也好，没野餐也罢，我敢肯定吃饭不是今天的首要议题。我敲她的门时心里七上八下。

萨迪没有化妆。连口红都没有抹。眼睛睁得大大的，泛着黑眼圈，充满恐惧。一时间，我想她肯定会关上门，我会听到她跑开，尽她那双长腿所能，有多快跑多快。一定会是这样。

但她没有跑。“进来吧，”她说，“我做了鸡肉沙拉。”她的嘴唇开始颤抖。“我希望你会喜——你会喜欢我的——”

她的膝盖开始往下弯。我把蛋糕盒丢在地板上，扶住她。我以为她会晕倒，但她没有。她的双手紧紧抱住我的脖子，就像落水的女人抱着一根木头。我能感觉到她的身体在抖动。我踩在该死的蛋糕上。然后她也踩上去。踩得稀烂。

“我很害怕，”她说，“我要是不行怎么办？”

“如果不行的是我呢？”这不完全是开玩笑。时间过了这么久。至少有四年了。

她好像根本没听见。“他从来不想要我。不是我希望的方式。我只知道他的套路。抚摸，然后就是扫帚。”

“冷静点，萨迪。深吸一口气。”

“你去药店了吗？”

“去了，基林的药店。但我们不一定要——”

“我们要。我要。趁我还没有失去这仅存的一点勇气。来吧。”

她的卧室在客厅的尽头。卧室很简陋：一张床，一张桌子，墙上有几只脚印，印花棉布窗帘在窗式空调的气息下摆动着，空调开得很低。她的膝盖再次瘫软，我又扶住她，像是在跳奇怪的摇摆舞。地面上甚至有阿瑟·穆雷的脚印。奶油蛋糕。我亲吻她，她的嘴唇，干燥却很疯狂，紧紧咬着我的嘴唇。

我轻轻地把她往后推，她的背靠在衣柜门上。她严肃地看着我，头发遮住眼睛。我撩开她的头发，然后——轻柔地——用舌尖舔她干燥的嘴唇。我的动作很舒缓，但连她的唇角也没有放过。

“好些了吗？”我问她。

她没有说话，用舌头回答了我。我没有压到她的身上，而是用手慢慢从上到下抚摸她颀长的身体。从她的喉咙两边能感觉到脉搏剧烈跳动的地方开始，到胸口，乳房，肚子，耻骨处翘起的平坦部位，绕到一边屁股，然后是大腿。她穿着牛仔裤。裤子的纤维在我的手掌下发出窸窣的响声。她往后仰，头砰的一声碰在门上。

“哎哟！”我说，“你还好吗？”

她闭上眼睛。“我没事。别停下来。继续吻我，”然后她摇摇头，“不，别吻我。继续舔我的嘴唇。舔我的嘴唇。我很喜欢这样。”

我按她说的做。她叹了口气，手指滑到我后腰的皮带下面。然后，绕到前面皮带扣所在的地方。

2

我想加快进度，我身体的每一个细胞都在呼喊我加快速度，呼唤我深深地插入，抓住那美妙无比的诱人感觉。那正是性爱的核心所在，但我动作很慢。至少开始很慢。然后她说："别让我再等了。我已经等不及了。"于是我亲吻她流汗的太阳穴，把臀部凑上前去。我们好像在跳横躺着的麦迪逊舞。她喘着气，往后退一点，然后抬起屁股，迎上我。

"萨迪？还行吗？"

"噢，上帝，好！"她说。我笑了。她睁开眼睛，朝上面好奇而渴望地看着我。"是结束了，还是能继续？"

"还能继续一会儿，"我说，"但我不知道是多久。我很久没有跟女人在一起了。"

事实上，比一会儿长很多。真实的时间只有几分钟。但时间有时不一样——没人比我更清楚这一点。最后，她的呼吸变得急促。"啊，亲爱的！哦，亲爱的！啊，我的上帝啊！哦，亲亲！"

她声音之中的贪婪把我推到倾泻的边缘，所以没有同时发生。但几秒钟之后，她抬起头，把脸埋在我的肩膀里。一只紧握成拳的小手捶打我的肩胛，一次，两次……然后她的拳头像一朵花一样打开，静静地展在床上。她躺回枕头上。一脸惊讶地盯着我，眼睛睁得很大，看上去有点恐怖。

"我来了。"她说。

"我注意到了。"

"我妈妈说女人不会来的，只有男人才能体会到。她说高潮对女人来说是个神话，"她颤抖着笑了，"噢，我的上帝啊，她错过了多么美好的感觉啊。"

她用一只胳膊撑住身体，然后把我的一只手放在她的乳房上。乳房下面，她的心正怦怦跳动。“告诉我，安伯森先生—— 我们什么时候能再做一次？”

3

夕阳西坠，没入永不消散的油气烟雾中，我和萨迪坐在她的小后院里一株美丽的山胡桃下，吃鸡肉沙拉三明治，喝冰茶。当然，没有蛋糕。蛋糕全毁了。

“你是不是很不喜欢，戴着这些……嗯，从这药店里买的东西？”

“还好。”我说。实际上不好，我从来都不喜欢。从一九六一年到二〇一一年，美国的很多产品都有改进，但这种橡胶制品还是大同小异。或许名字更好听了，实物有了不同的味道（满足有特殊口味的人），但大体上还是个套在鸡巴上的袋子。

“我戴过子宫帽。”她说。没有野餐桌，所以她在草地上铺了块毯子。现在，她拿起一只特百惠盒子，里面盛着黄瓜洋葱沙拉。她不停地开关盒盖，有些人视之为弗洛伊德心理学中典型的不安表现。我也这样想。

“我和约翰尼结婚前一个月，我妈妈给我的。她还教我怎么戴进去，但是她没法看着我的眼睛。你要是泼一滴水到她的脸上，我敢肯定水会嘶嘶作响。‘头十八个月别要孩子，’她说，‘要是能让他等两年，就让他等两年。那样你就能靠他的工资生活，把自己的工资省下。’”

“这不算世界上最糟糕的建议。”我谨慎地说。我们身处雷区。我清楚这一点，她也清楚。

“约翰尼是个科学老师。他很高，不过没有你高。我讨厌跟比我矮的男人一起出去，我想，这可能就是他一开始约我出去、我会答应他的原因。最终，跟他出去成了一种习惯。我以为他很好，晚上约会结束时，他从来不动手动脚。那时候，我以为那就是爱。我很天真，不是吗？”

我用手做了个跷跷板的手势。

“我们在南佐治亚大学相识，然后在萨凡纳同一所高中任职。男女同校，私立学校。我敢确定这是他爸爸安排的。克莱顿家没有钱——不再是有钱家庭了，不过曾经很有钱——但是在萨凡纳还享有很高的社会地位。贫穷的上流社会，明白吗？”

我不明白——关于谁是上流社会，谁不是上流社会这个问题，在我长大的时代向来无足轻重——但我还是轻声附和。她已置身回忆中太久，好像被催眠了。

“所以，我有个子宫帽，是的。放在女用小塑料盒子里，盒盖上有朵玫瑰。不过我从没用过。没必要用。最后，在一次‘轻松轻松’之后我把它扔到了垃圾堆里。他是这么叫的，‘轻松轻松’，以前经常说。用扫帚。明白吗？”

我一点都不明白。

萨迪笑了，我又想起艾维·坦普尔顿的笑容。“等两年，她说！就算等二十年，也用不着子宫帽！”

“怎么了？”我轻轻抓住她的上臂，“他打你吗？用扫帚把打你？”扫帚把还有一个用途——我读过《布鲁克林黑街》[①]——但很显然，他没有这么做。她还是个处女，证据就在床单上。

“没有，”她说，“不是用扫帚打我。乔治，我想我说不下去了。现在不行。我觉得……我不知道……我觉得自己就像一瓶被猛烈摇晃的汽水。你知道我想干什么吗？”

我想我知道，但我礼貌地问她想干什么。

“我想让你把我抱进去，拿掉安全套。”她把双手举过头顶，伸展开来。她没有穿胸罩，我能看见衬衫下面高耸的乳房。乳头是两个小黑点，在黄昏的光线下就像是衣服上的两个句号。

她说：“我今天不想再重复过去。我今天只想爽个够。”

① 《布鲁克林黑街》是美国作家小胡伯特、塞尔比（1928—2004）于一九六四年创作的小说，揭露了吸毒、街头暴力、黑帮强奸、同性恋、异装癖以及家庭暴力等社会问题。

4

一个小时之后，我看到她在打瞌睡。我亲她的额头，然后亲她的鼻子，让她醒来。“我得走了。在你的邻居给他们的朋友打电话之前，我得把车开出你的私人车道。”

“你说的是。隔壁是桑福德一家。莱拉·桑福德是这个月的学生图书管理员。”

我很清楚莱拉的爸爸是学校董事会成员，但我没说。萨迪正热情高涨，没必要扫她的兴。桑福德一家都知道，我们促膝坐在沙发上，等着《淘气阿丹》结束，《埃德·沙利文秀》上演。我的车如果十一点还停在车道上，他们就不会这样想了。

她看着我穿上衣服。“我们之间，现在是什么情况，乔治？”

“你如果想跟我在一起，我就想跟你在一起。这是你想要的回答吗？”

她坐起来，床单缠在腰上，伸手去拿烟。“是的。但我结婚了，要等到明年夏天去过里诺之后才能离婚。我要是让法院宣告婚姻无效，约翰尼肯定会打我。见鬼，他的父母会打我。”

“我们小心点儿，一切都会没事的。我们必须小心。你知道的，对吧？”

她笑着点着烟。“对，我知道。”

“萨迪，有学生在图书馆挑战你的权威吗？”

“啊？有时会，肯定的。经常。”她耸耸肩，乳房上下摆动。我真希望自己没有这么快穿上衣服。话又说回来，我能骗得了谁？詹姆斯·邦德可以再战第三轮，但杰克或者说乔治已经被抽干了。“我是学校的新人。他们在考验我。这是教师烦恼的根源，不过在我的预料之中。怎么了？”

“我想你的烦恼很快就会烟消云散。学生喜欢老师之间谈恋爱。连男生也喜欢。对他们来说，这就像是电视秀。”

“他们会不会知道我们已经……”

我想了想。“有些女生会知道。有经验的女生。”

她吐出一阵烟雾。“太好了。”但她并没有很不高兴。

“去朗德希尔的萨德尔餐馆吃饭怎么样？让大家习惯看见我们在一起。”

“好啊。明天怎么样？”

“明天不行，我要去达拉斯办事。”

“为你的书采风吗？”

“嗯。”我们才建立崭新的关系，但我已经开始撒谎了。我不想这样，但没有办法。至于未来……我现在不愿去想。我有我自己的事要做。“星期二？”

“好的。乔治？”

“什么？”

“我们得想办法继续做这件事。”

我笑了。“爱自有办法。”

“与其说是爱，不如说是性。”

“或许兼而有之吧。”

“你真是个好人，乔治·安伯森。”

耶稣啊，连名字都是假的。

“我会告诉你我和约翰尼的事。等到合适的时候，如果你想听的话。”

“我想听。”我想我不得不听。我想倾诉如果对她有帮助，我必须听。关于她。关于她丈夫。关于扫帚把。“等你做好准备吧。”

“就像我们备受尊重的校长说的：‘同学们，这件事很有挑战性，但非常值得去做。’”

我笑了。

她把烟头熄灭。“我想知道一件事。米米女士会赞同我们在一起吗？”

“我想她肯定赞同。”

“我想也是。小心开车，亲爱的。你最好把这些拿上。”

她指着我从基林药店带来的纸袋，纸袋放在她的梳妆台上。“好管闲事的人要是不小心在我的药箱里看到这东西，我得费些口舌了。”

“好主意。”

“但是放在你可以随时拿到的地方，亲爱的。”

她使了个眼色。

5

我在回家的路上，想着这件橡胶产品。特洛伊牌……带螺纹，让她更愉悦，盒子上写道。这个女人没戴子宫帽（不过我猜她下次去达拉斯时可能会买一只），避孕药丸一两年后才得到广泛使用。但即便在一两年后，医生们开避孕药丸的处方时还是会小心谨慎——我记得现代社会学课是这么讲的。所以，我现在用特洛伊。我戴它们不是为了让她愉悦，而是为了防止她怀孕。我想到我自己十五年之后才会出生，突然觉得我不想让她怀孕这个想法很好笑。

思考未来在方方面面都让我很疑惑。

6

第二天晚上，我又去了沉默的迈克那里。门上挂着“关门打烊”的招牌，里面空荡荡的，但我一敲门，电子达人老兄就把门打开，放我进去。

“很准时，无名先生，很准时，”他说，“让我想想你在想什么。至于我嘛，我想我超水平发挥了。”

我站在摆满晶体管收音机的玻璃橱前等着，他消失在后面的屋子里。他回来时，两手各拿着一盏台灯。灯罩肮脏不堪，仿佛被无数肮脏的手指调整过。其中一盏台灯的灯座上有个缺口，灯身倾斜着摆在柜台上：比萨斜灯。太完美了，我告诉他。他笑着把两台用盒子装起来的录音机摆在台灯边上。他又拿出一个束绳袋，袋子里装着几截电线。电线很细，肉眼几乎难以分辨。

“需要指导一下吗？”

“我想我会用。”我一边说一边在柜台上放下五张二十的钞票。他推回来一张，这让我有些感动。

“一百八，我们说好的。”

“这二十块是让你忘记我来过这里。”

他沉默片刻，然后把一个大拇指放在这张落单的钞票上，将它推到它的朋友们旁边。“我已经忘记了。为什么不把这当成小费呢？”

他把我的东西装进褐色纸袋时，我纯粹出于好奇，问了个问题。

“肯尼迪？我没有选他。不过，他只要不听从教皇的命令，我想他就会没事。国家需要年轻人。时代不同了，对吧？”

“他要是来到达拉斯，你觉得他会没事吗？”

“可能吧。不过说不准。总的来说，我要是他，我会待在梅森-迪克松一线以北。”

我笑了。“那儿一切平静，一切光明？”

沉默的迈克（神圣的迈克）说：“不懂别乱说。”

7

一楼教师办公室里有个文件架，文件架用来堆放邮件和通知。星期二早晨，第一节自习课上，我发现我的信架上有只小信封。

亲爱的乔治——

你今晚要是还想带我出去吃晚饭，必须五点多就来找我，因为我这个星期和下个星期得起早，准备秋季售书会。我们或许可以回我的住处吃甜点。

你如果想来一片，我有奶油蛋糕。

萨迪

“你在笑什么，安伯森先生？”丹尼·莱弗蒂问道。他正在改作文，眼睛盯着作文，眼眶深深地凹进去，昨晚肯定喝醉了。“跟我说说，让我也乐乐。”

“算了吧，”我说，“私人笑话，说了你也不明白。”

8

但我们明白这个笑话。奶油蛋糕成了我们之间的暗语。那年秋天我们吃了很多奶油蛋糕。

我们很小心，但是，当然有人知道是怎么回事。可能有些传言，不过没有丑闻。小镇上鲜有吝啬之徒。他们知道萨迪的处境，总的来说理解我们不公开，至少短时间内不公开的做法。她没有来我的住处，不然会引起风言风语。我从未在她那儿待到十点以后，不然也会引起风言风语。我没办法把森利纳停在她的车库，在那儿过夜，因为她的大众甲壳虫虽然很小，已经把车库塞得严严实实。不管怎么样，我不会把车停在她的车库，因为总有人会知道。在小镇上，人们总会知道。

我放学后去她那里。我在那儿吃她所谓的晚餐。我们有时去阿尔餐馆吃叉角羚肉汉堡或者鲶鱼片；我们有时去萨德尔餐馆；我有两次带她去当地农场星期六晚上的舞会。我们一起看电影，在镇上的杰姆影院，朗德希尔的梅萨影院，或者基林的蓝锆石免下车影院（孩子们称之为“潜水族”影院）。在萨德尔这样体面的餐馆，她饭前会喝杯红酒，我则喝杯啤酒，但我们很小心，不让人看见我们光顾当地的酒馆，我们当然更不能去红鸡酒吧，约迪唯一的黑人酒吧，学生渴望而又害怕谈论的地方。一九六一年，种族隔离可能终于在中部有所缓解——达拉斯、沃斯堡和休斯敦的黑人已经赢得坐在伍尔沃斯连锁店柜台边的权利——但学校老师还是不去红鸡喝酒。他们要是想保住饭碗，绝对绝对绝对不会去。

我和萨迪在她的卧室里做爱时，萨迪总是在身边放一条裤子、一件毛衣和一双软拖鞋。她称之为应急装备。有一次，门铃响了，我们都光着身子（处在她所谓的“正在作案”的状态），她十秒之内就钻进这些衣服。她回来时，吃吃地笑，挥舞着一本《守望台》。“是耶和华见证会会员们。我告诉他们我已经得到救赎，他们就离开了。”

还有一次，我们事后在她的厨房吃火腿扒和秋葵，她说我们的恋爱让她想起奥黛丽·赫本和贾利·库珀主演的电影——《黄昏之恋》。“我有时想，晚上做这件事是不是感觉更好，”她渴望地说，“人们通常都在晚上做这个。”

“你会有机会知道的，”我说，“别泄气，宝贝。”

她笑着吻一下我的嘴角。“你说话很酷，乔治。”

“噢，没错，”我说，“我很有创意。”

她把碟子推到一边。“我准备吃甜点了，你呢？”

9

耶和华见证会会员们来拜访萨迪后不久——肯定是十一月初，因为我已经选好我自编的《十二怒汉》的演员——我正在外面整理草坪，突然有人喊道：“嗨，乔治，你怎么样？”

我转过身，看到德凯·西蒙斯。他现在再度成为鳏夫。他在墨西哥待得比大家预料得要久，人们开始以为他要继续待下去时，他突然回来了。这是他结婚后我第一次见他。晒得很黑，但无比瘦削。衣服松荡荡地套在身上。他的头发——婚礼那天还是铁灰色——现在已经斑白，发顶稀疏。

我放下草耙，迅速朝他走去。我准备跟他握手，却情不自禁地抱住他。这让他很是惊讶—— 在一九六一年，男人不会拥抱男人—— 但他很快笑了。

我双手抱住他的肩膀，说："你看起来很棒！"

"得了吧，乔治。但我感觉比之前好些了。米米的死……我知道迟早会来，但还是让我很受打击。心里总是无法释怀。"

"进来吧，喝杯咖啡。"

"我很乐意。"

我们聊他在墨西哥的时光，聊学校的情况，聊橄榄球队大获全胜，聊即将到来的秋季戏剧演出。随后，他放下杯子说："埃伦·多克蒂让我捎一两句话给你和萨迪·克莱顿。"

啊哦。我以为我们把隐蔽工作做得很好。

"她现在叫萨迪·邓希尔了。邓希尔是她婚前的姓。"

"我很清楚她的情况。聘用她时就知道。她是个好女孩，你是个好男人，乔治。根据埃伦告诉我的情况，你们两个现在面临的情况非常棘手，但你们处理得十分体面。"

我放松了些。

"埃伦说你们俩肯定都不知道基林外面的坎德尔伍德小屋。她不好意思告诉你们，所以问我能不能代劳。"

"坎德尔伍德小屋？"

"我以前星期六晚上经常带米米去那儿，"他拨弄着咖啡杯，杯子在他手里显得很大，"一对来自阿肯色州或者阿拉巴马州的退休教师开的，反正是首字母为A的州。两位退休的男老师。你应该明白我的意思。"

"我想我明白。"

"他们人很好，对自己的关系和有些客人的关系守口如瓶。"他的眼睛从咖啡杯上抬起来。他有点脸红，但始终面带微笑。"这不是家热门酒店。门可罗雀。但房间整洁，价格合理，路边的小餐馆价格也便宜。女孩有时候需要一个这样的地方。男人或许也需要。他们在这样的地方不必慌张。也不会觉得难为情。"

"谢谢你。"我说。

“不客气。我和米米在坎德尔伍德度过很多愉快的夜晚。我们有时只是穿着睡衣看电视，然后上床睡觉。但是人到了一定的年纪，会觉得这样的事情跟其他事情一样美好，”他悲伤地笑了，“或者差不多一样美好。我们躺着听蟋蟀叫。有时候听丛林狼的嗥叫，狼叫声从远处的草丛中传来。狼对着月亮嚎叫。它们真的这样干。对着月亮嚎叫。”

他缓慢地从裤子后面口袋里掏出一方手帕，擦了擦脸。

我伸出手，德凯顺势抓住。

“她喜欢你，虽然她一直不了解你。她说，你让她想起三十年代老电影里的鬼魂。‘他很聪明，很耀眼，但有点心不在焉。’她说。”

“我不是鬼魂，”我说，“我向你保证。”

他笑了。“不是吗？我终于腾出时间检查你的推荐信。那时你已经在我们这里当代课老师，把话剧工作做得很出色。萨拉索塔的推荐信没问题，但是……”他摇摇头，仍然微笑着，“你的学历证书是俄克拉荷马州的一家文凭制造厂发的。”

清嗓子也无济于事。我哑口无言。

“你会问我对此怎么看吗？我觉得这没什么大不了的。在以前那个时代，有人来到这样的偏僻小镇，挂包里装着几本书，鼻子上架着眼镜，脖子上系着领带，可能会被聘为校长，干上二十年。不过很久以前就不是这样了。但你是位该死的好老师。孩子们知道，我知道，米米也知道。我觉得这一点很重要。”

“埃伦知道我伪造文书吗？埃伦·多克蒂是代理校长，学校董事会一月份开会后，她可能会成为正式校长。根本没有其他候选人。”

“她不知道，也不会知道，至少不会从我这里知道。我觉得她没必要知道，”他站起身，“但有个人务必知道真相，知道你从哪里来，干过些什么事。她是个图书管理员。如果你对她是认真的，就该让她知道。你是认真的吗？”

“是的。”我说。德凯点点头，好像这句话解决了一切问题。

我也希望如此。

10

感谢德凯·西蒙斯，萨迪终于领略到在日落之后做爱的滋味。我问她感觉如何，她说太爽了。“但我期待有更多的早晨，我醒来时你在我身边。你听到风声了吗？”

我听到了。风在屋檐下呼啸。

“这声音让你感到温暖吗？”

“是的。”

“我这会儿想说点事。希望我说的话不会让你觉得不舒服。”

“说吧。”

“我想我已经爱上你了。也许只是性的缘故，我听说人们常犯这个错误。但我认为不是性的缘故。”

“萨迪？”

“嗯？”她努力微笑，但看起来很害怕。

“我也爱你。这其中不存在什么也许或者错误。”

“感谢上帝。”她说，依偎到我身边。

11

我们第二次去坎德尔伍德时，她已经准备好了讲约翰尼·克莱顿的故事。“但是请关掉灯，好吗？”

我关掉灯。她在讲故事的过程中抽了三支烟。她讲到结尾时，哭得很厉害。与其说那是痛苦的记忆，不如说它是纯粹的尴尬。我想，对我们很多人来说，承认自己犯错比承认自己愚蠢更容易。愚蠢和天真，有很多不同。和很多成长于二十世纪四五十年代中产阶级家庭的好女孩一样，萨迪对性一无所知。她说，在我之前，她从没看过阴茎。她瞥过约翰尼的，但她说，约翰尼要是发现她在看，会抓住她的脸，将其扭过去。

“把我的脸弄得很痛，”她说，“你明白吗？”

约翰·克莱顿来自一个传统的宗教家庭，不过他们家的人并不古怪。他讨人喜欢，细心，不乏魅力。他没有世上最强的幽默感（几乎没有人能接近这个水平），但他似乎爱慕萨迪。萨迪的父母钦佩他。克莱尔·邓希尔对他尤其痴狂。当然，他比萨迪高，即使萨迪穿着高跟鞋。这对一个被笑称豆秆多年的女孩很重要。

“我们结婚前，唯一令我烦恼的是他难以抑制的洁癖，”萨迪说，“他把所有的书按字母顺序编上号，你要是把书挪个地方，他会心烦。你要是从书架上取一本书下来，他会很紧张——你能感觉到他的紧张。他一天刮三次胡子，不断洗手。有人跟他握手后，他就会找个借口跑到洗手间，尽快把手洗干净。”

“还有，把衣服按颜色分类，”我说，“他的衣服——不管是身上的还是衣橱里的——一被动过，他就惊慌失措。他有没有把食品储藏室里的东西按字母顺序排列？半夜会不会起来检查一下火炉有没有关，门有没有锁？”

她转身朝着我，黑暗之中，她的眼睛瞪得很大，一脸惊愕。床发出刺耳的吱吱声，狂风肆虐着，一块没上紧的窗玻璃叮当作响。“你怎么知道？”

“这是种综合病症。强迫性官能症，简称 OCD。霍华德——”我就此打住。霍华德·休斯[①]就是这种病症的重症患者。我正要这么说，但这种病在当时可能并未存在。它即便已经存在，人们可能也不知道。“我的一位老朋友得的就是这种病。霍华德·坦普尔。没关系。他有没有伤害你，萨迪？”

“那倒没有。没有打我。有一次扇了我一个耳光，仅此而已。但是

---

① 霍华德·休斯（1905—1976），美国著名航空家、工程师、企业家、电影导演、慈善家，以及当时世界上最富有的人之一。

人们伤害别人的方式不止一种，不是吗？”

“没错。”

“我没办法跟任何人说，包括我妈妈。你知道她在我的婚礼当天怎么说吗？她说我要是在之前和之中各做一半祈祷，一切就会好的。‘之中’是她说的最接近‘性交’的词。我尝试跟我的朋友鲁西说，但只提过一次。那是在放学之后，她帮我整理图书馆时。‘卧室门后发生的任何事，都不关我的事。’她说。我就此打住。我其实不太想说，羞于启齿。”

随后，她说得很快。她边说边哭，因此有些话说得模模糊糊但大致情况我听到了要领。有些晚上——可能一周一次，或者两次——他会告诉萨迪，他得‘轻松轻松’。然后他们肩并着肩躺在床上，她穿着睡衣（他坚持让她穿不透明的睡衣），他穿着短裤。他穿着短裤的样子，是萨迪见过的最裸露的他。他会把床单推到腰部，她能看见他勃起的阴茎把床单撑起来，那块床单像个小帐篷。

“他有一次看着自己的小帐篷。我记得只有一次。你知道他说什么吗？”

“不知道。”

“我们多恶心啊。然后他说：‘赶紧弄吧，我得睡觉。’”

萨迪会把手伸到床单底下，帮他手淫。从来用不了多久，有时只有几秒钟。只有很少几次，萨迪帮他手淫时，他也抚摸她的乳房，但多数时间，他总是把手放在胸口。完了以后，他会走进浴室，冲洗干净，穿上睡衣。他有七件睡衣，都是蓝色的。

然后，轮到萨迪去浴室洗手。他坚持让萨迪至少洗三分钟，水必须热到能把她的皮肤烫红。萨迪回到床上时，得把手举到他面前。要是救生圈牌洗手皂的气味不够强烈，他就不满意，萨迪就得再去洗手。

“我回来时，扫帚已经在那儿了。”

夏天，他把扫帚放在床单上，冬天，他把扫帚放在毯子上。放在床中间，两人各居一边。

“我如果睡不着，不小心碰到扫帚，他就会醒，不管先前睡得多熟。他会把我往我这边推。使劲推。他认为我的行为是‘侵犯扫帚’。”

克莱顿那次打她是因为她问他，他如果总是不进去，他们怎么会有孩子。“他非常恼怒。这就是他扇我耳光的原因。他后来道了歉，不过他说：‘你觉得我会把自己放进你那细菌滋生的下体里面，把孩子带到这个肮脏的世界上来吗？’一切都会爆炸，凡是读过报纸的人都能看得出，死期将至，辐射会杀害我们所有人。我们会浑身疼痛而死，抑或咳嗽而死。这些事随时都有可能发生。”

“耶稣啊。难怪你会离开他，萨迪。”

“可惜浪费了四年的青春。我四年之后才说服自己，我应该得到更多，而不仅是将丈夫抽屉里的袜子按颜色整理好，一个星期给他做两次手淫，跟该死的扫帚一起睡觉。扫帚最让我觉得羞耻，但我永远没法跟人说这件事……因为这太荒唐了。”

我觉得这不光是荒唐。我觉得她丈夫处于神经官能症和彻底的神经病之间的过渡地带。我也感觉自己像是在听五十年代的寓言故事。很容易想象洛克·哈德森和多丽丝·黛睡觉时中间放着扫帚。① 如果洛克不是同性恋的话。

“他一直没来找你吗？”

“没有。我申请了十几所学校，收信地址都是邮局信箱。我感觉自己像个出轨的女人，走到哪里都鬼鬼祟祟。我爸妈发现我离开以后就以为是我出轨。我爸爸似乎有点同情我——我想他开始觉察到事情有多糟，他当然不想知道任何细节——但我妈妈呢？她可不会这样想。她对我很愤怒。她不得不换教堂，退出缝纫茶会。因为，按她的话说，她抬不起头做人。”

在某种程度上，这跟扫帚一样残酷和疯狂，但我没这么说。整件事的另一个方面比萨迪传统的南方爸妈让我更感兴趣。“克莱顿没有告诉他们你离家出走，我理解得没错吧？他从来没有去看他们？”

“没有。我妈妈当然理解，”萨迪平时轻微的南方口音现在变得明显，“我已经给这个可怜的孩子带来太多羞耻，他不想向任何人提及这件事。”她不再拉长调子，“我不是在讥讽他们。我妈妈理解他的耻辱

---

① 上述两位明星曾在一九五九年合演《枕边细语》。

感，理解他试图掩盖。在这两样事情上，约翰尼和我妈妈非常和谐。她才是他应该娶的人，”她有点歇斯底里地笑了，“妈妈可能会爱上那把老扫帚。”

“从来没收到他的信吗？连张明信片——说‘嗨，萨迪，我们收拾残局，继续生活吧’——都没有吗？”

“怎么可能有呢？他根本不知道我在哪儿，我敢肯定他也不在乎我在哪儿。”

“你想从他那里拿回什么吗？因为，我想律师——”

她吻了我。“我唯一想要的，就是跟你睡在一起。”

我把床单踢到脚踝处。“尽情看吧，萨迪。免费。”

她看着我，伸手抚摸起来。

12

之后，我打瞌睡。再然后，我睡着了，睡得不是很沉——我还能听见风声和窗户玻璃呼啦作响的声音——但我做梦了。我和萨迪在一所空房子里。我们光着身子。楼上有东西在移动——发出砰砰的噪音。可能是脚步声，不过听起来好像有很多只脚。我没有罪恶感，哪怕被人发现没穿衣服。我只感到恐惧。一面石膏剥落的墙上用木炭写着“我很快就要杀了总统”。下面，有人加了一句“他不久就会浑身是病”。字是用深色口红写的。或者，是蘸着血写的。

“砰，哒，砰。”

声音从头顶传来。

“我想弗兰克·邓宁在楼上。”我低声对萨迪说。我抓住她的胳膊。她的手冰凉。我好像在抓着死人的胳膊。可能是个被长柄大锤砸死的女人。

萨迪摇摇头。她朝上看着天花板，嘴巴不停地颤抖。

“砰，哒，砰。”

石膏粉末筛糠似的纷纷下落。

“是约翰·克莱顿。”我低声说。

“不，”她说，“我想是黄卡人。他带着吉姆拉。”

在我们上方，震动突然停止。

她抓住我的胳膊，开始摇晃。她瞪大双眼。“是的！是吉姆拉！他听见我们了！吉姆拉知道我们在这里！”

13

“快醒醒，乔治！醒醒！”

我睁开眼睛。她一只胳膊肘撑着身子，躺在我旁边，她的脸苍白而模糊。“怎么了？几点了？我们要走了吗？”天还是黑的，风依旧很大。

“不是。还不到半夜呢。你刚刚做了个噩梦，”她笑了，有点紧张“你梦到橄榄球赛了吗？因为你在说：‘吉姆拉，吉姆拉。’”

“是吗？”我坐起来。她擦燃一根火柴，她点烟的一瞬间，脸被照亮了。

“是的，你是这么说的。还说了很多别的。”

这可不妙。“我还说了什么？”

“你的很多话我都听不懂，但有一句我听懂了。‘德里就是达拉斯。’你说。然后你又倒过来说：‘达拉斯就是德里。’这是什么意思，你还记得吗？”

“不记得了。”但刚刚睡醒——哪怕是打盹——时说的谎没有什么说服力。我看到她脸上的怀疑。怀疑演变成不信任之前，门口响起敲门声。十二点差一刻，响起敲门声。

我们彼此对视一眼。

敲门声又响起。

是吉姆拉。这个想法非常清晰，非常肯定。

萨迪把烟放到烟灰缸里，围上床单，一个字没说就跑到洗手间里，随手关上门。

“是谁？”我问道。

“先生，是约里蒂——巴德·约里蒂？”

开这家店的一位同性恋老师。

我起床穿上裤子。“怎么了，约里蒂先生？”

“我给你捎个信，先生。女士说很紧急。”

我打开门。他身材矮小，穿着破旧的睡衣。他是被吵醒的，头发卷曲蓬乱。他手里攥着一张纸条。

“哪位女士？”

“埃伦·多克蒂。”

我感谢他费心，然后关上门，展开纸条。

萨迪从洗手间出来，抱着床单。她眼睛睁得很大，看起来很害怕。“怎么了？”

“出事了，”我说，“文斯·诺尔斯的皮卡在镇外翻车了。迈克·科斯劳和博比·吉尔跟他在一起。迈克被甩了出去，胳膊骨折。博比·吉尔脸部严重受伤。不过埃伦说博比没事。”

“文斯呢？”

我想起大家对文斯开车时的描述——好像不要命似的。现在命真的没了。“他死了，萨迪。”

她的嘴巴张得老大。“不可能！他才十八岁！”

“我知道。”

床单从她松开的手中落下，掉在脚上。她用手捂住脸。

14

我改编的《十二怒汉》演出计划被取消。取而代之的是《学生之死》，一部三幕剧：殡仪馆探视，卫理公会派教堂仪式，以及西山墓地葬礼。这场悲哀的演出引来全镇人观瞻，或者几乎是全镇的人。

文斯的爸爸妈妈和他目瞪口呆的小妹妹是探视这一幕主角，他们坐在棺材旁边的折叠椅上。我走近他们，萨迪陪在我身边，诺尔斯太太站起身，用胳膊抱住我。我差点被“白肩膀”香水和尤德拉止汗剂的气味熏倒。

“你改变了他的人生，”她在我耳边低声说，“他这样跟我说过。他平生第一次认真学习。因为他想参加表演。”

“诺尔斯太太，我很抱歉。”我说。随后，一个恐怖的念头涌上我的心头，我紧紧地抱住她，好像拥抱能将这个念头驱散：可能是蝴蝶效应在作祟。可能文斯的死是我来到约迪导致的。

棺材两侧摆放着文斯短暂一生的照片集锦。棺材前面的一个画架上单独放着一张照片，照片里，文斯穿着演出《人鼠之间》时的服装，戴一顶道具旧毡帽。如老鼠般精明的脸从帽子下凝视着镜头。文斯算不上是好演员，但那张照片捕捉到他自以为是的笑容。萨迪开始啜泣，我知道为什么。人生就像一枚不停转动的硬币。有时候，硬币朝我们转来，但更多的时候，硬币远离我们而去，一边转，一边发出闪光：到目前为止，亲爱的，一切还顺利，对吧？

约迪真好，对我很好。我在德里是个局外人，但在约迪就像在家乡。这里就是家：有鼠尾草的芬芳。夏季，山峦变成橙色，仿佛印第安手织毛毯。这里有萨迪舌头上淡淡的烟草香味，以及指导教室里木地板的吱吱声。有贴心地半夜送信的埃伦，她让我们可以让人毫无察觉地返回镇上，也可能只有这样我们才会得到消息。有诺尔斯太太的拥抱，香水和止汗剂的气味交织在一起，几乎令人窒息。有迈克在墓地的拥抱——用那只没有打石膏的手——然后他把脸埋在我的肩膀上，直到重新控制住情绪。博比·吉尔脸上丑陋的伤口也是这个家的一部分，她除非做整容手术（她家负担不起），否则她脸上的伤口会在她的余生里永远提醒她，她曾经见过一个男孩死在路边，头几乎与脖子断开。家，就是一周之后萨迪戴着，我戴着，全体教职员工都戴着黑色臂章。就是阿尔·斯蒂文斯将文斯的照片贴在餐馆的橱窗里。就是吉米·拉杜站在全校师生面前，将一场未败的赛绩奉献给文斯·诺尔斯时流下的眼泪。

还有很多很多。人们在街上说“您好”，人们从车里向我挥手。阿尔·斯蒂文斯把我和萨迪带到后面的桌子旁，称那张桌子为“你们的桌子”。星期五下午在教师办公室里跟丹尼·莱弗蒂一起玩桥牌，一分钱一点。跟年长的迈耶小姐争论谁新闻播报得更好，是切特·亨特利和戴维·布林克利，还是沃尔特·克朗凯特。我的街道，我的排屋，重新用惯打字机。有个很棒的女孩相伴。得到斯佩里和赫钦森绿色购物优惠券。电影院爆米花上的黄油货真价实。

家就是与人一起看着月亮从沉睡的广袤大地上冉冉升起。家就是能与人共舞，而舞蹈就是生命。

15

公元一九六一年就要结束了。圣诞节前两个星期左右的一天，天下着毛毛细雨，我放学后回到家里。我再次裹上生牛皮牧场大衣，突然听到电话响了。

“我是艾维·坦普尔顿，”女人的声音，“你可能不记得我了，对吧？”

“我记得很清楚，坦普尔顿女士。”

“我不知道为什么要打电话，那该死的十块钱早就被我花完了。只是我心里一直憋着一件事。罗塞特也是。她叫你‘抓住我的球的那个男人’。”

“你要搬出去了吗，坦普尔顿女士？”

“百分之百正确。我妈妈明天坐货车从莫泽尔过来。”

“你不是有汽车吗？汽车是不是出了故障？”

“要是车子坏了倒是还好，只是哈里再也不能坐车，也永远不能开车了。上个月，他正在万宝盛华干活，突然跌到沟里，一辆砂石车正在倒车，从他身上碾过去，把他的脊骨压断了。”

我闭上眼睛，看见文斯撞得稀烂的卡车被戈吉的太阳石油公司施救车拖下中央大街。破碎的挡风玻璃后面溅满鲜血。“我很难过，坦普尔顿女士。”

“他捡了条命，但永远走不了路了。他得坐在轮椅里，在袋子里撒尿，他就得过这样的日子。但首先，他得坐到我妈妈的卡车后面，回莫泽尔。我们得偷走卧室的床垫，让他躺在床垫上。就像度假时带着狗，不是吗？”

她开始哭。

“我拖欠了两个月的房租，但叫我焦心的不是这个。你知道让我焦心的是什么吗？普通人先生——‘再问一遍我还是这么说’先生，我有三十五块钱，该死的，只剩下这么多了。该死的哈里，他要是能站稳脚跟，我就不至于陷入这种困境。我想我以前就够糟糕了，看看现在吧！”

我的耳朵里响起一阵长长的擤鼻涕的声音。

“你知道吗？邮差一直向我抛媚眼，我想，他如果给我二十块，我就让他在该死的客厅地板上干我一次，要是街对面该死的邻居看不到我们的话。不能把他带到卧室，对吧？我那断了脊梁的死鬼躺在卧室里，”她勉强笑了笑，“我说，你为什么不开着你心爱的敞篷车过来？把我带到汽车旅馆，再花点钱，开个带客厅的房间。罗塞特可以看电视，你可以干我。你看起来过得不错。”

我沉默不语。我的脑子里突然灵光一现。

要是街对面该死的邻居看不到我们的话。

除了奥斯瓦尔德本人，我还得盯着另外一个男人。一个碰巧也叫乔治的人，他是奥斯瓦尔德唯一的朋友。

不要相信他，阿尔在笔记中写道。

“普通人先生，你还在吗？挂了？你要是不在，去你妈的，再——”

“别挂，坦普尔顿女士。我要是帮你付上拖欠的房租，再给你一百块呢？”我根本没必要为我想要的东西付这么多钱。但我有钱，她缺钱。

“先生，给两百块，哪怕我爸爸在旁边看着，你都可以干我。”

“你压根用不着跟我干，坦普尔顿女士。你只需要在街尽头的停车场跟我见个面，带一样东西给我。”

16

我赶到蒙哥马利–沃德百货公司仓库的停车场时，天已经黑了，雨势也变大了些，下雪前天气总是这样。这种天气在达拉斯南部的丘陵地区并不常见，但不常见不等于从来没有。我希望能安全返回约迪，不会滑下公路。

艾维坐在一辆十分陈旧的轿车里，车门板上锈迹斑斑，一块后窗玻璃破了。她钻进我的森利纳，立即凑到热风口边，热风开得很大。她穿着两件法兰绒衬衫，没有穿外套，身子瑟瑟发抖。

“感觉真好。那辆雪佛兰比女人的奶子还要冷。加热器坏了。带钱了吗，普通人先生？”

我给她一只信封。她打开信封，翻着二十的钞票。我一直把这些钞票放在壁橱顶层的格子里，这些钱是我一年多以前在诚信金融赌世界职业棒球锦标赛赢的。她把丰满的屁股从座位上抬起来，将信封塞进牛仔裤后面的口袋。然后她在贴胸的口袋里乱摸一阵，掏出一把钥匙，将钥匙猛地拍在我手上。

“这样就行了吗？”

这样就行。“这是配的，对吧？”

“按你说的做的，在麦克拉伦街上的五金店配的。你为什么要这么狗屎的房子的钥匙？你花两百块，可以租它四个月。”

“我自有用处。说说街对面的邻居吧。能看到你和邮差在客厅地板上干事的那些邻居。”

她不安地挪动一下，把衬衫往丰满的乳房上拉了一下。“我那是在开玩笑。”

“我知道。”我其实不知道，也不在乎。“我只想知道你的邻居是不是真的能看到你家的客厅。”

“当然能，我也能看到他们的客厅，他们要是不拉窗帘的话。我本来也该买窗帘，我要是有钱的话。我想我可以挂上粗麻布窗帘。从那里捡粗麻布——”她指向排列在仓库东边的垃圾箱，“但那里面的东西似乎太邋遢了。”

“能看见你客厅的邻居住在哪里？二七〇四？”

“二七〇六。以前是斯莱德·伯内特一家住在那里。但他们万圣节以后就搬走了。他是个替身小丑，你能相信吗？居然还有这样的工作？现在住在那里的是个叫哈泽德的家伙和他的两个孩子，还有这家伙的妈妈。罗塞特不跟他的孩子们玩，说他们很脏。这就是有关那间猪舍的新闻报道。有时老奶奶主动搭讪，但说的都是废话。她的脸两侧都很僵硬，不知道她能帮上儿子什么忙，她动作拖沓。我要是变成那样，不如死了算了。唉，像狗一样！”她摇摇头，“告诉你吧，他们不会在那待多久。没有人愿意待在梅赛德斯街。有烟吗？我真得戒烟了。你要是连两毛五的香烟都买不起，肯定知道自己他妈的山穷水尽了。”

“我不抽烟。”

她耸耸肩。“管他妈的。我现在能买得起了，对吧？我他妈的有钱了。你还没结婚，是吧？”

“是的。”

“有女朋友了吧？我闻到车这边有香水味。香水不错。”

我听到这里，笑了。“是的，我有女朋友。”

“你真幸运。她知道你天黑之后还溜到沃斯堡南边，干有意思的勾当吗？”

我没做声，有时没做声就是回答。

“没关系。这是你们之间的事。我暖过来了，得回去了。明天要是还下雨，还这么冷，真不知道把哈里放在我妈妈的卡车后面会有什么结果，”她笑着看我，“我小时候常常想，我长大后会成为金·诺瓦克[①]。现在，罗塞特梦想着她会取代米老鼠俱乐部成员中的达琳。这个该死的小婊子。”

---

① 金·诺瓦克（1933— ），二十世纪五十年代最受欢迎的女演员之一。《迷魂记》主演。

她正要打开车门，我说："等等。"

我把口袋里的东西都拿出来—— 救生圈糖果，克里内克丝纸巾，一盒火柴（萨迪塞进来的），我准备在圣诞节假期之前发下去的一年级英语测验笔记—— 然后把牧场大衣给她。"把这个拿着。"

"我才不要你这该死的大衣！"她很惊讶。

"我家里还有一件。"家里其实没有，但我可以再买一件，而她没办法买。

"我要怎么跟哈里说呢？说这是我在他妈的卷心菜叶底下发现的？"

我笑了。"你就说你让邮差干了，用邮差给你的钱买了这件大衣。他能把你怎么样？拖到门外打一顿？"

她笑了，笑声就像报雨鸟的叫声一样沙哑，但又格外迷人。她接过大衣。

"向罗塞特问好，"我说，"告诉她我会在梦里见到她。"

她的笑容突然消失。"我可不想告诉她，先生。她做了个跟你有关的梦，是噩梦。惊叫声差点把房子震塌。她说抓她球的男人汽车后座里坐着一个怪物，她害怕怪物会吃了她。吓死我了，她的叫声的确很吓人。"

"怪物有名字吗？"当然有。

"她说叫吉姆拉。她说的可能是小精灵，就像阿拉丁和七面纱那种故事。不说了，我得走了。你保重。"

"你也保重，艾维。圣诞快乐！"

她又发出报雨鸟般的笑声。"差点忘了。你也快乐。别忘了给女朋友买份礼物。"

她快步走向自己的车，把我的大衣—— 现在成了她的—— 披在肩上。我再也没见过她。

17

我的另一半人生—— 在新英格兰的那一半—— 告诉我，雨会在桥上结冰。所以我异常小心，花了很长时间才开回约迪。我刚倒上水，准备泡茶，电话响了。这次是萨迪打来的。

“从晚饭时间开始到现在，我一直在打你的电话，想问问你去不去博尔曼教练组织的平安夜狂欢派对。派对三点开始。你要是愿意带我去，我就去，我们可以早点离开。借口是我们在萨德尔餐馆订了晚餐什么的。请回复。”

我看见我自己的邀请函放在打字机旁，感到一阵愧疚。邀请函已经放了三天了，我没打开过。

“你想去吗？”我问道。

“我不介意去露个面，”她停顿一下，“你之前去哪了？”

“沃斯堡。”我差点加一句：圣诞节购物。但我没有说。我在沃斯堡买的唯一的商品就是信息。还有一把钥匙。

“你去购物吗？”

我心里再次打鼓，别对她撒谎。“我……萨迪，我不能说。”

这次，她停顿了很长时间。我希望自己会吸烟。或许我已经因为吸二手烟有了烟瘾。上帝知道，我整天都在接触二手烟，天天如此。教师办公室里蓝烟弥漫。

“是不是有女人，乔治？另外一个女人，还是我太多心了？”

嗯，有个艾维，但这个女人不是她所指的那种女人。

“要说女人，只有你一个。”

她又停顿很长时间。萨迪在现实中可能行动马虎；但她在心里从来不马虎。她最后说：“你了解我很多，很多我永远不会告诉任何人的事，但我对你一无所知。我想我已经意识到这一点。乔治，萨迪很愚蠢，不是吗？”

“你不愚蠢。有件事你肯定知道，那就是我爱你。”

“是的……”她的声音中充满怀疑。我想起那晚在坎德尔伍德小屋做的噩梦，还有我告诉她我不记得梦到什么时她脸上的谨慎表情。她的脸上现在是不是挂着同样的表情？抑或是种比谨慎更沉重的表情？

“萨迪？我们还好吗？”

“是的。”声音坚定。“当然。教练的聚会还没说妥。你想怎么办？

记住，全校老师都会去，教练夫人奉上自助餐时，很多人都会醉得一塌糊涂。”

“我们去吧，”我热情地说，“狂欢派对，摆脱囧境。”

“什么？”

“我的意思是，玩个痛快。我们进去晃悠一个小时，或者一个半小时，然后溜出来。去萨德尔餐馆吃晚饭。你觉得怎么样？”

“好的，”我们就像一对恋人在第一次约会没有结果之后商量第二次约会，“我们会玩得开心的。”

我想起艾维·坦普尔顿闻到萨迪香水的气味，问女朋友知不知道我天黑之后溜到沃斯堡南边，干有意思的勾当。我想起德凯·西蒙斯说的话，有个人应该知道真相，我去过哪儿，干过什么。但是，我是否要告诉萨迪，我残忍地杀害了弗兰克·邓宁，这样他才不会杀害他的妻子儿女？告诉她我来到得克萨斯是为了阻止暗杀、改变历史？告诉她我认为自己能办到，因为我来自未来，那时的人已经能够在电脑上进行以上的对话？

“萨迪，不会有问题的。我向你保证。”

她又说：“好的。”然后说：“明天见，乔治，学校见。”她挂断电话，她挂电话时动作很轻，很有礼貌。

我攥着电话，呆呆地看着前方好几秒钟。对着后院的窗户呼啦作响，外面，雨终于变成雪。

第十六章

1

博尔曼教练的平安夜狂欢派对最终流产，文斯·诺尔斯之死并不是唯一原因。十二月二十一日，博比·吉尔·奥尔纳特厌倦了从左边脸颊一直到下颌的红色伤疤，吞下一大把她妈妈的安眠药。人没有死，但在帕克兰纪念医院住了两晚，这家医院也将是总统和刺客断气的地方，除非我能改变历史。在二〇一一年，可能有离约迪更近的医院——基林肯定有，朗德希尔可能也有——但我在德诺姆联合高中当全职老师教书那一年，这些地方还没有像样的医院。

萨德尔餐馆的晚餐也不尽兴。餐馆里挤满了人，充满圣诞节前的欢乐气氛，但萨迪拒绝了甜点，想要早点回家。她说她头痛。我不相信。

元旦前夜在慷慨的七号农场的舞会好点。奥斯丁的王牌乐队来了。我和萨迪在装满气球的网兜下跳舞，一直跳到脚痛。午夜时分，乐队演唱冒险家乐团风格的《一路平安》，领唱高声吼道："愿你们所有人，一九六二年梦想成真！"

气球在我们周围落下来。我们跳华尔兹时，我吻了萨迪一下，祝她新年快乐。但是，尽管她整晚都显得很开心，一直在笑，我都没有从她的嘴唇上感受到笑。"也祝你新年快乐，乔治。我能喝杯潘趣酒吗？太渴了。"

加了酒精的潘趣酒盆前排着长队，没有加酒精的盆前人少些。我把粉色柠檬水和姜汁汽水混合物舀到迪克西牌纸杯里。但是，我把杯子端到萨迪刚才站着的地方时，她不见了。

"我想她出去呼吸新鲜空气了，伙计。"卡尔·雅各比说。他是学校里四位工艺课老师之一，可能是四个人中最优秀的。但那天晚上，我肯定不会让他走到任何电动工具周围两百码之内。

我看了看围在安全出口旁边的吸烟者，萨迪不在其中。我走到森利纳边上。她坐在副驾驶座位上，宽大的裙子一直被风吹到仪表板上。上帝知道她穿了多少件衬裙。她一边抽烟，一边流泪。

我坐进车里，抓住她的胳膊想把她抱入怀中。“萨迪，你怎么了？你怎么了，亲爱的？”我装出不明所以的样子。我这段时间一直假装不明所以。

“没什么，”她哭得更厉害了，“我来例假了，仅此而已。载我回去吧。”

只有三英里的路程，但我似乎开了很久。我们什么话都没说。我把车转进她家的车道，熄灭发动机。她已经停止哭泣，但还是什么都没说。我也一样。有时候，沉默让人愉悦。但此刻，沉默令人窒息。

她从手提包里掏出云斯顿，看了一眼，又装了回去。她拿烟发出的声音特别大。她看着我。黑色的头发拢着椭圆形白色脸蛋。“你还有什么想跟我说的吗，乔治？”

我最想告诉她的是，我不叫乔治。我对这个名字已经感到厌倦，甚至憎恶。

“两件事。其一，我爱你。其二，我没有做任何愧对自己的事。噢，还有二点五：也没有做任何愧对你的事。”

“好。那太好了。我也爱你，乔治。但你如果愿意听，我想跟你说点事。”

“我永远愿意听。”她盯着我。

“到现在为止，一切都能保持原样……我还是约翰·克莱顿的妻子，尽管只是纸上婚姻，从来没有夫妻之实。有些事情……我觉得我没有权利请你……或者要求你。”

“萨迪——”

她用手指盖住我的嘴唇。“听我说完——但我永远不会再让一个男人在床上放一把扫帚。你明白吗？”

她在刚才放手指的地方迅速亲了一下，然后下车冲上台阶，走到门边，掏出钥匙。

这个自称乔治·安伯森的人就这样开始了他的一九六二年。

2

新年第一天破晓，天气晴冷。《早间农场报道》的天气预报员说，低地区域会出现冷雾。我之前把两盏装了窃听器的台灯收在车库里。我拿了一盏放在车上，开车去沃斯堡。我想，如果说梅赛德斯街上邋遢鬼们的狂欢会在哪天停歇，那就是今天。我猜对了。街上沉默得像……嗯，像我把弗兰克·邓宁的尸体搬进特拉克陵墓时一般安静。光秃秃的前院里散落着翻倒的三轮车和玩具。哪个聚会男把大型玩具——一辆巨大的老款福特水星——停在门廊边。车门开着。街上没有铺沥青的沙砾路上躺着些哀伤的绉纱飘带，阴沟里躺着很多啤酒罐——大多是孤星牌。

我朝对面的二七〇六看去，没看到有人从巨大的前窗往外看。但艾维说得对：所有站在那儿的人都能清楚地看见二七〇三的客厅。

我把车停在被当成车道的混凝土块上，表现得理所当然应当出现在不幸的坦普尔顿一家曾经的住所。我拿起台灯和全新的工具箱，走到门口。钥匙打不开锁，我郁闷了一会儿，然后想到钥匙是新的。我用唾液润了润钥匙，又轻轻摇了摇。钥匙转动，我进了屋。

算上浴室，一共有四间房。浴室铰链门开着，能看到里面。最大的房间是合在一起的客厅和厨房。另外两间是卧室。在较大的卧室里，床上的床垫不见了。我记得艾维说过："就像度假时带着狗，不是吗？"在较小的卧室里，罗塞特在墙上石膏腐烂、露出板条的地方画上蜡笔女孩。她们都穿着绿色短上衣，硕大的黑色鞋子。她们的辫子不成比例，跟腿一样长，很多女孩踢着英式足球。其中一位头上戴着美国小姐的冠状头饰，涂着口红，面带笑容。房子里残存着淡淡的烤肉气味，可能是艾维做的最后一顿饭，之后他们就回莫泽尔。她将和她妈妈、她的小捣蛋鬼和她断了脊梁的男人生活在一起。

这就是李和玛丽娜开始他们美国婚姻生活的地方。他们会在较大的一间卧室里做爱。他也会在这里对她拳脚相向。李在经历了安装防风门的漫长的白天之后，也会醒着躺在这里的床上，思考自己他妈的为什么不能扬名立万。他没有试过吗？他没有努力尝试吗？

就是在地板凹凸不平、铺着胆汁绿破旧地毯的客厅里，李第一次遇见我不该相信的男人。阿尔对李是不是枪手的疑虑，主要或者说完全是因这个男人而起。这个男人的名字叫乔治·德·莫伦斯乔特，我急切地想知道他和奥斯瓦尔德之间会说些什么话。

客厅贴近厨房的一边有个陈旧的五斗橱。抽屉里散乱地装着不匹配的银餐具和毫无价值的烹饪用具。我把五斗橱从墙边拉开，看见一个插座。好极了。我把台灯放在橱顶上，插上插座。我知道奥斯瓦尔德一家搬进来之前，还有别人会搬进来住一段时间，但我想没有人会在搬走时拿走比萨斜灯。他们就算把灯拿走，我的车库里还有一盏备用的。

我用小钻头在墙上钻了个洞，把五斗橱放回原位，试了试台灯。台灯没问题。我收拾东西，离开屋子，小心地锁上房门。然后我开车回约迪。

萨迪打电话给我，问我想不想过去吃晚饭。只有冷切肠，她说，但是甜点有奶油蛋糕。我过去了。甜点跟平时一样完美，但跟以前又有所不同。因为她说得对。床上有把扫帚。扫帚就像罗塞特在我汽车后座上看见的吉姆拉，是无形的……但是它就在那里。有形也好，无形也罢，它投下了阴影。

3

有时候，一对情侣走到交叉路口，徘徊不前，不想往左走，也不想往右走，因为他们知道错误的选择意味着结束……知道有很多东西值得挽留。这就是我和萨迪在一九六二年持续阴沉的冬天所处的状态。我们还一起出去吃晚饭，每周一两次。我们星期六晚上偶尔还去坎德尔伍德。萨迪享受性爱，这是我们在一起的原因之一。

我们跳了三次舞。唐纳德·贝林厄姆总是主持人，我们总是会被要求跳我们第一次跳的林迪舞。我们起舞时，孩子们总是鼓掌吹哨，不是出于礼节才这么做。他们是由衷地叫好，有些人还开始学我们的舞步。

我们开心吗？当然，因为模仿是最真诚的恭维。但我们跳得再也没有第一次那么好，也没有那么自然和流畅。萨迪没有那么果敢了。有一次，萨迪飞身离开时没有抓住我，要不是附近站着几个身体健壮、反应敏捷的橄榄球员，她可能会摔到地上。她一笑了之，但我能看到她脸上的尴尬和责备。好像一切都是我的错。在某种程度上，的确全是我的错。

注定会有一次大爆发。要不是约迪狂欢会，爆发会来得更早。这段时间是我们的机会，我们可以停下来，缓一缓神，在被迫作出双方都不想接受的决定之前慎重考虑。

4

埃伦·多克蒂二月份来找我，问我两件事：第一，我愿不愿意重新考虑，续签一九六二到一九六三学年的合同；第二，我愿不愿意再次执导高年级戏剧，因为《人鼠之间》这个剧大受欢迎。两个请求都被我拒绝了，当然，我并非没有经过一番痛苦的挣扎。

“你如果是为了书写，整个夏天都可以写。”她劝说道。

“时间还是不够。”我说，其实我根本没有继续写《凶杀地》。

“萨迪·邓希尔说她觉得你一点都不在乎自己的小说。”

她可从来没跟我分享过这个真知灼见。我很震惊，但尽力掩饰。“埃尔，萨迪不是什么都知道。”

“那么戏剧呢，至少执导戏剧吧。我除了不能脱衣服，会尽一切力量支持你。基于学校董事会目前的情况，以及我目前只有两年校长聘约这一情况，这是一个相当重大的承诺。你如果愿意，可以把这场戏献给文斯·诺尔斯。”

“已经有一个橄榄球赛季献给文斯了，埃伦。我想这足够了。”

她走了，被彻底击溃。

迈克·科斯劳也来劝我。他六月份毕业，告诉我他准备申请大学的戏剧专业。“我真想再在这里演一次戏。跟你一起，安伯森先生。因为你为我指明了方向。”

不像埃伦·多克蒂，他毫不怀疑地接受了我所谓的要写小说的托词。然而，这让我感觉非常糟糕。极其糟糕。我不爱撒谎。我曾亲眼看着自己的婚姻毁在妻子编造的谎言之中，她声称“酒瘾，想戒就能戒掉”。但我在约迪显然说了一大堆谎话。

我跟迈克一起走到学生停车场，他的宝贝（一辆带挡泥板的老别克）停在那儿，我问他石膏拆下后，他的胳膊感觉怎么样。他说很好，肯定能参加夏天的橄榄球训练。“不过，”他说，“我要是被刷下来，也不会伤心。那样我或许可以在社区剧院和学校剧团参加演出。我想从头到尾学习——场景设计、灯光，甚至服装，”他笑了，“人们开始称我怪人了。”

“专心打球，争取好成绩，第一学期别太想家，”我说，“拜托，不要鬼混。”

他学着弗兰肯斯坦的声音说：“是……主人……”

“博比怎么样？”

“好些了，”他说，“她来了。”

博比·吉尔在迈克的别克旁等着。她朝迈克挥手，然后看见我，立即转过身去，好像对空旷的橄榄球场和外面的牧场很感兴趣。这是学校所有人都已经司空见惯的行为。事故造成的伤疤已经变成一道红线。她竭力用化妆品遮盖伤疤，但有些欲盖弥彰。

迈克说：“我叫她别再擦粉了，因为她现在看起来就像在拍索姆太平间的广告，但她不听。我还对她说，我不是出于同情或者为了让她别吞更多的安眠药才跟她在一起。她说她相信我，或许相信吧，在晴朗的天气里。”

我看着他飞速跑到博比·吉尔身边，扶住她的腰，把她转过来。我叹了口气，感觉自己既愚蠢又固执。我有些想接手戏剧工作。这样做也许有很多坏处，但能让我在我等待自己的演出开始前有事可做。但我不想陷入约迪的生活更深，我已经身陷其中了。就像我跟萨迪之间可能的未来一样，我对自己跟约迪的关系得有所控制。

要是一切顺利，我可能会处理好跟萨迪、金表以及其他一切的关系。但是，不管我的计划多么周密，我也不可能真的做到这样。我即使成功达到目的，可能也得逃命。我要是跑不掉，我为世界所做出的牺牲换来的很有可能是终身监禁。甚至是亨茨维尔的电椅。

5

最终是德凯·西蒙斯设计让我答应继续做戏剧工作。他跟我说，我哪怕考虑接手一分钟，都是傻子。我应该识破这种欲擒故纵的小把戏。但他做得非常狡猾。非常巧妙。像只兔子，你可能会说。

星期六下午，我们在我的客厅里喝咖啡，电视屏幕上满是雪花，正在播放老电影—— 好莱坞堡的牛仔避开两千左右印第安人的进攻。外面下着雨。一九六二年的冬季肯定也有些晴天，但我一天都不记得。我能记得的就是，我穿着羊皮夹克—— 把牧场大衣送人之后买的—— 竖起领子，冬雨冰冷的手指还是一个劲地往刮干净的脖子里伸。

“你不要因为埃伦·多克蒂大发脾气就操心那该死的戏剧，”德凯说，“写完书，做个畅销书作家，永不回头。去纽约享受生活。跟诺曼·梅勒[①]和欧文·肖[②]在白马酒馆喝酒。”

---

① 诺曼·梅勒（1923—2007），美国著名小说家。

② 欧文·肖（1913—1984），美国著名作家。

“嗯，嗯。”我说。电视上，约翰·韦恩[①]正在吹喇叭。“我觉得诺曼·梅勒和欧文·肖用不着操我的心。”

“还有，《人鼠之间》已经取得巨大成功，”他说“你不管再做什么戏，这个新戏都有可能相形见绌——噢，哎呀，看！约翰·韦恩的帽子被箭射穿了！幸好是豪华大高帽子！”

第二次努力可能达不到预想的效果，这种想法让我非常恼火。我想起我和萨迪无法超越在第一次跳舞时的表现，尽管我们非常努力。

德凯似乎完全沉醉在电视节目之中，说道：“还有，拉蒂·西尔维斯特对高年级戏剧表现出浓厚的兴趣。他在考虑排《毒药与老妇》。他说他和妻子两年前在达拉斯看过，那是部能让人笑得拍大腿的喜剧。”

上帝啊，那种陈词滥调。科学系的弗雷德·西尔维斯特当导演？我都不敢确定我会让他导演小学的消防演习。迈克·科斯劳这样有天赋但还稚嫩的演员，最后要是由拉蒂来教他演戏，那他将倒退五年。拉蒂导演《毒药与老妇》？耶稣哭了。

“反正学生们也没时间演出什么真正的好戏，”德凯继续说，“所以我说让拉蒂负责秋季的戏剧。我从来都不喜欢那个狗杂种，走起路来急急忙忙。”

没有人真正喜欢他，在我看来，也许只有裹着蝉翼纱、急急忙忙赶往每间教室和科系的拉蒂太太除外。但拉蒂不能负责秋季演出。不然演出会变成一个玩笑。

“他们可以来场综艺秀，”我说，“时间足够准备这么个节目。”

“噢，耶稣啊，乔治！华莱士·比里刚才肩膀中箭了！我想他没救了！”

“德凯？”

“不，约翰·韦恩把他拉到安全的地方了。这场枪战一点都不靠谱，但我喜欢看，你呢？”

“你听到我说的话了吗？”

① 约翰·韦恩（1907—1979），美国电影演员，获一九六九年奥斯卡最佳男主角奖。

广告时间。基南·怀恩[1]爬下推土机，脱下安全帽，向全世界宣称，他为了买包骆驼香烟，愿意走一英里。德凯转向我说："没有，恐怕没听见。"

狡猾的老狐狸。演得真像。

"我说可能有时间准备一场综艺秀。一场滑稽剧。唱歌，跳舞，讲笑话，加上几段滑稽短剧。"

"除了女孩跳色情舞蹈什么都有？还是你想把这个也包括在内？"

"别傻了。"

"那就来场歌舞杂耍表演。我一直喜欢歌舞杂耍表演。'晚安，卡拉巴什太太，不管你在哪里'，诸如此类。"

他从开襟衫里掏出烟斗，装上艾伯特王子牌烟丝，点起来。

"你知道，我们过去常常在农场做这类活动。演出叫'约迪狂欢会'。不过四十年代以后，这种演出就没有了。人们觉得有些尴尬，尽管没有人站起来这样说。而且我们不把它称为歌舞杂耍表演。"

"你在说什么？"

"这叫黑人说唱表演，乔治。所有的牛仔和农场工人都加入。他们把脸抹黑，化装成黑人，载歌载舞，用想象的黑人方言讲笑话。有些《阿莫斯和安迪》的影子。"

我开始笑。"有人演奏班卓琴吗？"

"实际上，我们的现任校长演奏过好几次。"

"埃伦在黑人说唱表演上演奏班卓琴？"

"小心点，你在用抑扬五步格诗的口气说话。别人会觉得你高高在上。"

我靠上前去。"那讲个笑话来听听。"

德凯清清嗓子，然后开始用两种低沉的声音说话。

"亲爱的坦博兄弟，你买凡士林干什么？"[2]

"我想是四十九美分！"

---

① 基南·怀恩（1916—1986），美国演员。

② 原文为 What did you buy dat jar of Vaseline fo，模仿带黑人口音的英语，也可以理解为"你买那罐凡士林花了多少钱？"

他期待地看着我，我意识到笑点就在这里。

“他们笑了吗？”我几乎害怕听到答案。

“肚皮都笑破了，大声叫喊再来一个。几个星期以后，你还能在广场上听到这些笑话。”他严肃地看着我，但他的眼睛像圣诞节的彩灯一样闪烁。“这是个小镇子。我们喜欢的幽默非常粗俗。我们对拉伯雷式幽默的理解就是，一个家伙踩到香蕉皮，跌倒了。”

我坐在那里，陷入沉思。西部片继续上演，不过德凯似乎失去了兴趣。他正看着我。

“那种东西还有市场。”我说。

“乔治，那种东西永远都有市场。”

“但没必要再调侃黑人。”

“不能再那样搞了，”他说，“在路易斯安那州或者阿拉巴马州或许可以，但在奥斯丁不行，《时代先锋报》把奥斯丁称为同情共产党的城市。你不是想搞吧？”

“不。你可以说我假道学，但我觉得这个主意可憎。再说，为什么要那么麻烦呢？粗俗的笑话……男孩穿着带垫肩的宽大黑西装，而不是质朴的工作服……女孩穿着带重重饰边的及膝裙……我在想迈克·科斯劳出演喜剧小品会怎么样……”

“噢，他能胜任，”德凯说，十分确定，“主意相当好。太可惜了，你没时间把想法付诸实践。”

我准备说些什么，又一道灵光一闪而过。跟艾维·坦普尔顿说街对面的邻居能看到她的卧室时，从我大脑中一闪而过的那道灵光一样明亮。

“乔治？你干吗张着嘴？想法很好，但不至于让你胃口大开。”

“我可以抽空，”我说，“要是你能让埃伦·多克蒂答应我一个条件的话。”

他站起身，看都没看一眼就关掉电视机，虽然韦恩公爵和印第安波尼族之间的打斗到了白热化的程度，背景中，好莱坞堡像地狱般在燃烧。“说吧。”

我说了，然后说道：“我得跟萨迪谈谈。现在就得谈。”

6

她一开始很严肃，然后开始微笑，紧接着张开嘴笑。我告诉她我跟德凯聊天时突然产生的想法时，她用胳膊抱住我。这还不够，她爬上来，骑在我身上。这一刻，我们之间没有扫帚。

“太棒了！你真是个天才！剧本你来写？”

“当然了。又用不了多久。”粗俗的笑话早已萦绕在我脑海中：博尔曼教练盯着橙汁看了二十分钟，因为罐子上写着“浓缩[①]”。我们的狗有条朝里长的尾巴，想知道它开不开心的话，我们得给它拍X光。我坐一架很老的飞机，一个洗手间标着奥维尔，另一个洗手间标着威尔伯[②]。“但我还有很多事需要帮忙。我希望你能出手相助。”

“当然可以。”她滑到地板上，但身体还压在我身上。她的裙子掀起来，一瞬间露出光着的大腿。她在客厅里踱来踱去，猛烈地吸烟。她绊在安乐椅上（这可能是我们之间建立亲密关系之后第六次或者第八次），又下意识地找回平衡，不过到了晚上，她的胫骨上会出现一片青肿。

“你要是想要二十年代轻佻女郎风格的东西，我可以让乔·彼得搞定服装。”乔是家庭经济系的新主任，在埃伦·多克蒂正式当上校长之后走马上任。

“那太棒了！”

“家庭经济系的多数女孩喜欢缝纫……和烹饪。乔治，我们得提供晚餐，对吧？排练也许要到很晚。肯定会很晚，因为我们开始得太晚了。”

“好的，不过只吃三明治——”

---

① 原文为concentrate，有“浓缩”，也有“注意看”的意思。

② 奥维尔和威尔伯是飞机发明者怀特氏兄弟俩的名字。

“我们可以做得更好。还有很多事要做。还要有音乐！我们需要音乐！必须先把背景音乐录好，因为乐队根本不可能在这么短的时间内把所有曲子排练好。”然后，我们不约而同地说出“唐纳德·贝林厄姆”这个名字。

“海报呢？”我说。我们有点像米基·鲁尼[①]和朱迪·加兰[②]，准备在姨妈的谷仓里演出。

“卡尔·雅各比和平面设计系的孩子们。不仅在这里贴海报，还要在满镇子贴。我们希望全镇人都来，而不光是演员的亲戚朋友来。有些观众得站着看。”

“好极了。”我一边说一边亲她的鼻子。我喜欢她兴奋的样子。我自己也变得异常兴奋。

“使用收益方面，我们怎么说呢？”萨迪说。

“在肯定能赚到足够的钱之前，什么都别说。我们不想引发不切实际的期待。明天跟我去一趟达拉斯，咨询一下怎么样？”

“明天是星期天，亲爱的。星期一放学后吧。放学前也行，要是你在第七节没课的话。”

“我会让德凯出山，代我上英语补习课。”

7

我和萨迪星期一去了达拉斯。我开得很快，我们在下班前赶到那里。我们要找的办公室在哈里·海因斯大道，距离帕克兰纪念医院不远。在那里，我们咨询了许多问题，萨迪简单介绍了我们的要求。答案让我们非常满意。两天之后，我人生的倒数第二次演出将开始，我担任这场全新而欢闹的歌舞杂耍表演——“约迪狂欢会”的导演。这次

① 米基·鲁尼（1920—2014），美国影坛常青树。
② 朱迪·加兰（1922—1969），美国女演员及歌唱家。

演出是为了一个美好的目的。我们没有说出办这场演出的目的，也没有人问。

过去的世界有两样东西值得一提：文书更少，信任多得多。

8

全镇人的确都出席了。德凯·西蒙斯说得对：这些蹩脚的笑话似乎永远不会过时。至少，在距离百老汇一千五百英里的地方还没有过时。

吉姆·拉杜（不错，会唱点歌）和迈克·科斯劳（非常欢闹）代表了这场演出的特色。我们的演出更像迪安·马丁和杰里·刘易斯的喜剧，而非邦斯先生和坦博先生那类东西。滑稽短剧本身就欢闹，参与本次演出的演员又是一群运动员，所以演出效果出奇的好。观众中间，人们拍打膝盖，有人的衣扣绷开。有些人恐怕把腰带都笑断了。

埃伦·多克蒂拿出尘封已久的班卓琴。迈克和吉姆说服橄榄球队来了支精神饱满的康康舞，孩子们下身穿着女士衬裙和内衣，上身什么都没有穿。乔·彼得还给他们找来假发。他们的演出引来阵阵掌声。镇上的女人对这些光着上身的年轻人和假发格外痴狂。

演出行将结束时，全体演员成对走上体育馆的舞台，在喇叭里播放的《喜悦心情》乐曲声中跳着疯狂的摇摆舞。裙子飞舞，脚步跳动，球员们（现在换上了佐特西装和窄边帽子）扭转着身体柔软的女孩。很多女孩都是啦啦队队员，对摇摆舞略知一二。

音乐结束，演员们微笑着，喘着气，走上前来，鞠躬致意。观众站起来，这已经是他们在幕布开启之后第三次（或者第四次）站起来，唐纳德又开始播放《喜悦心情》。然后，男孩女孩跑到舞台两边，拿起已在桌上等候多时的奶油派，朝彼此扔去。观众发出开心的欢呼。

演员非常期待这一部分，尽管他们在排练中没有抛过真正的派，我也不知道这主意究竟怎么样。当然，效果非常好，奶油派大战总会如此。孩子们以为这就是高潮，但我还有个秘而未宣的花招。

他们第二次上前鞠躬，脸上、衣服上沾满奶油，《喜悦心情》第三次响起。孩子们四处张望，疑惑不解，因此，没有看见教师们从座位上站起来，拿着我和萨迪藏在座位底下的奶油派。教师们把奶油派朝演员们扔过去。博尔曼教练拿着两个奶油派，他的目的非常明确：四分卫和明星防守队员。

迈克·科斯劳脸上滴着奶油，突然喊道："安先生！邓小姐！安先生！邓小姐！"

其他演员和观众也跟着喊起来，同时拍手打拍子。我们手牵着手走上舞台，贝林厄姆又播放那该死的音乐。孩子们在我们两边排成队，大声吼道："跳一个！跳一个！跳一个！"

我们别无选择，尽管我很担心女朋友会在奶油上滑倒，摔断脖子。这是萨迪·霍金斯舞会之后我们跳得最完美的一次。乐曲快结束时，我推萨迪的双手，看见她轻微地点头——来吧，我相信你——把她抛到我的双腿之间。她的两只鞋子飞到前排座位边，裙裾飞到大腿上面……她奇迹般地站起来，双手伸向观众——她很有可能会立即滑倒——然后放到沾满奶油的裙子边，做了个女士屈膝礼。

孩子们也有密谋，主意肯定是迈克·科斯劳出的。他们留了些奶油派，我们站在那里，淹没在掌声之中，至少五六个派从各个方向袭来。所有的观众几近疯狂。

萨迪把我的耳朵拉到她的嘴边，用手指擦掉我耳朵上的奶油，低声说："你怎能抛下这一切呢？"

9

一切还没有结束。

德凯和埃伦走到舞台中央，奇迹般地避开满地的奶油。没有人想到朝他们扔一块奶油派。

德凯举起手，示意大家安静。埃伦·多克蒂走上前，用在教室上课的声音讲话，声音轻易地盖过观众中的私语和笑声。

“女士们，先生们，‘约迪狂欢会’还有三场。”这句话又引起一阵掌声。

“这是义演，”掌声停下，埃伦继续说道，“我很高兴——是的，我非常高兴——告诉大家这场义演是为了谁。去年秋天，我们失去了一位优秀的学生。我们都哀悼文斯·诺尔斯的离去，他走得太匆忙，太匆忙，太匆忙。”

这时，观众安静下来。

“大家都知道，一个女孩，一位学生中的佼佼者，在那场事故后留下了严重伤疤。安伯森先生和邓希尔小姐已经安排罗伯塔·吉莉安·奥尔纳特今年六月在达拉斯接受外科整形手术。奥尔纳特一家不用出钱。‘约迪狂欢会’会计西尔维斯特先生告诉我，博比·吉尔的同学——以及整个镇子——肯定会支付手术的所有费用。”

观众先是沉默，然后跳起来。掌声雷动。我看到博比·吉尔在露天看台上掩面哭泣。她的家人抱住她。

这是远离主要公路的一个小镇的一个夜晚，除了住在这里的居民，没有人关心这个夜晚。不过没关系，他们自己关心。我看着博比·吉尔掩面哭泣。我看着萨迪头发上沾满奶油。她笑了。我也笑了。她做出“我爱你，乔治”的口型。我回以“我也爱你”的口型。那天晚上，我爱所有人，我跟他们融在一起。我从未感觉到如此有活力，活得如此开心。是啊，我怎能抛弃这一切？

两个星期之后，火山终于爆发。

10

星期六，购物日。我和萨迪已经习惯一起去七十七号公路上的温加滕商场购物。我们肩并着肩，推着购物车，头顶播放着曼托瓦尼[①]的音乐。我们查看水果的价格，寻找最合算的肉类。牛肉和鸡肉，想要哪一块就能买到哪一块。我在购物时感觉很不错，因为我即便在这里生活了三年，还是对便宜的价格感到惊叹。

那天，我的脑子除了想食物和日用品，还想着别的：哈泽德一家住在梅赛德斯街边简陋排屋二七〇六号，就在李·奥斯瓦尔德即将安家的破烂二联公寓左边一点点。“约迪狂欢会”让我忙得焦头烂额，但我那年春天还是抽出时间回到梅赛德斯街三次。我把福特停在沃斯堡市中心的一处停车场，然后在温斯考特路坐公交车，在离梅赛德斯不足半英里处下车。我这三次去都穿着牛仔裤，磨损的鞋，和在旧货甩卖市场上买的斜纹棉布夹克。要是有人问起我，我就说自己在寻找廉价出租房，因为我在西沃斯堡的得克萨斯金属板材公司找到一份守夜人的工作。我的话会被采信（只要没有人去查验），也解释了为什么我租了房子后大白天也要拉上窗帘，房子里异常安静。

我在往返于梅赛德斯街与蒙哥马利-沃德百货公司的过程中（总是拿着报纸，打开到房屋出租版面），看到哈泽德先生，一个三十四五岁的大个子。我还看到罗塞特不愿意和他们一起玩的两个孩子，以及一个表情僵硬、走路时拖着一条腿的老妇人。有一次，我无聊地经过充当人行道的车辙，哈泽德的妈妈在邮箱边怀疑地瞅着我，但什么都没说。

我第三次侦察时，看见哈泽德的皮卡货车后面钩着一辆锈迹斑斑的老拖车。他和孩子们正在往拖车上搬箱子，老妇人站在旁边刚刚变绿的马唐草边，靠在拐杖上，面带冷笑，那笑容可谓百味杂陈。我打赌里面主要是冷漠。我感到开心。哈泽德一家要搬走了。他们一走，一个叫乔治·安伯森的蓝领工人就会租下二七〇六号房。关键是我得排在前面。

我星期六购物时，我正在思考一个万全之策。我还得回应萨迪，发表适当的意见。她在奶制品旁花太久时间，我得跟她开玩笑，我把

① 曼托瓦尼（1905—1980），意大利裔英国轻音乐大师。

装满杂货的购物车推到外面的停车场上，把大包小包装进福特的后备厢。但我是自动地做这些事，我的大脑主要还是在思考我在沃斯堡的行动细节，结果露馅了。我没留意嘴巴说出来的话。过双重生活，太危险了。

在车子往回开的路上，萨迪安静（异常安静）地坐在我旁边。我哼着歌，因为福特的收音机坏掉了。阀门也发出呼哧呼哧的声响。这辆车看起来依然生机勃勃，由于种种原因，我仍然非常喜欢它。但是，它毕竟走下装配线已经七年了，里程表也超过九万英里。

我一趟就把萨迪的东西搬进厨房，故意摇摇晃晃，夸张地发出呼噜呼噜的声音。我没有注意到萨迪没有笑，也不知道我们的一小段和平时期结束了。我还在想梅赛德斯街，想着我得如何演出——或者，演到什么程度。我想成为熟悉的脸孔，因为人们不会对熟悉的面孔感兴趣，只会不屑，我不想不合群。然后我又想到奥斯瓦尔德夫妇。妻子不会说英语，丈夫天生态度冷淡，这对我很有利。但二七〇六还是离他们太近了。历史可能很执拗，但未来很脆弱，像个纸牌屋。我得小心，准备充分了才能改变过去。所以，我得——

这时，萨迪开口说话。我逐渐了解（并逐渐爱上）的约迪生活开始崩溃。

11

“乔治？来一下客厅好吗？我想跟你谈谈。”

“是不是最好把汉堡和猪肉放进冰箱？我想我看见冰淇——”

“让它化掉吧！”她吼了一声，我仓皇间不知所措。

我转向她，但她已经走进客厅。她从沙发边的桌上拿起烟，点了一支。在我温和的劝说下，她已经吸得少了（至少在和我在一起时）。跟她抬高的声音相比，香烟给我的不祥的预感更重。

我走进客厅。“怎么了，亲爱的？出什么事了？”

“大事。你唱的是什么歌？”

她的脸苍白而坚决，烟在唇间，仿佛一块盾牌。我开始意识到我犯了错误，但我不知道是什么错误，何时犯的，这让我惊慌失措。“我不知道你是什么意——”

“我们回家时你唱的那首歌。你引吭高歌的那首。”

我努力回忆，但无论如何也想不起来。我能想起来的是，我当时在想，我总是得穿得像梅赛德斯街上落魄的工人，以便混迹在人群中。我当然在唱歌，但我想别的事情时总喜欢唱歌——大家不都是这样吗？

“不过是一首摇滚歌曲，我从 KLIF 电台上听到的。不留心就记住了。你知道有些歌就是这么朗朗上口。我不明白你为什么这么紧张。”

“你在 KLIF 上听到的。歌词是‘我在孟菲斯遇到一个喝得酩酊大醉的女人，她要带我去楼上消遣’。”

我不光是心往下一沉，脖子以下的一切似乎都下沉了五英寸。我唱的是《酒吧女郎》。一首七八年之后才录制的歌曲，歌曲录完三年之后，唱这首歌的乐团才在美国走红。我的脑子当时想着别的事情，但我怎么会这么愚蠢呢？

“她吹我的鼻子，吹走我的心”？收音机播放的歌曲？联邦通讯委员会会关闭播放这种歌曲的电台！

我生气了。主要是生自己的气……但又不完全是生自己的气。我在拉紧的绳索上走，她为了一首滚石乐队的曲子对我大发雷霆。

“冷静点，萨迪。不过是一首歌。我忘了是从哪儿听到的。”

“你在撒谎，我们都清楚。”

“你有点过度焦虑。我想我最好拿上我的东西，开车回家。”我尽力保持冷静。我非常熟悉自己此刻的声音。这是克里斯蒂带着酒气回到家后我跟她说话的口气。裙子歪斜着，上衣解开一半，头发一团糟。更不要说模糊不清的口红了。那是玻璃杯的边缘，还是哪个酒鬼的嘴唇造成的？

想到这里，我更加生气。又错了，我想。我不知道我是在说萨迪、克里斯蒂还是我自己。我此时此刻对此毫不在乎。我们从来不会比被人抓住时更疯狂，不是吗?

“我想，你要是还想来这儿，你最好解释清楚你是从哪里听来这首歌的。还有，结账的孩子对你说，他给你的鸡肉套上两只袋子防漏时，你对他说的话是你从哪里听来的?”

“我根本不记得我说了什么——”

“你说的是‘好极了，哥们。’我想，你最好告诉我你是从哪里听来的。还有‘摆脱窘境’。还有‘《摇滚鞋》’。还有‘扭腰拧胯’、‘扫兴’和‘过度焦虑’。我想知道你是从哪里听来这些词的。为什么你这么说，而别人都不这么说?我想知道你为什么这么害怕那个愚蠢的口号‘吉姆拉’，连睡觉时都不停念叨。我想知道德里在哪里，为什么像达拉斯。我想知道你什么时候结的婚，跟谁结的，婚姻持续了多久。我想知道你到佛罗里达之前在哪里，因为埃伦·多克蒂说她很吃惊，你的有些文书是假的。她原话说的是‘看上去不真实’。”

我敢肯定，埃伦不是从德凯那里知道的……但她反正知道了。我并不惊讶，但很愤怒，她不该在萨迪耳边嚼舌头。“她没有权利告诉你这件事!”

她把烟碾碎，燃烧的烟灰跳起来，落在她的手上，她挥挥手。“我有时候觉得你来自……我不知道……别的星球!那个星球的人会唱‘我在孟菲斯遇到一个喝得酩酊大醉的女人’这种歌。我努力告诉自己，告诉自己这都没关系，爱情能征服一切。然而，爱情无法征服一切，爱情不能征服谎言。”她声音颤抖，但没有哭出来。她的眼睛死死盯着我的眼睛。她的眼神中要是只有愤怒，事情倒还好办。可是眼神中还有请求。

“萨迪，只要你还——”

“我不再那样了。所以，别再来那一套，说什么你没有做对不起自己的事，没有做对不起我的事。这类事情得由我自己来判断。现在情况是这样：要么把扫帚拿走，要么你走。”

“你要是知道了，就不会——”

“那就告诉我，让我知道!”

“不行。”愤怒像被刺破的气球一样爆炸，心里一片空白。我的目光从她的脸上移开，碰巧看到桌子，桌上的东西让我屏住呼吸。

桌上是一小叠求职信，她为即将到来的夏天去里诺做准备。最上面一张求职信寄往哈拉赌场酒店。她在第一行用整齐的印刷体打出自己的名字。她的全名，包括中间名。我从来没有想过要问她的中间名是什么。

我把求职信拿过来，用双手拇指缓慢地盖住她全名第一个词和最后一个词的第二个音节。剩下的部分是“多丽丝·邓”。

我记得我那天跟弗兰克·邓宁的妻子搭话，假装自己是对西区娱乐中心感兴趣的房地产投机商。她比萨迪·多丽丝·克莱顿（娘家姓邓希尔）老二十岁，但这两个女人都有蓝色的眼睛，白皙的皮肤，丰满的乳房和姣好的身材。两个女人都吸烟。这一切可能只是巧合，但又不仅是巧合。我知道。

“你在干什么？”强调的语气是在问：“你为什么一直闪躲逃避？”但我不再生气。一点都不。

“你确定他不知道你在哪儿吗？”我问道。

“谁？约翰尼吗？你是说约翰尼吗？为什么……”她忽然觉得说什么都没用。我从她脸上看得出来。“乔治，你走吧。”

“但是他会找到你，”我说，“因为你爸妈知道，而且，你爸妈认为他出类拔萃，你自己这么说的。”

我朝她走一步。她向后退一步。你遇到脑子有问题的人时就会这样往后退。我看见她眼睛里的恐惧和不解。但我无法阻止自己往前走。记住，我也很害怕。

“你即便告诉你爸妈别说，他也会从他们口中打听到。因为他很有魅力。不是吗，萨迪？他没有疯狂地洗手，将书按字母顺序排列，或者谈论勃起有多么恶心时，很有魅力。他吸引过你。”

“请你走吧，乔治。”她声音颤抖。

我又朝她走了一步。她又朝后退了一步，撞在墙上……畏缩了一下。我看见她这样，我觉得自己就像被扇了一个耳光的疯子或被泼了一杯凉水的梦游症者。我退到客厅和厨房之间的拱门门框里，双手举到脸的两边，做出投降的姿势。我的确投降了。

“我就走。但是，萨迪——”

“我真不明白你怎么做得出。”她说。眼泪夺眶而出，顺着双颊滚下来。“也不明白你为什么拒绝解释。我们有过那么多愉快的时光。”

“我们仍然可以很快乐。”

她摇摇头。动作缓慢，但很坚定。

我走过厨房，感觉像是在漂浮，而不是行走。我从柜台上的袋子里拿出香草冰激凌，放进她的冰点牌冰箱里。我想一切只是噩梦，我很快就会醒来。但我很清楚，这不是梦。

萨迪站在拱门里，看着我。一只手拿着新点燃的烟，另一只手拿着求职信。我现在看着她，感觉她跟多丽丝·邓宁惊人的相似。我之前为什么没有发现呢？因为我一直专注于其他事情？抑或是因为我并未意识到自己要对付的东西多么强大？

我穿过纱门，站在门阶上，透过纱网看着她。“提防着他，萨迪。”

“约翰尼把很多事情弄得一团糟，但是他不危险，”她说，“我爸妈永远不会告诉他我在哪儿。他们答应过我。”

“人有时会食言，会崩溃。尤其是在一直承受巨大压力，很难控制自己时。”

“你走吧，乔治。”

“答应我提防着他，我就走。”

她喊道：“我答应你，我答应你，我答应你！”香烟在她的手指间剧烈抖动，红色的眼睛里充满震惊、失落、悲伤和愤怒。我能感觉到那双眼睛一直追随着我，直到我上车。

该死的滚石乐队。

第十七章

1

期末考试开始前几天，埃伦·多克蒂把我叫到她的办公室。她关上门，然后说：“我很抱歉给你惹了麻烦，乔治。不过，要是能重来一次，我不知道自己会不会换种方式。”

我一言未发。我已经不再生气，但仍然十分惊讶。我和萨迪分手之后，几乎夜不能寐。我想，在未来一段时间里，凌晨四点肯定会成为我的亲密好友。

“得克萨斯州学校管理条例第二十五条。”她说，好像这能说明一切。

“您说什么，埃莉？”

“是尼娜·沃林福德提醒我的。”尼娜是这个地区的护士。她每个学年都开着福特旅行车，行驶成千上万英里，在德诺姆县的八所学校之间穿梭，其中的三所只有一两间校舍。“第二十五条是州政府关于学校打疫苗的条款。学生和老师都包括在内。尼娜说，她没有你的任何免疫记录。实际上，没有你的任何医疗记录。”

问题就在这儿。冒牌老师由于没有接种小儿麻痹症疫苗而被揭穿。不过，我至少不是因为提前知道滚石乐队、或者使用迪斯科俚语不当而被揭穿。

“你一直忙着‘狂欢会’，我想我可以替你向你执教过的学校写信，省去你的麻烦。但佛罗里达寄来的回信说，他们不要求代课老师的免疫记录。缅因州和威斯康里州的回复是‘从来没听说过这个人’。”

她从桌子后面靠过来，看着我。我无法正视她的眼睛。我将目光转移到我的手背之前，我从她脸上看到的同情让我难以忍受。

“州教育委员会在意我们雇佣了弄虚作假的老师吗？当然。甚至有可能采取法律行动，要求你偿还这一年的薪水。我在意吗？完全不在意。你在德诺姆联合高中的工作很值得效法。你和萨迪为博比·吉尔·奥尔纳特所做的一切实在太棒了，你们能赢得‘全州年度最佳教师’提名。”

“谢谢夸奖，”我低声说，“兴许吧。”

“我问自己，米米·科科伦会怎么处理这件事？米米对我说：‘他要是签过合同，明年和后年继续执教，你就不得不采取行动。但是他既然一个月后就要离开，什么都不说对你——包括对学校——更好。’然后她说：‘但是有个人必须知道他言行不一。’”

埃伦停顿下来。

“我告诉萨迪，我敢肯定你会有合理的解释，但是你好像没有。”

我瞥了一眼手表。“你要是不准备开除我，埃伦女士，我得回去上第五节课。我们正在图解句子。我想让他们试试这个复合句：‘我在这件事上是无辜的，但我说不清为什么’。你觉得怎么样？会太难吗？”

“对我来说太难了。”她幽默地说。

“还有一件事，”我说，“萨迪的婚姻很不幸。她的丈夫很怪，我不想细说。他叫约翰·克莱顿。我想，他有点危险。你得问问萨迪有没有他的照片，知道他长什么样，以便他出现在这里追查萨迪时能认出他。”

“你这样想是因为？”

“因为我之前见过类似的情形。这样说够了吗？”

“我想不够也得够，对吧？”

这不是很好的答案。“你会向萨迪要照片吗？”

“会的，乔治。”她可能是认真的，也可能只是在敷衍我。我搞不清。

我走到门边，她语气温和地说：“你伤了那位年轻女士的心。”

“我知道。”我一边说一边走开。

2

梅赛德斯街。五月下旬。

“你是焊接工，对吧？”

我正跟房东站在二七〇六号的门廊上，房东杰伊·贝克先生是位善良的美国人。他健壮结实，挺着个啤酒肚。我们刚刚快速参观了房子，用贝克的话说，房子“最大的优点就是离公交车站很近”，好像这足以弥补无处不在的破败气息：下垂的屋顶，浸水的墙壁，开裂的马桶水箱。

“守夜人。”我说。

“是吗？工作不错。做这样的工作，有很多时间 × 狗。”

我似乎不需要回答这个问题。

“没有老婆孩子吗？”

“离了婚。他们在东部。”

“要支付该死的赡养费，对吧？”

我耸耸肩。

他不再东拉西扯。“所以你想要租这地方吗，安伯森？”

“我猜是吧。”我说，叹了口气。

他从裤子后面的口袋里掏出一本长长的租金册，册子的皮质封面松松垮垮。“在第一个月和最后一个月要交损耗押金。”

“损耗押金？你肯定是在开玩笑。”

贝克继续说，仿佛没听见我说话：“每月的最后一个星期五交房租。少付或者迟付房租就得睡大街，这是沃斯堡警察局的规矩。我跟他们很熟。”

他从胸前口袋里掏出抽了多半的雪茄头，塞进嘴里，在拇指指甲上划着火柴。门廊里很热。我想，这个夏天将酷热而漫长。

我又叹了口气。然后——故作勉强——掏出钱包，取出二十美元。

“我们信仰上帝，”我说，“其他人都得付现。”

他笑了，喷出刺鼻的蓝色烟雾。“这句话不错。我会记住的。我会在每个月的最后一个星期五想起这句话。”

我无法相信自己要住在这处令人绝望的简陋小屋，我之前住的可是南方的美丽宅院，我曾为自己能坚持修剪草坪而自豪。我还没有离开约迪，却感到一波思乡之情涌起。

“请给我一张收据。”我说。

收据是免费的。

3

学期的最后一天。教室和走廊里空空如也。头顶的电扇吹着闷热的空气，不过今天才是六月八日。奥斯瓦尔德一家已经离开苏联。根据阿尔·坦普尔顿的笔记，再过五天，“马斯丹”号远洋班轮就会驶入霍波肯。他们将走下跳板，踏上美国的土地。

教师办公室里，除了丹尼·莱弗蒂，别无他人。“嗨，伙计。听说你准备去达拉斯写完你的书。”

“计划是这样。”实际上，计划是去沃斯堡，至少开始是去沃斯堡。我清理文件格，里面装满期末公报。

“我如果无牵无挂，而不是被一个老婆和三个淘气鬼拴住，也会试试写本书，”丹尼说，“我参加过二战，你知道的。”

我知道。大家都知道，你认识他不到十分钟就会知道。

“钱够花吗？”

“差不多够吧。”

钱足够我用到明年四月，我跟李·奥斯瓦尔德算账时。我没必要再去格林维尔大道的诚信金融冒险。我上次去就是愚蠢的行径。我要是想去，可以试图告诉自己，发生在我佛罗里达住处的灾难只是恶作剧。但是，我也告诉自己，我和萨迪曾经很好，看看到头来如何。

我把文件格里的一堆文件扔进废纸篓……然后看见一个小信封，封口尚未撕开，可能是我漏拆了。我知道谁习惯使用这种信封。里面的笔记本用纸上没写称呼，也没有签名。但有她淡淡的香水味（这可能只是我的想象）。信很短。

谢谢你让我知道有些事情有多么美好。请不要离开。

我把信纸攥在手里，想了一会儿，然后将其塞进身后的口袋里，快步下楼去图书馆。我不知道我打算怎么办，也不知道打算跟她说什么，但是没有关系，因为图书馆一片昏暗，椅子摆在桌子上。我拧了拧门把手，门锁上了。

4

停车场上，教工停车区只剩下两辆车，丹尼·莱弗蒂的普利茅斯和我的福特森利纳。我的敞篷汽车现在看上去颇显破旧。我觉得自己也有点邋遢。

“安伯森先生！等等，安伯森先生！”

是迈克和博比·吉尔，他们急匆匆穿过闷热的停车场，朝我走来。迈克拿着一个包起来的小礼物，然后将礼物递过来。“我和博比给你准备了一样东西。”

我纠正他的语法。“你们不用给我买东西，迈克。”

“我们一定要买，先生。”

我很感动，看到博比·吉尔在流泪，我又很高兴。她脸上厚厚的蜜丝佛陀底妆不见了。她知道疤痕即将消失，所以已经停止遮盖。她在我的脸上亲了一下。

“非常感谢您，安伯森先生。我永远都不会忘记您，”她看看迈克，“我们永远都不会忘记您。”

他们很可能不会。这是件好事。无法弥补落了锁、黑洞洞的图书馆，但是件好事。

“打开吧，”迈克说，“我们希望您能喜欢。这是为方便您写书买的。”

我打开包装。里面是个八英寸长、两英寸宽的木盒，木盒里面，真丝包裹着一支威迪文牌钢笔，我的名字首字母 GA 印在笔夹上。

“噢，迈克，”我说，“这太珍贵了！”

“它即使是纯金的，也不足以表达我的谢意，”他说，“您改变了我的人生，”他看看博比，“我们的人生。”

“迈克，”我说，“这是我应该做的。”

他拥抱了我，在一九六二年，男人之间并不常拥抱。我很高兴，回抱一下。

“保持联系，”博比·吉尔说，“达拉斯不是远，”她停顿一下，纠正语法错误，“不是很远。”

“我会的。”我说，但我不会联系他们，他们可能也不会联系我。他们会开始新生活，如果幸运的话，他们的生活会光芒闪耀。

他们离开，然后博比转过身。“很遗憾你们分手了。我很伤心。”

“我也很伤心，”我说，“不过，这样可能对我们都好。”

我往回走，打包打字机和其他物品。东西很少，一只手提箱和几个纸板箱就能装下。我在中央大街上等红灯变绿时，打开小盒子，看着钢笔。钢笔精美极了。他们送给我这件礼物让我非常感动。更让我感动的是，他们等着跟我说再见。红灯变成绿灯，我合上盒盖，继续开车。嗓子里有点堵，但眼睛是干的。

5

生活在梅赛德斯街并不是什么令人开心的体验。

日子并不十分糟糕。下午，街上充斥着放学孩子的喊叫声，孩子们穿着宽大的旧衣服；家庭主妇在邮箱或者后院晒衣绳边牢骚满腹；青少年开着锈迹斑斑的汽车，汽车装有玻璃纤维消音器，收音机里播放着 KLIF 电台的节目。凌晨两点到六点之间不那么糟糕。孩子们最终在婴儿床（或者梳妆台抽屉）里入睡，爸爸们鼾声如雷，为第二天去商店、工厂或者偏远农场里做按时计酬的工作积蓄体力，一片令人震惊的寂静笼罩整条街道。

下午四点到六点之间，街上闹腾起来，妈妈喊孩子进屋帮忙做家务，爸爸回到家对着妻子大声嚷嚷，或许除了妻子，他们再无可嚷嚷的对象。很多妻子也还以颜色。喝醉的爸爸们八点钟左右蜂拥而至。十一点前后最是吵闹，要么是因为酒馆打烊，要么是因为金钱散尽。之后，就听到砰声关门，玻璃破碎或者惨声尖叫，醉酒的爸爸对着妻子、孩子或者同时对妻子和孩子发飙。警察到达时，红灯的闪光常会透进我拉上的窗帘。有几次，枪声响起，可能是朝天发射的，也可能不是。有一天凌晨，我出去取报纸时看见一个女人下巴上有干结的血污。她坐在与我仅隔四栋房子的一幢房子前面的路边，正在喝一罐孤星牌啤酒。我差点下去看她，尽管我知道插手这个底层社区的生活很不明智。随后，她看见我在观察她，便举起中指，我又走回屋子里。

这里没有“欢迎礼车”公司迎来送往，也没有名叫马菲或者巴菲的妇女急急忙忙参加“青年联盟”会议。我住到梅赛德斯街后有大把时间思考，怀念在约迪的朋友，思念一直分散我精力的工作，这工作让我忘了自己来这儿的真正目的。我意识到教学不仅仅是打发时间，教学还让我获得了满足感。我真的在乎这工作，真的觉得自己能够带来改变。

我甚至有时间对之前很时髦的敞篷跑车感到厌倦。收音机出了故障，阀门呼哧作响，锈迹斑斑的排气管发出刺耳的逆火声，挡风玻璃上也出现一条裂纹，裂纹是从笨重的沥青罐车上掉下来的石头砸的。我已经不再洗车，现在——很遗憾——它看起来跟梅赛德斯街上的破旧汽车没什么两样。

关键是，我有时间想念萨迪。

你伤了那位年轻女士的心，埃伦·多克蒂说。我心里也很不好受。向萨迪倾诉一切的想法有天晚上突然进入我的脑海。那天晚上我醒着躺在床上，听着隔壁醉酒的吵闹：“你有，我没有，你有，我没有，×你妈的。”我放弃这个想法。但第二天晚上，它再次出现。我想象跟她坐在餐桌前喝咖啡，下午强烈的阳光斜穿过窗户，照在水槽上。平静地聊天。告诉她我的真名叫雅各布·埃平，十四年之后才会出生。我穿越一条时间裂缝，从二〇一一年来到这里。我已故的朋友阿尔·坦普尔顿把那条裂缝称为兔子洞。

我如何说服她相信这回事呢？告诉她某个背叛美国的家伙已经改变对苏联的态度，很快就会跟他的苏联妻子和幼女搬进我现在住处的对面？告诉她达拉斯德州人队——还不是牛仔队，还不是美国之队——今年秋天会在第二个加时赛中以二十比十七击败休斯敦油工队？太荒唐了。但是，我对于立等可见的未来还知道些什么呢？我知道的并不多，因为我没时间准备。我对奥斯瓦尔德颇为了解，仅此而已。

她可能会以为我疯了。我可以再唱十几首还没有录制的流行歌曲给她听，她还是会以为我疯了。她可能会说一切都是我自己编造的——说到底，我不是个作家吗？假定她相信我呢？我愿意把她也拽进鲨鱼口中吗？她八月份回到约迪后，约翰·克莱顿如果是弗兰克·邓宁的翻版，或许会来找她，这难道还不够糟糕吗？

“好吧，滚出去！”一个女人在街上喊，一辆汽车朝温斯考特路的方向开去。一束灯光快速透过我拉上的窗帘，从天花板上闪过。

“你这个舔 ×× 的家伙！”女人在后面喊道。稍远的地方，一个男人的声音喊道：“娘们儿，你舔我的 ××，或许能让你安静下来。”

这就是一九六二年夏天梅赛德斯街上的生活。

别把她牵扯进来，理性的声音说，太危险了。或许在某个时间点，她能再次成为你生命中的一部分——约迪生活甚至也会回来——但不是现在。

不过，我永远不可能再在约迪生活了。埃伦知道我弄虚作假，我再回高中教书无异于痴人说梦。我还能做什么呢？灌混凝土吗？

一天早上，我把咖啡壶放到火上，去门口取报纸。我打开前门时，发现森利纳的两个后胎都没气了。哪个无聊的孩子用刀把轮胎割破了。这也是我一九六二年在梅赛德斯街的生活。

6

星期四，七月十四日，我穿上牛仔裤、蓝色工作衫和一件旧背心——背心是我从坎普鲍伊路上的二手商店买的。然后，我在房子里踱来踱去，消磨早上的时光。没有电视，但我听了收音机。新闻说，肯尼迪总统打算这个月晚些时候对墨西哥进行国事访问。天气预报说今天天气晴朗，气温适宜。DJ大喊大叫一通，然后播放《帕利萨德斯公园》。歌手的尖叫和过山车音效在我的头脑里回响。

最后，我再也无法忍受。时间还早，但我不在乎。我坐进森利纳——两个翻新的黑色轮缘与前轮的白色轮缘相映成趣——开了四十多英里，去达拉斯西北的拉菲尔德机场。没有所谓临时或者长时停车场，只有停车场。每天七十五美分。我把旧夏日草帽盖在头上，跋涉大约半英里，到了候机楼。几位达拉斯警察站在路边喝咖啡，但是没有保安，也没有金属探测器。乘客们只需向站在门边的人出示机票，然后穿过闷热的停机坪，登上五家航空公司之一：美国航空、达美航空、环球航空、边疆航空和得克萨斯航空。

我检查达美航空柜台后面墙上的黑板，上面说一九四号航班准点。我向工作人员确认，她笑着告诉我，飞机刚刚离开亚特兰大。“你来得太早了！”

“我情不自禁，”我说，“我可能会很早参加自己的葬礼！”

她笑着祝我顺心。我买了本《时代》杂志，走进餐馆，点了九号云[①]主厨沙拉。沙拉分量很足，我太紧张了，并不饿——不是每天都能

---

① 美国气象术语。九号云系是一种叫作“积雨云”的特定代号。而“积雨云”的位置最高，因此，九号云比喻世界顶级。

看见即将改变世界历史的人——但我想在等待载着奥斯瓦尔德一家的飞机抵达时有东西可吃。

从我坐的卡座，能清楚地看到主出站口。人流并不大。一位身着深蓝旅行装的年轻女人吸引了我的注意力。她的头发盘成整齐的发髻，两只手各拎着一只手提箱。一位黑人脚夫走到她身前。她微笑着摇摇头，接着在经过旅客协助站时，胳膊撞在柜台边缘。一只箱子掉在地上，擦到她的手肘。她拾起箱子，继续前进。

萨迪正要离开，去里诺生活六个星期。

我惊讶吗？一点都不。这又是汇合点。我已经习惯了。我是否有冲出饭店、追上她的冲动？当然有。

一时间，我觉得这样做不仅可行，而且必要。我会告诉她是命运（而非某种由时间旅行导致的奇怪的和谐）安排我们在机场相遇。在电影里，这一套通常会奏效，不是吗？我会让她等我，然后我会买张票跟她一起去里诺。我们一到那里我就告诉她一切。六个星期之后，我可以请准许她离婚、又让我们结婚的法官喝一杯。

实际上，我已经准备起身。可我正要起身，碰巧看到我在报摊买的《时代》杂志的封面。封面人物是杰奎琳·肯尼迪。她面带微笑，容光焕发，穿着V领无袖连衣裙。图片说明是“总统夫人身着夏装”。我看着照片，照片的颜色转为黑白，表情也从开心的笑容变成茫然的凝视。她在“空军一号”上，站在林登·约翰逊身边，穿的不再是漂亮（而且有点性感）的夏装，而是溅满鲜血的羊毛套装。我记得读过——不是在阿尔的笔记，是在别的地方——肯尼迪夫人的丈夫被宣告死亡不久，“小瓢虫”约翰逊[①]在医院走廊里拥抱肯尼迪夫人，看见那套衣服上溅染着已经殒命的总统的一滴脑浆。

总统被一枪爆头。后来死去的所有人在他身后如鬼影一般站成一排，延伸到无限远处。

---

① 克劳迪娅·阿尔塔·“小瓢虫”泰勒·约翰逊（1912—2007），美国第三十六任总统林登·约翰逊的妻子。

我坐回去，看着萨迪提着箱子走向边疆航空的柜台。袋子明显很沉，但是她精力充沛，背挺得很直，鞋子的低跟发出清脆的响声。工作人员检查她的行李，将其放上行李搬运车。萨迪跟工作人员交流几句，把两个月前通过一家旅行社购买的机票递过去。然后她把机票拿回来，转身朝登机口走去。我低下头，确保她看不到我。我再次抬起头时，她已经消失。

7

我等了漫长的四十分钟之后，看到一男一女和两个小孩——一儿一女——经过餐馆。男孩抓着爸爸的手，喋喋不休。爸爸朝下看着他，不住点头，面带微笑。爸爸就是罗伯特·奥斯瓦尔德。

扩音喇叭大声宣布："来自纽瓦克和亚特兰大市机场的达美航空公司一九四号航班已经抵达。请在四号出口接机。达美航空一九四号航班已经抵达。"

罗伯特的妻子——阿尔在笔记中称其为瓦达——把小女孩抱起来，加快脚步往前走。我没有看到玛格丽特。

我挑起沙拉，大口咀嚼，根本没意识到沙拉是什么味道。心怦怦地跳。

飞机靠近出口时，我能听见越来越近的引擎咆哮声，看得见道格拉斯 DC-8 型飞机的白色机头。接机的人在门口围成一圈。一位女服务员在我的肩膀上拍了一下，我差点惊叫出声。

"对不起，先生，"她的得克萨斯口音十分明显，"我只是想问问您是否还需要别的什么。"

"不用了，"我说，"我很好。"

"那好。"

第一批乘客开始通过出口。都是男乘客，穿着西装，留着成功人士的发型。

当然。头等舱的乘客先下飞机。

“您确定不想来点桃子派吗？很新鲜。”

“不用了。”

“真的不要吗，亲爱的？”

这时经济舱的乘客蜂拥而出，所有人都提着手提箱。我听到一个女人长声尖叫。是不是瓦达在叫她的小叔子？

“真的不要。”我说，抓起杂志。

她明白了我的暗示。我坐在那儿，往剩下的沙拉里加橙色法式调味酱，观察着。此时，一对男女带着一个小孩出现了。但是，这个小孩已经会走路，不可能是琼，琼没有这么大。旅客们经过餐馆，跟前来接机的亲友热情聊天。我看见一个穿着军装的年轻男人拍他女朋友的屁股。女孩笑了，打他的手，踮着脚尖亲吻他。

大约五分钟的时间里，出口挤满人。然后，人群消散。我还没有看到李一家。我突然非常确定地认为：他们不在飞机上。我不仅穿越时空回到过去，而且跳进了某种平行宇宙。或许，黄卡人本打算阻止这样的事情发生，但他死了，而我脱身了。奥斯瓦尔德不存在？太好了，任务取消。肯尼迪会在其他宇宙中死去，但在这个宇宙中会活得好好的。我可以追上萨迪，从此跟她幸福地生活在一起。

这个念头刚刚涌起，我突然第一次看见我的目标。罗伯特和李肩并着肩，愉快地交谈。李摇晃着什么，那要么是个特大的公文包，要么是个小背包。罗伯特提着粉色手提箱，手提箱的边角是圆形的，好像是芭比娃娃公司出产的东西。瓦达和玛丽娜紧随其后。瓦达拿着一只拼缝布袋，玛丽娜将另一只拼缝布袋扛在肩上。怀里抱着四个月大的琼，竭力追赶。罗伯特和瓦达的两个孩子走在玛丽娜两边，带着惊讶的表情看着玛丽娜。

瓦达朝两个男人喊，他们在餐馆门前旁边一点的地方停下。罗伯特咧嘴一笑，取下玛丽娜的袋子。李的表情……好笑？会意？或许两者兼有。嘴角点缀着些微笑意。毫无特征的头发梳得很整齐。他穿着平整的白色衬衫，卡其布裤子，闪亮的鞋子，宛如完美的水兵。看起来完全不像刚刚航行了大半个地球。他的脸上没有半条皱纹和一丝须茬。他只有二十二岁，看起来还不到二十二岁——就像我教的美国文学班上的青少年。

玛丽娜也很年轻。她再过一个月才到购买酒精饮料的年纪。她疲惫不堪，惊慌失措，打量着一切。她也异常美丽，秀发如云、乌黑发亮，蓝色的眼睛惹人怜爱。

琼的胳膊和腿被布片裹着。她的脖子也被包了起来，她没有哭，但她的脸红扑扑、汗淋淋的。李接过孩子。玛丽娜感激地笑笑。她的嘴唇分开时，我看见她的一颗牙齿不见了。其他牙齿也已经变色，有一颗几乎变成了黑色，跟她细腻的皮肤和曼妙的眼睛形成鲜明对比。

奥斯瓦尔德靠近她，说了些什么，她脸上的笑容顿时烟消云散。玛丽娜抬头警惕地看着他。他又说了些什么，一边说，一边用一根手指捅她的肩膀。我记得阿尔的笔记，想知道奥斯瓦尔德现在跟妻子说的是不是：走吧，娘的！

不过不是。是琼身上的层层包裹让他恼火。他把包裹扯开——首先是胳膊，然后是腿——把布片扔向玛丽娜，玛丽娜笨拙地接住。然后玛丽娜四处张望，看是否有人在看他们。

瓦达转过身，碰了碰李的胳膊。他丝毫没有理会瓦达，只是扯开围在琼脖子上的棉围巾，扔向玛丽娜。围巾掉在出口的地上。玛丽娜弯下腰捡起来，一声不吭。

罗伯特走近他们，在弟弟的肩膀上友好地捅了一拳。出口此时几乎空无一人——最后下机的乘客已经走到他们前面——我清楚地听见罗伯特说的话："让她喘口气，她刚到这儿。她都不知道这是哪儿。"

"看看这孩子，"李说，把孩子举起来检查一番。这时，孩子哭了。"她把孩子裹得像具埃及木乃伊。因为他们在家乡是这么做的。我真是哭笑不得。Staryj baba！老娘们！"他抱着大声哭叫的孩子，转向玛丽娜，玛丽娜惊恐地看着他。"Staryj baba！"

她想笑，因为她虽然不明所以，但知道自己被取笑了。我突然想起《人鼠之间》中的雷尼。然后，李咧开嘴，自信而有些歪斜的大笑在他脸上绽开。这让他显得近乎潇洒。他轻轻地亲吻妻子，先亲一边脸颊，然后亲另一边。

“美国！”他说，又亲了妻子一下，“美国，丽娜！自由的国度，狗屎的国度！”

玛丽娜笑容灿烂。李开始用俄语跟她讲话，一边把孩子递回去。他们走出我的视野时，玛丽娜的脸上依然挂着笑容。她把孩子抱到肩上，以便能腾出手，牵着李的手。

8

我回到家——要是能把梅赛德斯街称为家的话——试图打个盹。我睡不着，于是把双手垫在脑后，听着街上嘈杂的噪音，跟阿尔·坦普尔顿对话。我发现，我一个人住以后经常这样做。就一个已死掉的人来说，他的话还真多。

“我真愚蠢，竟然到沃斯堡来，”我告诉他，“我要是把窃听器挂到录音机上，可能会被发现。奥斯瓦尔德本人可能发现我，然后一切都会改变。你在笔记中提到，他已经变成偏执狂。他知道，在明斯克，克格勃和苏联内务部监视着他。他肯定害怕联邦调查局和中央情报局也监视他。联邦调查局确实会监视他，至少会监视他一段时间。”

“没错，你得格外小心，”阿尔同意，“很不容易，但我相信你，伙计。这也是我一开始打电话给你的原因。”

“我不想靠近他。我在机场看见他时就极度紧张不安。”

“我知道你不想，但你别无选择。我做了一辈子厨师，可以告诉你，不打鸡蛋是做不成煎蛋卷的。不用过高地估计这个家伙。他不是个超级罪犯。还有，他也会心烦意乱，主要是因为他妈妈蛮横无理。他除了对妻子大喊大叫，或者喊叫不足以泄愤时虐待她，他还有什么强项呢？”

“我想李是爱她的，阿尔。至少有点爱，可能很爱。尽管他大喊大叫。”

“是的，但他这样的家伙最有可能侵害他们的女人。看看弗兰克·邓宁吧。你只管做好自己的事，伙计。”

“我即便能成功地安装窃听器，又能得到什么呢？争吵的录音？用俄语争吵的录音？这还真是有趣。”

“你不用了解这个男人的家庭生活。你需要弄清的是乔治·德·莫伦斯乔特的情况。你要确定德·莫伦斯乔特没有参与谋杀沃克将军。你一旦完成这件事，不确定的窗户就会关闭。请看看积极的一面吧。奥斯瓦尔德如果发现你在监视他，他未来也许会朝着好的方向变化。他可能不会尝试刺杀肯尼迪。”

“你真的这样认为吗？”

“不，我并不这么认为。”

“我也不这么认为。过去很执拗，它不想被改变。”

他说：“伙计，现在你算是……”

“明白了，”我听见自己嘟哝道，“我现在算是明白了。”

我睁开眼睛。我居然睡着了。傍晚的阳光透过窗帘射进来。不远处，沃斯堡的达文波特街上，奥斯瓦尔德兄弟和他们的妻子正坐在餐桌边享用晚餐——李重回故土后的第一顿饭。

在我自己的位于沃斯堡的房子外面，我听见跳绳小孩的歌唱。听起来非常熟悉。我起床，穿过昏暗的客厅（里面除了我从旧货店里买来的两把安乐椅外别无他物），把窗帘拉开一英寸左右。窗帘是我最先买的东西，我想观察别人，但不想被人看见。

二七〇三号房子依然空着，“房屋出租”的标牌钉在摇摇欲坠的门廊栏杆上。但是草坪并未废弃。草坪上，两个女孩正在甩动一根跳绳，第三个女孩跳进跳出。她们不是我在德里科苏特街上看到的女孩——这三个穿着打补丁的褪色牛仔裤，而不是崭新的短裤，看起来身材矮小，营养不良——但歌曲是一样的，只是带着得克萨斯口音。

“查理·卓别林，跑到法国去！为了看女人跳舞！向舰长敬礼！向女王敬礼！我老子开潜水艇！”

跳绳的女孩绊倒在二七〇三号屋前的草坪上，草坪上长满马唐草。其他女孩压到她的身上，三个女孩在土里乱滚。然后站起身，迅速跑开。

我看着她们离开，心想：我看到她们但她们看不到我。这是关键。这是个开始。但是阿尔，我什么时候才能结束？

德·莫伦斯乔特是整个事件的关键，唯一阻止我在奥斯瓦尔德一搬到街对面就干掉他的因素。乔治·德·莫伦斯乔特是个投机石油租赁权的石油地质学家。他仗着妻子的财富，过着花花公子的生活。他跟玛丽娜一样，也是从苏联背井离乡来到美国。但他跟玛丽娜出身不一样的是，他来自一个贵族家庭——其实应该称他为莫伦斯乔特男爵。这个男人即将成为李·奥斯瓦尔德在几个月余生中唯一的朋友。这个男人即将说服奥斯瓦尔德，如果没有某个之前担任将军的右翼种族主义分子的存在，整个世界将会变得更加美好。德·莫伦斯乔特如果真的参与了奥斯瓦尔德对埃德温·沃克的暗杀行动，我的处境会相当复杂。所有疯狂的阴谋论都有可能是真的。不过，阿尔坚信这位苏联地质学家所做的一切（即将做出的一切，就像我所说的，生活在过去的人很容易错乱）就是怂恿一个已经被名声困扰、精神失常的家伙。

阿尔在日记中写道：如果奥斯瓦尔德一九六三年四月十日晚上是孤身一人，那么有另外什么人参与七个月之后刺杀肯尼迪行动的概率几乎为零。

他在这行字下面用大写字母写下最后的判决：那么可以直接干掉这个狗杂种！

9

我能看到小女孩，她们却没看到我，这让我想起老吉米·斯图尔特[①]的惊悚电影《后窗》。一个人不需要离开自己的客厅就可以看到很多东西，尤其是他有适当的工具的话。

---

① 吉米·斯图尔特（1908—1997），美国电影、电视、舞台剧演员，一九四一年获奥斯卡最佳男主角奖。

第二天，我去体育用品商店买了一副博士伦望远镜。我提醒自己，小心镜片上的反光。二七〇三号房在梅赛德斯街的东边，我想我在午后的任何时间都很安全。我把望远镜塞进窗帘中间的缝隙里，然后调整聚焦旋钮，可怜兮兮的客厅和厨房变得格外清晰，我几乎可以站进去。

比萨斜灯依然放在陈旧的五斗橱上，橱内装着厨房用具。有人打开台灯，窃听器就会被激活。但是不挂上巧妙的小型日本盘式录音机，窃听器毫无用处。最多可以录十二小时。我在装了窃听器的备用台灯上试过（我感觉自己像是伍迪·艾伦[①]喜剧中的角色）。录音慢于正常音速，但能听懂。一切对我都非常有利。

假如我有胆量的话。

10

七月四日，梅赛德斯街上十分繁忙。在家休息的男人们浇灌着已经无可救药的草坪——除了下午和傍晚下过几次暴雨之外，天气闷热而干燥——然后倒进草坪上的椅子里，喝着啤酒，听收音机里的棒球比赛。十三四岁的孩子朝流浪狗和鸡身上扔爆竹。一只鸡被樱桃炸弹击中，炸成一摊血和羽毛。扔爆竹的孩子尖叫着，被妈妈拽进远处街边的房子里，妈妈只穿着一件长衬裙，戴着法摩尔棒球帽。从她摇晃的步态看，我猜她刚刚喝了些啤酒。最接近烟花的东西出现在十点钟之后，有人，可能是割破我敞篷跑车轮胎的那个小孩，点燃停在蒙哥马利-沃德百货公司停车场内一个多星期、被人抛弃的老斯图贝克汽车。沃斯堡警察局来把火扑灭，大家都出来围观。

美国万岁！

---

① 伍迪·艾伦（1935—　），美国电影导演、编剧、演员、喜剧演员、作家、音乐家与剧作家。

第二天早上，我下楼查看被烧毁的废车，它悲伤地躺在残存的轮胎上。我看见仓库一个装卸间旁边有个电话亭。我冲动之下，打电话给埃伦·多克蒂，让接线员找到号码，帮我接通。我这样做，一方面是因为很孤独，很想家，更主要是因为我想听到萨迪的消息。

电话响第二声，埃伦就接了。她好像很高兴我打电话给她。我站在一间闷热难耐的电话亭里，身后梅赛德斯街在光荣的七月四日沉睡，汽车烧焦的气味钻进我的鼻孔，我的脸上漾起笑容。

“萨迪很好。我收到她两张明信片和一封信。她在哈拉酒店当服务员，”她放低声音，“我想是*鸡尾酒*女招待，但这件事我永远不会告诉学校董事会。”

我想家萨迪的长腿穿着鸡尾酒女招待的短裙。我想象她弯腰往桌上放酒时客人盯着她的袜口或者乳沟。

“她问了你的情况，”埃伦说，这又让我笑了，“我不想告诉她，按照约迪镇民的说法，你已经从人间蒸发。所以我说你忙着写书，过得很好。”

在近一个月或者更长的时间里，《凶杀地》只字未进。有两次，我拿起文稿，努力阅读，感觉稿子是三世纪的古迦太基人写的。“我很高兴她很好。”

“她到月底就能达到居住期限，但是她已经决定在那儿待到假期结束。她说小费很不错。”

“你有没有向她要那个很快就要成为她前夫的人的照片？”

“在她离开之前向她要过，但是她说没有照片。她说她爸妈可能有几张，但她不想写信问他们要。萨迪说她父母从未放弃这桩婚姻，她写信可能会给他们错觉。她还说，她认为你反应过激。她用的词是反应‘异度过激’。”

这的确是我的萨迪会说的话。不过，她现在不是我的了。现在，她只是个女招待。“嗨，服务员，再给我们来一杯……这一次把腰弯低点”。每个男人都有一颗嫉妒心。我的嫉妒心在七月五日早上不停地颤动。

“乔治？我毫不怀疑她仍然爱着你，现在收拾残局还不太晚。”

我想起李·奥斯瓦尔德。他九个月后才会尝试刺杀埃德温·沃克将军。“还太早了。”我说。

“你说什么?”

“没什么。很高兴跟你聊天，埃伦女士。很快接线员就会让我加钱，我身上已经没有二角五分的硬币了。”

“你能不能来吃点汉堡和奶昔?在阿尔餐馆怎么样?你如果能来，我会邀请德凯·西蒙斯。他几乎天天打听你的消息。”

返回约迪见见学校里的朋友这个念头可能是那天早上唯一让我高兴的事。“当然能。今天晚上是不是太仓促了?五点钟怎么样?”

“太棒了，我们这些乡巴佬吃得很早。”

“很好，我会去的。我请客。”

“我会抢着买单的。”

11

阿尔·斯蒂文斯雇用了商务英语系的一个女孩，我认识这个女孩。她看见是我跟埃伦和德凯坐在一起时，脸上灿烂起来。我很感动。“安伯森先生!哇，很高兴看到您!您还好吗?”

“很好，多里小姐。”我说。

“噢，多点些吧。您瘦了。”

“是啊，”埃伦说，“你得好好照顾自己。”

德凯在墨西哥晒黑的皮肤已经褪色，这说明他退休之后大多数时间待在室内。我瘦了多少，他就胖了多少。他紧紧握住我的手，告诉我他见到我有多么高兴。这个人毫不做作。埃伦·多克蒂也是如此。我越来越觉得，离开这儿去梅赛德斯街，那个人们用炸鸡来庆祝七月四日的地方，实在是太疯狂了，无论我对于未来知道多少。我希望肯尼迪值得我付出这一切。

我们一起吃汉堡、法式炸薯条加黄油和苹果派加冰激凌。我们谈论各自在做些什么，笑话丹尼·莱弗蒂终于开始写他一直嚷嚷着要写的书。埃伦说，据丹尼的老婆说，第一章的标题叫“我参加了争斗”。

所有人都吃饱后，德凯在烟斗里装上艾伯特王子牌烟斗丝，埃伦拎起一直放在桌下的手提包，拿出一大本书，从杯盘狼藉的桌子上把书递过来。“第八十九页。请推开那一团番茄酱。这本书是我借来的，我希望我还回去时保持原样。”

这是本年鉴，书名叫《虎尾巴》，是一所比德诺姆联合高中更优秀的学校编的。《虎尾巴》的封面是皮革而不是布。书页厚实而光滑，书后的广告足有一百页厚。这本书纪念——“赞扬”一词或许更准确——的是萨凡纳的朗埃克走读学校。我翻阅泛着浓厚香草味的高年级部分，心想到一九九〇年时，应该会有一两个黑人的面孔。或许吧。

“好家伙，”我说，“萨迪从这儿来约迪，钱包肯定大受损失。”

“我想她急于脱身，”德凯平静地说，“肯定有她的原因。”

我翻到第八十九页。这一页的标题是“朗埃克科学系”。有张陈旧的集体照，四位教师穿着白色实验室外套，手里拿着冒泡的烧杯——化身博士[①]——的照片下面是四张艺术照。约翰·克莱顿长得一点都不像李·奥斯瓦尔德，但他的脸同样令人难忘，嘴角两边同样泛着笑意。这到底是伪装的高兴还是隐藏的轻蔑？见鬼，可能只是摄影师告诉他说“茄子”时，这个患了强迫症的混蛋的尴尬反应？唯一典型的特征就是太阳穴附近的凹陷，跟嘴角的酒窝相映成趣。照片不是彩色的，但是他眼睛的颜色很淡，我敢确定他的眼睛要么是蓝色的，要么是灰色的。

我把书翻给朋友们看。“看见他头上的这些凹痕了吗？是生来就有的吗，就像鹰钩鼻或者酒窝？”

他们异口同声地说“不”。有点滑稽。

“这是钳子留下的痕迹，”德凯说，“医生等烦了，直接把他从他妈妈体内拽出来。这种痕迹通常会消失，但不一定总是会消失。要不是他两鬓的头发变稀，你根本看不见这痕迹，对吧？”

---

① 美国一九三一年同名电影中的人物，他发明了一种特别的新药，服用该药之后化身为一个邪恶的人。

“他还没有来这儿打听萨迪的下落吧？”我问。

“没有。”他们又一致答道。埃伦接着说：“没有人在打听她。除了你，乔治。你这个傻瓜。”她笑了，好像觉得自己说了个笑话，但这不是笑话。

我看了看表，说：“我已经搅扰你们很久了，我该回去了。”

“走之前想到橄榄球场溜一圈吗？”德凯提议，“博尔曼教练说，我要是有机会，一定带你去转转。当然，他已经让队员开始训练了。”

“至少晚上凉快的时候训练，”埃伦说，站起身，“感谢上帝无微不至的关爱。记得三年前黑斯廷斯男孩中暑这件事吗，德凯？他们一开始还以为是心脏病呢？”

“我不知道他为什么想见我，”我说，“我把他的王牌防守队员送进了宇宙黑暗的深渊，”我压低声音，沙哑地说，“戏剧艺术！”

德凯笑了。“但你拯救了另一个球员，可能会被阿拉巴马取消比赛资格的球员。至少博尔曼是这么认为的。因为，朋友，吉姆·拉杜是这么告诉他的。”

我一开始不知道他在说什么。然后，我想起萨迪·霍金斯节，咧嘴笑了。“我只是阻止他们偷饮烈酒。我把酒扔到了围栏外面。”

德凯敛起笑容。“其中一个就是文斯·诺尔斯。你知不知道，他的卡车翻车时他喝醉了？”

“我不知道。”但我并不惊讶。车和酒一直都是备受高中生追捧、有时又致命的开胃好菜。

“是的，先生。这件事，加上你在舞会上说的一番话，让拉杜发誓戒酒。”

“你是怎么说的？”埃伦说。她正从手提包里摸索钱包，我沉浸在对那晚的回忆中，没来得及跟她争。“别自毁前程。”我当时是这样说的。吉姆·拉杜面带“世界尽在我的掌握之中”的懒散笑容，但把我的话听了进去。我们永远不知道自己会影响哪些人的人生，何时影响，为何影响。直到未来吞噬现在。直到为时已晚。

“我不记得了。”我说。

埃伦快步走开去买单。

我说："告诉多克蒂女士留心照片中的那个男人，德凯。你也要留意。他可能不会来，我开始觉得自己可能搞错了，但他也可能会来。而且没有多少人当心他。"

德凯答应说他会的。

12

我差点没有走到橄榄球场。七月上旬傍晚的夕阳下，约迪显得格外美丽。我有些想转头回沃斯堡，否则我可能会再也不想回去。我在想，我如果不去球场，有多少事情会发生改变？也许没什么，也许很多很多。

教练正在跟特别组的孩子们进行最后两轮或者三轮训练，其他球员则坐在板凳上，脱下头盔，汗珠从脸上滑落。"红色二号，红色二号！"教练喊道。他看见德凯和我，举起一只手：还有五分钟。然后他转向还在场上的一小队疲倦的球员。"再来一次！让我看看你们取得飞跃，从狗屁不是变得像那么回事儿，怎么样？"

我扫视球场，看见一个人穿着刺眼的运动外衫。他在边线走来走去，头上戴着耳机，手上拿着色拉盘似的东西。他的眼睛让我想起一个人。一开始，我没将这两个联系到一起，然后我想起来：他看起来有点像沉默的迈克·麦凯克伦。我的奇才先生。

"那是谁？"我问德凯。

德凯瞟了一眼。"鬼知道。"

教练拍拍手，让孩子们去冲澡。他走上露天看台，在我背后拍一下。"过得怎么样，莎士比亚？"

"很好。"我说，精神抖擞地笑笑。

"莎士比亚，照屁股一脚踢趴下，我们还是孩子时经常这么说。"他开心地笑了。

"我们过去常常说，教练，教练，一脚踩上臭鸡蛋。"

博尔曼教练一脸疑惑。“真的吗？”

“没有，只是跟你瞎扯。”我有点希望自己晚饭之后离开了镇子。“球队怎么样？”

“啊，孩子们不错，非常努力。但是，少了吉米，不一样了。你看到一〇九号公路和七七号公路交叉口的新广告牌了吗？”他把“七十七”说成了“七七”。

“我想我对太常见的东西会熟视无睹。”

“嗯，那回去时记得看看，朋友。活力俱乐部做得不错。吉米的妈妈看见之后差点哭了。我知道我欠你一个谢谢，谢谢你让那个年轻人发誓戒酒。”他脱下帽子，帽子上有个大写字母“C”。他用胳膊擦去额头的汗水，又戴上帽子，深深地叹口气。“或许我也欠文斯·诺尔斯这个狗杂种一个谢谢，但是我现在只能为他祈祷。”

我想起教练是顽固的浸信会教徒。他除了祈祷，很可能相信诺亚儿子那一套。

“不用谢，”我说，“教书育人嘛。”

他目光锐利地看着我。“你应该继续教书育人，而不是甩手写书。很抱歉说得这么坦率，但我就是这么想的。”

“没关系。”我确实觉得没什么。他这样说，我更欣慰。在另一个世界里，他可能是对的。我指向球场，沉默的迈克·麦凯克伦正在把沙拉盘装进铁盒子。耳机仍然挂在他的脖子上。“那是谁，教练？”

教练哼了一声。“好像叫黑尔·达夫。要么就是凯尔。大达姆电台的新体育解说员。”他说的是K-DAM电台，德诺姆县的一家业余小广播电台，上午播放关于农场的报道，下午播放乡村音乐，放学之后播放摇滚乐。孩子们对电台间歇时段的喜爱，不亚于对音乐的喜爱。间歇时段，一阵爆炸声之后，一位老牛仔的声音就会说：“K-DAM！真正的乐趣所在！”在过去的国度里，这被视为极其伤风败俗的行为。

“他拿的是什么东西，教练？”德凯问道，“你知道吗？”

“我当然知道，”教练说，“他要是以为我会让他在报道比赛时使用那东西，那他就太不机灵了。他以为我会让所有有收音机的人听到，我在球员们没能守住三线时骂他们娘们吗？”

我慢慢地转向他。“你在说什么？”

“我不相信他，所以我自己试了试。”教练道。然后，他满怀愤慨地说：“我听见博夫·雷德福对一个新学生说我的 × 比头大！”

“真的吗？”我说，心跳明显加快。

“那个废物说他把东西装在该死的车库里，”教练嘟囔说，“他说那东西在最佳状态时，你能听见一个街区之外的猫放屁的声音。当然是胡扯。但是，雷德福骂我时，站在球场的另一边。”

这位看起来不到二十四岁的体育解说员捡起铁盒子，空着的那只手朝这边挥舞。教练也朝他挥手，然后低声嘀咕道：“让他拿着那东西出现在赛场，除非等到我把支持肯尼迪的贴纸贴上我该死的道奇车的那一天。”

13

我到达七十七号公路和一〇九号公路的交叉路口时，天快黑了。但一轮橙色的圆月正从东方升起，广告牌清晰可见。广告牌里是吉姆·拉杜，面带笑容，一只手拿着橄榄球头盔，另一只手拿着橄榄球，一缕黑发拂在额头，面容英俊。照片上方是星光灿烂的几个字“热烈祝贺吉姆·拉杜，一九六〇年和一九六一年全州四分卫！祝你在阿拉巴马好运！我们永远不会忘记你！”

下面的红色字母似乎在叫喊：

“吉姆拉！”

14

两天之后，我走进卫星电子，店主正在卖一款 iPod 大小的晶体管收音机给一位嚼着口香糖的孩子。那个孩子走出门后（已经把收音机的耳机插进耳朵），沉默的迈克转向我。“哇，是我的老朋友。我今天有什么能效劳的吗？”然后他放低声音，图谋不轨般地低语：“想要更多装了窃听器的台灯吗？”

“今天不要，”我说，“告诉我，你听说过全方位扩音器这种东西吗？”

他咧开嘴笑了，露出牙齿。“朋友，”他说，“你又找对地方了。”

第十八章

1

我在出租房里装了电话，第一个打给埃伦·多克蒂。她很高兴地告诉我萨迪在里诺的地址。“我还有她公寓的电话号码，”埃伦说，“你如果需要的话。”

我当然需要，但是，我如果有了她的号码，肯定会忍不住打过去。有个声音告诉我打电话给她是错误的。

“只要地址就好。”

我挂断电话，马上给她写信。我讨厌虚伪而做作的轻松口吻，但又不知道如何摆脱这种口吻。我们之间的扫帚依然存在。她要是在那里遇到一位有钱的大款，早已将我忘得一干二净呢？这不可能吗？她肯定知道怎么让那个男人享受床第之欢。她学得很快，在床上跟在舞池里一样敏捷。这又是嫉妒心在作祟。我匆匆忙忙写完信，知道自己的语气可能既痛苦又毫不在乎。但我已经尽力消除做作，表达诚心。

我想你。我们两个到这个地步，我后悔不已。真不知道怎么办才好。我手头有事，要到明年春天才能完成。或许到那时也完不成，但我想能完成。希望能完成。请别忘记我。我爱你，萨迪。

我签的名字是乔治，这名字似乎把我可怜的诚心全部消解了。我在签名下面加了一行：“你若是想打电话，这是我的新电话号码。”然后，我走到本布鲁克图书馆，把信投进图书馆前面的蓝色大邮筒。当前，我能做的仅此而已。

2

阿尔的笔记本里夹着三张照片，照片是从不同的网站打印的。一张是乔治·德·莫伦斯乔特的照片，他穿一身灰色西装，胸前口袋里嵌着一方白色手帕。前额的头发整齐地分开，这是那个时代管理人员的典型发型。厚实的嘴唇皱起微笑，让我想起“三只小熊”的故事里熊宝宝的床：既不太硬，又不太软，刚好合适。笑容尚未露出疯狂的蛛丝马迹。那种我很快将在梅赛德斯街二七〇三号门廊里看到的令他撕开衬衫的疯狂。或许，蛛丝马迹已有显露。是那深色的眼睛里的某种东西。一股傲慢。一丝“去你妈的”。

第二张是恶名昭著的枪手掩体的照片，掩体就是装书的纸箱，位于得克萨斯教科书仓库大楼六楼。

第三张是奥斯瓦尔德的照片，他身穿黑色衣服，一只手握着邮购的步枪，另一只手拿着左翼杂志。他仓皇逃跑时——除非我阻止他——用来杀害达拉斯警官 J.D. 提彼得的左轮手枪别在他的腰带里。这张照片是玛丽娜拍的，时间是他袭击沃克将军两周之前。地点是达拉斯西尼利街二一四号一幢双户住宅的封闭侧院。

我等待奥斯瓦尔德一家搬进我在沃斯堡的家对面的简陋房子时，我经常造访西尼利街二一四号。我在二〇一一年的学生会说，达拉斯多数地方无疑都烂透了，但是西尼利街附近比梅赛德斯街稍好些。当然，有股恶臭——在一九六二年，得克萨斯中部很多地方都像出了故障的冶炼炉——但是没有大便和污水的气味。街道破破烂烂，但毕竟铺过水泥。也没有人养鸡。

一对年轻夫妇，带着三个孩子，住在二一四号楼上。他们搬走之后，奥斯瓦尔德一家就会搬进来。我关注的是楼下的住户，因为当李、玛丽娜和琼搬到楼上时，我想住到楼下。

一九六二年七月，一楼公寓里住着两个女的和一个男的。两个女的身体肥胖，动作迟缓，偏爱带褶的无袖裙。一个六十多岁，步态明显蹒跚。另一个三十多岁，顶多四十出头。她们面容相似，应该是一对母女。男的瘦得皮包骨头，坐在轮椅里。头发斑白稀疏。一袋浑浊的尿液连接着膝上的一根粗导尿管。他不停吸烟，把烟灰敲进夹在轮椅扶手上的烟灰缸里。整个夏天，我看他总是穿着同样的衣服：红色缎纹篮球短裤，露出衰弱的大腿，直到胯部。条纹T恤几乎跟导尿管里的尿液一样昏黄，宽胶布粘起来的运动鞋，一顶黑色大牛仔帽，帽圈看上去是蛇皮的。帽子前面的图案是交叉的骑兵剑。他的妻子或者女儿会把他推到外面的草坪上，他懒散地坐在树底下，一动不动，宛如雕像。我开车从他身边缓慢经过时向他举手致意，但他从未举手回敬，尽管他肯定认得我的车。或许他害怕向我挥手。或许他认为死亡天使正在打量他，死亡天使坐着一辆老旧的福特敞篷车而不是骑着一匹黑马，在达拉斯巡视。我觉得从某种程度上来说，我的确是死亡天使。

这三个人似乎已经在这儿住了一阵子。我明年需要这地方时，他们还住在这里吗？不知道。阿尔的笔记对此只字未提。目前，我只能观察和等待。

我拿起沉默的迈克亲手制作的新装备。我等待着电话铃声响起。电话响过三次。电话每次响起，我都跳起来，满怀希望。两次是埃伦女士打来聊天。一次是德凯打来请我吃晚饭，我欣然接受。

萨迪没有打电话来。

3

八月三日，一辆一九五八年款的贝尔艾尔轿车开上二七〇三号房的车道，后面跟着一辆闪亮的克莱斯勒。奥斯瓦尔德兄弟从贝尔艾尔里下来，并排站着，没有说话。

我透过窗帘看去——窗帘很长，将前窗遮得严严实实——街上的噪音以及一股黏稠的湿热空气钻进来。然后，我跑进卧室，从床底下把我的新装备拿出来。沉默的迈克在一只特百惠碗底挖一个洞，把一个全方位扩音器——他向我保证是顶级的——粘进去，扩音器像根手指一样突出来。我把麦克风的线连接到录音机背面的耳机插孔。沉默的迈克说这是第一流的录音机。

我朝外窥视，看到奥斯瓦尔德兄弟跟从克莱斯勒里下来的家伙说话。那个家伙戴着斯泰森毡帽，系着牧场主领带，穿着华丽的缝合靴子。比我的房东穿得还好，但也是房东。我没必要听他们谈些什么，那家伙的动作已经说明了一切：我知道这地方不怎么样，但是，你的收入也不多。对吧，兄弟？李这样的世界旅行者，一个相信自己即便不能拥有财富也定会得到名声的人，肯定很难理解这样的动作。

踢脚板里有个电源插座，我把录音机插上电，希望不会触电或者把保险丝烧断。录音机的红灯亮了。我戴上耳机，把特百惠碗塞进窗帘之间的缝隙。他们如果朝这里看，太阳光会斜照向他们。加上窗户上方屋檐投下的阴影，他们要么什么都看不到，要么只能看到朦朦胧胧的白点，分辨不清这个白点是什么东西。不过，我提醒自己尽快用黑胶带把碗包起来。确保安全，不留遗憾。

但我什么都听不见。

街上的声音也减弱了。

噢，耶！太棒了！我想，这真是他妈的太牛了。太感谢你了，沉默的迈——

突然，我发现录音机的音量指针还停在0。我把它朝+号方向拧到底，一阵尖啸传来。我从头上扯下耳机，咒骂着把音量调到一半，又戴上耳机。效果很明显。就像耳朵用的望远镜。

“一个月六十对我来说有点高，先生，”李·奥斯瓦尔德说（坦普尔顿一家每个月只需付五十美元，这个数字也让我有点吃惊）。他的声音里带着尊敬，夹杂着一丝南方口音。“要是五十五可以……”

“你讨价还价我可以理解，但是，不用白费口舌了。”蛇皮靴说。他穿着叠层鞋跟，晃前晃后，像是急着离开。“我要多少就是多少。你出不了这么多，别人能出。”

李和罗伯特对视一眼。

“还是进去看看吧。”李说。

“这个地方在这个居住区算很好了，”蛇皮靴说，“当心第一级门阶，需要一点修缮。我有很多这种房子。租客不知爱惜。之前的那帮人，啊呀！”

小心点，混蛋，我想道，你在说艾维一家。

他们走进去，声音消失。蛇皮靴走到前室的窗边时，声音又出现了，但模模糊糊。就是艾维曾经说过对面的邻居能看见的房间，她在这一点上百分之百正确。

李问房东准备如何处理墙上的洞。质问之中没有愤怒、讽刺或阿谀，尽管他在每句话的结尾都加了“先生”。这种尊敬而平淡的口气可能是他在海军陆战队学到的。“毫无色彩”也许是形容这种语气的最恰当字眼。他的表情和声音属于那种善于夹缝中求生的人。至少在公共场合是这样。玛丽娜发现了他的另一副面孔，另一种声音。

蛇皮靴含糊答应，信誓旦旦地保证要在主卧里添一张新床垫，因为“之前那帮人临走时偷走了床垫”。他重申，李如果不想住这地方，会有人住（好像房子没有空在那里一整年似的），然后他请两兄弟参观卧室。我不知道他们怎么看待罗塞特的艺术创造。

声音消失，他们走到厨房附近时，声音再度出现。我很庆幸，他们经过比萨斜灯时看都没看它一眼。

“——地下室？”罗伯特问道。

“没有地下室！”蛇皮靴回答说，拉长声音，仿佛没有地下室是这房子的一大优点。他显然就是这么认为的。“在这样的街区，地下室唯一的功能就是装水。那个潮湿噢！”然后，他打开后门，带他们去后院，声音又消失。那与其说是后院，不如说是一块空地。

五分钟之后，他们又回到前面。这一次，哥哥罗伯特试图讲价。但同样一无所获。

“给我们几分钟好吗？”罗伯特说。

蛇皮靴看着笨重的镀铬手表，勉强答应。“我在教堂街约了人，你们得赶快拿主意。”

罗伯特和李走到罗伯特的车后面。他们压低声音，避免蛇皮靴听见他们说的话。我把碗对着他们的方向时，听到了十之八九。罗伯特想再看看别的地方。李说他就想要这儿。一开始住在这种地方还不错。

“李，这是个坑，”罗伯特说，“它会吞掉你的……”罗伯特可能是嫌房租太贵。

李说了些什么，我听不清。罗伯特叹了口气，屈服地举起双手。他们回到蛇皮靴身边，蛇皮靴握了一下李的手，赞赏他做出明智的选择。他宣布房东圣经：预交第一个月和最后一个月的损耗押金。罗伯特插话，在修好墙壁并添置床垫之前不交押金。

“床垫当然要添，”蛇皮靴说，“我还会把台阶修好，免得小女人扭到脚踝。但我要是把墙壁修好，得加五块钱房租。”

我从阿尔的笔记上得知，李会租下这地方，但我仍然期待他愤而离开。可是他从身后的口袋里掏出一个软塌塌的钱包，抽出一小叠钞票，把其中的多半放到房东伸出的手里。罗伯特回到车里，厌烦地摇头。他的目光短暂地转向街对面我的房子，然后移开，对我的住处毫无兴趣。

蛇皮靴再次拍了一下李的手，然后跳进克莱斯勒，扬尘而去。

一个跳绳女孩骑着生锈的踏板车冲上前来。“你要搬进罗塞特的房子吗，先生？”她问罗伯特。

“不是我，是他。”罗伯特朝弟弟竖起拇指。

小女孩把踏板车推到李身边，问准备打爆杰克·肯尼迪右边脑袋的家伙有没有孩子。

“我有个女儿。”李说。他把手放到膝盖上，俯身到小女孩的高度。

“她长得漂亮吗？”

“没有你漂亮，也没有你大。”

“她会跳绳吗？”

“宝贝，她还不会走路呢。”他将“不会”说成了“贝会”。

“真讨厌。”小女孩朝温斯考特路滑去。

两兄弟朝转身向房子走去。声音变得模糊，不过我调大音量，能听个七七八八。

“吃了……大亏，”罗伯特告诉他，“玛丽娜知道后，会像苍蝇叮狗屎一样对你。”

“我会……丽娜，”李说，“但是，罗伯特，我如果不从妈妈那里、从那栋小房子……出来，可能会杀了她。”

“她可能有点……但是……爱你，李。”罗伯特朝街上走了几步。李跟上他，他们的声音如洪钟般响亮。

“我知道，但她控制不了自己。有天晚上，我和玛丽娜正做爱，她从折叠沙发那里朝我们喊叫。她睡在客厅里，你知道。‘别着急，你们两个，’她喊道，‘要第二个孩子还为时太早。等到你们养得起这个再说吧。’”

“我理解。她真让人受不了。”

“她不停买东西，罗伯特。说是给丽娜买的，却把东西推到我的脸上。”李笑着走向车。他的眼睛扫过二七〇六，我尽一切努力在窗帘后面保持不动。并且也让碗一动不动。

罗伯特跟他走到一起。他们靠到后保险杠上，两人穿着蓝色衬衫和工人裤。李系着领带，领带现在拉了下来。

“听着。妈妈去李奥纳多百货商场，给丽娜买回很多衣服。她扯出一条短裤，有灯笼裤那么长，不过是佩兹利花纹呢。‘看，丽娜，不好看吗？’她说。”李模仿妈妈的口音很无礼。

“丽娜怎么说？”罗伯特笑了。

“她说：‘不，妈，不，谢谢你，但我不喜欢，我不喜欢。我喜欢这样的。’然后，她把手放在腿上。”李把手贴在大腿处。

罗伯特咧嘴大笑。“妈妈大概就等着她这么说了。”

“她说：‘玛丽娜，那样的短裤适合年轻女孩在街上招摇，找男朋友，不适合已婚妇女。’伙计，你别告诉她我们在哪儿。别说。好吗？”

罗伯特一时间什么话都没说。他或许正在回想一九六〇年十一月的一个寒冷日子。他妈妈在西七街上快步跟着他，一边喊：“站住，罗伯特！别走那么快，我还没说完！”阿尔在笔记中没有提及，但怀疑她跟李也没有说完。毕竟，李是她真正在意的儿子。家里的宝贝。那个跟她在同一张床上睡到十一岁的孩子。那个需要经常查看生殖器周围是否长了毛的孩子。阿尔的笔记记录了这些事。旁边的空白处写着一个词语，你想不到是出自快餐店厨子之手：固着歇斯底里症。

“我不会说，李，但是这座城市不大。她会找到你的。”

“我会把她打发走的，相信我。”

他们钻进车里，开车走了。门廊栏杆上的“房屋出租”标牌已经消失。李和玛丽娜的房东离开时把牌子带走了。

我走到五金店，买了一卷黑胶带，把特百惠碗里里外外全裹起来。总体上说，我这天过得不错。但是，我已经进入危险区域。我意识到了。

4

八月十日，大约下午五点钟，罗伯特的车再次出现，车后拖着一辆木头小拖车。李和罗伯特花了不到十分钟，就把李一家的所有家什搬进新宅（小心翼翼地避开还没修好的门廊台阶）。兄弟俩往里搬东西时，玛丽娜站在杂草丛生的草坪上，怀里抱着琼，看着新家，脸上的沮丧无需翻译。

三个跳绳女孩同时出现，两个走路，剩下的一个推着踏板车。她们要看小孩，玛丽娜笑着同意了。

“她叫什么名字？”其中一个女孩问道。

“琼。”玛丽娜说。

然后她们七嘴八舌地问起来：“几岁了？会走了吗？她怎么不笑？她有玩具娃娃吗？”

玛丽娜摇摇头，仍然面带微笑。“对不起，我说不会。”

三个女孩飞奔而去，喊着：“我说不会！我说不会！”梅赛德斯街尚存活着的一只鸡从她们身前飞过，一阵尖叫。玛丽娜看着她们跑开，脸上的笑容消失了。

李来到草坪上玛丽娜身边。他脱了上衣，大汗淋漓。他的肤色呈鱼肚白，胳膊精瘦，软弱无力。他一只胳膊绕过玛丽娜的腰，然后弯下腰亲琼。我以为玛丽娜会指着房子说“不喜欢，我不喜欢”——这两句英语她应该会说——但她只是把孩子递给李，爬上门廊，在松垮的台阶上踉跄一下，然后恢复平衡。我突然想到，萨迪走在这样的台阶上很可能会摔趴下，在接下来的十天里一瘸一拐。

看来，玛丽娜跟丈夫一样，急于挣脱玛格丽特。

5

十日是星期五。星期一，李离开家去装铝纱门两个小时左右，一辆泥土色旅行车在他家门前的路边停下来。车子停稳之前，玛格丽特·奥斯瓦尔德已经从乘客座上下来。今天，红色的头巾变成了白色带黑色圆点花纹的头巾，但她仍然穿着护士鞋，不满和好斗的表情仍然挂在她的脸上。她找到他们了，正如罗伯特所说，她会找到的。

这是《天猎》[①]，我想道，《天猎》。

我正从窗帘中间的缝隙朝外看，没必要打开麦克风。这个故事不需要音轨。

开车把她送到这里的朋友——一个肥胖的女人——笨拙地从驾驶座上下来，扇着裙领。那天又是个大热天，但是玛格丽特丝毫没有在意。她把司机推到旅行车的后备厢边。后备厢里装着一把高脚椅子和一袋日用品。玛格丽特把椅子拿出来，她的朋友把日用品提起来。

踏板车女孩骑过来，但是玛格丽特没有理会她。我听见一句“走开，孩子！”，踏板车女孩鼓起下嘴唇，骑车走了。

玛格丽特踏上门前已经被当成人行道的光秃秃的车辙。她注视着松垮的门阶时，玛丽娜走出来。她穿着衬衫和奥斯瓦尔德妈妈难以接

① 《天猎》是英国诗人弗兰西斯·汤普森（1859—1907）的一首著名诗歌，对托尔金等人产生影响。

受的已婚妇女穿的短裤。我不奇怪玛丽娜喜欢这样的短裤。她的腿很美。她表情惊慌，我根本不需要扩音器就能听到她的声音。

“不，妈妈——妈妈，不！李说不要！李说不要！李说——”然后是一阵喋喋不休的俄语，玛丽娜只能用俄语重复丈夫的话。

玛格丽特·奥斯瓦尔德这种美国人以为：你只要说得很慢很大声，外国人就能听懂你说话……

“是的……李……有……他的……自尊！”她吼道。她爬上门廊（敏捷地避开损坏的门阶），直接对着儿媳妇惊讶的脸吼道：“这……没……什么……问题……但是他不能……让……我的孙女……跟着……受罪！”

她很结实。玛丽娜很柔弱。“妈妈”怒气冲冲进去，再也没看儿媳一眼。之后一阵安静，然后又是码头工人的咆哮。

“我亲爱的小美人呢？”

房间深处，很可能是在罗塞特从前的卧室里，琼开始哭叫。

开车送玛格丽特过来的女人朝玛丽娜勉强一笑，提着杂货袋进了屋。

6

五点半，李从汽车站沿着梅赛德斯街走回来，用黑色饭盒敲打着大腿。他爬上门阶，忘记有一级门阶坏掉了。门阶晃了一下，他一个趔趄，饭盒掉到地上，他弯腰捡起来。

这会让他心情更糟，我想。

他走进屋。我看到他穿过客厅，把饭盒放在厨房柜台上。他转过身，看到新高脚椅。他显然知道妈妈一贯的套路，因为他接下来打开生锈的冰箱。玛丽娜从婴儿房里出来时，他还盯着冰箱看。她的肩上放着一片尿布，我借助望远镜，能清楚地看到上面的呕吐物。

玛丽娜面带笑容，跟他说话，李朝她转过身。他皮肤白皙（白皮肤简直是每个容易脸红的人的致命弱点），皱着眉头的脸一直红到头发逐渐稀疏的头皮。他朝玛丽娜大吼，指着冰箱（冰箱的门还开着，冒出雾气）。玛丽娜转身走向婴儿房，李抓住她的肩膀，把她转过来，摇晃她。玛丽娜的头前后甩动。

我不想看到这一幕，我没有必要看这一幕。我也完全不需要知道这一幕的存在。他是个施暴者，是的，但是玛丽娜会在他手下活下来，就此而言，她比约翰·菲茨杰拉德·肯尼迪……或者提彼得警官的下场要好。所以，不需要，我不需要看。但你有时就是无法移开目光。

他们争吵起来。毫无疑问，玛丽娜想解释她不知道玛格丽特是怎么找到他们的，她也没办法把"妈妈"挡在门外。当然，李最后照她的脸打了一拳，因为他不能打他妈妈。他妈妈即便还在那里，李也不可能朝她举起拳头。

玛丽娜哭出来。李任由她哭。玛丽娜激动地跟他说话，摊开双手。李试图抓住她的手，但是被她甩开了。然后，玛丽娜把手举向天花板，放下来，走出前门。两兄弟先前在门廊上放了两把破烂的草坪椅。玛丽娜坐进一张椅子里。她的左眼下面有条印痕，脸已经开始肿胀。她看向街道，以及街对面。我感到一丝内疚和恐惧。尽管我客厅里的灯熄了，我知道她看不见我，但我小心翼翼地保持不动，望远镜贴在脸边。

李在厨房桌子边坐下来，用掌根撑着前额。过了一会儿，他听到什么，走进小卧室。他出来时，怀里抱着琼，在客厅里来回走动，轻拍她的背，抚慰她。玛丽娜走进来。琼看到妈妈，伸出胖乎乎的胳膊。玛丽娜走近他们，李把孩子递给她。然后，玛丽娜走开之前，李拥抱了她。玛丽娜在李的怀里静静地待了一会儿，然后将孩子换个手，腾出一只胳膊拥抱他。李的嘴埋在她的头发里，我确信我知道他说的是什么：俄语的"对不起"。毫无疑问，他就是这么说的。他下一次还会说对不起。还有再下一次。

玛丽娜把琼带回罗塞特从前的房间。李在原地站了一会儿，走到冰箱旁边，拿出什么，吃了起来。

7

第二天傍晚，李和玛丽娜吃晚饭时（琼躺在客厅地毯上踢着腿），玛格丽特从温斯考特路公共汽车站一阵风般走来。今天晚上，她穿的是蓝色裤子，由于屁股很大，裤子很不合身。她背着一只大布袋。布袋开口里露出玩具小屋的红色塑料屋顶。她走上门阶（再次敏捷地避开坏掉的那一级），门也没敲便走进去。

我犹豫要不要拿定向麦克风——这又是一个我不需要知道的场景——但我最终向诱惑妥协了。家庭争吵比任何事都诱人，列夫·托尔斯泰曾经说过。这话也有可能是乔纳森·弗兰岑①说的。我把线插进去，将麦克风从敞开的窗户缝里对准街对面敞开的窗户时，争吵正进行得如火如荼。

“……要是想让你知道我们在哪儿，见鬼，我就会告诉你！”

“瓦达告诉我了，她是个好女孩。”玛格丽特平静地说。李的怒火像夏天的暴雨一样将她从头到脚冲刷了一遍。她正在把杂乱的盘子放到柜台上，速度宛如赌场发牌人。玛丽娜看着她，满脸惊讶。玩具小屋放在地上，琼的婴儿毯旁边。琼踢着腿，无视小屋的存在。她当然会无视。四个月大的婴儿能对玩具小屋做什么呢？

“妈，你让我们自己过吧！你不要买东西来了！我能照顾好我的家庭！”

玛丽娜也附和说：“妈，李说不。”

玛格丽特开心地笑了。“‘李说不，李说不’。亲爱的，李总是说不。这个家伙一辈子都在这么说，一点用都没有。妈妈会搞定他的。”她捏了李的脸一下，好像李是个六岁大的孩子，做了什么淘气又可爱的事情。玛丽娜要是这么做，李肯定会把她的脑袋敲碎。

---

① 乔纳森·弗兰岑（1959— ），美国小说家和散文家。

不知什么时候，那帮跳绳女孩来到这片已经不能被称为草坪的空地上。她们聚精会神地看着吵架，就像环球剧场的站票观众聚精会神地观看最新版莎剧。不过在我们正观看的这部剧中，泼妇是主角。

“晚饭她给你做的是什么，宝贝？好不好吃？”

“我们吃的是炖肉。格雷戈里那家伙送了些莱特超市的优惠券。”李在咀嚼食物。玛格丽特等他继续说。“你想来点儿吗，妈？”

“炖肉很不错，妈。”玛丽娜的笑容之中带着希望。

“不吃，我吃不下那样的东西。”玛格丽特说。

“天哪，妈，你都不知道这是什么！”

她对儿子的话充耳不闻。“我的胃会受不了。还有，我不想八点以后坐公交车。八点以后车上有很多醉鬼。李，宝贝，你得把台阶修好，免得有人摔断腿。”

李嘟囔着说了句什么，但是玛格丽特的注意力已经转移到别的地方。她像老鹰捉田鼠一样扑过去，抓起琼。我从望远镜里看到，婴儿明显受到了惊吓。

“我的小美人今晚怎么样？我的小甜心！我的小宝贝！”

她的小宝贝极度恐惧，开始号啕大哭。

李走过去想接过孩子。玛格丽特的红嘴唇里露出牙齿，算是咧嘴笑吧。在我看来，更像是咆哮。她儿子一定也是这么认为，因为他退了回去。玛丽娜咬住嘴唇，眼睛圆瞪，满脸沮丧。

“噢噢噢噢，琼！琼——莫尼——斯波尼！”

玛格丽特在破旧的绿地毯上来回走动，没有意识到琼哭得越来越悲伤，也没有意识到李越来越生气。难道哭声让她很满足吗？我是这样认为的。过了一会儿，玛丽娜受不了了。她站起身，走到玛格丽特身边，而玛格丽特快速走开，把孩子抱在胸前。我能想象她的白色大护士鞋发出的声音：“卡塔卡塔卡塔。”玛丽娜跟着她。玛格丽特可能觉得目的已经达到，终于把孩子递回去。她指着李，又指着玛丽娜，用大嗓门英语教师的声音说：

“你们跟我住一起时……他长胖了……因为我照顾他……一切他喜欢的东西……但他现在……见鬼……太瘦了！”

玛丽娜从孩子头顶上看着她，圆睁着大眼睛。玛格丽特也瞪大眼睛。她要么是因为不耐烦，要么只是不喜欢儿媳，然后把脸转开。比萨斜灯被打开，灯光从玛格丽特的猫眼镜片上滑过。

“照顾他……他吃什么！没有……酸……奶油！没有……酸奶！他……太……瘦了！”

“瘦——”玛丽娜怀疑地说。琼安详地躺在妈妈的怀里，慢慢不再哭泣。

“是的！”玛格丽特说，然后她跑到李身边，“把台阶修好！”

她说完就走了，中途只停下来在孙女的头上拍了一下。她朝公交车站走回去时脸上挂着笑容，显得年轻了许多。

8

玛格丽特买玩具小屋后第二天早上，我六点起床，不假思索地走到掩着的窗帘边，透过缝隙往外看——窥视对面的房子已经成了我的一种习惯。玛丽娜坐在一张草坪椅里抽烟。她穿着粉色人造丝睡衣，睡衣十分宽大。她眼圈发黑，上衣沾着血点。她慢慢抽烟，狠狠吸气，目光呆滞。

过了一会儿，她进屋去做早饭。很快，李出来吃早饭。他没有看玛丽娜，拿起一本书读。

9

格雷戈里那家伙送了些莱特超市的优惠券。李告诉他妈妈这件事，可能是解释炖肉的来历，但也有可能是想告诉妈妈，他和玛丽娜在沃斯堡并不孤独，并不是没有朋友。这句话被他妈妈忽略了，却没有被我忽略。彼得·格雷戈里是即将引领乔治·德·莫伦斯乔特在梅赛德斯街出现的链条当中的第一环。

跟德·莫伦斯乔特一样，格雷戈里也在石油行业做事，也是个流亡的苏联人。他来自西伯利亚，每周兼职在沃斯堡图书馆教一晚俄语。李得知后，打电话约他，问自己可否当个翻译。格雷戈里对他进行了测试，发现他的俄语“还过得去”。格雷戈里真正感兴趣——所有流亡分子都对这件事感兴趣，李肯定察觉到了——的是，从前的玛丽娜·普鲁沙科娃，一位来自明斯克的年轻女孩儿，不知怎么成功地从苏联棕熊的爪子底下逃脱，却又落到一个美国野人的爪子之下。

李没有得到翻译工作，格雷戈里雇了玛丽娜——给他的儿子保罗上俄语课。奥斯瓦尔德一家急需要钱。但李痛恨这样的状态。玛丽娜在给一个富人的孩子上课，每周两次，而他自己只能去装纱窗门。

我观察到玛丽娜在门廊上吸烟的那天早上，“相貌堂堂，跟玛丽娜年纪相仿”的保罗·格雷戈里开着崭新的别克来访。他敲敲门，玛丽娜——化着浓妆，让我想起博比·吉尔——开了门。她要么是因为不相信李的自制力，要么是她在家乡学到的礼节告诉她如此，她在门廊上给保罗上课。课程持续了一个半小时。琼在他们之间的毯子上躺着，她哭闹时，两个人轮流抱她。这是个愉快的小场景，不过奥斯瓦尔德先生可能不这么觉得。

临近中午，保罗的爸爸将自己的车停在别克车后。跟他一起来的有两男两女。他们带来食物和日用品。老格雷戈里跟儿子拥抱一下，然后亲了玛丽娜的脸颊（没有肿胀的那边）。他们俩用俄语聊了很多。小格雷戈里不知所云，但玛丽娜很来劲：她像霓虹灯一样兴高采烈，邀请他们进屋。很快，他们坐在客厅里，一边喝冰茶一边聊天。玛丽娜的手像激动的小鸟一样飞舞。琼被从一个人的怀里递到另一个人的怀里，从一副膝盖上传到另一副膝盖上。

我很着迷。苏联流亡群体即将把这个女孩——女人当成他们的宠儿。她怎么可能成为别的呢？她年纪轻轻，一个陌生国度里的陌生人，模样俊俏。当然，美女碰巧嫁给了野兽——一个会对她施暴的美国男人（不妙），这个男人热衷于一种这些社会中上阶层激烈反对的体制

（更糟）。

不过李接受他们的日用品，只是偶尔发脾气。他们带来家具时——一张成人大床，一张给孩子的鲜亮的粉色婴儿床——他也收下了。他希望苏联人帮助他摆脱困境。但他不喜欢他们。他在一九六二年十一月把家搬到达拉斯时，肯定已经感受到他们的热情。他们为什么喜欢他，他肯定想过。从意识形态上来说，他很单纯。他们是懦夫，祖国苏联一九四三年深陷水深火热时，他们抛弃祖国，舔着德国人的军靴，战争结束后逃到美国，迅速拥抱美国的生活方式……而对奥斯瓦尔德来说，美国的生活方式意味着武力威胁，少数人压迫多数人，以及剥削工人的秘密法西斯主义。

我是从阿尔的笔记中得的知以上大部分内容。我从街对面的舞台剧中看到，或者通过台灯窃听器录下的唯一一段重要对话中推断出来的。

10

八月二十五日，星期六晚上，玛丽娜打扮得漂漂亮亮，穿着一件美丽的蓝色裙子，给琼穿上一件灯芯绒连衫裤，又给琼戴朵缝花。李表情乖戾，从卧室里出来，穿着他唯一的西装。这套羊毛西装有点滑稽，肯定是苏联制造的。那天晚上很热，我在想他回来后西装能拧出汗来。他们小心地走下门阶（损坏的那一级还没有修好），出发去公共汽车站。我钻进汽车，开到梅赛德斯街和温斯考特路交叉路口。我能看见他们站在刷有白色条纹标记的电话杆旁，争吵着。路人应该会很惊讶吧。汽车来了。奥斯瓦尔德一家上了车。我跟了上去，就像我在德里跟踪弗兰克·邓宁那样。

过去重复自身，这是“过去很和谐”的另一种表述。

他们在达拉斯北边的居民区下车。我停下车，看着他们走向一幢小巧而别致的都铎风格的石木房子。人行道尽头的路灯在黄昏中发出柔和的光。这处草坪上没有马唐草。这地方的一切都在高呼："美国不错！"玛丽娜怀里抱着孩子在前面带路，李跟在后面，表情疑惑，穿着双排扣上衣，上衣几乎垂到膝盖下面。

玛丽娜把李推到身前，指了指门铃。他按了门铃。彼得·格雷戈里和他的儿子走出来。琼把胳膊伸向保罗，保罗笑着接过她。李看到这一幕，嘴向下抽动一下。

另一个男人走出来。我认得他，保罗·格雷戈里第一次上语言课的那天，去李家的那群人中的一个，之后他去了李家三次或者四次，带着日用品或者给琼买的玩具，或者既带日用品又带玩具。我很确信他的名字叫乔治·布埃（是的，又一个乔治，不管怎么看，过去很和谐）。他年近六十，但我猜他对玛丽娜相当着迷。

根据引我来这儿的快餐店厨师的观点，布埃就是说服彼得·格雷戈安排这场见面会的人。乔治·德·莫伦斯乔特不在那儿，但是他很快就会听说这家人。布埃会告诉德·莫伦斯乔特奥斯瓦尔德夫妇和他们奇怪的婚姻。他还会告诉德·莫伦斯乔特，李在聚会上大喊大叫，赞扬社会主义和苏联集体。"这个年轻人给我的印象是很疯狂。"布埃会说。德·莫伦斯乔特一辈子都在和疯子打交道，会决定亲自会会这奇怪的一对。

奥斯瓦尔德为什么会在彼得·格雷戈里家的聚会上发脾气，惹恼好心的流亡分子？他们本可以帮助他。我不太确定，但我有些想象。玛丽娜穿着蓝色裙子，吸引了所有人（尤其是男人）。琼穿着带缝花的连衫裤，像伍尔沃斯商场照片里的宝宝一样漂亮。李穿着丑陋的西装，汗流浃背地追赶着起起落落、速度飞快的俄语，只比保罗·格雷戈里略胜一筹。但是到了最后，他还是跟不上。他肯定对向这些人卑躬屈膝、依赖他们感到愤怒。我希望他很愤怒。我希望他很受伤。

我没有逗留。我关心的是德·莫伦斯乔特，链条中的下一环。他很快就会登场。同时，奥斯瓦尔德一家三口终于都离开二七〇三，十点钟才会回来。第二天是星期天，他们十点钟也不一定能到家。

我开车回去，激活他们客厅里的窃听器。

11

那个星期六的晚上，梅赛德斯街在尽情狂欢，但是奥斯瓦尔德家后面的空地上安静而荒凉。我想我的钥匙既能打开前门也能打开后门。但这个假设不需要验证，因为后门没锁。我在沃斯堡期间一次也没用过从艾维·坦普尔顿那里买来的钥匙。生活中充满讽刺。

房子里非常整洁。高脚椅安放在厨房餐桌边爸妈座位的中间，盘子擦得铮亮。灶台剥落的表面和带着一圈硬水渍的水槽都被擦得干净闪亮。我跟自己打赌，玛丽娜会保留罗塞特那些穿着连衫裤的画作。我走进琼现在住的房间查看。我带了一支手电筒，在墙上照了一圈。果然，壁画还在那里，尽管在黑暗之中看起来很诡异，令人不适。琼躺在婴儿床里舔她的小鹿时肯定看着这画。我想知道她的脑海深处以后会不会记得这些画。蜡笔女孩。

吉姆拉，我毫无缘由地想到这个词，然后一阵哆嗦。

我移开五斗橱，把电线接到台灯的插头上，再把电线从墙上钻的孔里穿过去。一切顺利，但我经历了一个糟糕的时刻。极其糟糕。我把五斗橱移回原位时，五斗橱撞在墙上，比萨斜灯翻倒。

我要是有时间思考，肯定会僵在那里，那鬼东西肯定会掉到地上摔碎。然后呢？取下窃听器，留下碎片？希望他们以为，台灯一开始就放得不稳，自己掉了下来？多数人会买账，但是多数人没理由猜疑联邦调查局。李可能会发现我在墙上钻的洞。他要是发现了洞，蝴蝶就会张开翅膀。

但是我没有时间思考。我伸手接住坠落的台灯。然后，我站在那里，紧紧握住它，不停地颤抖。小房子里和火炉一样闷热，我能闻到自己的汗臭。他们回来闻到汗臭会怎么样？他们怎么会闻不到呢？

我想知道我是不是疯了。当然，聪明的做法是拆下窃听器……然后溜之大吉。我可以来年四月十日再接近奥斯瓦尔德，在他试图干掉埃德温·沃克将军时旁观。他如果是一个人行动的，我就想办法杀了他，就像杀弗兰克·邓宁那样。克里斯蒂参加的匿名戒酒会上的人常说，简单点，笨蛋。上帝啊，世界的未来危如累卵之际，我为什么要摆弄一盏装了窃听器的旧台灯？

是阿尔·坦普尔顿回答了我。你在这儿是因为不确定的窗户仍然敞开着。你在这儿是因为乔治·德·莫伦斯乔特不像看起来那么简单，奥斯瓦尔德后面可能还有真凶。你在这儿是为了拯救肯尼迪，为了有一个可靠的开始。所以，把那该死的台灯放回去。

我把台灯放回去，很担心不稳当。李要是自己把它从五斗橱上碰下来，陶瓷底座摔碎，看到里面的窃听器呢？或者李和德·莫伦斯乔特在屋里谈话时没有开台灯而且声音很低，我的远程麦克风收不到声音怎么办？那样一切都是徒劳。

伙计，你如果这样想，永远做不成煎蛋卷。

我想到萨迪，终于下定决心。我爱她，她也爱我——至少曾经爱过——我已经抛开那一切来到这条臭狗屎似的街道。看在耶稣的分上，我离开之前至少得听听乔治·德·莫伦斯乔特有什么说的。

我溜进后门，嘴里含着手电筒，把窃听电线接到录音机上。我把录音机丢进一个生锈的克罗斯克起酥油罐子里，把罐子藏在我已经准备好的墙砖与木板之间的隐蔽处。

然后，我回到自己在同一条臭狗屎似的街上的臭狗屎似的小房子，开始等待。

12

他们只有到天黑以后才会使用台灯。是为了节省电费吧，我想。此外，李是个工人。他睡得早，他睡觉后玛丽娜也就睡了。我第一次检查磁带时，听到的差不多都是俄语——死气沉沉的俄语，因为录音机的录音速度超慢。玛丽娜要是尝试说英语词汇，李就会训斥她。不过，有时候，琼如果烦躁，李会对琼说英语，而且总是用低沉抚慰的腔调。有时候，他还唱歌给琼听。超慢的录音让他听起来好像魔鬼："乖乖睡，好宝贝。"

我听到他打玛丽娜两次。他第二次打玛丽娜时，俄语不足以表达他的愤怒。"你这个讨厌的贱货！我妈那么说你，真没说错！"之后是摔门的声音，以及玛丽娜的哭声。玛丽娜，关掉台灯后，声音戛然而止。

九月四日晚上，我看到一个十三岁上下的小孩来到奥斯瓦尔德的门口，肩上扛着一只帆布袋。李光着脚，穿着T恤衫和牛仔裤开了门。他们聊了几句。李请他进屋。他们又聊了一会儿。李拿起一本书给孩子看，那孩子怀疑地看着书。没法用定向麦克风，因为天气转凉，窗户都关着。但是比萨斜灯打开了。我第二天晚上很晚取回磁带时，听到了一段有趣的对话。磁带播放到第三次时，我几乎听不到那慢吞吞的声音了。

那个小孩推销报纸——或者是份杂志——报纸名字叫《格利特》。他告诉奥斯瓦尔德一家，上面有各种各样有趣的内容，《纽约时报》不屑一顾的内容（他将其标榜为"乡村新闻"），外加体育和园艺常识。还有他所谓的"小说故事"和连环漫画。"你在《时代先驱报》上是看不到《摩登姑娘》的，"他对他们说，"我妈妈喜欢看《摩登姑娘》。"

"孩子，这真不错，"李说，"你是个小商人，对吧？"

"呃……是吧，先生。"

"告诉我你挣多少钱。"

"我只能从每角钱里挣四分，但这不是关键，先生。我最在乎的是奖品。我的奖品比卖克罗芙兰油膏的孩子得到的奖品好些。见鬼去吧！我会得到一把点二二步枪！我爸爸说我能得到一把。"

"孩子，你知道你被剥削了吗？"

"嗯？"

"他们拿走了一角。你得到的是几分钱，还有步枪的承诺。"

"李，他好孩子，"玛丽娜说，"乖。走吧。"

李没管她。"你得看看这本书，孩子。你能读懂封面上的字吗？"

"能，先生。上面写的是《工人阶级的状况》，作者是弗雷德里希……英格斯？”

“恩格斯。书里谈的正是希望通过挨家挨户兜售东西成为百万富翁的男孩身上发生的事。”

“我不想成为百万富翁，”男孩反驳，“我只想要把点二二步枪，那我就能像我的朋友汉克那样在垃圾堆里射老鼠了。”

“你替他们卖报纸赚几分钱，他们大把赚钱，卖你的汗水，卖成千上万你这样孩子的汗水。自由市场并不自由。你得教导自己，孩子。我就这样做了，我在你这个年纪已经开始教导自己了。”

李给《格利特》报童上了十分钟课，讲资本主义的罪恶，最后以卡尔·马克思的名言结尾。男孩耐心地听完，然后问道：“那你准备订一份吗？”

“孩子，我说的话，你听进去一个词了吗？”

“听进去了，先生！”

“那你应该知道，这个社会正从我身上窃取一切，也正在从你和你的家人身上窃取一切！”

“你破产了吗？你为什么不这么说呢？”

“我一直在试图告诉你我为什么破产了。”

“噢，得了吧！我本来可以多去三家，但是我现在不得不空手回家，因为快到我的宵禁时间了！”

“祝你好运。”玛丽娜说。

前门老旧的铁链尖叫着，门打开，然后嘎吱嘎吱地关上（门已经太累，无法砰地关上）。长时间的沉默。然后，李用平和的声音说：“你看。这就是我们要奋起反对的事。”

不久之后，台灯灭了。

13

我的新电话几乎没响过。德凯打来一次——很短暂，你过得怎么样呀这样的问候电话——仅此而已。我告诉自己，别期待太多。学校又开学了，头几个星期总是焦头烂额。德凯很忙是因为埃伦女士又返聘了他。他发了几句牢骚之后说，他允许埃伦把他的名字写在代课老师名单上。埃伦没有打电话来，是因为她有五千件事情要做，其中五百件十万火急。

德凯挂断电话之后我才意识到，他没有提萨迪……李给小报童上课两个晚上之后，我决定跟萨迪聊聊。我得听听她的声音，哪怕她只说一句："请别打电话给我，乔治，已经结束了。"

我正要伸手去拿电话，电话响了。我抓起电话说——百分之百确定："你好，萨迪。你好，亲爱的。"

14

一阵短暂的沉默，我有足够的时间想我是不是弄错了，对方可能会说："我不是萨迪，我只是个拨错号码的白痴。"但电话那头的人随后说："你怎么知道是我？"

我差点说是心有灵犀。她可能听得懂。但是，光"可能"还不够。这是个重要的电话，我不想搞砸。绝对不想搞砸。在接下来的大部分时间里，有两个我在打电话，乔治声音很大，杰克默默低语，说出一切乔治说不出口的话。或许，恋情成败未决时，总是有四个人在参与一场对话。

"因为我整天都在想你。"我说。（我整个夏天都在想你。）

"你怎么样？"

"还好。"（我很寂寞。）"你呢？夏天过得怎么样？事情办了吗？"（你跟你古怪的丈夫的法律关系解除了吗？）

"是的，"她说，"搞定了。这不是你的用词吗，乔治？搞定了？"

"我想是吧。学校怎么样？图书馆呢？"

"乔治？我们要继续这样聊下去吗？或者，我们有必要聊吗？"

“好吧，”我坐进凹凸不平的二手沙发，“别绕弯子了。你好吗？”

“还好，但是不开心。我很疑惑，”她犹豫了一下，接着说，“我现在在哈拉赌场酒店，你可能对这件事有所耳闻，当鸡尾酒女招待。我遇到了一个人。”

“哦？”（噢，狗屎！）

“是的，人很好。很迷人。一位绅士。不到四十岁。名叫罗杰·比顿。他是加利福尼亚州共和党参议员汤姆·基克尔的助手。他是参议院里的少数党督导。我指的是基克尔，不是罗杰。”她笑了，但不是遇到好笑的事情时发出的那种笑。

“我该不该替你遇到好人开心？”

“我不知道，乔治……你开心吗？”

“不开心。”（我想杀了他。）

“罗杰英俊潇洒，”她用陈述事实的平淡口气说，“他很讨人喜欢。他上过耶鲁大学。他知道怎么讨女孩欢心。还有，他个子高。”

第二个我再也无法沉默。“我想杀了他。”

她如释重负地笑了，声音放松。“我告诉你，不是为了伤害你，或者让你觉得不舒服。”

“真的吗？那你为什么告诉我？”

“我们一起出去过三四次。他吻了我……我们做了一些……搂脖子亲嘴，像孩子一样……”

（我不仅想杀了他，我想让他一点一点地死去。）

“但是不一样。或许会一样吧，等到合适的时候。或许永远不会一样。他给了我他在华盛顿的电话号码，让我打给他，如果我……他是怎么说的？‘如果你厌倦了整理书籍，厌倦了单恋离你而去的人。’我想这是重点所在。他说他正仕途顺利，身边需要一个好女人。他觉得我可能就是那个女人。当然，男人就是这样。我已经不像以前那么天真了。但是，有时候，男人是认真的。”

“萨迪……”

“男人并非全都一样。”她听起来若有所思，心不在焉。我第一次想，她除了对个人生活感到疑惑，是不是还有其他问题。她是不是生病了。“积极的一面是，没有明显的扫帚。当然，有时男人会把扫帚藏起来，不是吗？约翰尼如此。你也是如此，乔治。”

“萨迪？”

“怎么了？”

“你是不是也在隐藏扫帚？”

一阵长长的沉默。比我刚接到她的电话时喊出她的名字后沉默的时间更长，比我预想的更长。最后她说：“我不知道你什么意思。”

“你听起来不像你自己，就是这意思。”

“我告诉过你，我很疑惑。很伤心。因为你还没准备告诉我真相，不是吗？”

“我如果能说，一定会说。”

“你知道最有意思的是什么吗？你在约迪有好朋友——不只是我——但是没有一个人知道你住在哪儿。”

“萨迪——”

“你说你住在达拉斯，但是你在埃尔姆赫斯特电话交换台上，埃尔姆赫斯特在沃斯堡。”

这一点我始料未及。还有什么是我没有考虑到的？

“萨迪，我只能告诉你，我现在做的事情非常重——”

“噢，我敢肯定很重要。参议员基克尔正在做的事情也很重要。罗杰告诉我，我如果……跟他一起去华盛顿，或多或少会沾上伟大的边……或者站在历史的门口……诸如此类。权力让他激动。这是我很难喜欢他的少数几件事情之一。我想——我仍然在想——我算什么，沾上伟大的边？我只是个离了婚的图书管理员。”

“我算什么，站到历史的门口？”

“什么？你说什么，乔治？”

“没什么，亲爱的。”

“你最好别这么叫我。”

“对不起。”（我并不觉得抱歉。）“我们到底在谈什么？”

“你和我，还算不算是我们。你如果能告诉我你为什么来到得克萨斯，你和我，也许还能是我们。因为我知道你不是来写书或者教书的。”

“告诉你会很危险。”

“我们都在危险之中，”她说，“约翰尼说得对。要我告诉你罗杰跟我说的话吗？”

“好吧。”（他是在哪里告诉你的？你们两个聊天时是站着还是躺着？）

“他喝了一两杯酒，开始闲谈。我们在他的酒店房间里，不过别担心——我脚站在地上，穿着衣服。”

“我没有担心。”

“你如果不担心，我倒很遗憾。”

“好吧，我担心。他说什么？”

“他说，有传言，今年秋天或者冬天加勒比海会有什么大动作。一个爆发点，他是这么说的。我猜他指的是古巴。他说：‘肯尼迪那个白痴会给我们惹出大祸，只是为了证明他有胆识。’”

我想起她前夫灌输给她的所有关于世界末日的废话。“凡是读报纸的人都能看得出，”他对她说，“我们会浑身疼痛而死，抑或咳嗽而死。”这种话会给听者留下印象，况且说话人一副平淡的科学口吻。留下印象？留下伤疤倒更形象些。

“萨迪，那是胡说。”

“噢？”她听起来有些愤怒，“你有内部消息，而参议员基克尔没有？”

“就算我有吧。”

“省省吧。我会再等等，等你说出实话，但不会等太久。或许只是因为你舞跳得好。”

“那我们去跳舞吧！”我有点激动。

“晚安，乔治。”

我还没来得及再说什么，她就挂了电话。

15

我想给她打回去，但是，接线员说“请告诉我号码”时，我又恢复神智。我把电话放回支架。她已经把话说到这分上了。再让她说些什么只会让事情变得更糟。

我努力告诉自己，她的电话只是个计谋，她想让我别拖延，马上行动，类似于“你为什么不替自己说话呢，约翰·奥登[①]”。但又不大可能是阴谋，因为对方是萨迪。她来电，更像是求救。

我又抓起电话，这一次，接线员问我要电话号码时，我给了她一个。电话响了两声，然后埃伦·多克蒂说：“喂？请问是谁？”

“嗨，埃伦女士。是我。乔治。”

所谓的沉默时刻又来了。我等待着。然后她说：“你好，乔治。我没想到是你，不是吗？我只是非常——”

“忙，当然。我知道开学第一二周是什么情况，埃伦。我打电话给你，是因为萨迪打电话给我了。”

“噢？”她听起来很谨慎。

“如果是你告诉她我的电话在沃斯堡而不是达拉斯的电话交换台上，没事。”

“我不是要说长道短。我希望你理解。我觉得她有权知道。我关心萨迪。当然，我也关心你，乔治……但是你走了，她没走。”

我确实理解，尽管她的行为伤害了我。身处太空舱、驶往外太空的感觉再次出现。“我没事，埃伦。这只是个无关紧要的谎话。我准备很快就搬去达拉斯。”

没有反应。她能说什么呢？你也许会吧，但我们都知道你说了太多假话。

“我觉得她不太对劲。她看起来还好吗？”

“我不太想回答这个问题。我要是说不好，你肯定嚷着要来看她。可她不想看到你。在你们目前的状态下，她不想见你。”

---

① 约翰·奥登（1599—1689），据说是一六二〇年第一位从“五月花”号踏上普利茅斯土地的人。美国诗人亨利·朗费罗（1887—1882）写于一八五八年的诗歌《迈尔斯·斯坦狄什求婚记》讲述了这些早期美洲移民的生活及爱情故事，面对年轻的奥登和另外一位追求者迈尔斯·斯坦狄什，也就是奥登的船长，性格独立的女主人公普丽希拉质问奥登：“你为什么不替自己说话呢？”

她已经回答了我的问题。“她回来时还好吗？”

“她还好，很高兴见到我们大家。”

“但是现在她听起来心不在焉，还很伤心。”

“这很奇怪吗？”埃伦女士刻薄地说，“萨迪在这里有很多记忆，大部分回忆跟一个她还在乎的男人有关。一个优秀的男人，一位可爱的老师，但这个人披着伪装。”

这句话真的很伤人。

“但还有别的原因。她说马上要爆发一场危机，她是从——”从坐在历史门口的耶鲁大学毕业生那里听到的？“从她在内华达遇到的一个人那里听到的。她的丈夫在她的脑袋里灌输了很多废话——”

“她的脑袋？她的漂亮脑袋？”她现在不但刻薄，而且愤怒。我觉得自己渺小而残忍。“乔治，我面前摆着一英里厚的文件夹，我得工作了。你不能用心理分析远距离治疗萨迪·邓希尔，你的爱情生活我也帮不上什么忙。我唯一能做的就是建议你，你如果爱他，就说出实话。早说比晚说好。”

“我想，你没有看到她丈夫吧？”

“没有！晚安，乔治！”

在同一天晚上，我两次被自己在意的女人挂断电话。这可是个新的个人记录。

我走进卧室，开始脱衣服。她刚回来时还好。很高兴回到约迪的朋友身边。现在不怎么好。因为她正夹在长得英俊潇洒、仕途顺利的新人和一个高个子、黑面皮，有着不可告人过去的陌生人中间吗？这是浪漫小说中的情节，但她如果真是这样，为什么刚回来时情绪还不错呢？

一种不祥的预感涌上心头：她或许在喝酒。酗酒。偷偷酗酒。没有可能吗？我的妻子曾是一个隐藏的资深酒鬼——实际上，她在我们结婚之前就是——过去很和谐。人们很容易忽略女性酒鬼，埃伦女士可能看出了苗头，但是酒鬼往往很聪明。有时候，人们好几年后才会发现。萨迪要是按时上班，埃伦可能没有发现她眼睛的血丝，呼吸里的薄荷味。

这种想法可能很荒谬。但我所有的假设都在表明我仍然多么在乎她。

我躺在床上，看着天花板。客厅里，煤油炉咕咕作响——又是一个凉爽的夜晚。

“随它去吧，伙计，”阿尔说，“你不得不这么做。记住，你来这儿不是为了——”

女孩、金表和其他一切。对，阿尔，我明白。

“还有，她也许过得很好。是你出了问题。”

我可能有不止一个问题。我过了很长时间才睡着。

16

接下来的星期一，我照旧开车经过达拉斯西尼利街二一四号时，看见车道上有一辆长长的灰色送葬马车。两个胖女人站在门廊里，看着几个穿深色西装的男人把担架抬进车后面。担架上是一张床单。门廊上方看似摇摇欲坠的阳台上，一对年轻夫妇也在观看。他们最小的孩子在妈妈的怀里睡觉。

扶手上夹着烟灰缸的轮椅孤独地待在树下，老人今年夏天在树下度过了大部分时光。

我把车开到路边，站在我的车边等柩车离开。然后（我知道时机非常，怎么说呢，愚蠢），我穿过街道，走向门廊。我站在台阶下面，脱下帽子。“女士们，我非常难过，你们失去了亲人。”

年长的那个——现在成了寡妇了——说：“你以前来过这儿。”

我的确来过，我想说。我的个头可比橄榄球大多了。

“他见过你。”没有责问，只是陈述事实。

“我一直在这一带找房子。你们会继续住这儿吗？”

“不，”年轻的那个说，“他有保险。但那差不多是他的全部身家啦。盒子里还有一些奖章。”她吸了一口气。我告诉你，看到这两位女士那么伤心，我也有点心碎。

“他说你是个幽灵，”寡妇对我说，“他说他能看透你。当然，他跟厕所里的老鼠一样疯狂。他自从中风就戴上了尿袋，三年了。我和艾达准备回俄克拉荷马。”

去莫泽尔看看，我想，你们离开这栋房子之后该去那儿。

“你想干什么？”年轻的那个问，“我们得去殡仪馆给他送件衣服。”

“我想要你们房东的号码。”我说。

“我可以免费给你！”二楼阳台上的年轻女人说。

失去父亲的女儿朝上看一眼，叫她闭上该死的嘴。这就是达拉斯。德里也是这样。

与邻为善。

第十九章

1

九月十五日，一个阴雨绵绵的昏暗星期六下午，德·莫伦斯乔特隆重登场。他开着咖啡色凯迪拉克，跟查克·贝里[①]的歌曲中的车型一样。有两个男人跟他在一起，一个我认识，乔治·布埃，一个我不认识——瘦得皮包骨头，长着一缕白发，背部笔直，像是在部队待了很久、仍然喜欢部队生活。德·莫伦斯乔特走到车后面，打开后备厢。我冲过去拿我的远程麦克风。

我拿好装备回来时，看见布埃胳膊下夹着一个折起来的游戏围栏，那个军人相貌的男人拿着一大包玩具。德·莫伦斯乔特空着双手，走上门阶，昂首挺胸地走在两人前面。他身材高大，体格强壮。发白的头发从宽阔的前额斜着梳到后面，似乎在说——至少在我看来："功业盖物，强者折服。[②]因为我是乔治。"

我插上录音机，戴上耳机，把装有麦克风的碗对准街对面。

玛丽娜没有出现在视野里。李坐在沙发上，借着五斗橱上的台灯读一本厚厚的平装书。他听到门廊上的脚步声时，皱起眉毛抬头看了一眼，把书丢到咖啡桌上。又是该死的流亡分子，他可能想。

但他起身去开门。他朝门廊上满头银发的陌生人伸出手，但是德·莫伦斯乔特让他吃了一惊——也让我吃了一惊——把他拉入怀中，亲了他的双颊，然后抓住他的肩膀。德·莫伦斯乔特的声音低沉而深

---

① 查克·贝里（1926—2017），美国吉他手、摇滚歌手与作曲家，摇滚乐的先锋人物之一。

② 英国诗人雪莱（1792—1822）一八一七年的诗作《奥兹曼迪亚斯》中的诗句。该诗描写的是公元前十三世纪时期埃及法老拉美西斯二世。

重——说的是德语而不是俄语，我想。“让我看看这位远渡重洋、归来后还能完整保留理想的年轻人!”然后，他又给了李一个拥抱。李的头从高个子的肩上露出来，我看见了更令我吃惊的事情：李·哈维·奥斯瓦尔德在笑。

2

玛丽娜从婴儿房里出来，怀里抱着琼。她看到布埃，十分惊喜，然后感谢他送游戏围栏，她用僵硬的英语称之为“孩子的玩物”。布埃介绍说，那个瘦子是劳伦斯·奥尔洛夫——请称呼其为劳伦斯·奥尔洛上校，德·莫伦斯乔特则是“苏联人群体的一位友人”。

布埃和奥尔洛夫在地板中央安装游戏围栏。玛丽娜跟他们站在一起，用俄语和他们聊天。奥尔洛夫跟布埃一样，眼睛也没有离开过年轻的苏联妈妈。玛丽娜上身穿着衬衫，下身穿着短裤，露出一双修长的美腿。李的笑容消失。他又变得和平时一样阴郁。

但德·莫伦斯乔特不肯任由他阴郁。他看到李的平装书，起身走到咖啡桌旁拿起书。“《阿特拉斯耸耸肩》?”他跟李说话。完全忽略其他人的存在，其他人都在看着新的游戏围栏，“安·兰德[①]？一位年轻的革命者读这本书干什么?”

“了解你的敌人。”李说。德·莫伦斯乔特放声大笑时，李的笑容又出现了。

“你怎么看安小姐的满腹牢骚?”我回放磁带时，这问题引起了我的共鸣。我已经听了他的评论两遍：他用的词跟米米·科科伦问我对《麦田里的守望者》的感受时使用的词眼完全一样。

“我想她吞下了毒饵，”奥斯瓦尔德说，“现在，她靠将毒饵出售给

---

① 安·兰德（1905—1982），俄裔美国哲学家、小说家。著有《源头》《阿特拉斯耸耸肩》等畅销小说。

别人挣钱。”

“的确如此，朋友。我从没听到过如此精辟的论断。总会有一天，世界上的兰德们会为他们的罪恶付出代价。你相信吗？”

“我知道。”李说。他听起来真的这么认为。

德·莫伦斯乔特拍拍沙发。“坐到我边上来。我想听听你在祖国的冒险。”

但是布埃和奥尔洛夫先走近李和德·莫伦斯乔特。他们用俄语谈了很长一段时间。李表情有些疑惑，但是德·莫伦斯乔特也用俄语对他说了些什么，李点点头，跟玛丽娜简短地交代几句。他朝门挥手，手势很明显：那就去吧。去吧。

德·莫伦斯乔特把车钥匙扔给布埃，布埃摸到钥匙。看到布埃从肮脏的绿地毯上摸索钥匙，德·莫伦斯乔特和李交换了一个开心的表情。然后他们离开了，玛丽娜怀里抱着孩子，坐进德·莫伦斯乔特的凯迪拉克走了。

“我们现在安宁了，朋友，”德·莫伦斯乔特说，“这两位男士会掏钱包。不错吧？”

“我讨厌他们总是掏钱，”李说，“丽娜忘记了我们回到美国不仅是为了买一台冰箱和一大堆裙子。”

德·莫伦斯乔特挥挥手。“资本主义这头猪背上的汗水。朋友，你住在这么沉闷的地方还不够吗？”

李说：“这当然不够，不是吗？”

德·莫伦斯乔特照他的背拍了一下，差点把这个小个子男人从沙发上拍下来。“振奋点！你现在付出的，以后会得到千倍偿还。你不是如此坚信的吗？”李点头之后，他又说：“现在告诉我苏联的情况。”

奥斯瓦尔德笑着，我看得出，他对德·莫伦斯乔特敞开心扉，就像久雨初晴之后花儿在阳光下绽放。

李谈论苏联。他喋喋不休，自命不凡。我对他的这些总论并不感兴趣。我对他认为尼基塔·赫鲁晓夫是个白痴的论断也不感兴趣，有关美国领导人的这种无聊废话，在这里的随便一家理发店或者擦鞋店都能听到。奥斯瓦尔德可能会在十四个月之内改变历史，但他是个令人厌烦的人。

我感兴趣的是德·莫伦斯乔特聆听的方式。他像世上非常有魅力的那些人一样，总是在适当的时机提出适当的问题，毫不烦躁，眼睛从不从说话人的脸上移开，让另外一个家伙感觉自己是地球上最有见识、才华横溢、精明能干的人。这可能是李一生当中第一次被人如此倾听。

“我看社会主义只有一个希望，”李总结说，“那就是古巴。那里的革命还很纯洁。我希望有一天能去那儿。成为公民。”

德·莫伦斯乔特严肃地点点头。“你还可以做得更好。在现任政府阻止美国人去那儿之前，我去过很多次。真是个美丽的国家……现在，感谢菲德尔，那是个属于那里人民的美丽国家。”

“我知道。”李的脸闪着光芒。

“但是！”德·莫伦斯乔特像演讲者一样竖起一根手指，“你如果认为美国资本家会任由菲德尔、劳尔和切创造奇迹而不横加干预，那你就是生活在梦境中。行动已经开始。你知道沃克这个家伙吗？”

我的耳朵竖了起来。

“埃德温·沃克？被撤职的那个将军？”

“就是那位。”

“我知道他。住在达拉斯。竞选州长，被踢了下来。然后，詹姆斯·梅雷迪思[①]上密西西比州大学，他又跑到密西西比，跟州长罗斯·巴尼特站到一起。他就是小希特勒，种族隔离主义者。”

“他肯定是种族主义者，但是对他来说，种族隔离主义理想与三K党只是一个挡箭牌。他要借打击黑人权利的机会打击他和他的同类憎恨的社会主义思想。詹姆斯·梅雷迪思？共产主义者！全国有色人种协进会？幌子！学生非暴力协调委员会？表面是黑色的，里面是红色的！”

“当然，”李说，“这就是他们的伎俩。”

我不知道德·莫伦斯乔特是真的对所谈论的事情很投入，抑或只

---

① 詹姆斯·梅雷迪思（1933— ），美国民权运动分子、作家、政治顾问。

是为了把李绕进去。

李摇摇头，眼睛一刻也没离开德·莫伦斯乔特的脸。

“柯蒂斯·李梅。也是种族主义者，他认为每片灌木丛中都有共产主义者。沃克和李梅坚持让肯尼迪怎么做？轰炸古巴！然后攻占古巴！让古巴成为第五十一个州！猪湾之耻只是让他们更加坚定！”德·莫伦斯乔特用拳头捶自己的大腿，表示感叹。“李梅和沃克这样的人比兰德这婊子更危险，不是因为他们有枪，而是因为他们有追随者。”

“我意识到了危险，”李说，“我已经着手在沃斯堡组织一个名为‘放开古巴’的团体。已经有十几个人表示感兴趣。”

他夸张了。据我所知，他在沃斯堡只把铝窗和防风门组织起来过，偶尔组织过后院的旋转木马。玛丽娜有几次成功地说服他去后院晾尿片。

“你最好快点行动，”德·莫伦斯乔特严肃地说，“古巴是革命的广告牌。尼加拉瓜、海地和多米尼加共和国苦难的人民放眼古巴时，会看到在和平的农业社会主义国家里，独裁者被推翻，秘密警察被解雇，警察有时得把警棍夹在肥屁股底下！”

李大笑起来。

“他们看到联合水果公司巨大的甘蔗种植园和奴隶农场被转给农民。他们看到标准石油公司解散。他们看到赌场，原先由兰斯基黑帮经营——”

“我知道。”李说。

“赌场被关闭。性表演停止，朋友，过去出卖肉体的女人……以及出卖女儿肉体的女人——找到正当的工作。在猪猡巴蒂斯塔[①]领导下可能会横尸街头的苦工现在能走进医院，被当做人来治疗。为什么？因为在菲德尔的领导下，医生和苦工身份平等！”

“我知道。”李说。这是他一贯的立场。

---

① 巴蒂斯塔（1901—1973），古巴军事领导人、总统。一九五九年被卡斯特罗所领导的游击运动驱逐出境，史称“古巴革命”。

德·莫伦斯乔特从沙发上跳起来，在崭新的游戏围栏周围踱步。“你认为肯尼迪和他的爱尔兰阴谋集团会让这张广告牌树立起来吗？成为一座闪着希望之光的灯塔？”

“我有点喜欢肯尼迪，”李貌似有点尴尬地承认，“尽管发生了猪湾事件。那是艾森豪威尔的计划，你知道的。”

“生活在GSA的大多数人都喜欢肯尼迪总统。你知道我说的GSA是什么意思吗？我可以向你保证，写《阿特拉斯耸耸肩》的母黄鼠狼知道。伟大而愚蠢的美国[①]。美国民众只要有台能制冰的冰箱，车库里有两辆汽车，电视机上有《日落大道七十七号》，就满心欢喜，死而无憾了。伟大而愚蠢的美国喜欢肯尼迪的微笑。是的。确实如此。他笑得很有魅力，我承认。但莎士比亚不是说过吗？一个会笑、爱笑的人，也可能是恶棍吗？你知道肯尼迪批准了中央情报局刺杀卡斯特罗的计划吗？是的！他们已经尝试——但是都失败了，谢天谢地——三四次。我是从海地和多米尼加石油生意伙伴那儿得到的信息。李，这是好消息。”

李表情沮丧。

“但是菲德尔在苏联有位强悍的朋友，”德·莫伦斯乔特继续说道，仍然踱着步子，美国如果试图再次入侵古巴，苏联会选择和他们站在一起。记住我的话：肯尼迪可能会尝试，很快。他会听从李梅的建议。他会听从中情局杜勒斯和安格尔顿的建议。他一旦有了正当的借口，就会发起攻击，只是为了向世界展示他有种。”

他们继续谈论古巴。凯迪拉克返回时，后备厢里装满食物和日用品——看起来足够一月之用。

“狗屎，”李说，“他们回来了。”

“我们很高兴见到他们。”德·莫伦斯乔特高兴地说。

“留下来吃晚饭吧，”李说，“玛丽娜菜做得不怎么样，但是——”

“我得走了。我太太急着等我汇报呢，我会好好汇报的！我下次带她来，怎么样？”

---

① 原文为 Great Stupid America，缩写为 GSA。

“当然好了。”

他们走到门口。玛丽娜在跟布埃和奥尔洛夫聊天，两位男士正从后备厢把成箱的罐头搬出来。但是，她不光是在聊天，还有点卖俏。布埃看起来恨不能对她俯首帖耳。

在门廊上，李对新朋友谈到联邦调查局。德·莫伦斯乔特问他联邦调查局来过多少次。李举起三根指头。“一个特工名叫费恩，来过两次。另外一次来的是个叫霍斯蒂的特工。”

“直视他们的眼睛，回答他们的问题！”德·莫伦斯乔特说，“没有什么可害怕的，李，因为你不仅是清白的，还是正义的！”

其他人看着他……跳绳女孩们也出现了，站在梅赛德斯街区被用作人行道的车辙上。德·莫伦斯乔特有了听众，他也的确好像正对着听众演讲。

“你的意识形态很坚定，年轻的奥斯瓦尔德先生，所以他们当然会来。胡佛帮！我觉得他们也许正在监视你，可能隐藏在另一个街区，也可能隐藏在正对面的房子里！”

德·莫伦斯乔特用一根手指指向我放下的窗帘。李转过脸来。我一动不动地站在阴影里，庆幸自己已经把扩音器特百惠碗放了下来，碗已经被我用黑色胶带缠好。

“我知道他们是谁。他们和他们中情局的堂兄弟姐妹们不是已经找我几次，威胁我检举在苏联和南美的朋友吗？战争之后，他们不是把我称为秘密纳粹吗？他们不是污蔑说我雇佣秘密警察部队，通顿马库特，打击和折磨我的竞争对手，赢得在海地的石油租赁权吗？他们不是控告我贿赂‘爸爸医生’杜瓦利埃、资助暗杀特鲁希略吗？是的，是的，远远不止这一切！”

跳绳女孩们盯着他，张大嘴巴。玛丽娜也张大嘴巴。乔治·德·莫伦斯乔特一旦开口，便能横扫面前的一切。

“鼓起勇气，李！他们再来时，挺身向前！给他们看！”他抓起衬衫，撕开前胸。扣子砰声爆开，哗啦啦地掉在地上。跳绳女孩们喘着粗气，想笑又不敢笑。他跟那个时代多数的美国人不一样，衬衫底下没有汗衫。他的皮肤宛如涂了油的红木。肥胖的胸脯悬在苍老的肌肉上。他右手拳头捶着左边乳头上方。“告诉他们：‘这是我的心，我的心是清白的，我的心属于我的理想！’告诉他们：‘胡佛即使把我的心剜出来，它还会跳动，还有一千颗心同时跳动！一万颗！十万颗！一百万颗！’”

奥尔洛夫放下手上装罐头的箱子，略带讽刺地鼓掌。玛丽娜的脸上洋溢着光芒。李的脸最有趣。他就像大数的扫罗走在去大马士革的路上①，得到了启示。

他眼里的茫然已然消失。

3

德·莫伦斯乔特的布道和撕裂衬衫的滑稽行为——跟他斥责的右翼福音传教士的帐篷秀鬼把戏没有什么不同——让我非常不安。我本来以为我偷听了两人的私密谈话，能理清思路，把德·莫伦斯乔特从刺杀沃克的行动中剔除，进而将其从刺杀肯尼迪案中剔除。我现在偷听到两人的私密谈话，但是，事情反而越来越复杂了。

但有一件事似乎明朗起来：是时候不动感情地和梅赛德斯街道别了。我已经租下西尼利街二一四号一层的公寓。九月二十四日，我把几件衣服、书和打字机装进破旧的福特森利纳，搬到达拉斯。

两个胖女人留下的是一个散发着病房臭味的猪圈。我自己打扫卫生，感谢上帝，我经过兔子洞来到的这个时代已经有了空气清新气雾剂。我在二手市集上买了一台便携式电视机，把它扔在厨房柜台上的炉子边（炉子让我想起陈年油脂仓库）。我一边扫、洗、擦、喷，一边看犯罪片《不可触碰》和连续剧《笑弹总动员》。晚上，等到楼上孩子的震动和叫喊偃旗息鼓，我上床睡觉。睡得很沉，整夜无梦。

---

① 扫罗是圣保罗的希伯来文名。他因家乡在大数，根据当地的习俗，也被称为大数的扫罗。《圣经·新约》中提到，保罗在往大马士革路上，决定改信基督，从此成为后世所知的外邦人使徒。

我继续留守梅赛德斯街上的住处，但是没在二七〇三号看到什么异常。有时候，玛丽娜把琼放进婴儿车（她年长的爱慕者布埃先生送的另一个礼物），推着她走到仓库停车场，又走回去。下午放学之后，跳绳女孩们经常陪着她们。玛丽娜还一边哼着俄语一边跳几下。看着妈妈披着一头浓密的黑发跳上跳下，小婴儿总是笑。跳绳女孩们也笑了。玛丽娜并不介意被小孩子笑话。她跟女孩儿聊很多，她们笑着纠正她时，她从不生气。她看起来很开心。李不想让她学英语，但她还是在学。学英语对她有好处。

一九六二年十月二日，我在西尼利街公寓的一片神秘的安静中醒来：头顶没有脚步声，没有年轻妈妈催促较大的两个孩子准备上学的喊声。他们半夜搬了出去。

我走上楼，试图用我的钥匙开他们的门。门打不开，但是锁是弹簧锁，被我轻易地用衣架撬开了。我发现客厅里有个空书架。我在地板上钻了个小孔，把第二个装了窃听器的台灯插上电源，将窃听电线从小孔里穿进楼下的房间。然后把书架压在小孔上面。

窃听器工作正常，但是日本生产的精巧的小录音机转轴只有在潜在的租客来看房、碰巧打开台灯时才会转动。他们只是看看，不会租的。奥斯瓦尔德一家搬进来之前，整个尼利街只属于我一个人。我在经历了梅赛德斯街热闹的狂欢之后，觉得这是种解脱，尽管我有点想念跳绳女孩们。她们是我的希腊戏剧合唱队。

4

我晚上在达拉斯的房子里睡觉，白天在沃斯堡看着玛丽娜推着孩子玩。我正忙个不停时，另一个二十世纪六十年代的分水岭时刻悄然而至，但是被我忽略了。我正对奥斯瓦尔德一家全神贯注，他们正在经历另一场家庭纠纷。

十月第二个星期的一天，李很早下班回家。玛丽娜正在外面带着琼散步。他们在街对面的车道上说话。最后，玛丽娜开始说英语：“‘下岗’是什么意思？”

他用俄语解释。玛丽娜做出无奈的手势，拥抱了他。李亲吻她的脸颊，然后把孩子从婴儿车里抱出来。他把琼举高时，琼笑了，手伸下来扯他的头发。他们一起进了屋。幸福的小家庭，忍耐着暂时的逆境。

幸福持续到下午五点。我正要开车回尼利街，突然看到玛格丽特·奥斯瓦尔德从温斯考特路上的公共汽车站走来。

麻烦来了，我想。我的判断多英明啊。

玛格丽特再次避开尚未修缮的门阶。她再次没有敲门就进了屋。紧接着便是鞭炮一样的叫喊声。那是个温暖的晚上，窗户都敞着。我根本不用使用远程麦克风。李和他妈妈的争吵异常响亮。

他好像不是被莱斯利焊接厂解雇，而是自己不干的。老板打电话给瓦达·奥斯瓦尔德，打听他的下落，因为他们缺人手。他没能从罗伯特的太太那里得到帮助，便给玛格丽特打了电话。

“我为你撒了谎，李！”玛格丽特吼道，“我说你得了感冒！你为什么总是让我为你撒谎？”

“我没有让你为我做任何事！”他也吼叫着回应。他们在客厅里面对面站着。“我没有让你为我做任何事！你还是要做！”

“李，你还要不要养家糊口？你需要工作！”

“噢，我会找工作的！你别操心了，妈！”

“到哪儿找？”

“我不知道——”

“噢，李！你怎么付房租？”

“——但是她有很多朋友，”他的大拇指朝玛丽娜指了指，玛丽娜退缩一下，“他们帮不上大忙，但肯定拿得出房租。你得离开这儿，妈。回家吧。让我喘口气。”

玛格丽特奔向游戏围栏。“这东西从哪儿来的？”

“我跟你说的朋友送的。他们有一半很有钱，剩下的很快就会有钱。他们喜欢跟玛丽娜聊天，”李冷笑一声，“年纪大的喜欢盯着她的奶子看。”

“李！”惊讶的声音，但是她脸上的表情……是高兴吗？妈妈从儿子的声音里听出了愤怒，并感到高兴？

“走吧，妈。让我们安宁安宁。”

“她明不明白男人付出东西总是想要回报？她明白吗，李？”

“走吧！”拳头挥舞着。他因为愤怒而又无力而摇晃。

玛格丽特笑了。“你很烦躁。当然。等你情绪稳定了我再回来。我会帮忙。我总是想帮忙。”

然后，她突然冲向玛丽娜和孩子，好像准备攻击她们。她亲吻琼的脸，然后大步走过房间。她走到门口时转身指着游戏围栏。“告诉她把这东西擦洗干净，李。别人抛弃的东西上总是有很多细菌。孩子要是生病了，你可没钱带她去看医生。”

“妈，走吧！”

“我这就走。”她像小女孩一样把手指捻起来，做出再见的手势，走了。

玛丽娜走到李身边，像抱着盾牌一样抱着孩子。他们说了一会儿话。然后，他们争吵起来。家庭团结随风而逝。由玛格丽特一手促成。李接过孩子，把孩子放在一只臂弯里摇晃着，然后——没有丝毫先兆——一拳打在妻子的脸上。玛丽娜倒下去，嘴巴和鼻子里流出血来，她大声哭泣。李看着她。孩子也在哭。李摩挲着琼的细发，亲吻她的脸颊，又摇晃孩子几下。玛丽娜回到我的视野里，挣扎着站起身。李踢了玛丽娜身侧一脚，她又倒下去。我只能看见她浓密的头发。

离开他，我想，尽管我知道她不会的，带上孩子，离开他。去找乔治·布埃。万不得已时给他暖被窝。但是，离开这个瘦骨嶙峋、受他妈妈支配的怪物。

但是，是李离开了她，至少暂时如此。我再也没有在梅赛德斯街看到过李。

5

这是他们第一次分开。李去达拉斯找工作。我不知道他待在哪儿。阿尔的笔记说他在某某地方，但事实证明他不在那里。或许，他在市中心的便宜公寓里找了个地方。我不关心。我知道，他们会一起出现，租住我楼上的公寓。目前，我已经受够他了。不必听他在一场对话中慢吞吞地说几十次“我知道”也是种乐事。

感谢乔治·布埃，玛丽娜安然脱险。玛格丽特造访以及李离开之后不久，布埃和另外一个男人开着雪佛兰卡车过来接玛丽娜。皮卡车离开梅赛德斯街二七〇三号时，母女两人在车里睡觉。玛丽娜从苏联带回来的粉色手提箱里铺着毯子，琼在这临时的巢里熟睡。卡车开动时，玛丽娜将一只手放在小女孩儿的胸口。跳绳女孩们在一旁观看，玛丽娜朝她们挥手。她们也挥起手来。

6

我在达拉斯的白页里找到乔治·德·莫伦斯乔特的地址，跟踪过他几次。我好奇他会跟谁见面，不过如果是中情局的人，兰斯基黑帮的部下，或者别的同谋者，恐怕我也认不出来。我只能说他没有见任何我觉得可疑的人。他去上班，去达拉斯乡村俱乐部打网球或者跟妻子游泳，他们还去了好几家脱衣舞夜总会。他没有骚扰脱衣舞者，但是偏爱在公共场合摸他妻子的胸脯和屁股。妻子似乎也不介意。

他跟李见了两次。一次是在他钟爱的脱衣舞夜总会。李看起来对周围环境感到不自在，他们没有待多久。第二次，他们在布劳德街上一家咖啡店一起吃中饭。他们在那儿待到差不多下午两点，聊天，喝了无数杯咖啡。李站起身后考虑了一下，点了些别的。女招待给他拿来一份派，他递给她什么东西，她草草地看了一眼，放进围裙口袋。他们离开后我没有跟踪他们，而是走到女招待身边，问她我能否看一眼年轻人给了她什么。

“你要就拿去吧，”她说，递给我一张黄纸，黄纸最上面有黑色小报字体写着“放开古巴”，这张纸条敦促“热心人士”加入这个精密组织在达拉斯—沃斯堡的分支。“不要让山姆大叔欺骗你！欲知未来会议详情，请写信至一九一九邮政信箱。”

“他们谈了些什么？”我问道。

“你是警察吗？”

“不是，但我比警察给的小费多。”我说，递给她一张五元的钞票。

“那东西，”她说，指着传单，肯定是奥斯瓦尔德在他新的工作地点复印的，“古巴。我好像并不在乎古巴。”

但是，不到一周之内的十月二十二日晚上，肯尼迪总统也在谈论古巴。然后，每个人都有一点在乎古巴了。

7

一个令人沮丧的真理就是，井干方知水珍贵。但是，一九六二年秋天之前，我没有意识到这个道理同样适用于天花板上的小脚丫发出的脚步声。楼上一家搬走之后，西尼利街二一四号有了一种恐怖的气氛。我想念萨迪，开始近乎神经质般地担心她。细想一下，“近乎”二字可以去掉。我对于她丈夫的担心，埃伦·多克蒂和德凯·西蒙斯没有严肃对待。萨迪自己也没有严肃对待。就我所知，她以为我是要拿约翰·克莱顿来吓唬她，好阻止她彻底忘记我。他们没有一个人清楚，如果把“萨迪”去掉，她的名字跟多丽丝·邓宁的名字只有一个音节之差。没有一个人清楚和谐效应。这效应看起来正是我自己造成的，就因为我出现在过去的国度。既然如此，萨迪身上要是发生了什么事，到底是谁的错呢?

噩梦再度出现。有关吉姆拉的噩梦。

我停止监视乔治·德·莫伦斯乔特，开始长距离地散步。我从下午开始散步，直到晚上九点甚至十点才回到西尼利街。我一边散步，一边想着李。他现在在达拉斯一家名叫贾加尔斯-奇利斯-斯托瓦尔的形象艺术公司当影印实习工人。我也想着玛丽娜，她暂时跟一个新近离婚、名叫埃琳娜·霍尔的女人住在一起。霍尔在乔治·布埃的牙医手下工作。那天开着皮卡把玛丽娜和琼从梅赛德斯街的垃圾堆里接走的正是牙医。

但我想的主要还是萨迪。萨迪。还是萨迪。

我在一次散步时感到既口渴又沮丧。我停下来，走进附近一家名叫常春藤小屋的酒吧。自动点唱机关掉了，顾客异乎寻常的安静。服务员把啤酒摆在我面前，然后立即转身看吧台上的电视机。我意识到大家都在看着我要拯救的那个人。他脸色苍白，神情严肃，眼睛下面现出深深的眼圈。

“为了遏止这种侵略性的态势升级，我们已经开始封锁所有运输到古巴的进攻性装备。驶往古巴的一切船只，如果被发现载有进攻性武器，将一律被遣返。”

“耶稣啊!”一个戴着牛仔帽的男人惊呼，“他知道苏联人会怎么应对吗?”

“闭嘴，比尔，”酒吧招待说，“让我们继续听。”

“我们的立场是，”肯尼迪继续说，“从古巴射向西半球任何国家的任何核导弹都将被视作苏联对美国的进攻，我们将对苏联作出充分的报复性的反应。”

酒吧一端，一个女人呜咽一声，抱住肚子。她身边的男人用一只胳膊揽住她，女人把头靠在他的肩膀上。

我在肯尼迪脸上看到恐惧和决心参半。我还看到了生命——一种对当前任务的高度投入。距离他被枪杀的日子还有整整十三个月。

“我们认为必须加强军事警戒措施，我已命令加强我们在关塔那摩基地的部署，我们全体人员的家属今天已从那里撤离。”

“大家的酒钱由我付，”那个叫比尔的牛仔突然高声宣布，“因为看起来世界末日不远了，朋友。”他放两张二十的钞票在酒杯边，但是酒吧男招待没有去拿。他盯着肯尼迪，后者正在呼吁赫鲁晓夫取消对世界和平的“这种秘密、鲁莽并富有挑衅意味的威胁”。

给我端酒的女服务员，一个五十岁上下、头发染成金色、看起来精疲力竭的女人，突然大哭起来。这让我下定决心。我从凳子上起身，从坐满男男女女的桌子旁边绕过去，他们正在看电视，严肃得像孩子。我溜进冰激凌机器边上的一间电话亭里。

接线员让我前三分钟投五十美分。我丢进两枚二角五分硬币。公用电话发出洪亮而柔和的声音。我还能隐隐约约地听见肯尼迪用那带着新英格兰鼻音的声音在讲话。他正在控诉苏联外交部长安德烈·葛罗米柯是个骗子。

“正在连接，先生，”接线员说，然后她脱口而出，“你在听总统演讲吗？你要是没有在听，应该打开电视或者收音机。”

“我在听。”我说。萨迪肯定也在听。萨迪的丈夫打着科学的幌子滔滔不绝地讲述了大量预告世界末日的废话。萨迪耶鲁大学毕业的政治家朋友告诉过她加勒比海将爆发重大事件。事件爆发地点可能是古巴。

我不知道该说什么来抚慰她，但这不是问题。电话响了很久。我感觉不妙。她星期一晚上八点半在约迪能去哪儿呢？在看电影？我不相信。

“先生，您拨打的号码无人接听。”

“我知道。”我说，听到李的口头禅从我的嘴里冒出来，做了个鬼脸。

我挂断电话时，两枚二角五分硬币掉进返回槽里。我准备再投进去，然后又想了想。打电话给埃伦女士有什么用呢？我现在已经失去埃伦女士的欢心。德凯对我也不像以前那么热诚。他们会告诉我别管闲事。

我走回酒吧时，沃尔特·克朗凯特正在展示U-2拍到的苏联在建的导弹基地照片。他说，很多国会议员都在敦促肯尼迪立即发动轰炸或者全面进攻。美国导弹基地和战略空军有史以来第一次进入戒备状态。

“美国 B-52 轰炸机即将飞临苏联领土附近盘旋，”克朗凯特用他那低沉而怪异的声音说道，“另外——对我们这些人来说这很明显，我们在过去七年里经历着日益恐怖的冷战——双方犯错误的机会，犯可能带来灾难性后果的错误的机会，随着每一次事态的升级——”

“别等了！”站在桌球台旁边的一个男人喊道。

人群里出现反对这种嗜杀情绪的声音，但这种声音被淹没在一阵热烈的掌声中。我离开常春藤小屋，漫步朝尼利街走去。我一到那里，便跳进森利纳，开车朝约迪而去。

8

汽车广播现在又能正常工作了，但是，我开着头灯在七十七号公路上疾驰时，广播里除了悲观没有别的内容。连 DJ 都得了核流感，说起“上帝保佑美国”和“做好一切准备”之类的话。KLIFE 电台的流行音乐播音员播放强尼·霍顿哀怨的《共和国战歌》时，我关掉收音机。光景太像九一一事件发生后的那天。

我把油门踩到底，尽管森利纳的发动机磨损越来越严重，发动机温度刻度盘上的指针不断偏向“H”。路上空无一人。我转进萨迪的车道时，二十三日凌晨零点半刚过。她的黄色大众甲壳虫停在关闭的车库门前，楼下的灯还亮着。我按下门铃，但没有人来开门。我转到后面去敲厨房的门，仍然没有得到回应。我越来越感觉不对劲。

她在后门台阶下藏了一把备用钥匙。我找出钥匙，开门进去。一股威士忌气味（确信无疑）扑面袭来，还有陈腐的香烟气味。

“萨迪？”

没人应答。我穿过厨房走进客厅。沙发前面茶几上的烟灰缸里已经装得满满当当，摊开的《生活》杂志和《瞭望》杂志被某种液体浸湿。我用手指蘸了一下那种液体，凑到鼻子边。苏格兰威士忌。妈的。

“萨迪？”

然后我闻到一股别的气味，我记忆犹新的克里斯蒂酗酒时的气味：刺鼻的呕吐气味。

我穿过客厅另一端的小厅。两扇门正对着，一扇通向卧室，另一扇通向书房。门都紧闭着，但是小厅尽头浴室的门开着。刺眼的灯光照亮散落在抽水马桶外圈的呕吐物。粉色的地砖和浴缸沿上还有更多呕吐物。水槽上的肥皂盒边放着一瓶药丸。瓶盖不见了。我冲进卧室。

她的身体横躺在乱七八糟的床单上，穿着衬裙和一只麂皮软拖鞋。另一只鞋掉在地上。她皮肤蜡黄，看上去没有呼吸。胸口整整四秒钟没有起伏，然后突然起伏一下。放在床头柜上的烟灰缸也已经满满当当。一盒皱巴巴的云斯顿一端被一支残断的香烟熏黑，躺在空酒瓶口上。烟灰缸旁边是喝了一半的杯子和一瓶格伦利物威士忌。这一瓶还剩很多——感谢上帝的小恩惠——但我真正担心的不是威士忌，而是药丸。床头柜上还放着一只棕色的马尼拉纸信封，从里面露出来的好像是照片，但我无暇顾及信封。此刻无暇顾及。

我用胳膊抱住她，想让她坐起来。衬裙是丝质的，从我的手中滑落。她又倒回床上，艰难地呼吸一口。她的头发从一只闭上的眼睛上垂落。

“萨迪，醒醒！”

没有反应。我抓住她的肩膀，把她拉向床头。床头嘭的一声，颤抖一下。

“别管我。”声音模糊而虚弱，但总比没有好。

“醒醒，萨迪！你快醒醒！”

我轻拍她的脸颊。她的眼睛仍然闭着，但是她抬起软弱无力的手，想把我挡开。

“醒醒！醒醒，该死！”

她睁开眼睛，没有认出我是谁，又闭上眼睛。不过她的呼吸已趋正常。现在她已经坐起来，可怕的喘息消失了。

我回到浴室，把她的牙刷从粉色的塑料杯中倒出来，打开水龙头。我顺便瞥了一眼药瓶的标签。耐波他。胶囊还剩十粒或者十二粒，所以不是企图自杀。至少，企图不明显。我把胶囊倒进马桶，然后跑回卧室。她仍然坐着，但在往下溜，头和下巴往前倾，贴着胸骨。呼吸又变得刺耳。

我把水杯放在床头柜上，看到从信封里露出的照片，怔了一下。可能是个女人——头发很长——但是很难确定。脸本来所在的地方只剩一些肉，下巴处还有个洞。小洞似乎在嘶喊。

我把萨迪拉起来，抓起她的一把头发，把她的头扶正。她呻吟着，似乎在说“别，好痛”。然后我把杯子里的水泼到她的脸上。她惊了一下，睁开眼睛。

“乔？你来干什么？乔？我怎么湿了？”

“醒醒。醒醒，萨迪。”我又开始拍她的脸，但是动作比刚才轻，几乎是在抚摸她。不奏效。她的眼皮又合上。

“走……开！”

“除非你想让我打电话叫救护车。然后你的名字就会上报纸。学校董事会很高兴。你要是起来，就不会有这些事啦。”

我成功地把双手扣到她的身后，将她从床上拉起来。她的衬裙皱了起来，在她蹲到地毯上时又恢复原状。她的眼睛突然睁开，疼得哭了，但我把她扶起来了。她前后摇晃，扇我的脸，力气比之前大。

“滚出去！滚出去，乔！”

“别，小姐。”我用胳膊抱住她的腰，朝门口走去，一半是扶，一半是抬。我们转向浴室，她的膝盖瘫下去。我撑住她，基于她的身高和体形，这可不是件轻松的差事。感谢上帝赐予人类的肾上腺素。我把马桶垫圈放下来，让她坐上去，立刻感觉到自己的膝盖精疲力竭。我喘着气，可能是因为劳累，但主要应该是因为受到惊吓。她开始往右倾斜，我拍打她的光胳膊——“啪”。

“坐起来！”我对着她的脸喊，“坐起来，克里斯蒂，该死！”

她挣扎着睁开眼睛，眼睛严重充血。“克里斯蒂是谁？”

“滚石乐队他妈的领唱，”我说，“你吃耐波他多久了？今天晚上吃了几粒？”

她说：“不关你的事，乔。”

“吃了几粒？喝了多少酒？”

“走吧。”

我把冷水龙头转到底，然后打开淋浴。她看出我的意图，又开始拍打我。

“不，乔！不！”

我没理会她。这不是我第一次把衣衫单薄的女人推到冷水淋浴头底下。有些事情就像骑单车一样。我用明天就会让我的腰背尝到后果的一记快速挺举，把她举到淋浴底下，然后用水冲她，在她四处乱打时紧紧地按住她。她伸手去抓毛巾杆，大声呼喊。然后，她睁开双眼，头发里溅满水珠。衬裙变得透明。即使在此情此景之下，她身体毕露的曲线也让我情不自禁产生一阵冲动。

她试图出来。我把她推回去。

“站在那儿，萨迪。站在那儿冲吧。”

“多，多久？太冷了！”

“直到我看到你的脸颊上出现血色。”

“你，你为什么要这，这么做？”她的牙齿格格作响。

“因为你差点害死自己！”我吼道。

她往后退缩，脚下一滑，但她抓住毛巾杆，站稳。条件反射恢复了。好。

“药，药片没效果，所以我喝，喝了酒。就是这样。让我出去，我好冷。求你了，乔，乔治。请让我出去。”她的头发粘在脸颊上，她看起来像只落水的耗子，但她脸上有了些气色。只是微微的红晕，不过是个好兆头。

我关掉淋浴，当她在浴盆边摇摇欲坠时用胳膊抱住她。她湿透的衬裙上滴滴答答往地垫上滴水。我对着她的耳朵轻声说：“我以为你死了。我走进来看到你躺在那儿的那一刻，以为你他妈的死了。你永远体会不到那种感觉。”

我放开她。她盯着我，眼睛睁大，充满惊讶。然后她说：“约翰说得对。罗，罗杰也说得对。他今晚在肯尼迪演讲之前打了电话给我。从华盛顿打来的。有什么关系呢？下个星期这个时候，我们都会死。

或者，我们都会只求一死。”

我一开始不知道她在说什么。我只是看到克里斯蒂站在那儿，浑身湿透，不断滴水，满嘴胡话，而我分外气愤。你这个胆小的婊子，我想。她肯定从我眼中看出了什么，因为她在向后退缩。

我看到她这个样子，头脑清醒过来。仅仅因为我碰巧知道未来的景象是什么样，就能叫她胆小鬼吗？

我从马桶上方的毛巾架上扯下一条浴巾，递给她。“脱掉裙子，擦干身子。”我说。

“那你出去。给我留点隐私。”

“告诉我你是清醒的我就出去。”

“我很清醒，”她无礼而愤恨地看着我——或许还带着一丝幽默，“你显然知道如何闪亮登场，乔治。”

我转向医药箱。

“没有了，”她说，“除了被我吃掉的，剩下的都在马桶里。”

我和克里斯蒂有过四年婚姻，所以还是检查了一眼，然后冲了马桶。我料理好这一切后，从她身边蹭过，走出浴室门。“给你三分钟时间。”我说。

9

马尼拉纸信封上的回信地址是：佐治亚州萨凡纳市东奥格尔绍普大街七十九号，约翰·克莱顿。你当然不能控告这个混蛋在伪装或者匿名恐吓。邮戳时间是八月二十八日，所以这封信很可能在她从里诺回来时就已经在等着她。她有差不多两个月时间考虑信上的内容。九月六日晚上我跟她聊天时，她听起来是不是既悲伤又沮丧？好吧，看了前夫特意算好时间寄来的照片，这也难怪。

“我们都在危险中，”她上次在电话里说，“约翰尼说得对。”

照片里是日本的男人、女人和孩子。广岛、长崎原子弹爆炸之后的受害者。有些人瞎了眼睛。很多人秃了头。多数人被放射线烧伤。少数人像无脸女鬼一样，被烤焦了。一张照片展示了四个是蜷缩姿势的黑色人形。原子弹爆炸时，四个人正站在墙边。人蒸发了，大部分墙体也蒸发了。墙体仅剩下被人体挡住的部分。人形呈黑色是因为肌肉被烧焦了。

他在每张照片的背后用清晰、整洁的笔迹写下同样的文字："很快就轮到美国了。统计分析不会说谎。"

"照片不错，嗯？"

她的声音平淡而沉闷。她站在门口，围着浴巾。潮湿的发卷垂落到坦露的肩膀上。

"你喝了多少酒，萨迪？"

"只有在药丸没效果时才喝几杯。我想，你摇晃抽打我时，我已经努力告诉过你了。"

"你要是想让我道歉，那就等着吧。巴比妥类药物和酒精混在一起很危险。"

"没关系，"她说，"我以前也被抽过。"

我想起玛丽娜，大吃一惊。情况不一样，但是抽打就是抽打。我当时既生气又害怕。

她走到角落的椅子边，坐下来，身上的浴巾按得更紧，看起来像个生气的孩子。"我的朋友罗杰·比顿打电话给我了。我跟你说了吗？"

"说了。"

"我的好朋友罗杰。"她用挑衅的眼神看着我，让我以为她很看重这个人。但我并不在乎。归根结底，这是她的生活。我只想确定她还有生命。

"好吧，你的好朋友罗杰。"

"他告诉我今天晚上一定要关注爱尔兰狗屎的演讲。他是这么称呼那个人的。然后他问我约迪距离达拉斯有多远。我告诉他之后，他说：'应该足够远了，要看风从什么方向吹。'他自己正准备离开华盛顿，很多人都在离开，但我想这无济于事。核战争打响，谁也跑不掉。"然后，她开始哭泣，刺耳而痛苦的哭泣撼动她的整个身体。"这群白痴要摧毁这个美丽的世界！他们要杀死孩子们！我恨他们！我恨他们所有人！肯尼迪，赫鲁晓夫，卡斯特罗，我希望他们全下地狱，死无全尸！”

她用双手蒙住脸。我像准备求婚的古板绅士一样跪下，抱住她。她的胳膊绕过我的脖子，紧紧搂住我，就像溺水的人抓住救命稻草。因为冷水，她的身体仍然冰凉，但是她靠在我胳膊上的脸在发烫。

那一刻，我也恨这群人，最恨的是约翰·克莱顿，他将这种子埋在如此缺乏安全感、心理如此脆弱的女人身上。他播下这种子，浇灌，除草，看着它生长。

在这个恐惧的夜晚，萨迪是唯一服药酗酒的人吗？他们现在在常春藤小屋里是怎么拼命喝酒的？我曾经做过愚蠢的假设，人们对待古巴导弹危机会跟对待其他任何暂时性的国际骚动一样，因为等到我上大学时，这只不过是考前需要背诵的一系列名字和日期而已。历史事件到了未来就是这样。但对于当下身处谷底（深不可测的谷底）的人来说，情况完全不同。

“我从里诺回来后照片就在这儿。”她看着我，眼神痛苦，眼里布满血丝。“我想把照片扔掉，但是我做不到。我一直看着它们。”

“这就是那个混蛋的企图。这就是他把照片寄来的目的。”

她似乎没有听见。“统计分析是他的爱好。他说，有朝一日，等到电脑足够先进，统计分析将成为最重要的科学，因为它从来不会出错。”

“不对。”我在脑海中看见乔治·德·莫伦斯乔特，这个有魅力的家伙，李唯一的朋友。“总是有扇不确定的窗户。”

“我猜约翰尼的超级电脑时代永远不会到来，”她说，“幸存下来的人——如果有人幸存的话——将生活在洞穴中。天空必然……不再湛蓝。核黑暗，约翰尼是这么称呼那个时代的。”

“他一派胡言，萨迪。你的好朋友罗杰也是。”

她摇摇头，充血的眼睛悲伤地看着我。“约翰尼知道苏联人要发射太空卫星。我们当时刚刚大学毕业。他夏天告诉我，果然，他们十月份就发送了‘史泼尼克’。‘他们下一步会送一条狗或者一只猴子上天，’

约翰尼说，‘之后，他们会送人上天。再然后他们会送两个人和一颗炸弹上天。’”

“他们那么做了吗？做了吗，萨迪？”

“他们送了一条狗，也送了一个人上天。那条狗的名字叫莱卡。狗死在了上面。可怜的狗狗。他们没必要把两个人和炸弹送上去，不是吗？他们会使用导弹。我们也使用导弹。导弹已经遍布他们生产雪茄的岛屿。”

“你知道魔术师怎么说吗？”

“魔——？你在说什么？”

“他们说你可以糊弄科学家，但永远不可能糊弄魔术师。你的前夫可以教科学，但肯定不是魔术师。而苏联人是。”

“你说的没道理。约翰尼说苏联人必须战斗，很快就会发动战争，因为现在他们有导弹优势，但是优势不会持续很久。这就是他们不会放弃古巴的原因。这是一个借口。”

“约翰尼看到太多有关导弹从红场滚过的新闻镜头。他不知道的是——很可能，参议员基克尔也不知道——超过半数的导弹里面没有引擎。”

“你不……你怎么可能……”

“他不知道，因为他们的火箭专家的无能，有多少洲际弹道导弹在西伯利亚的发射台上发生爆炸。他不知道，在我们 U-2 飞机拍摄到的导弹中，超过半数实际上只是涂了颜色的树干加上纸板翼。这只不过是雕虫小技，萨迪。这能糊弄约翰尼这样的科学家以及基克尔这样的政客，但永远糊弄不了一位魔术师。”

“这不……这不可能……”她沉默片刻，咂着嘴唇。然后她说：“你怎么可能知道这种事情？”

“我不能告诉你。”

“那我就不能相信你。约翰尼说肯尼迪会成为民主党候选人，尽管所有其他人都认为候选人会是汉弗莱，因为肯尼迪是个天主教徒。他分析了各州初选情况，统计了数字，他的判断是正确的。他说约翰逊会成为肯尼迪的竞选伙伴，因为约翰逊是梅森—迪克松一线以北唯一能被接受的南方人。他在这一点上也判断正确。肯尼迪当选了，但是他现在要杀了我们所有人。统计分析不会说谎。”

我深吸一口气。“萨迪，我想让你听我说，仔细听着。你还清醒吗？”

开始没有反应。然后我感觉到她在我胳膊上点头。

“现在是星期二凌晨。这种僵局会继续三天。或者四天，我不记得了。”

“你什么意思，你不记得了？”

我的意思是阿尔的笔记里没有相关的记录，而我在大学里上唯一一门美国历史课距今已经快二十年。我能记得这么多，已经很了不起了。

“我们会封锁古巴，但是我们即将截获的唯一一艘苏联船只里面除了食品和贸易货品别无他物。苏联人会气势汹汹，但是等到星期四或者星期五，他们会吓得魂不附体，寻找出路。一位苏联外交官会跟某个电视人召开秘密外交会议。”不知怎么的，就像字谜的答案有时候会不请自来，我想起了名字。或者差点想起来。“他的名字叫做约翰·斯科拉里，或者叫类似的名字——”

“斯卡利？你说的是约翰·斯卡利，美国广播公司新闻记者吗？”

“对，就是他。这将发生在星期五或者星期六，在全世界——包括你的前夫和耶鲁毕业的好友——正等待着滚蛋的命令时。”

她哈哈大笑，笑声令我鼓舞。

“这个苏联人大概会说……”我开始模仿苏联口音。这是我从李的妻子，还有《飞鼠洛奇和驯鹿布尔温克》中的鲍里斯和娜塔莎身上学的。“‘转告你们的总统，我们想有尊严地撤出。你们答应撤出你们在土耳其的核导弹。你们答应永远不入侵古巴。我们同意拆除古巴的导弹。’萨迪，这才是将要发生的事情。”

她现在没有笑，睁着碟子般的大眼睛盯着我。“你是在胡编乱造，哄我开心。”

我沉默不语。

“你没有编造，”她低声说，“你真是这么认为。”

“错误，”我说，“我是知道。‘认为’与‘知道’有本质区别。”

“乔治……没有人知道未来。”

“约翰·克莱顿声称他知道，你相信他。罗杰声称他知道，你也相信他。”

“你嫉妒他了，对吧？”

“你他妈的说对了！”

“我没跟他上过床。我从来没想过要跟他上床。”她继续严肃地说，“我永远不会跟洒那么多古龙香水的男人上床。”

“好极了。但我还是很嫉妒。”

“我能不能问你，你怎么——”

“不能。我不会回答的。”我或许不该告诉她这么多，但我控制不住自己。实际上，我又开始说：“但是我会告诉你另一件事，你过几天可以亲自验证这件事。阿德莱·史蒂文森[①]和苏联驻联合国代表将在联合国大会上当面对峙。史蒂文森会展示苏联人正在古巴修建的导弹基地的巨幅照片，让那家伙解释他们声称不在的东西是从何而来的。苏联那家伙会这么说：‘你必须等等，我在听到完整的翻译之前不能回应你。’史蒂文森知道那家伙英语说得很好，史蒂文森接下来说的话会进入历史书，‘看到他们眼白时再射击’这样的话。史蒂文森会告诉苏联那家伙，他可以等到太阳从西边出来。”

她怀疑地看着我，把脸转向床头柜，看到烧焦的云斯顿香烟盒放在一堆捻皱的烟头上，说道：“我想我没烟了。”

“你到天亮时就会好起来，”我冷淡地说，“在我看来，你提前消费了一个星期的量。”

“乔治？”她的声音十分微弱，犹豫不决，“你今晚会留下来陪我吗？”

“我的车停在你的——”

“要是多嘴的邻居说什么，我会告诉他们，你看完总统的演讲之后

---

① 阿德莱·史蒂文森（1900—1965），美国政治家，任美国常驻联合国代表期间，在古巴导弹危机中发挥重要作用。

来看我，后来车发动不了了。”

森利纳这些日子辛苦奔波，这种说法合情合理。“你突然考虑到礼节，是不是说明你已经不担心世界末日与核战争了？”

“我不知道。我只知道我不想一个人睡。我为了让你留下来，愿意跟你做爱。但我觉得这对我们可能都不怎么好。我的头痛得厉害。”

“你不必跟我做爱，亲爱的。这不是做买卖。”

“我不是说——”

“嘘。我去拿阿司匹林。”

“看一下医药箱上面，好吗？我有时候会在上面放包烟。”

确实放了一包，但我给她点上一支、她吸了三口后，就恍惚着打起瞌睡。我把烟从她的指间拿下来，在致癌小山①的矮坡上捻灭。然后，我将她抱在怀里，把枕头往后挪了挪。我们就这样睡着了。

10

我在清晨的阳光中醒来时，裤子的拉链被拉开，一只手正在我的内裤里熟练地摸索。我转向她。她正冷静地看着我。“世界还在这里，乔治。我们也是。来吧，动作轻点儿。我的头还在痛。”

我动作轻柔，坚持了许久。我们刻意持续久一点。最后，她抬起屁股，手指嵌进我的肩胛骨。发出“哦，亲爱的！啊，我的上帝啊！哦，亲亲”的呻吟。

“随便你干什么。”她低声说，对着我的耳朵呼吸，我一阵颤抖，射了。“随便你是谁。随便你干什么。只要你说留下来。只要你还爱我。”

“萨迪……我从没有三心二意。”

---

① 此处指烟头堆成的小山。

11

我们在厨房吃了早餐，然后我回到达拉斯。我告诉她，我现在真是在达拉斯，但还没有电话。我有了电话后会尽快告诉她号码。

她点点头，挑起一口鸡蛋。“我是认真的。我再也不会过问你的事了。”

“这样最好。不要问，不要说。”

“呃？”

“算了。”

“只要告诉我你做的是好事而不是坏事。”

“是的，”我说，“我站在好人这一边。”

“也许有一天你能告诉我？”

“希望如此，”我说，“萨迪，他寄来的这些照片——”

“我今天早上把照片都撕了。我不想再提了。”

“你不一定非要这么做。但是我要你告诉我，这是你和他之间的全部联系。他没有在附近出现。”

“他没有。信封上是萨凡纳的邮戳。”

我留意到了这一点。但是，我还留意到，邮戳差不多是两个月前的。

“他不喜欢肢体冲突。他在思想上很勇敢，但是，我觉得他在行动上是个懦夫。”

我觉得这个评价非常准确，邮寄照片是被动攻击型人格障碍的典型表现。然而，她确信克莱顿不会找到她现在居住和教书的地方，她在这一点上错了。“精神不正常的人很难捉摸，亲爱的。你如果看到他，立刻打电话报警，好吗？”

“好的，乔治。”语气之中带着她一贯的不耐烦，“我想问你一个问题，你准备好了再回答我。如果你有准备好的时候的话。”

“问吧。”我努力准备回答势必会来的问题：“你来自未来吗，乔治？”

“可能有点疯狂。”

“昨晚已经够疯狂了。问吧。”

“你……”她笑了，然后开始收拾盘子。她把盘子放到水槽里，转过身，问道：“你是人类吗？你是地球人吗？”

我走到她身后，双手罩住她的乳房，亲吻她的后颈。“绝对是人类。”

她转过身。眼神很严肃。“我能再问一个问题吗？”

我叹了口气。“快说。”

“我四十分钟后才会换好衣服去上课。你会不会恰好还有一个安全套？我想我发现了治疗头痛的好办法。”

第二十章

1

到最后，是核战争的威胁让我们重归于好——这很浪漫吧？

好吧，或许不浪漫。

德凯·西蒙斯，那种看悲剧电影会多带一条手帕的人，衷心赞成。埃伦·多克蒂却不买账。我留意到一件奇怪的事：女人更善于保守秘密，而男人对于秘密更加坦然。古巴导弹危机结束一周左右，埃伦把萨迪叫到她的办公室，关上门——势头不妙。她非常直率地问萨迪是否比之前更加了解我。

“没有。”萨迪说。

“但是，你们又开始了。”

“是的。”

“你知道他住在哪儿吗？”

“不知道，但我有个电话号码。”

埃伦翻了个白眼，可是谁能责怪她呢。“他有没有告诉你他的过去？他以前有没有结过婚？我相信他肯定结过。”

萨迪一言不发。

“他有没有偶尔提到他在哪里还有一两个小犊子？因为男人有时会这样，有了一回，就会毫不犹豫地——”

“埃伦女士，我现在能回图书馆吗？我请学生帮我看着。海伦虽然很负责，但我不想让他们太——”

“去吧，去吧。”埃伦朝门挥挥手。

“我以为你喜欢乔治。”萨迪起身时说道。

“我是喜欢他。”埃伦回答。萨迪后来对我说，埃伦的口气好像是说："以前喜欢。""我会更喜欢他——为了你，我会更喜欢他——如果我知道他的真实名字和他要干什么。"

"不要问，不要说。"萨迪走到门口时说。

"这是什么意思？"

"我爱他。他救了我的命。我必须以信任回报他，我准备给予他信任。"

埃伦女士属于那种习惯在多数场合强辩到底的女人，但是那一次她没有继续强辩。

2

我们在那年秋天和冬天形成一种模式。星期五下午，我会开车去约迪。我有时候会在半路去朗德希尔的花店买束花。有时候，我会在约迪的理发店理发，在那种地方最容易听到当地的闲言碎语。还有，我已经习惯留短发。我记得以前头发长得扫到眼睛的感觉，但已不记得自己为何要忍受那样的烦恼。穿惯了拳击短裤再来适应乔基内裤更吃力些，但是不久之后，乔基内裤就不那么紧勒我的蛋了。

我们晚上通常在阿尔餐馆吃饭，然后去看橄榄球赛。橄榄球赛季结束以后就看篮球赛。有时候，德凯跟我们一起看，穿着校园毛衣，毛衣前面印着"登同市斗士布莱恩"。

埃伦女士从来没有加入我们。

她不赞成并不能阻止我们星期五看完比赛之后去坎德尔伍德小屋。星期六晚上我通常独自待在那里。星期天，我会跟萨迪一起参加约迪第一卫理公会教堂的仪式。我们对着同一本赞美诗集，唱着不同版本的《收成归天家歌》。"种子撒于早晨，撒出慈爱善种……"那种旋律和善良的情感久久地驻留在我的脑海中。

我们从教堂回来，在她的住处吃午饭，之后我开车回达拉斯。我每次走这趟路，路看起来都更加漫长，更加难熬。最终，在十二月中旬一个寒冷的日子里，我的森利纳断了一根连杆，仿佛在抱怨我们开错了方向。我想把它修好——这辆森利纳敞篷是我唯一真正钟情的汽车——但是基林汽车修理店的那个家伙告诉我，得换一台发动机，但他根本不知道从哪里去弄一台发动机来。

我动用我还算充裕（嗯……相对耐用）的现金储备，买了一台一九五九年款雪佛兰，那种带海鸥尾的设计大胆的车型。是辆好车。萨迪说她非常喜欢，但是对我来说，它永远不可能与森利纳同日而语。

圣诞夜，我们一起在坎德伍尔德度过。我在化妆台上放了一枝冬青，送给她一件羊毛衫。她送了我一双乐福鞋，我已经穿在脚上。有些东西值得珍藏。

节礼日[①]，我们在她的住处吃晚餐。我正摆餐具时，德凯的旅行车开进车道。我吃了一惊，因为萨迪没说还有别人。看到埃伦女士坐在乘客座上，更加诧异。她双臂交叉，站在那里看我新车的表情，表明她也不知道我在这里。但是——我要称赞她这一点——她假装热情地跟我打招呼，在我的脸上亲了一下。她戴着编织的滑雪帽，看起来像个老小孩。我把帽子从她的头上取下时，她勉强笑了一下，以示感谢。

“我也毫不知情。”我说。

德凯拉起我的手。“圣诞快乐，乔治！很高兴见到你。天哪，什么东西这么香！”

他转到厨房里。过了一会儿，我听到萨迪笑着说：“把你的手从里面拿出来，德凯！你妈妈没教过你吗？”

埃伦正缓慢地解开外套上的桶状纽扣，眼睛一直没有离开我的脸。“这明智吗，乔治？”她问道，“你和萨迪现在这样——明智吗？”

我还没来得及回答，萨迪就端着火鸡走进来。我们从坎德尔伍德小屋回来之后，她就一直在准备火鸡。我们坐下来，牵起手。“尊敬的主啊，请将这美食赐予我们的身体享用，”萨迪说，“也请保佑我们之间的友谊，存在于我们的心底和灵魂之中。”

---

① 每年的十二月二十六日（圣诞节翌日）是英国与大多英联邦国家的节日。传统习俗是向服务业的工人赠送圣诞礼物。

我准备放开手，但是她的左手仍然抓着我的手，右手抓着埃伦的手。“请保佑乔治和埃伦友谊长存。让乔治记得埃伦的善良，让埃伦记得，如果没有乔治，这座小镇仍会有位女孩的脸上带着恐怖的伤疤。我热爱两位，他们彼此眼中的不信任令我痛苦。看在耶稣的分上，阿门。”

“阿门！”德凯热情地说，“说得真好！”他朝埃伦使了个眼色。

我想，埃伦有点想起身离开。或许是博比·吉尔让她留了下来。或者是因为她尊重这位新图书管理员。可能跟我也有点关系。我希望与我有关。

萨迪用她一贯焦虑的眼神看着埃伦女士。

“火鸡看起来真是棒极了，”埃伦说，把她的盘子递过来，“能帮我盛点鸡腿吗，乔治？别忘了馅儿！”

萨迪可能很脆弱，很笨拙，但是也非常非常勇敢。

我是多么爱她。

3

李、玛丽娜和琼去莫伦斯乔特家过新年。我孤独地守候着窃听设备。萨迪打电话来问我能否带她去约迪的慷慨农场参加元旦前夜舞会时，我犹豫了。

“我知道你在想什么，”她说，“但是会比去年更好。我们会比去年过得更好，乔治。”

于是，我们八点到了那里，又一次在装满气球的网兜下跳舞。今年的乐队叫做多米诺。乐队是萨克斯四人组，跟去年舞会上迪克·戴尔[①]风格的冲浪吉他乐迥然不同，且很会营造气氛。今年也有两盆粉色加柠檬姜汁汽水，一盆不含酒精，另一盆含有酒精。同样有一群吸烟

① 迪克·戴尔（1937—　），黎巴嫩裔美国冲浪吉他演奏家。

者聚集在防火门下面，外面空气凛冽。但是，比去年更好。有一种强烈的轻松和幸福的感觉。世界已经从十月的核阴影中走出来……但是，阴影很快就会再次降临。我听到好几个人谈论肯尼迪如何让那只脾气暴躁的苏联老棕熊撤了退。

九点左右，在缓慢的舞蹈节奏中，萨迪突然尖叫着从我身边挣脱。我敢肯定她看到约翰·克莱顿了，我的心一下跳到嗓子眼。但那只是一声兴奋的尖叫，因为她看见了迈克·科斯劳——穿着粗花呢大衣，看上去格外帅气——和博比·吉尔。萨迪朝他们跑去……却绊在别人的脚上。迈克抓住她，扶着她转了个身。博比·吉尔有点害羞地朝我挥挥手。

我握了握迈克的手，亲吻了博比·吉尔的脸颊。脸上的伤疤现在已经变成一条细微的红线。"医生说，疤痕明年夏天就会完全消失，"她说，"他说我是他恢复最快的病人。谢谢你。"

"我在《推销员之死》中饰演了一个角色，安先生，"迈克说，"我演的是毕甫。"

"你完全能胜任这个角色，"我说，"只是要小心飞来的派。"

休息期间，我看到他跟乐队的领唱在说话，我已然清楚接下来要发生什么。乐队回到台上时，领唱说道："我收到一个特别的请求。乔治·安伯森先生和萨迪·邓希尔女士在吗？乔治和萨迪？上这里来吧。乔治和萨迪，站起来。"

我们在潮水般的掌声中走向舞台。萨迪笑了，脸上泛起红晕。她朝迈克挥挥拳头。迈克咧嘴笑了。男孩儿的面容消失，男人的脸正逐渐凸显。有点害羞，但正趋成型。歌手倒数几秒，铜管乐组起拍，那节拍经常出现在我的梦中。

"吧哒哒……吧哒哒迪咚……"

我向她伸出手。她摇摇头，但是同时开始摇晃臀部。

"去吧，萨迪小姐！"博比·吉尔吼道，"跳吧！"

观众一起喊起来："去吧！去吧！去吧！"

她妥协地接过我的手。我们开始跳舞。

4

午夜时分，乐队演奏了《友谊地久天长》——跟去年的安排不同，这是一首甜蜜的歌——气球飘落而下。情侣们一起拥吻。我们也在其中。

“新年快乐，乔——”她推开我，皱起眉头，“怎么了？”

我突然看到得克萨斯教科书仓库大楼的图像，一幢丑陋的立方体建筑，窗户酷似眼睛。新的一年将是美国历史上非常重要的一年。

不会。我不会让你得逞的，李。你永远不会出现在六楼的那扇窗户后面。我发誓。

“乔治？”

“我是有些累，”我说，“新年快乐！”

我试图亲吻她，但是她躲开我一会儿。“时间快到了，对吗？你来这儿的任务。”

“是的，”我说，“但不是今晚。因为今晚只有我们。吻我吧，亲爱的。跟我跳舞。”

5

我在一九六二年年末和一九六三年年初过着双重生活。快乐的生活在约迪，也在基林的坎德尔伍德。另一重生活在达拉斯。

李和玛丽娜复合了。他们在达拉斯的第一站是西尼利街拐角的一处破烂的地方。德·莫伦斯乔特帮他们搬家。乔治·布埃没有出现。其他苏联流亡分子也没有出现。李把他们赶走了。他们恨他，阿尔在笔记里写道，他想让他们恨他。

艾尔斯贝特街六〇四号布满碎屑的红砖建筑被分割成四五户公寓，里面住满穷人。这些人辛苦上班，拼命喝酒，养着成群结队、流着鼻涕、大声吼叫的孩子。相比之下，李在沃斯堡的住处就像豪宅。

我不需要借助电子设备监控他们每况愈下的婚姻生活。天气已经转凉，玛丽娜却依然穿着短裤，像是在用冻伤和性感奚落丈夫。琼通常坐在婴儿车里，婴儿车摆放在他们中间。琼在他们对彼此喊叫时不再哭得那么厉害，只是看着他们，舔着拇指或者橡皮奶头。

一九六二年十一月的一天，我从图书馆回来，看到李和玛丽娜在西尼利街和艾尔斯贝特街的拐角对着彼此咆哮。几个人（多半是女人，因为在那个时间，没有什么男人在那里）跑到走廊上观看。琼安静地坐在婴儿车里，身上裹着粉色细绒毛毯，被遗忘了。

他们用俄语争吵，从李戳起手指的手势显而易见争论的焦点。她穿着一条纯黑的裙子——我不知道这个年代的人是否称之为铅笔裙——裙子左边臀部的拉链拉下一半。拉链很可能卡在了布料上，但是你听着李的咆哮，可能会以为玛丽娜是想勾引男人。

玛丽娜把头发往后捋了捋，指着琼，然后指着他们现在居住的房子——破烂的屋檐滴着黑水，光秃秃的前坪上布满垃圾和啤酒罐——用英语朝他吼道："你编造幸福的谎言，把妻子和女儿带到这个猪圈里！"

他的脸一直红到发际线，胳膊交叉抱在瘦弱的胸前，像是要缚住双手，以免它们造成伤害。他本来就要成功控制住自己——至少那次是这样——但玛丽娜笑了，然后用一根手指捻弄自己的耳朵，这种手势可能在所有文化之中都很常见。然后玛丽娜转身离开。李把她拉回来，撞到婴儿车上，差点把车子撞翻。然后，李给了她一拳。玛丽娜倒在破烂的人行道上，李弯下腰时，她捂住脸。"别，李，别！不要再打我了！"

他没有打她。他把她拉起来，摇晃她。玛丽娜的头前后甩动。

"嗨！"一个沙哑的声音从我的左边传来，我吓了一跳。"嗨，小伙子！"

是位靠着助步器的老妇人。她正站在自家的门廊上。她穿着一件粉色法兰绒睡衣，睡衣上面套着一件棉袄。发白的头发径直竖起，让我想起爱尔莎·兰切斯特[①]在《弗兰肯斯坦的新娘》中的两万伏特家庭烫发型。

“那男的在打女人！过去劝开他们！”

“我不去，夫人。”我说。我的声音颤抖着。我想再加一句“我不会插手两口子的事”，但这是谎话。事实是，我目前不想做任何可能改变未来的事。

“你这个胆小鬼。”她说。

打电话给警察。我差点说出这句话，但及时吞了回去。老妇人的脑子里如果没有这个想法，而我把这个想法强加给她，可能也会改变未来的进程。警察这次来了吗？警察来过吗？阿尔的笔记没有说。我只知道，李从未因家庭纠纷坐过牢。我猜，在那个时代那个地方，很少有男人会因为这件事坐牢。

李一只手拖着玛丽娜，另一只手拉着婴儿车，朝人行道走。老妇人又无力地看我一眼，笨拙地进了屋。其他观众也是如此。演出结束。

我从客厅里用望远镜对准对角的畸形红砖建筑。两个小时之后，我正准备放弃监视时，玛丽娜出现，一只手提着粉色小手提箱，另一只手抱着紧裹在毯子里的孩子。她已经把裙子换成裤子，似乎穿着两件毛衣——天气已经转冷。她匆匆走到街上，几次转头看李。我确定李不会跟来后，跟了上去。

她沿着西戴维斯街走了四个街区，到了洗车店，在那里打了公用电话。我坐在街对面的公交车站，把报纸摊在面前。二十分钟之后，值得信赖的老乔治·布埃出现了。玛丽娜认真地跟他聊了一会儿。他带着玛丽娜绕到乘客座那边，替她打开车门。玛丽娜微笑着在他的嘴角亲了一下。我相信，布埃对微笑和亲吻都很珍惜。然后，布埃坐到方向盘后面。车开走了。

---

① 爱尔莎·兰切斯特（1902—1986），英裔美国性格女演员。

6

那天晚上，艾尔斯贝特街的房子前面还有一场争吵，多数近邻再次出来观看。人很多，我钻进人群，感觉自己很安全。

有人——几乎可以肯定是布埃——派了乔治和珍妮·德·莫伦斯乔特夫妇来取玛丽娜剩下的东西。布埃可能以为他们是仅有的能够在不对李实施身体约束的情况下进门的人。

“我要是交出任何东西，我就是他妈的蠢蛋！”李吼道，丝毫没有留意全神贯注的邻居们清楚地听到了每一个字。他脖子上青筋突起，他的脸再一次变得通红。他肯定痛恨自己那种像小女孩传递情书被抓住般的红脸蛋。

德·莫伦斯乔特准备以理服人。“想一想，朋友。她这么做，你还有机会。她如果叫警察……”他耸耸肩，把双手举到空中。

“那给我一个小时。”李说。他龇了一下牙，但那种表情绝不是在笑。“给我点时间用刀把她所有的裙子划烂，再把那些大款为了收买我女儿送来的玩具割碎。”

“这是怎么了？”一位年轻人问我。他年纪二十上下，停下施文牌自行车。

“我猜是家庭纠纷。”

“他叫奥斯蒙特什么的，对吧？苏联老婆跑了？照我说，这是迟早的事。那家伙是个疯子。他是个共产党，你知道吗？”

“我好像听到有人这么说过。”

李正沿着门廊台阶往上走，转过头，脊梁笔直——仿佛从莫斯科撤退的拿破仑——珍妮·德·莫伦斯乔特对他大声吼叫：“站住，你这个蠢货！”

李转向她，眼睛圆睁，不敢相信……表情痛苦。他看着德·莫伦斯乔特，表情像是在说“能不能管管你女人”。但是德·莫伦斯乔特什么都没说。他看起来很开心，像是一位经常看戏但很疲惫的人在看一场并不十分糟糕的戏剧。不十分精彩，赶不上莎剧，但足以打发时间。

珍妮说："你如果爱你的老婆，李，看在上帝的分上，不要再像个被宠坏的小子。注意你的言行。"

"你不能这样跟我说话。"他在压力之下南方口音愈发明显。"别"和"这样"都变了味。

"我能这样说，我想这样说，我要这样说，"她说，"让我们把她的东西拿走，不然我来叫警察。"

李说："叫她闭嘴，少管闲事，乔治。"

德·莫伦斯乔特开心地笑了。"今天，你就是我们的闲事，李，"然后，他变得严肃起来，"你正在失去我对你的尊重，同志。现在，让我们进去吧。你如果像我尊重你的友谊一样尊重我的友谊，让我们进去吧。"

李肩膀垂下去，站到一边，珍妮走上台阶，看都没看他一眼。但是德·莫伦斯乔特停下来，用力抱住他。现在的李十分消瘦。过了一会儿，李也抱住他。我意识到（混杂着同情与厌恶）那孩子——实际上，他就是个孩子——开始流泪。

"他们是什么人，"骑单车的年轻人问道，"变态的同性恋吗？"

"对，他们是很怪异，"我说，"但不是同性恋。"

7

当月晚些时候的一个周末，我从萨迪那里回来，发现玛丽娜和琼回到艾尔斯贝特街上屎坑一样的房子里。在最初的一段日子里，家里似乎风平浪静。李去上班——现在复制大幅照片，而不是安装铝窗和防风门——回家时有时带着鲜花，玛丽娜通过接吻和他打招呼。有一次，玛丽娜带他看屋前的草坪，她把所有的垃圾都清理了。李鼓掌称赞。玛丽娜笑了，我看到她的牙已经镶好。我不知道乔治·布埃为此花了多少，但我猜一定花了不少。

我从角落看着这一幕，再一次被拄着助步器的老妇人沙哑的声音吓了一跳。“不会持久的，你知道的。”

“你可能是对的。”我说。

“他很可能会杀了她。我见过这样的事。”她高耸的头发下面，冷酷而不屑的眼睛打量着我。“你不会插手做些什么，对吧，小女人？”

“我会的，”我告诉她，“要是事情变得太糟糕，我会插手的。”

我会信守这个承诺，尽管不是为了玛丽娜。

8

节礼日晚餐后那天，我在邮箱里发现李寄来的便条，便条上面的签名是 A. 希德尔。阿尔在笔记里提到了这个化名。A 代表阿列克，这是他们在明斯克时玛丽娜对他的爱称。

邮件并没有让我陷入不安，因为整条街上的每个人似乎都收到了相同的邮件。传单用的是热墨印刷纸（可能是李从自己目前工作的地方偷来的）。我看见十几张或者更多的传单在水沟里漂动。达拉斯橡木崖的居民不习惯将垃圾放到垃圾筒里。

反对九频道的法西斯主义！

九频道是种族隔离主义者比利·詹姆斯·哈吉斯的大本营！

反对法西斯主义者、前将军埃德温·沃克！

星期四晚，九频道比利·詹姆斯·哈吉斯所谓的“基督教十字军”电视节目将把直播时段交给埃德温·沃克将军，一名右翼法西斯分子。他鼓动肯尼迪侵略古巴和平的人民，还在南方组织反对黑人、反对种族融合的“仇恨对话组织”。（你如果对以上信息持有疑问，请查阅《电视指南》。）这两个人正在实施我们在第二次世界大战中冒死反对的罪行，不应该让他们的法西斯主义疯话上电视直播。埃德温·沃克是个白人至上主义者，他曾试图阻止詹姆斯·梅雷迪思上密西西比大学。你如果热爱美国，反对将自由的直播交给鼓吹仇恨和暴力的人。写信反对！更好的选择是，十二月七日来九频道“静坐”！

“放开古巴”组织达拉斯–沃斯堡分支主席

阿列克·希德尔

我短暂思考传单上的拼写错误，然后把传单折起来，装进我放手稿的盒子里。

电视台那儿应该没有出现示威活动，因为哈吉斯—沃克电视广播公司的《失败先锋报》第二天并没有报道什么示威。我猜没有人去那儿，包括李自己。我当然没有去，但是我星期四晚上把电视调到九频道，焦急地等着看李——很可能是李——即将谋害的人。

一开始只有哈吉斯坐在办公桌后面，假装在记重要的笔记，一队刻板的唱诗班正唱着《共和国战歌》。这家伙身材肥胖，一头黑发平整地梳到后面。歌声停下来之后，他放下笔，看着摄像头，说道：“邻居们，欢迎来到‘基督教十字军’。我带来了好消息——耶稣爱你们。是的，你们每一位。你们愿意跟我一起祈祷吗？”

哈吉斯对着上帝喋喋不休了至少十分钟，说了些套话，感谢上帝传递福音，让上帝保佑捐款的人。然后，他言归正传，请求上帝用正义之剑和正义之盾武装这些“上帝的选民”。他请求上帝赋予肯尼迪总统智慧（哈吉斯作为离上帝更近的人，已经具备智慧），去那里拔掉邪恶的稗草。他还请求上帝终结美国大学校园里日益增长的共产主义恐慌，这似乎跟民间音乐有关，但是哈吉斯在这一点上有点头绪不清。最后，他感谢今晚的嘉宾，安奇奥[①]和长津湖战役中的英雄，埃德温·安德森·沃克将军。

沃克没有穿军装，而是穿着酷似军装的卡其布西装。裤子油光锃亮，裤线锐利得似乎足以用来刮脸。他冷漠的表情让我想起常演牛仔

① 意大利中部城市，“二战”中盟军军队于一九四四年一月二十二日在此登陆。

的兰道夫·斯科特[①]。他跟哈吉斯握手，然后他们聊起在大学校园里，在国会以及科学团体中很流行的共产主义。他们还说到氟化反应。然后他们谈到古巴。

我意识到沃克为何在上年竞选得克萨斯州长时一败涂地。他如果去高中教书，就算让他上全天的第一节课，处于最清醒状态的孩子也会睡着。但是哈吉斯缓缓地推着他往前走，在谈话每次停顿时都插一句“感谢耶稣”或者“上帝是见证，兄弟”。他们谈论即将来临的南方巡回演讲“夜奔行动”。之后哈吉斯邀请沃克澄清“已经在纽约和其他地方的媒体浮出水面的某些关于种族隔离主义的恶意诽谤”。

沃克终于忘记他是在电视上，变得活跃起来。“你知道，这只是宣传攻势。”

“我知道！”哈吉斯感叹道，“上帝想让你说一说，兄弟。”

“我在美国军队里服过役，在心底永远是一名军人，直到我死去。”李如果得手，他的死不过是大约三个月之后的事情。“作为一名军人，我一直履行职责。一九五七年内乱期间，艾森豪威尔总统命令我去小石城——你知道，这次暴乱和在中心高中强行推行种族融合有关——我履行了职责。但是，比利，我也是上帝的军人——”

“一名基督教战士！感谢耶稣！”

“——我作为一名基督徒，知道强制执行种族融合是完全错误的。这违背宪法，违背州法，也违背圣经。”

“继续说。”哈吉斯说，从脸上拭去一滴眼泪。或者，那只是从他的妆底下渗出的一滴汗水。

“我恨黑人种族吗？这么说我的人——还有那些努力将我从我深爱的军队排挤出来的人——是骗子。你应该明白，跟我一起服役的人也应该明白，上帝更明白，”他从嘉宾椅里往前靠，“你觉得亚拉巴马州、阿肯色州、路易斯安那州，还有伟大的得克萨斯州的黑人教师愿意融合吗？他们会认为这是对其技艺和辛勤劳动当脸扫来的一记耳光。你觉得黑人学生愿意跟天生在阅读、写作和算术上更有优势的白人一起

---

① 兰道夫·斯科特（1898—1987），美国电影演员。

上学吗？你觉得真正的美国人能接受会导致混乱的种族杂交吗？”

“当然不愿意！感谢耶——稣！”

我想起我在北卡罗来纳看到的标牌，指向掩映在灌木丛中的斜坡的标牌。标牌上面写着“黑人”。沃克不该被杀，但吓吓他理所应当。不论是谁试图杀他，我都会说声“感谢耶稣”。

我恍神了，然后沃克说的话让我迅速回过神来。

“是上帝，不是埃德温·沃克将军铸就了黑人在世界中的位置，上帝赋予黑人不同的肤色，不同的才干。他们更擅长运动。圣经对这种不同是怎么说的，黑人种族为什么会遭受如此多的痛苦和艰辛？我们只需要看看《创世记》的第九章，比利。”

“赞美上帝的神圣语言。”

沃克闭上眼睛，举起右手，仿佛在法庭上作证。“‘挪亚喝了园中的酒便醉了，在帐篷里赤着身子。含看见他父亲赤身，就到外边告诉他两个弟兄。’但是闪和雅弗——一个是阿拉伯人的祖先，一个是白人的祖先，我知道这个，比利，但不是每个人都知道，不是每个人都像我们这样，在母亲的膝前把《圣经》学得滚瓜烂熟——”

“赞美信奉基督的母亲们，你继续说吧！”

“闪和雅弗没有看。挪亚醒了酒，知道小儿子对他做的事，说：‘含的儿子迦南当受咒诅、必给他弟兄作奴仆的奴仆，砍柴、挑……’”

我关掉电视。

9

在一九六三年一月和二月之间，我在李和玛丽娜身上看到的景象，让我想起在我们婚姻的最后一年里，克里斯蒂经常穿的 T 恤。T 恤前面是咧嘴大笑的海盗，海盗下面是一行文字：“秉性不改，殴打不停。”那年冬天，在艾尔斯贝特街六〇四号，殴打简直是家常便饭。邻居们都可听到李的咆哮和玛丽娜的号叫——有时充满愤怒，有时饱含痛苦。

没有人制止，包括我。

她不是橡木崖唯一遭到殴打的妻子。夫妻在星期五和星期六晚上打架似乎是当地的风俗。我记得，在那些令我抑郁的日子里，我唯一的愿望就是赶快结束这悲惨而又没完没了的肥皂剧，整天跟萨迪待在一起。我会弄清楚李试图杀害沃克将军时是否只身一人，然后完成我的任务。第一次行动是一个人，并不代表第二次行动也是一个人，但我只能做到这个地步。我考虑好所有细节——绝大多数细节，当然——会挑个时间和地点无情地射杀李·奥斯瓦尔德，就像射杀弗兰克·邓宁那样。

时间在流逝。虽然很慢，但是在流逝。奥斯瓦尔德一家搬到尼利街我的楼上之前不久的一天，我看见玛丽娜跟拄着助步器、留着爱尔莎·兰切斯特发型的老妇人聊天。她们都在微笑。老妇人问了她什么。玛丽娜笑着点头，伸出双手，放在肚子上。

我站在敞着窗帘的窗边，一只手拿着望远镜，张大嘴巴。阿尔的笔记对这一点只字未提，这要么是因为他不知道，要么是因为他不在意。但是我在意。

我等待四年准备除掉的男人的妻子再一次有了身孕。

第二十一章

1

一九六三年三月二日，奥斯瓦尔德一家住到我的楼上，成了我的邻居。他们徒手从艾尔斯贝特街的破碎砖房往这里搬东西，那些东西大多用酒店纸箱装着。很快，日本录音机的转轴开始平稳地转动，我主要是借助耳机听。用耳机听到的对话语速正常，而不会慢下来。当然，大部分对话我还是听不懂。

奥斯瓦尔德一家搬进新居一周之后，我去格林维尔大道上的一家当铺买了把枪。当铺老板拿给我看的第一把左轮手枪跟我在德里买的柯尔特三八式手枪一样。

“对付歹徒和入室抢劫的防身首选，”当铺老板说，“保证二十码之内必死无疑。”

“十五码，”我说，“我听说是十五码。”

老板扬起眉毛。“好吧，就算十五码。任何——”

——试图抢劫我现金的蠢货肯定得走到十五码以内。

“——试图拦住你的人肯定得走到离你很近的地方。你觉得枪怎么样？”

为了打破那种协调而又略不一致的和谐，我一开始想告诉他我想要别的，比方说点四五手枪，但是打破和谐可能是个坏主意。谁知道呢？我确实知道的是，我在德里买的三八式手枪很实用。

“多少钱？”

“十二块钱卖给你吧。”

比我在德里买的贵了两块，当然，那是四年半之前的事。考虑到通货膨胀，十二块不算贵。我让他送一盒子弹，他同意了。

老板看着我把枪和子弹装进我同时买的公文包，问："为什么不买只皮套呢，伙计？听口音，你不是本地人。你可能不知道，你其实可以合法持有枪支，如果你没有严重犯罪前科的话，不需要许可证。你有犯罪前科吗？"

"没有。但是我不认为青天白日的会有人抢劫。"

老板诡笑起来。"在格林维尔大道上，你永远不知道接下来会发生什么。就在几年前，一个半街区外，一个家伙把自己的头爆掉了。"

"真的吗？"

"是的，先生。在一家名叫沙漠玫瑰的酒吧门前。因为一个女人，当然。不然能因为什么呢？"

"我猜是吧，"我说，"不过有时是为了政治。"

"不，不，归根结底总是因为女人，伙计。"

我之前在当铺西边四个街区远找到个停车位，我要回到新车上（对我来说是新车），必须经过诚信金融。一九六〇年秋天，我把赌注下在奇迹海盗队身上。付给我一千二百块的那个狡猾的家伙站在门口，抽着烟。他戴着绿色眼罩，目光从我身上掠过，看起来似乎毫无兴趣，也没有认出我。

2

那是星期五下午。我直接从格林维尔大道开车去基林，跟萨迪在坎德尔伍德小屋会合。我们在那儿过夜，这是我们那年冬天的习惯。第二天，她开车回约迪，我跟她一起去教堂。祝福祈祷之后，我们跟周围的人握手道别、相互问候"愿平安与你同在"时，我不安地想到放在后备厢里的手枪。

我们星期天中午吃饭时，萨迪问道："你什么时候执行任务？"

"如果一切如我所愿，不会超过一个月。"

"如果没有呢？"

我用手理了一下头发，走到窗户边上。“那我就不知道了。你还有什么想说的吗？”

“是的，”她平静地说，“还有饭后樱桃冷饮，你的加不加生奶油？”

“加，”我说，“我爱你，亲爱的。”

“最好如此，”她说，起身去拿甜点，“因为我在这儿有点儿孤立无援。”

我待在窗户边上。一辆车从街上缓慢开过——陈旧，但还不错，用KLIFE电台播音员的话说——我感觉那和谐的声响又来了。但是，现在我经常感觉到它，它有时似乎毫无意义。克里斯蒂的匿名戒酒会的一个口号蹦进我的脑海里：FEAR，意思是假证似真。①

不过，这一次，联想咔哒响了一声。汽车是辆红底白色复仇女神，跟我一九五八年进入兔子洞之后，在距离烘干房不远处的沃伦波毛纺厂停车场看到的一样。这一辆挂着阿肯色州而不是缅因州的车牌，不过，还是那……声响。那和谐的声响。

有时，我感觉我要是明白那声响的含义，我就会明白一切。这么想也许有些愚蠢，但我就是这么想的。

黄卡人明白，我想，他明白，但为此丢了性命。

最新的和谐开启左转灯，在停止标志处转弯，消失在主街上。

“过来吃甜点吧。”萨迪在我的身后说，我惊了一跳。

匿名戒酒会上的人说，FEAR还有别的意思：×完跑人。②

3

我那天晚上回到尼利街，戴上耳机听最新的录音。我以为除了俄语没有别的，但我这一次还听到了英语。以及水花溅起的声音。

---

① 原文false evidence appeoring real，首字母缩写为FEAR（恐惧）。

② 此处原文为Fuck everything and run，首字母缩写亦为FEAR。

玛丽娜：（俄语。）

李：不行，妈妈，我跟琼在澡盆里！

（更多水花溅起的声音，还有笑声——李和婴儿的欢笑。）

李：妈妈，我们把水弄到地上了！琼乱拍！坏女孩！

玛丽娜：把水擦干！我忙！忙！（但她也在笑。）

李：不行，你想让孩子……（俄语）

玛丽娜：（俄语——一边责备一边笑。）

（又是一阵溅水的声音。玛丽娜哼着 KLIFE 电台上的流行歌曲。听起来很甜美。）

李：妈妈，把我们的玩具拿来！

玛丽娜：是，是，你总是要你的玩具！

（大声拍水。浴室的门肯定大开着。）

玛丽娜：（俄语。）

李（生气的小男孩的声音）：妈妈，你忘了我们的橡皮球。

（大声拍水——孩子高兴地尖叫着。）

玛丽娜：那，王子和公主的全部玩具。

（三个人的笑声——他们的快乐让我一阵冷战。）

李：妈妈，给我们拿个（俄语）我们的耳朵进水了。

玛丽娜（笑着）：哦，我的天哪！还有什么？

那天晚上，我醒着躺了很久，想着这一家三口。就今晚很幸福，不是吗？西尼利街二一四号也是蜗居，但也是一步提升。他们或许睡在一张床上。但就这一次，琼非常开心，而不是吓得要死。

现在床上还有第四个人，正在玛丽娜肚子里生长。

4

跟我先前在德里的情形一样，时间的节奏开始加快，不过时间之箭现在正飞向四月十日，而不是万圣节。我一直依赖阿尔的笔记走到这一步，但笔记的作用日渐减弱。关于刺杀沃克事件，笔记主要关注李的活动，而那年冬天，他们的生活很丰富，尤其是玛丽娜的生活。

首先，玛丽娜终于交了个朋友——不是乔治·布埃那样渴望成为她干爹的人，而是一个女性朋友——她的名字叫鲁思·佩因，一个公谊会教徒。"会说俄语。"阿尔言简意赅地写道，跟之前的笔记风格大相径庭。"在一九六三年二月？日的聚会上碰到的。肯尼迪遇害时，玛丽娜跟李分开了，与佩因住在一起。"还有一句，好像是补记的："李在佩因的车库里藏了一支 M-C。东西包在毯子里。"

M-C 指李邮购的是曼利夏–卡尔卡诺狙击步枪，他计划用其杀害沃克将军。

我不知道李和玛丽娜是在谁举行的宴会上遇见了佩因一家。我不知道谁是介绍人。德·莫伦斯乔特？布埃？可能是两者中的一个，因为剩下的流亡分子都在躲避奥斯瓦尔德一家。丈夫假装无所不知，对一切嗤之以鼻，妻子是个受气的拳击沙包，错过了不知道多少次离开丈夫追求幸福的机会。

我知道的是，玛丽娜·奥斯瓦尔德的"逃生出口"在三月中旬的一个下雨天开着雪佛兰旅行车——红底白色——出现了。鲁思把车停在路边，怀疑地打量四周，好像不确定有没有找对地址。她身材很高（不过没有萨迪高），但非常瘦削。棕色的头发，刘海遮住宽阔的额头，马尾在脑后轻弹，这个发型不太适合她。长满雀斑的鼻子上戴着无边眼镜。我从窗帘的缝隙看去，感觉她是拒绝吃肉并参加禁止核武器示威游行的那种女人……鲁思·佩因正是这种人，我想，她是新时代到来之前的新时代女性。

玛丽娜肯定在盼着她，因为她咔哒咔哒地走下屋外的台阶，怀里抱着琼，毯子在琼的头上摆来摆去，挡住飘落的细雨。鲁思·佩因略带笑容，说话小心翼翼，说完每个词都顿一下。"你好，奥斯瓦尔德夫人。我是鲁思·佩因。你记得我吗？"

"是，"玛丽娜说，"记得。"然后她又说了句俄语。鲁思用俄语回应……但说得结结巴巴。

玛丽娜请她进屋。我等到听见她们的脚步声在我头顶响起后，才戴上连着台灯窃听器的耳机。我听到的是英语和俄语混杂的对话。玛丽娜纠正鲁思好几次，有时伴着笑声。我弄清了鲁思·佩因来这儿的目的。她跟保罗·格雷戈一样，想学俄语。我还从她们频繁的笑声和越来越放松的语气中听出：她们喜欢彼此。

我为玛丽娜高兴。李杀害沃克将军未遂之后，我如果杀了他，新时代女性鲁思·佩因可能会收留玛丽娜。我希望如此。

5

鲁思只来尼利街上了两次课。之后，玛丽娜和琼坐进旅行车，鲁思开车把她们带走了。她可能把车子开到位于欧文镇的漂亮（至少按照橡木崖的标准来说是如此）郊区的家里。阿尔的笔记里没有那个地址——他似乎不怎么关心玛丽娜跟鲁思的关系，这很可能是因为他想在步枪被放进佩因一家的车库之前就结果李——但是我在电话号码簿里找到了地址：西五街二五一五号。

三月一个多云的下午，玛丽娜和鲁思分别大约两个小时之后，李和乔治·德·莫伦斯乔特坐着德·莫伦斯乔特的车出现。李抱着一只棕色纸袋下了车，袋子边上印着宽边帽和“佩皮诺餐厅墨西哥特色美食”的字样。德·莫伦斯乔特拿着一箱六瓶装的双X啤酒。他们走上屋外的台阶，边聊边笑。我抓住耳机，心怦怦跳。开始没声音，但是稍后，不知两个人中的谁打开台灯。之后，我仿佛是置身于屋内的隐形的第三个人。

别一起计划杀害沃克，我想，请不要让我的工作更艰难，我的工作已经够艰难了。

“不好意思，这么乱，”李说，“这些日子，她什么都不做，只知道睡觉，看电视，唠叨跟她学俄语的那个女人。”

德·莫伦斯乔特聊了一会儿他想在海地得手的油田租赁业务，言辞激烈地谈到杜瓦利埃的高压政权。“那天傍晚，卡车从市场穿过，载走了尸体。其中很多都是活活饿死的儿童。”

“卡斯特罗和他的战友会结束这局面。”李冷酷地说。

“愿上帝保佑这一天尽快到来！”接下来是瓶子的叮当声，很可能是为了庆祝上帝保佑这一天尽快到来这个想法。“工作怎么样，同志？你今天下午为什么没在那儿？”

他没在那儿，李说，因为他想来这儿。就这么简单。他露了个面，然后走人。“他们能怎么办呢？我是博比·斯托瓦尔手上他妈的最棒的影印技师，他知道这一点。名字叫（我不会写——格拉夫？格雷夫？）的工头说：‘别再当劳工组织者了，李。’你知道我怎么回答他吗？我笑着说‘好的，傻×’，然后走开了。他是个白痴，大家都知道。”

不过，李很明显喜爱这份工作，尽管他抱怨工头那种家长式的态度，以及资历比天分更加重要的制度。他说：“你知道，在明斯克，在公平的竞争环境中，我一年之内就能成为主管。”

“我相信你可以，伙计——这是十分明显的事。”

撩拨他。激怒他。我敢肯定这个乔治此刻就带着这样的目的。我不喜欢这样。

“你看了今天早上的报纸吗？”李问道。

“我今天早上只看了电报和备忘录。你认为除了为了休息，我为什么会在这儿？”

“沃克做了，”李说，“他加入了哈吉斯的十字军——或者说是哈吉斯加入了沃克的十字军。我说不清。反正就是那该死的‘夜奔行动’。他们会让种族融合和选举权状况倒退二十年。”

“肯定的！他们在制造仇恨。距离大屠杀开始还有多久？”

“或许是在拉尔夫·阿伯内亚[①]和马丁·路德·金被刺杀时！”

“金肯定会被刺杀。”德·莫伦斯乔特几乎是在笑着说。此刻，我站立着，双手紧紧将耳机按在耳朵上，汗水从脸上往下滴。这是危险的话题，他们正处于阴谋的边缘。“这只是时间问题。”

---

① 拉尔夫·阿伯内亚（1926—1990），美国民权运动领袖。

不知他们中的谁用开罐器又打开一罐墨西哥啤酒。李说："得有人阻止这些混蛋。"

"你不该把我们的沃克将军称作傻子，"德·莫伦斯乔特用演讲的口气说道，"至于哈吉斯，是的，没错，他是个傻子。哈吉斯不值一提。我听说他是个——跟他的很多同类一样——性变态。早上在小女孩的阴道里晃悠，晚上又在小男孩的屁眼里摇摆。"

"啊，太恶心了！"李在说最后一个词时嗓子破了，像个少年。然后，他笑了。

"但是沃克，啊，他截然不同。他在伯奇社[①]里威望很高——"

"一帮憎恨犹太人的法西斯分子！"

"我猜要不了多久，他会成为领袖。他一旦得到其他右翼狂热组织的信赖和支持，可能又会竞选公职……但是这一次不是得克萨斯州州长。我想他会把目光放得更高。参议院？有可能。也有可能是白宫。"

"这绝对不可能。"但是李听起来不确定。

"是不太可能发生，"德·莫伦斯乔特纠正他，"但是永远不要低估美国资产阶级以民粹主义的名义信奉法西斯主义的能力。也不要低估电视的力量。如果没有电视，肯尼迪永远不可能战胜尼克松。"

"肯尼迪和他的强权统治永远别想安宁。"李说。

"还有，永远别低估美国白人对于种族平等法律化的恐惧。"

"黑鬼，黑鬼，黑鬼，屁鬼[②]，屁鬼，屁鬼！"李大喊道，怒不可遏，几近痛苦，"我上班的地方全是这些话！"

"绝对如此。《新闻晨报》说'伟大的得克萨斯州'时，意思是'愤怒的得克萨斯州'。人人都能感受到这种愤怒！对于沃克这样的人来说——一位战争英雄——哈吉斯这样的小丑只是块垫脚石。就像冯·兴登堡[③]是希特勒的垫脚石一样。通过与公众适当联系消除不利影响，继而走得更远。你知道我是怎么想的吗？干掉'美国种族主义者'

① 美国民间组织。一九五八年十二月九日成立，反对共产主义，提倡极端保守主义。

② 墨西哥人嗜吃豆子，如此称呼墨西哥人带有种族歧视成分。

③ 冯·兴登堡（1847—1934），第一次世界大战期间任德国元帅，魏玛共和国（1925—1934）第二任总统。一九三三年任命希特勒为总理。

埃德温·沃克将军的人将是美国社会的功臣。”

我一屁股坐进椅子里，椅子旁边的桌子上摆放着录音机，转轴在不停旋转。

“你如果真的相信——”李说，突然一声巨大的嗡鸣响起，我迅速扯下耳机。楼上没有警告或愤怒的喊声，没有敏捷的脚步声，所以——除非他们格外擅长在紧张时刻不动声色——我想我可以认为台灯窃听器没有被发现。我又戴上耳机。没有声音。我试了试远距离麦克风，站在椅子上，手上的特百惠碗几乎抵到天花板。我能听到李在说话，德·莫伦斯乔特偶尔回应，但是听不清他们在说什么。

我在李家的耳朵聋了。

过去很执拗。

他们又交谈十分钟后——可能在谈论政治，可能在谈论妻子的可恶，也有可能是在谈论新出炉的杀掉埃德温·沃克将军的计划——德·莫伦斯乔特跳跃着走下屋外的台阶，开车走了。

李的脚步声在我的头顶掠过——“啪，嗒，啪”。我跟随脚步声走进卧室，把远程麦克风对准脚步声停下的地方。没有声音……没有声音……然后响起微弱但确凿无疑的鼾声。两个小时之后，鲁思·佩因把玛丽娜和琼从车里放下来，他还在沉睡。玛丽娜没有叫醒他。如果是我，也不会叫醒这个暴脾气的混蛋。

6

那天之后，李缺工更勤。玛丽娜也许知道，但不在乎。她也许根本没注意到这件事。她沉迷于朋友鲁思。殴打稍微减少，不是因为李秉性改了，而是因为李几乎跟她一样频繁外出。李经常带着相机。幸亏有阿尔的笔记，我很清楚他要去哪儿，干些什么。

有一天，他往汽车站走时，我跳进汽车，驶往奥克朗大道。我想超过李坐的穿过市中心的公共汽车，我做到了。轻而易举。奥克朗大道上有很多倾斜式停车位，但我的红色海鸥尾雪佛兰很显眼，我不想冒险让李看到这辆车。我把车开到威克利夫大道拐角，将其停在阿尔法·贝塔百货店的停车场里。然后，我漫步走到特特尔克里克大道。那里的房子是新庄园风格，带拱门和粉刷外墙。有两边栽满棕榈树的车道，宽阔的草坪，甚至有一两处喷泉。

四〇一一号前面，一个整洁的男人（跟常演牛仔的兰道夫·斯科特惊人的相似）正在用一台推式割草机割草。埃德温·沃克发现我正在看他，简单地在眉边向我做了个敬礼的手势。我回敬一下。李·奥斯瓦尔德的目标又开始割草，我则继续前行。

7

达拉斯街区的街道包括特特尔克里克大道（将军居住的地方），威克利夫大道（我停车的地方），艾文戴尔大道（我向沃克挥手之后去的地方），以及奥克朗大道——紧邻将军房子后面的一条布满小商行的街道。这一片是我感兴趣的地方。橡坪大道是我最感兴趣的街道，因为这将是李四月十日晚上行动和逃跑的路径。

我站在得克萨斯鞋靴店门口，粗斜纹棉布夹克的衣领竖起，双手插在兜里。我站着等了大约三分钟，公共汽车停在奥克朗大道和威克利夫大道的拐角。车门一打开，两个提着布质购物袋的女人立即走下车。然后，李下车走到人行道上。他提着一只棕色纸袋，那好像是工人的午餐袋。

拐角处有一栋巨大的石头教堂。李漫步到教堂前的铁栏杆边，从屁股口袋里掏出一个小笔记本，草草地记下什么。然后，他朝我的方向走来，一边走一边把笔记本塞回口袋。阿尔相信李会把步枪藏匿在奥克朗大道另一边的铁轨里，足足半英里之外。但是笔记可能是错的，因为李根本没有朝那个方向看。他在七八十码开外迅速朝我的方向逼近。

他会注意到我，跟我搭话，我想。他会说："你不是住在我楼下的那个家伙吗？你在这儿干什么？"他如果这样做，未来会朝新的方向偏斜。不妙。

我盯着橱窗里的鞋和靴子看，汗水浸湿了后脖颈，从背上滚下去。我最终伺机将眼睛转到左边时，李不见了，好像变了个戏法。

我沿着街道漫步。我真希望自己戴了帽子，哪怕戴了太阳镜也好——为什么没戴呢？我算哪门子的半吊子秘密特工？

我走下半个街区，来到一家咖啡店。咖啡店橱窗的广告上写着"全天供应早餐"。李没有在里面。咖啡店旁边是巷口。我缓步穿过巷口，朝右瞥了一眼，看到了他。他背对着我。他已经把相机从纸袋里拿出来，但是没有照相，至少现在没有。他在查看垃圾桶。他把桶盖打开，朝里面看，然后把桶盖放回去。

我身体里的每一根骨头——我想我的意思是脑子里的每一个直觉——都催促我在他转身看见我之前继续前行，但是一种强烈的诱惑让我在原地又驻足了一会儿。我想，多数人都会驻足。毕竟，我们能有多少机会亲眼目睹一个计划冷血谋杀的家伙一步一步行动呢？

他朝巷子深处走去，然后在一块放在混凝土上的圆形铁板前停下来。他试图把铁板提起来。但是没提动。

巷子里的地面上没有铺水泥，坑坑洼洼的，大约两百码长。在离巷口一百码的地方不再是围着长满杂草的后院和空地的铁丝网，而是高大的木板栅栏，栅栏上面覆盖着常春藤，常春藤经历了寒冷阴暗的冬天，一动不动。李扒开一块藤叶，摸了摸木板。木板露出一个洞，他朝里面看去。

不打碎鸡蛋做不成煎蛋卷这句话是对的，但是我觉得自己必须碰碰运气。我继续往前走。我走到街区尽头，在吸引了李的教堂前停下来。这是摩门教的教堂。布告牌说，每个星期天上午都有常规仪式，每个星期三晚上七点有欢迎新人仪式，之后是一个小时的社交时间。提供点心饮料。

四月十日是星期三，李的计划（假定那不是德·莫伦斯乔特的计划）似乎很明确：提前将枪藏在巷子里，然后等待新人仪式和社交时间——结束。参加礼拜的人出来时，他会听到他们说笑着朝公共汽车站走去。公共汽车十五分钟一趟，总是有车过来。李开完枪，再把枪藏到松开的木板里（不是铁轨边），然后混进从教堂出来的人群，然后坐公共汽车溜之大吉。

我朝右边看了一眼，正好看到他从巷子里出现。相机已被他放回纸袋，他走到汽车站，靠在柱子上。一个人走过来，向他询问什么。他们很快便聊了起来。这是个陌生人，还是德·莫伦斯乔特的朋友？只是街上的行人，还是同谋？或者是著名的无名枪手：根据阴谋家们的观点，肯尼迪的车队到达时，正潜伏在迪利广场附近草丘上的那个人。我告诉自己这样想太疯狂了，但我就是想知道他是谁。让我受不了的就是这种不确定性。

没办法确定所有事情，在我四月十日亲眼看到李是独自一人之前没有办法。我即便亲眼看到他是独自一人，也无法打消所有疑虑，但是那会让我有足够的理由继续行动。

让我有足够的理由干掉琼的爸爸。

公共汽车咆哮着进了站。特工 X-19——也就是著名的李·哈维·奥斯瓦尔德——上了车。汽车驶离我的视线之后，我回到巷口，朝巷子深处走去。小巷尽头是没有栅栏的宽大后院。一个天然气泵站旁边停着一辆一九五七或一九五八年款雪佛兰比斯坎。一个烤肉架放在三脚架上。烤肉架旁边是一幢深棕色房屋的背面。那就是将军家。

我往下看，看到泥土上有新的拖痕。一个垃圾桶伫立在院子尽头。我没有看到李移动垃圾桶，但我知道是他干的。十日的晚上，他会把步枪枪管架在垃圾桶上面。

8

星期一，三月二十五日，李走上尼利街，拿着一个长长的牛皮纸袋。我透过窗帘的缝隙往外瞥，能看见纸袋上面写着红色大字：“已登记”和“已投保”。我第一次觉得他看起来鬼鬼祟祟、神情紧张，明显在打量四周的环境，对内心深处的阴谋倒毫不在意。我知道纸袋里面是什么：六点五毫米卡尔卡诺式步枪——也称曼利夏-卡尔卡诺式步枪——带瞄准镜，从芝加哥的克莱因体育用品店购买的。李爬上屋外的台阶，上到二楼之后五分钟，即将改变历史的枪支被放在我头顶上的衣柜里。六天之后，就在我的卧室窗户外面，玛丽娜拍了那张李抱着枪的著名照片，但是我没有亲眼目睹此事。那是个星期天，我在约迪。随着十日逐渐逼近，跟萨迪共度的这些周末成了我最重要、最珍贵的时光。

9

我突然惊醒，听见有人低声嘟哝着“还不算太晚”。我意识到这个人就是我自己，于是闭上嘴。

萨迪含糊不清地嘀咕些什么，在床上翻个身。床垫熟悉的吱吱声让我确定了自己所处的时间和空间：一九六三年四月五日，坎德尔伍德小屋。我用手在床头柜上摸手表，看了一眼发光的数字。凌晨两点一刻，这意味着现在实际上已经是四月六日了。

还不算太晚。

干什么不算太晚？退后，以免弄巧成拙？还是，已经太糟糕了，非动手不可？上帝知道，后退的想法很诱人。我要是继续前行，事情一旦不顺，这也许是我跟萨迪在一起的最后一个夜晚。也许。

你即使不得不杀了他，也不一定要马上下手。

一点也不假。李袭击将军之后会搬到新奥尔良一段时间——又是一处破烂的房屋，我已经看过了——住不止两个星期。我有足够的时间干掉他。但是我感觉等太久将是个错误。我可能会找借口继续等下去。最好的借口正睡在我的身边：颀长，可爱，全身赤裸。她或许正是执拗的过去设下的又一个陷阱，但是没关系，因为我爱她。我可以想象一个场景——十分清晰——我杀掉李之后必须逃跑。跑到哪里去？当然是回到缅因州。希望能赶在警察前面及时到达兔子洞，逃回未来，那时萨迪·邓希尔……唉……大概有八十岁了，如果她还活着的话。考虑到她吸烟，这得有掷骰子掷出六点来的运气。

我起身走到窗边。在这个早春的周末，只有少数小屋里有人。有辆溅满泥土或者肥料的皮卡，车斗里装满农具。一辆带边斗的印第安人的摩托车。几辆旅行车。一辆双色普利茅斯复仇女神。月亮在稀薄的云层中穿梭，光线朦胧，我看不清汽车下半部分的颜色，但已经可以很肯定那是什么颜色。

我穿上裤子、汗衫和鞋，溜出小屋，朝院子走去。凛冽的空气吹拂着我从热被窝里出来的肌肤，但我几乎毫无感觉。是的，这是辆复仇女神，是的，红底白色。但是这辆车既非来自缅因州也非来自阿肯色州，车牌是俄克拉荷马州的，后窗的贴纸上写着“出发吧，俄克拉荷马人”。我往车里瞄了一眼，里面散放着教科书。一个学生，春假期间来南方看他的朋友。或者是一对充分利用坎德尔伍德宽大政策的饥渴老师。

这是和谐过去的又一个不和谐音。我像在里斯本福尔斯那样，摸摸后备厢，然后回到小屋。萨迪把床单蹬到腰间。我进去时，冷空气把她冻醒了。她坐起来，用床单盖着胸脯，看到是我便放下床单。

“睡不着吗，亲爱的？”

“我做了个噩梦，出去透透气。”

“什么梦？”

我解开牛仔裤，甩掉鞋子。“不记得了。”

“好好想想。我妈妈经常说，你要是把噩梦说出来，噩梦就不会成真。”

我钻进被窝，她穿着我的汗衫，别的什么都没穿。“我妈妈经常说，你要是亲吻你爱的人，噩梦就不会成真。”

“她真的这么说过吗？”

“没有。”

“嗯，”她若有所思地说，“听起来有可能。我们试试吧。”

我们试了。

一件事会导致另一件事的发生。

10

事后，她点燃一支烟。我躺着看烟雾腾起，偶尔有月光透过半掩的窗帘射进来，把烟雾照成蓝色。在尼利街，我永远不会让窗帘半掩着，我想，在尼利街，在我的另一重生活中，我总是孤身一人，但总记得把窗帘完全拉上。当然，偷窥的时候除外。潜伏。

我开始厌烦自己。

“乔治？”

我叹口气。“我不叫这个名字。”

“我知道。”

我看着她。她深深地吸口气，坦然地享受香烟，跟过去国度里的所有人一样。“我没有什么内部消息，所以别这么想。但是这一点显而易见。你的过去的其他信息说到底都是编造的。我很高兴。我不怎么喜欢乔治。有点……你经常用的那个词是怎么说的来着？有点缺心眼儿。”

“杰克这个名字怎么样？”

“雅各布的简称吗？”

“正是。”

“我喜欢，”她转向我，“在《圣经》中，雅各布与天使摔跤。你也在和什么人摔跤，对吗？”

“我想是的，但不是与天使摔跤。”但李·奥斯瓦尔德也算不上是恶魔。我觉得乔治·德·莫伦斯乔特更像恶魔。在圣经中，撒旦是诱惑者，他引诱别人，然后袖手旁观。我觉得德·莫伦斯乔特就是这样的人。

萨迪捻灭香烟。她声音镇定，但目光模糊：“你会受伤吗？”

“我不知道。”

“你会离开吗？因为你如果不得不离开，我不知道自己能否承受。我在里诺时，宁死也不会说出来，但里诺的日子是一场噩梦。但永远失去你……”她轻轻地摇头，“不，我不知道自己能否承受。”

“我想娶你。”我说。

“天哪，”她轻声说，“我正要说永远别指望的时候，化名乔治的杰克这样说了。”

“不是现在，但是在下个星期，如果一切如我所料……好吗？”

“当然好。但是我必须问个小问题。”

“我单身吗？在法律上是否单身？你是不是想知道这个？”

她点点头。

“我是单身。”我说。

她幽默地叹口气，像个孩子一样笑了。然后，她啜泣起来。“我能帮你吗？让我帮你吧。”

这个想法让我打了个寒战，她肯定看到了。她用牙齿咬住下嘴唇。“这样肯定不好。”她若有所思地说。

“这样说吧：我现在正接近一台长满尖牙的机器，机器正全速运转。我摆弄时，你不能靠近我。”

“什么时候？”她问道，“你……怎么说呢……你跟命运约定的时刻在什么时候？”

“我还不确定。”我感觉自己已经说得太多，但是，我既然已经说到这里，决定就再透露一点。“这个星期三晚上会有些事情会发生。我必须见证这件事。然后，我会做决定。”

“我没办法帮你吗？”

“我想没有，亲爱的。”

“我如果能——”

“谢谢，”我说，“我很感激。你真的愿意嫁给我吗？”

“我既然知道你叫杰克，当然愿意。”

11

星期一上午十点钟左右，旅行车停到路边，玛丽娜跟鲁思·佩恩一起去了欧文镇。我有自己的事要做。我正准备离开房子时，突然听到屋外的台阶上响起下楼的脚步声。是李，脸色苍白，神情严肃，头发凌乱，脸上布满后青春期的粉刺。他穿着牛仔裤，滑稽的胶布雨衣一直遮到胫部。他走路时一只手抱在胸前，好像肋骨疼痛。

或者，雨衣里面藏了什么东西。“李袭击将军之前，在拉菲尔德机场外面的某个地方校准了新买的步枪。”阿尔写道。我对他在哪儿校准枪支不感兴趣。我感兴趣的是自己差点跟他近距离相遇。我粗心地做了个假定：他去上班了，我不会撞见他，而且——

他为什么星期一上午没有上班呢?

我撇下这个问题，拿着学校公文包走出去。里面是我永远不会完成的小说，阿尔的笔记，还有我在过去国度里断断续续的历险日记。

李如果四月十日晚上不是独自一人行动，我可能会被他的同谋，有可能就是德·莫伦斯乔特发现并射杀。我觉得这种几率不大，但杀掉奥斯瓦尔德之后必须逃跑的可能性很大。被捕的可能性也很大。不管哪种情况发生，我都不想任何人——比如说警方——找到阿尔的笔记或者我的备忘录。

我在四月十日晚上的当务之急是把文书从屋里拿走，拿到远离住在楼上的那个困惑而好斗的年轻人的地方。我开车来到达拉斯第一玉米银行，并不惊讶地发现为我服务的银行职员跟在里斯本福尔斯镇故乡信托接待我的银行职员长得格外相似。这家伙的名字叫林克而不是杜森，但还是长得像古巴乐队指挥泽维尔·库加特。

我咨询银行的保管箱业务。所有文书很快便被放进七七五号箱。我开车回到尼利街，发现找不到该死的保管箱钥匙了，着实惊慌了一阵。

放松，我告诉自己，就在你口袋里的某个地方，钥匙即使不在口袋里，你的新朋友理查德·林克也会给你另配一把。只不过也许会收你一块钱。

我发现钥匙藏在口袋角落的零钱下面，好像是这个想法将它召唤出来的。我把保险箱钥匙穿到钥匙圈上，现在它跑不了了。如果我必须跑回兔子洞，回到未来之后再回来，钥匙会还在这里……不过过去四年半的时间里发生的一切都会重置，现在放在保管箱里的手稿可能会消失。这也许是个好消息。

坏消息是，萨迪也会消失。

第二十二章

1

四月十日的下午晴朗而温暖，预示着夏天即将到来。我穿上裤子和我在德诺姆联合高中教书期间购买的一件运动外套。点三八式警用手枪已经装满子弹，放在我的公文包里。我不记得我有紧张的感觉。现在，这一时刻来临了，我感觉自己像个被包裹在冰冷封袋里的人。我看了看表：三点三十分。

我的计划是再次把车停在威克利夫大道阿尔法·贝塔百货店的停车场。城市道路拥挤，但我最迟四点十五分就能赶到那里。我会仔细查看那条巷子。在那个时间点，巷子里如果如我预计那样，没人，我会查看那块松垮的木板后面。阿尔的笔记有关李提前藏匿步枪的记录如果正确无误（即便他的记录与事实稍有不同），枪应该就在那里。

我会回到车上，待一会儿，盯着公共汽车站，以免李提前出现。晚上七点，摩门教会欢迎新人的仪式开始后，我会漫步走到全天供应早餐的咖啡店，挑一个靠窗的位置坐下。我不饿，但会吃点东西，磨磨蹭蹭，看着公共汽车抵达。我希望李最终从一辆公共汽车上下来时，是孤身一人。我不希望看到乔治·德·莫伦斯乔特的座驾。

这就是我的计划。

我拿起公文包，又瞥了手表一眼。三点三十三分。雪佛兰的油箱是满的，等候出发。我此时要是按照计划跑出去钻进车里，电话响起时，房子里应该没有人在空房子里响起。但是我没能出去，因为我正要伸手去抓门把手时，有人在门口敲门。

我开了门，玛丽娜·奥斯瓦尔德站在门外。

2

刹那间，我目瞪口呆，一动不动，无法言语。很可能是因为这位不速之客，但也可能是因为别的事。她站在我的面前，我才意识到她蓝色的大眼睛跟萨迪的眼睛何其相似。

玛丽娜要么是对我诧异的表情不以为意，要么是根本没有留意。她是来找人帮忙的。“打扰一下，你看到我丈夫了吗？”她咬住嘴唇，摇摇头。“丈夫。”她想笑，她的牙齿修补得很漂亮，但是她没笑出来。“对不起，先生，英语说不好。是白俄罗斯人。”

我听到有人——我猜是我自己——问她说的是不是楼上的那个男人。

“是的。我的丈夫，李。我们住在楼上。这是我的——孩子。”她指着琼，琼坐在助步车上，得意地舔着橡皮奶头。“他丢工作以后整天在外面。”她又想笑，结果皱眉，一滴眼泪从左眼眼角溢出来，顺着脸颊流淌。

所以，奥利·博比·斯托瓦尔没了最棒的影印技师，仍然可以活下去。

“我没有看见他，太太……”“奥斯瓦尔德”这个姓差点蹦出来，但被我及时吞了回去。这很好，因为我怎么知道他姓什么呢？他们没有申请送货上门服务。门廊上有两个邮箱，但是上面没有他们的名字。也没有我的名字。我也没申请送货上门服务。

“奥斯瓦。”她说，伸出一只手。我跟她握手，更加确信自己正处在梦中。但是她瘦小而干燥的手掌太过真实了。“玛丽娜·奥斯瓦，很高兴认识你，先生。”

“很抱歉，奥斯瓦尔德夫人。我今天没有看到他。”不对，我中午之后看到他出门，就在鲁思·佩因的旅行车把玛丽娜和琼载去欧文镇之后不久。

“我正担心他，”她说，“他……我不知道……抱歉。不想打扰你。”她又笑了——异常甜美而悲伤的微笑——然后轻轻地从脸上拭去眼泪。

“我要是看到他——”

她好像警觉起来。“不，不，什么都别说。他不想让我跟陌生人说话。他也许一定会回来吃晚饭。”她走下台阶，跟孩子说着俄语，孩子笑着朝妈妈伸出胖乎乎的胳膊。“再见，先生。非常感谢。你什么都不说？”

“好的，”我说，“沉默。”她没有听懂，但是看到我拿手指盖住嘴唇，点点头，舒了口气。

我关上门，汗流浃背。我听到某个地方有遮天蔽日的蝴蝶在拍打着翅膀。

这没什么大不了的。

我看着玛丽娜把琼的婴儿车推上人行道，朝公交车站走去，她很可能想在那里等丈夫……最近有点古怪的丈夫。她只知道这么多。全都写在脸上。

她从我的视线中消失时，我伸手去够门把手。突然，电话响了。我差点没有去接，但是只有几个人知道我的号码，其中一个是我非常在意的女人。

“喂？”

“喂，安伯森先生。”一个男人的声音。悦耳的南方口音。我不确定自己是否立刻意识到他是谁。我不记得了。我想我意识到了。“这里有人想跟你说句话。”

在一九六二年年末和一九六三年年初，我过着双重生活，一重在达拉斯，另一重在约迪。四月十日下午三点三十九分，双重生活重叠到一起。萨迪开始在我的耳朵里嘶喊。

3

她住在蜜蜂树巷一栋一层活动房屋里，活动房屋位于约迪西部，社区有四五个街区大，那里所有的房屋都一样。在二〇一一年的历史书里，航拍照片上的这种房屋，会配上“二十世纪中叶过渡房”这样的文字说明。那天下午，她跟图书馆的学生助理在放学后见面之后，大概三点钟回到家里。我不知道她是否看见了停在那一带街区路边的红底白色普利茅斯复仇女神。

街对面，四五栋房子之外，霍洛韦太太正在洗车（一辆雷诺王妃，邻居们对此车抱有种种猜疑）。萨迪走出大众甲壳虫时朝她招手。霍洛韦也向萨迪招手。街区里仅有的拥有外国（有点另类）车辆的两位，不经意地成了同盟。

萨迪走上门前的人行道，站了一会儿，皱起眉头。门半开着。是她自己没有关严吗？她走进去，关上门。门没能合上，因为锁被撬开了，但是她没有注意到。此时，她的全部注意力都集中在沙发上方的墙壁上。有人用她的口红在墙上写下两个三英尺高的大字：“贱货”。

她本可以逃走，但是她无比惊慌和愤怒，没有想到跑。她知道是约翰尼干的，但是觉得约翰尼肯定走了。她的前夫不喜欢肢体冲突。噢，他骂过很多脏话，还抽过她一巴掌，但是没有别的。

还有，地上到处都是她的内衣。

从客厅到通向卧室的小厅一路撒来。各种内衣——长衬裙、半裙、胸罩、内裤，她不需要但有时也会穿的束腹——都被割开。毛巾架被扯下来。毛巾架所在的瓷砖上，也有她的口红写的字：“婊子”。

卧室的门开着。她走进去，丝毫没有意识到约翰·克莱顿站在门后面，一只手拿着刀，另一只手拿着史密斯–韦森胜利型三八式手枪。他那天拿着的左轮手枪，跟李·奥斯瓦尔德杀害达拉斯警官J.D.提彼得的手枪的品牌和型号完全一样。

她的小手袋在床上，敞开着，里面的东西，主要是化妆品，散落在被单上。橱柜的折叠门开着。几件衣服从衣架上垂下来，显得有些悲伤，多数衣服在地上。所有的衣服都被割烂了。

“约翰尼，你这个混蛋！”她想喊出声，但是惊讶过度，语不成声。

她朝橱柜走去，但是没走几步，一只胳膊便扼住她的脖子，一枚小钢圈顶在她的太阳穴上。“别动，别反抗。不然我杀了你。”

萨迪试图挣开，但是他用左轮手枪的枪管对着她头顶一记重击。与此同时，绕在她脖子上的胳膊勒得更紧。她看到勒住她脖子的胳膊末端拳头里的匕首，停止挣扎。是约翰尼——她听出了声音——但真不该是他。他变了。

我真该听他的，她想，我为什么不听他的？她指的是我。

克莱顿把她逼到客厅，胳膊仍然勒住她的喉咙，然后把她转过来推到沙发上。她摔倒，腿张开。

“把裙子拉好。我能看见你的吊袜带了，你这个婊子。”

他穿着工装裤（这一点就足以让萨迪感觉自己是在做梦），把头发染成奇怪的橙色。萨迪差点笑了。

克莱顿坐在萨迪面前的踏脚垫上，枪指着萨迪的上腹。“我们打电话给你的凯子。”

“我不知道你说——”

“安伯森。跟你一起在基林逍遥之所野战的家伙。我都知道了。我观察你们很久了。”

“约翰尼，你要是现在离开，我不会报警。我保证，虽然你毁了我的衣服。”

“婊子的衣服。”他鄙视地说。

“我不……不知道他的号码。”

萨迪的地址簿通常放在小办公室里打字机的旁边，现在则摊开摆在电话旁边。“我知道。在第一页。我在字母C开头的一栏里找，没有找到。我来打电话，所以你别指望能对接线员说任何话。然后你跟他说话。”

“我不，约翰尼，你如果想伤害他，我不。”

他靠上前来，怪异的橙色头发遮住了眼睛。他用握枪的手把头发撩开，然后用拿刀的手从架子上拿下电话。枪依然稳稳地抵住萨迪的上腹。“情况是这样，萨迪，”他说，声音听起来很理智，“我要杀了你们中的一个。另一个可以活下来。由你决定谁活下来。”

他是认真的。萨迪能从他的脸上看出这一点来。“他要是……他要是不在家呢？”

克莱顿嘲笑她的愚蠢。“那你就去死，萨迪。”

她肯定在想：我可以拖延时间。从达拉斯到约迪至少得三个小时，如果交通拥挤，就要更久。她有足够的时间让约翰尼清醒过来。或许吧。或者让他分散注意力，朝他扔东西，然后跑出门。

他没看地址簿就拨了个〇（他的记忆力向来近乎完美），然后询问威斯布鲁克七—五四三〇。然后他说：“谢谢你，接线员。”

之后是一阵沉默。北方超过一百英里之外的某处地方，电话铃声响起。她肯定在想，铃声响多少次没人接的话，约翰尼就会挂上电话，朝她的肚子开枪。

然后，克莱顿聆听的表情变了，他眼睛一亮，愉快地笑了。萨迪注意到，他的牙齿跟以前一样白。有什么好奇怪的？他总是一天刷五六遍牙。“你好，安伯森先生，这里有人想跟你说句话。”

他走下踏脚垫，把电话递给萨迪。萨迪把电话放到耳边时，克莱顿猛掣刀子，刀子快如蛇信，在她的脸边划开一道口子。

4

“你把她怎么了？”我吼道，“你把她怎么了，你这个混蛋？”

“嘘，安伯森先生。”他的声音很得意。萨迪停止嘶喊，但是我能听到她在啜泣。“她很好。血流得很厉害，不过会止住的。”克莱顿顿了一下，然后用明智而体贴的口吻说道：“当然，她再也不漂亮了。现在她看起来真如其人：只值四美元的贱货。我妈妈说她是贱货，我妈妈说对了。”

“放开她，克莱顿，”我说，“求你。”

“我是想放开她。我既然已经给她做了记号，我想放开她。但是我已经告诉她了，安伯森先生。我要杀了你们中的一个。她让我丢了工作，知道吗？我必须辞职去医院接受电疗，否则他们会逮捕我，”他顿了一下，“我把一个小女孩推下楼梯。她准备碰我。都是这个下流婊子的错，现在血已经流到她膝盖的这个婊子。我手上也沾了她的血。我得用点消毒剂。”他笑了。

“克莱顿——”

“我给你三个半小时。我等你到七点三十分。你七点半还没到，我就让她吃两颗枪子儿。一颗射到她的肚子上，一颗射到她那肮脏的下体里。”

我听到萨迪在背景里喊：“别来，雅各布！”

“闭嘴！”克莱顿对她吼道，“闭上你的嘴！”然后他用冷冷的聊天的口气对我说：“谁是雅各布？”

“是我，”我说，“我的中间名。”

“她在床上舔你 ×× 时也这么叫你吗，小子？”

“克莱顿，”我说，“约翰尼。想想你在干什么。”

“我已经想了一年多。他们在电疗医院里对我进行休克疗法，知道吗？他们说已经阻止了我做梦，但他们没有。他们让我做梦更凶。”

“她的伤口怎么样？让我跟她说话。”

“不行。”

“你如果让我跟她说话，我或许会按照你说的做。如果你不让，我肯定不会。你是不是被休克疗法电晕了，听不懂话了？”

他似乎没有被电晕。我的耳朵里响起一阵杂乱的声音，然后萨迪接了电话。她的声音微弱而颤抖。“很糟糕，但是我死不了，”她的声音低下去，“他没有划到我的眼睛——”

然后克莱顿又接过电话。“听到了吗？你的婊子很好。你现在只需跳进雪佛兰赛车，尽快滚到这儿来，怎么样？但是，你给我仔细听着，凯子乔治·雅各布·安伯森先生：你如果叫警察，我如果看到蓝色或红色灯光，我会杀了这个婊子，然后自杀。你相信吗？”

“相信。”

“好。我现在看到一个等式，数值平衡：凯子和妓女。我在中间。我就是等号。但是安伯森，你必须选择。消除哪个数值，由你决定。”

“不！”她叫道，“不要！你如果出现，他会杀了我们俩——”

我的耳朵里响起滴声。

5

到目前为止，我说的都是真相，我会继续实话实说，即使这会让我陷入非常糟糕的境地。我麻木的手将电话放回架子时，我的第一个想法是他错了，数值并不相等。在天平一端的托盘里是一位美丽的高中图书管理员。另一端是一位知晓未来——至少在理论上——具有改变未来力量的人。有一会儿，我真有点想牺牲萨迪，穿过城市，去观察奥克朗大道和特特尔克里克大道之间的巷子，看看改变美国历史的家伙到底是不是孤身一人。

但我最终钻进雪佛兰，朝约迪开去。我一上七十七号公路，就把车速定在七十英里每小时。我一边开车一边用拇指拨开公文包的闭锁，掏出手枪，放进运动外套里面的口袋里。

我意识到我必须让德凯加入。他年纪大了，腿脚不稳，但是没有别的人选。他会愿意加入，我告诉自己。他爱萨迪。我从他每次看萨迪的眼神能看出这一点来。

他充分享受过人生，我冷酷地想，萨迪还没有。当然，那个疯子提供的选择同样适用于他。他不一定要去。

但是他会去。我们有时候看似有选择，其实根本无从选择。

我从来没有像此刻这般渴望我早已消失的手机。我能用的只有一〇九乡间邮路上加油站的电话亭，这个加油站距离橄榄球广告牌大约半英里远。电话响了三次……四次……五次……

我正要挂断时，德凯说话了："喂？喂？"他听起来很恼怒，上气不接下气。

"德凯，是乔治。"

"嗨，兄弟！"今晚的比尔·图尔考特这个角色（广受欢迎、长期上演的戏剧《行凶丈夫》中的角色）听起来很高兴，愤怒消失无踪。"我在外面的小花园里。我差点没准备接，但还是——"

“听我说。出大事了。就是现在。萨迪已经受伤了。可能伤得很严重。”

片刻的停顿，然后他开口说话，声音年轻了许多：就像四十年前、两度结婚之前的猛男。或者，那只是我的希望。今晚，希望，加上一位六十几岁的老人，成了我全部的资本。“你是说她的丈夫，对吧？这是我的错，我想我看见他了，不过是几个星期之前。他的头发比年鉴上长很多。颜色也不一样。差不多是橙色。”停顿片刻，然后他脱口而出一个他从未说过的词：“×！”

我告诉他克莱顿想要什么，我打算怎么做。计划很简单。过去很和谐？好吧，由它去吧。我知道德凯可能会心脏病发作——图尔考特就是这样——但是我不会让这个阻止我。我不会让任何东西阻止我。那是萨迪。

我等着他问是不是交给警察处理更好，但是他当然很清楚怎么处理最好。约迪的警员道格·里姆斯眼睛不好，一条腿上戴着矫形器，比德凯的年龄还大。德凯也没问我为什么没有叫达拉斯的州警察。他如果问，我会告诉他我相信，克莱顿说看到闪光就杀掉萨迪时是认真的。这是真的，但这不是真正的原因。真正的原因我想自己搞定这个狗娘养的。

我很生气。

“他叫你什么时候到，乔治？”

“七点三十分之前。”

“现在是……我的手表上，七点差一刻，我们只剩一丁点时间啦。蜜蜂树巷后面的街道是苹果什么街。我不记得了。你会在那儿吗？”

“对。她家后面的房子。”

“我五分钟之后到那儿跟你会面。”

“当然，如果你像个疯子一样开车的话。十分钟吧。带上个道具，他从客厅窗户往外看能看见的东西。我不知道，或许——”

“什锦砂锅怎么样？”

“好的。十分钟后见。”

我们挂断电话之前，他问道：“你有枪吗？”

“有。”

他的回答就像狗的吼声：“好。”

6

多丽丝·邓宁屋后的街道是怀莫巷。萨迪屋后的街道是苹果花巷。怀莫巷二〇二号正在出售。苹果花巷一四〇号的草坪上没有“出售”的牌子，但是屋子里一片漆黑，草坪蓬乱不堪，长满蒲公英。我在一四〇号前停下车，看看表。六点五十分。

两分钟之后，德凯把旅行车停在我的雪佛兰后面，下了车。他穿着牛仔裤和格子衬衫，系着蝶形领结，双手捧着一个带花的什锦炖菜砂锅。锅上有玻璃盖，看上去装着三四夸脱的炒什锦。

“德凯，我没办法谢你——”

“不该感谢我，真该踢我一脚才是。我看到他的那天，他从西部汽车公司商店里出来，我正从外面进去。我肯定他是克莱顿。风很大，把他的头发吹起来，我在那一瞬间里看到他太阳穴的凹陷。但是头发……很长，颜色也不对……他穿着牛仔服……奇怪了，妈的！”他摇摇头，“我老了。萨迪要是受伤了，我永远不会原谅我自己。”

“你感觉还好吗？有没有胸口疼痛什么的？”

他看着我，像是觉得我疯了。“我们是要站在这儿讨论我的健康，还是去尝试救萨迪？”

“我们不只要尝试。你绕到她的屋子前面。与此同时，我会从这个后院抄近路，穿过树篱，进到她的房子里。”我正在想科苏特街上邓宁家的房子，当然，正如我所言，我记得萨迪家小后院的边上有片树篱。“你去敲门，说点让人高兴的事。大点声，让我也能听见。你说话时我就到厨房了。”

“要是后门锁上了呢？”

“她在台阶下留了把钥匙。”

“好的。”德凯想了一会儿，皱起眉头，然后抬起头。“我会喊‘阿冯到了，砂锅什锦送到。’然后我端起盘子，他要是从客厅窗户往外看，能看见我。怎么样？”

“好的。我只想让你分散他的注意力几秒钟。”

“如果有可能伤到萨迪，不要开枪。抓住那个混蛋。你能行的。我见过那个家伙，瘦得像根竹竿。”

我们彼此默默看了一眼。这样的计划在电视剧《硝烟》或者电影《超级王牌》里可能行得通，但这是现实生活。现实生活中好人——女孩——有时会被打败。甚至被杀害。

7

苹果花巷后面的院子跟邓宁家的后院不一样，但也有相似之处。其中一个相似之处就是都有狗窝，尽管没有“你的狗属于这里”的标牌。相反，狗屋圆门形入口上方有歪歪扭扭的孩子字体写着“布奇之家”。没有不给糖就捣蛋的孩子。不是那样的时节。

不过，树篱看上去完全一样。

我推开树篱，根本没有留意尖锐的枝条划开我的胳膊。我蹲着跑过萨迪的后院，推了推门。门锁上了。我伸手到台阶下面去摸，心想钥匙肯定消失不见了，因为过去很和谐但是很执拗。

钥匙在那里。我摸出钥匙，插进锁里，轻轻扭动。锁弹开时门里发出微弱的声响。我僵住，等着警告的吼声。但是，没有反应。客厅里的灯亮着，但是没有声音传来。萨迪可能已经死了，克莱顿可能已经逃跑。

上帝啊，不要。

但我一打开门，就听到他的声音。他高声自言自语，听起来就像是比利·詹姆斯·哈吉斯吃了镇静剂。他告诉萨迪她是个什么样的婊子，萨迪如何毁了他的生活。他也许在说那个想碰他的女孩。对约翰尼·克莱顿来说她们都一样：性饥渴的病菌携带者。你必须定下规矩。当然，还要放上扫帚。

我脱下鞋，将鞋放在地毯上。水槽上的灯亮着。我察看我的影子，确保影子不会投到门口。我从运动外套口袋里掏出枪，慢慢穿过厨房，准备站到通道后面，等着“阿冯”来访，然后冲进去。

可是事实并不是这样。德凯喊出来时，声音里一点兴奋劲都没有。只是一声愤怒的惊呼。而且不是来自前门外，喊声就在屋里。

“哦，我的天哪！萨迪！”

之后形势发展得异常迅速。

8

克莱顿撬了前门的锁，因此门没有关紧。萨迪没有注意到，但是德凯发现了。他没有敲门，直接推开门，双手端着砂锅什锦走进去。克莱顿还坐在踏脚垫上，枪还指着萨迪，但他已经把刀放在身边的地上。德凯后来说他根本不知道克莱顿还有把刀。我怀疑他连枪都没注意到。他的注意力全部在萨迪身上。蓝色裙子的上部已经被染成浑浊的栗色。她的胳膊和胳膊一侧的沙发都被血覆盖。但最糟糕的是她朝德凯转过来的那张脸。左边脸颊耷拉下两瓣，就像撕破的窗帘。

“哦，我的天哪！萨迪！”他不由自主地喊出声，纯粹是出于震惊。

克莱顿转过身，上嘴唇噘起来。他举起枪。我看到这里，冲过厨房和客厅之间的通道。我看到萨迪伸出一只脚，踢了一下踏脚垫。克莱顿开了一枪，但是子弹射到天花板上。克莱顿准备爬起来时，德凯扔掉砂锅什锦。盖子飞起来。面条，汉堡，青椒，番茄酱溅成一片。仍然装有一半食物的砂锅击中克莱顿的右胳膊。炒什锦洒了出来。枪被撞飞了。

我看到血，看到萨迪被毁坏的脸颊，看到克莱顿蜷缩在沾满血渍的毯子上。我举起枪。

“不要！”萨迪惊叫道，“不要，不要，请不要开枪！”

萨迪的叫声像一记耳光，让我清醒过来。我要是杀了他，不管理由多么正当，我都会成为警察审问的对象。我乔治·安伯森的身份会土崩瓦解，十一月阻止暗杀的可能性荡然无存。实际上，杀掉他的理由有多正当呢？这个人手上已经没有凶器了。

或者说我以为是这样，因为我也没看见刀。刀藏在翻过来的踏脚垫下。刀即使摆在外面，我也有可能看不见。

我把枪放回口袋，把他拽起来。

“别打我！”唾沫从他的嘴唇间溅出来。他的眼睛像癫痫病人发作时一样跳动。小便失禁，我能听到尿打在地板上的声音。“我是个精神病人，我没有罪，我不会承担责任，我有证明，证明放在我车上的手套箱里，我可以给你们看——”

他的哀号声，他放下凶器之后脸上可怜兮兮、恐惧不已的表情，他染成橙色的头发现纠结着盖在脸上的样子，还有炒什锦的气味……所有这些都让我感到愤怒。但是萨迪最令我愤怒，她蜷缩在沙发上，浸在血泊中。她的头发散乱着，左边严重受伤的脸侧的头发凝成了一块。她跟博比·吉尔伤在同样的地方。萨迪也会留下伤疤，过去很和谐，但是萨迪的伤口看上去糟糕百倍。

我照他右脸一巴掌，打得唾沫从他左边嘴角飞出。“你这个疯子，这一巴掌是为了扫帚！”

我回手又是一巴掌，这一巴掌打得唾沫从他右边的嘴角飞出。他发出痛苦而悲惨的号叫，那是只有极度悲惨、无法抵挡邪恶之人才会发出的惨叫。“这一巴掌是为了萨迪！”

我缩起拳头。在另一个世界里，德凯正朝电话里大叫。他是不是也在揉搓胸口，就像图尔考特那样？没有。至少现在没有。在那个世界里，萨迪正在呻吟。“这一拳是为了我！”

我向前挥舞拳头——我说过我会实话实说，包括每一处细节——他的鼻子碎裂时，他痛苦的尖叫在我的耳朵里如音乐般动听。我放过他，他瘫倒在地。

然后我转向萨迪。

她试图从沙发上下来，但是又摔了回去。她试图向我伸出胳膊，但是也没能做到。胳膊垂到浸透血渍的裙子上。她的眼睛开始向上翻，我敢确定她要晕过去了，但是她尽力保持清醒。“你来了，”她低声说，“噢，杰克，你为我来了。你们都来了。”

“蜜蜂树巷！”德凯对着电话大喊，“不，我不知道门牌号，我不记得了。但是你们会看见一个鞋上沾有炒什锦的老人站在外面挥舞胳膊！快点！她失血严重！”

“坐着别动，”我说，“别想——”

她瞪大眼睛，目光从我的肩膀上看过去。“当心！杰克，当心！”

我转过身，伸手去口袋里掏枪。德凯也转过身，患有关节炎的双手握住电话听筒，就像握着一根棒子。克莱顿捡起让萨迪毁容的匕首，但他能攻击人的日子结束了。任何人，除了他自己。

我以前参与过类似的一幕，这一幕先前发生在格林维尔大道，在我来到得克萨斯州之后不久。这一次没有从沙漠玫瑰酒吧传来穆迪·沃斯特的歌声，只有一位严重受伤的女人和一位鼻子流血的男人。男人衬衫敞开，衬衫下摆几乎到了膝盖。他拿着一把刀，而不是一把枪，但其他的完全一样。

“不要，克莱顿！”我喊道，“放下刀！”

透过成绺的头发，依稀可见他鼓胀的眼睛，看着沙发上头晕眼花、即将昏厥的女人。“这就是你想要的吗，萨迪？”他吼道，“这就是你想要的吗？那我成全你！”

他绝望地笑着，举起刀子向自己的喉咙……割去。

第五部　1963年11月22日

第二十三章

1

一九六三年四月十一日《达拉斯新闻晨报》(头版):

步枪射手刺杀沃克未果

埃迪·休斯撰稿

星期三晚上，一位枪手持高杀伤力步枪，试图射杀位于家中的前少校埃德温·安德森·沃克将军。警方表示，子弹偏离不足一英寸，没有击中这位颇具争议的十字军战士。

晚上九点，沃克正在填写所得税表格，子弹穿过后窗，射进他身边的墙壁里。

警方表示，沃克因为一个细小的举动逃过一劫。

“有人瞄准了他，”警探艾拉·范克利夫说，“这个人是想置他于死地。”

沃克从他右边袖子里找出几块弹壳碎片。记者赶到时，他还在抖落头发上的玻璃和弹壳碎片。

沃克说他是于星期一完成名为“夜奔行动”的巡回演讲第一站之后回到达拉斯住所的。他还向记者透露……

一九六三年四月十二日《达拉斯新闻晨报》(第七版):

精神病人砍伤前妻，之后自杀

麦克·杜加斯撰稿

(约迪) 七十七岁的迪肯·“德凯”·西蒙斯星期三晚上迟来一步，

未能阻止萨迪·邓希尔受伤。但是，结果对于二十八岁的邓希尔来说本来可能会更加糟糕，邓希尔是德诺姆联合高中备受欢迎的图书管理员。

约迪镇警官道格拉斯·里姆斯描述："德凯如果没有及时赶到，邓希尔小姐几乎肯定会丧命。"面对记者，西蒙斯只说："我不想再提这件事，结束了。"

据里姆斯警官透露，西蒙斯制伏比自己年轻许多的约翰·克莱顿，扭打中卸下他的一把小型左轮手枪。克莱顿随即掏出伤害他妻子的匕首，割断了自己的喉管。西蒙斯和另一名当事人，达拉斯的乔治·安伯森，试图给死者止血，但是回天无力。克莱顿当场死亡。

安伯森先生是德诺姆联合高中学区的前任教师，在克莱顿被解除武装之后很快赶到。他不愿就此事发表评论，但是在现场告诉里姆斯警官，克莱顿——精神病人——可能已经跟踪前妻好几个月了。德诺姆联合高中的职员已经得到过警示，校长埃伦·多克蒂还收有一张照片，但是据称克莱顿伪饰过外貌。

邓希尔女士被救护车转移到达拉斯的帕克兰纪念医院，已无大碍。

2

我直到星期六才见到她。我在见到她之前的大部分时间里是在等候室，拿着一本书，但根本看不进去。不过还好，有很多人陪伴——德诺姆联合高中的大部分老师都来探望萨迪，还有近百名学生，没有驾照的由家长开车送来。很多人留下来献血，萨迪用了好几品脱血。很快，我的公文包里塞满祝她早日康复的贺卡和表示关切的信件。护士站变成了花房。

我想我已经习惯了生活在过去，但我最终获准进入萨迪在帕克兰医院的病房时，还是惊呆了。那是一个闷热的单间，不过洗手间大小。没有浴室。一尊丑陋的、只有侏儒才能使用的便桶蹲在角落，半透明的塑料窗帘可以拉上（保护一部分隐私）。升降病床用的不是按钮，而是一个曲柄，曲柄上白色的油漆已经被无数只手磨得精光。当然，没有显示器显示电脑生成的重要指标，病人也没有电视看。

一玻璃瓶的什么药物——可能是生理盐水——挂在金属架上。一根管子从瓶子连接到她的手背，手背上缠着笨重的绷带。

当然，没有包裹她左边头部的绷带庞大。头部左边的一束头发已经被剪掉，发型看起来很不对称，她好像接受了某种惩罚……当然，她是受到了惩罚。医生为她的眼睛留了一道细小的缝隙。听到我的脚步声，这只眼睛和没有打绷带、没有受伤的一侧脸上的那只眼睛睁开了。她被麻醉了，但两只眼睛一瞬间流露出恐惧，这恐惧让我心痛不已。

之后，她疲惫地将脸转向墙壁。

“萨迪——亲爱的，是我。”

“嗨，我。”她说，没有转身。

我抚摸着她的肩膀上睡衣没有遮住的地方，她抽开身。“请不要看我。”

“萨迪，没关系。”

她转过身，伤心欲绝。吗啡效力之下的眼睛看着我，其中一只是透过纱布缝隙在窥视我。肮脏的黄红色污渍浸透绷带，我想污渍是血水和某种药膏。

“有关系，”她说，“我跟博比·吉尔的情况不同，”她开始笑，“你记得棒球上那些红色的针脚吗？那就是萨迪现在的样子。从上到下，到处都是。”

“会消失的。”

“你不明白。他从我的脸一直割到口腔里。”

“但是你还活着。而且我爱你。”

“你等绷带拿下来再说吧，”她用沮丧、麻醉的声音说道，“弗兰肯斯坦的新娘跟我比起来，就像伊丽莎白·泰勒。”

我抓起她的手。“我曾经读过——”

“我现在没心情跟你讨论文学，杰克。”

她又准备转身，但是我抓紧她的手。“一句日本谚语。‘如果有爱，天花的疤痕会像酒窝一样美丽。’我爱你的脸，不管它变成什么样子。因为脸是你的。”

她开始哭，我抓紧她的肩膀，直到她平静下来。实际上，我以为她睡着了，但她开口说：“我知道，这是我的错，我嫁给他，但是——”

“这不是你的错，萨迪。你根本不知道。”

“我知道他有些不正常。但我还是嫁给了他。我想这主要是因为我爸妈殷切地期望我这样做。他们还没来，我真庆幸。因为我埋怨他们。所有这一切很可怕，不是吗？”

“你要想指责谁，不能把我落下。我确信自己至少两次看到他开着那辆该死的普利茅斯。”

“你不必自责。询问我的州警局警探和得克萨斯巡逻队队员说，约翰尼的后备厢里装满了车牌。他很可能是在汽车旅馆偷的车牌。后备厢里还有很多贴纸，你管贴纸叫什么来着——”

“标贴。”我想起那天晚上在坎德尔伍德欺骗过我的那一张。“出发吧，俄克拉荷马人”。我错误地以为反复出现在我面前的红底白色普利茅斯只是过去的又一个和谐之处。我应该想到的。我可以想到的，如果我一半的注意力不是在达拉斯跟李·奥斯瓦尔德和沃克将军在一起的话。如果要指责谁，德凯也应受到指责。毕竟，他看到了那家伙，还看清了他额头两边明显的凹陷。

随它去吧，我想，已经发生了。无法改变。

实际上，可以改变。

“杰克，警察知不知道你不是……你说的人？”

我拂开她右脸旁的头发，依然很长的那部分头发。“没关系。”

医生把萨迪推进手术室之前询问她的警官，也询问了我和德凯。州警局警探温和地谴责了在电视上看了太多西部片的人。巡逻队员表示赞成，然后握着我们的手说：“我如果是你们，也会做出完全一样的反应。”

“德凯尽力不让我卷入其中。他想确保你下一年回到学校时，学校董事会不会听到流言蜚语。对我来说，被疯子划了一刀后，还要因为道德败坏被免职实在不可思议，但是德凯好像觉得，最好——”

“我不能回去。我不能以现在的模样面对孩子。”

“萨迪，你要是知道有多少学生来过这里——”

“他们来看我，让我觉得很安慰，这对我很重要，但是他们正是我无法面对的人。你不明白吗？我想我能应付嘲弄我的人。在佐治亚州，我跟一个兔唇女老师一起教书，我从她身上学到很多应对青少年的冷酷办法。让我不安的是其他学生。心怀好意的那些。同情的眼神……那些无法直视我的学生。”她颤抖着深吸一口气，然后大声说道：“还有，我很生气。我知道人生很艰难，我想每个人心里都清楚这一点。但是，为什么人生就得如此残酷？就得如此痛苦？”

我把她抱进怀里。没有受伤的一侧脸颊滚烫，不停颤动。“我不知道为什么，亲爱的。”

“为什么没有第二次机会？”

我抱紧她。她的呼吸变得均匀后，我放下她，轻轻地起身离开。她没有睁眼，说道：“你跟我说你星期三晚上要见证什么事情。我想不是约翰尼·克莱顿割断自己的喉咙这事吧？”

“不是。”

“你错过了吗？”

我想撒谎，但是没有。“嗯。”

她现在努力睁着眼睛，但眼睛很快又闭上了。“你有第二次机会吗？”

“不知道。没关系。”

这不是真话。因为这关系到约翰·肯尼迪和他的妻子儿女。关系到肯尼迪的兄弟。可能还关系到马丁·路德·金。还关系到成千上万的美国年轻人，他们现在还在读高中，如果历史进程不被改变，他们会应国家要求穿上军装，飞到世界的另一端，蹲下屁股，坐在名为越南的绿色鸡巴上。

她闭上眼睛。我离开病房。

3

我走下电梯时，大厅里没有德诺姆联合高中在校学生，但是有几位校友。迈克·科斯劳和博比·吉尔·奥尔纳特坐在硬塑料椅子上，膝上摊着没有翻开的杂志。迈克跳起来跟我握手。博比·吉尔用力拥抱我。

“伤势有多重？”她问道，“我的意思是——”她用手指抚摸自己的伤疤，“能消除吗？”

“我不知道。”

“你跟埃勒顿医生谈过吗？”迈克问道。埃勒顿是得克萨斯州中部最有名的外科医生，是他在博比·吉尔身上创造了奇迹。

“他今天下午在医院里巡查。我、德凯和埃伦女士约了他——”我看了看表，“二十分钟之后见面。你们两个想不想参加？”

“当然，”博比·吉尔说，“我知道他能治愈萨迪。他是个天才。”

“那么来吧。我们看看天才能做些什么。”

迈克肯定看到了我的表情，因为他捏了捏我的胳膊，说：“或许没你想象的那么糟，安先生。”

4

情况比我想象的更糟。

埃勒顿把相片传给我们看——纯黑白相片，让我想起维吉和戴安娜·阿尔比斯[①]。博比·吉尔呜咽着转过身。德凯轻哼一声，好像被打

① 维吉（1899—1968）和戴安娜·阿尔比斯（1923—1971）均为美国摄影师，分别以拍摄黑白照和非正常人闻名。

了一拳。埃伦女士坚忍地从他们中间曳步走开，但是除了脸颊上的胭脂，脸上别处已无血色。

在头两张照片中，萨迪的脸被撕成两片，耷拉着。我星期三晚上看到过她的这个样子，已有心理准备。但是我始料未及的是她中风般下垂的嘴巴和左边眼睛下面松弛的肉团。这让她的面容滑稽可笑，我想在医生准备的小会议室的桌上撞头。或者——这样更合我意——冲到停尸房约翰尼·克莱顿躺着的地方，再揍他一顿。

“这位年轻女士的父母今晚来时，”埃勒顿说，“我会含蓄应对，满怀希望。因为家长需要希望，”他皱起眉头，“不过希望他们快点到来，因为克莱顿太太的情况——”

“邓希尔小姐，”埃伦平静而凶狠地说，“她跟那个禽兽已经正式离婚了。”

“是的，确实如此。无论如何，你们是她的朋友，我相信你们不需要什么含蓄，需要知道更多真相。”他冷静地看着其中一幅照片，用短而整洁的指头拍打萨迪撕开的面颊。“以我目前掌握的技术来说，可以矫正，但永远无法让她和以前一样。或许一年之后，等到组织完全复原，我可以修复大部分的不对称。”

眼泪顺着博比·吉尔的脸颊流淌。她抓起迈克的手。

“脸上留下永久伤害很不幸，”埃勒顿说，“但还有别的问题。脸部神经被割断了。她左边嘴巴吃东西会有问题。你们在这些照片上看到了，眼睛下垂，这种情况可能会伴随她下半生。还有，她的部分泪腺也受损。但是她的视力不会变弱。希望不会。”

他叹了口气，摊开双手。

“二三十年后，有了显微手术和神经再生技术，我们对这类情况可能会有更多作为。至于现在，我能说的是，我会尽力修复可以修复的损伤。”

迈克第一次开口说话，声音非常痛苦：“很遗憾，我们没有生活在一九九〇年，对吧？”

5

那天下午，这一小拨人走出医院时沉默不语，神情沮丧。在停车场旁边，埃伦女士碰一下我的衣袖。“我该听你的话，乔治。真是，真是对不起。”

“我不知道结果会不会有什么两样，”我说，“但是，你如果想补救，请让弗雷迪·昆兰给我打个电话。他是我第一次来到约迪时帮过我的房产代理人。我今年夏天想住得离萨迪近些，这意味着我得租个房子。”

“你可以跟我一起住，”德凯说，“我的地方很宽敞。”

我转向他。“真的吗？”

“你来住倒是帮我的忙。”

“我会付你——”

他挥挥手。“你买点日用品就行。”

埃伦是坐德凯的旅行车来的。我看着他们离去，然后走到我的雪佛兰旁边。我觉得这车——这么说可能不公平——是辆倒霉车。我很不情愿回到西尼利街，我毫无疑问会听到李把袭击沃克将军失手的怨气发泄在玛丽娜身上。

“安先生？”是迈克。博比·吉尔站在他身后几步远的地方，胳膊交叉抱在胸前。她看起来冷淡而不高兴。

“迈克。”

“谁来付邓希尔小姐的医疗费？还有医生说的整容费？她有保险吗？”

“有一点。”但远远不够，在这样的情况下远远不够。我想起她的父母，但他们至今尚未出现这件事已经够让人难受的了。他们不能为克莱顿的所作所为责备萨迪……不是吗？我来自女人总的来说被视为跟男人平等的世界。我觉得，一九六三年的世界从未如此刻这般陌生。

“我会尽力帮忙。”我说。但是尽多大努力？我的现金储备足够我敷衍几个月，但是不够支付五六次面部修复手术费。我不想回到格林维尔大道上的诚信金融，但是我很有可能别无选择。肯塔基州德比大战将在不到一个月后上演，根据阿尔的笔记，赢家会是夏德凯，一匹没什么希望取胜的马。押一千美元可能会净赚七千或者八千美元，足够支付萨迪的住院费以及——按照一九六三年的价格——接下来的至少几次整容费。

“我有个主意，”迈克说，然后朝肩膀后面看去，博比·吉尔朝他鼓励地笑了笑，“我的意思是，我和博比·吉尔有办法。”

“博比·吉尔和我[①]，迈克。你不是个小孩子了，说话别像小孩子。”

“是，是，对不起。你如果能在咖啡店待十来分钟，我们告诉你我们的想法。”

我去了。我们喝了咖啡。我听了他们的主意，同意了。过去很和谐，聪明人有时会清清嗓子，跟着唱这首和谐的歌。

6

那天晚上，我头顶的房子里吵得天翻地覆。琼也参与其中，号啕大哭。我根本不用偷听，当然，吼声多半是俄语。之后，八点钟左右，一阵不同寻常的安静。我以为他们比平时提早两个多小时上床睡觉了，觉得欣慰。

我正要睡觉，德·莫伦斯乔特的凯迪拉克停到路边。珍妮下车，乔治带着他一贯的玩偶盒奇异小人的活力蹦出车子。他打开驾驶座后面的门，拿出一只硕大的填充兔子，颜色是不太真实的紫色。我透过窗帘的缝隙，呆呆地看着这一幕，过了一会儿终于明白：明天是复活节。

他们朝屋外的台阶走去。珍妮在走，乔治在前面一路小跑。摇摇欲坠的台阶上咚咚的脚步声震撼整栋楼。

---

① 将自己放在后面，以示尊敬别人。

我听到头顶惊讶的声音，咕咕哝哝然而十分清晰的质问。奥斯瓦尔德夫妇是不是以为达拉斯警察过来抓捕他们？或者他们住在梅赛德斯街上时监视他们的联邦调查局探员仍在监视他们？我希望这个小杂种的心蹦到嗓子眼里，噎死他。

楼梯尽头响起一阵敲门声，德·莫伦斯乔特高兴地喊道："开门，李！开门，你这个家伙！"

门开了。我戴上耳机，但是什么都没听见。之后，我正准备试试装在特百惠碗里的麦克风时，不知道是李还是玛丽娜打开装有窃听器的台灯。耳机恢复正常，至少暂时正常。

"——给孩子的。"珍妮说道。

"噢，谢谢！"玛丽娜说，"非常感谢，珍妮，真好！"

"别傻站在这儿，同志，拿点喝的！"德·莫伦斯乔特说。他听起来像是已经喝了些酒。

"家里只有茶。"李说。他听起来毫无礼貌，半睡半醒。

"茶也行。我的口袋里有好东西。"我几乎能看见他在使眼色。

玛丽娜和珍妮开始讲俄语。李和德·莫伦斯乔特——他们的脚步声更重，不会有错——朝厨房走去。我知道我听不到他们接下来说的话。两个女人站在靠近台灯的地方，她们的声音会盖过两个男人的声音。

稍后，珍妮用英语说："哦，我的天哪，这不是枪吗？"

一切都停止下来，包括——我感觉是这样——我的心跳。

玛丽娜笑了。鸡尾酒会上那种银铃般的笑声，"呵呵呵"，矫揉造作。"他失业，我们没钱，这个疯子买了枪。我说：'放到衣橱里，你这个疯子，别让我惊了胎。'"

"我想玩标靶射击，仅此而已，"李说，"我在海军陆战队里射击非常出色。从来没有脱过靶。"

又是一阵沉默。沉默似乎要永远持续下去。然后，德·莫伦斯乔特发出一阵友好的大笑。"行了，别吹了！你在他身上怎么失手了？"

"我不知道你在说什么。"

"我说的是沃克将军，伙计！有人朝他的家开枪，他的脑浆差点溅到办公室的墙上！你敢说你不知道这件事？”

“我还没有读最新的报纸。”

“噢？”珍妮说，“凳子上不是有《时代先驱报》吗？”

“我是说我没有读新闻。太压抑了。只读了有趣的版面和招聘广告。老大哥说得找个工作，不然孩子得挨饿。”

“所以那个射手不是你，对吧？”德·莫伦斯乔特问道。

戏弄他。引诱他。

他为什么要这样？因为他永远不会相信李这样的小人物会是星期三晚上的枪手……或者因为他知道李就是凶手？或许是因为珍妮注意到了步枪？我真希望这两个女人不在那里，我可以听到李和他古怪朋友的坦率交谈，我的疑问可能会得到解答。跟之前一样，我还是不能确定李是不是独自执行了此次行动。

“你以为我会愚蠢到在约翰·埃德加·胡佛的眼皮底下搞暗杀吗？”李的语气很认真，但是他演得不像。

“没有人以为你暗示任何人，李，”珍妮安抚他，“不过等到孩子会走路了，你得把枪放在更安全的地方。”

玛丽娜用俄语接过话茬。我有时从侧院里瞥见孩子，所以明白她在说什么——琼已经会走了。

“琼会喜欢这个漂亮的礼物，”李说，“但是我们不庆祝复活节。我们不信神。”

他或许不信，但是根据阿尔的笔记，玛丽娜在她的崇拜者乔治·布埃的帮助下，在导弹危机期间偷偷让琼受了洗。

“我们也不信，”德·莫伦斯乔特说，“所以我们庆祝复活节兔子！”他挪到离台灯更近的地方，洪亮的笑声几乎将我震聋。

他们又聊了十分钟，英语和俄语并用。之后珍妮说：“让你们清静清静吧。我想我们打扰你们睡觉了。”

“没有，没有，我们没睡，”李说，“谢谢你们过来。”

乔治说：“我们尽快再聊吧，李？你可以来乡村俱乐部。我们可以把服务员组织成一个团体！”

“好，好。”客人现在朝门口走去。

德·莫伦斯乔特又说了些什么，但是声音太小，我只听到几个字。“拿回来”，或者是“要你的背”。我觉得这不是二十世纪六十年代的俚语。

你什么时候拿回来？他说的是这个吗？整句话是“你什么时候把步枪拿回来的”吗？

我重放了五六次磁带，我把播放速度设置在超慢上，但还是听不清楚。奥斯瓦尔德一家睡觉之后很久，我醒着躺在床上。我凌晨两点还醒着，琼哭起来，又被妈妈哄入梦乡。我想着萨迪，萨迪打了吗啡，在帕克兰医院里，难以入眠。房间粗陋，病床狭窄，但我本来可以睡在那里。我确定。

我想着德·莫伦斯乔特，那个疯狂撕裂衬衫的舞台表演家。你说的是什么，乔治？你最后说的是什么？是不是“你什么时候拿回来的”？是不是“振作起来，事情没有那么悲惨”？是不是不要因这件事受挫？还是些别的什么？

我终于睡着了。我梦到我跟萨迪在参加狂欢。我们去了一个射击场，李站在那里，步枪抵着肩膀。柜台后面的家伙是乔治·德·莫伦斯乔特。李连开三枪，但都没有击中靶子。

“很遗憾，伙计，”德·莫伦斯乔特说，“脱靶的家伙没有奖品。”

然后乔治向我转过身，咧嘴笑起来。

“过来啊，伙计，你的运气可能更好。有人会杀了总统，为什么不是你？”

我在黎明的曙光中惊醒。楼上，奥斯瓦尔德一家还在沉睡。

7

复活节当天下午，我回到迪利广场，坐在公园的一张长凳上，看着可怕的立方形教科书仓库大楼，思考着下一步怎么走。

李十天后将离开达拉斯，前往出生地新奥尔良。他会在一家咖啡公司干给机器擦油的工作，并在弹药库街租下一处房子。玛丽娜和琼在欧文镇跟鲁思·佩因和她的孩子们一起住两个星期左右之后，会去找李。我不会跟去。萨迪正处于漫长复原期、情况还不太明朗。我不会跟去。

我会不会在复活节到二十四日之间杀掉李？很可能会。他丢掉印刷公司的工作之后，大部分时间要么待在家里，要么在达拉斯市中心散发公平对待古巴委员会的传单。他偶尔会去公共图书馆，似乎放弃了安·兰德和卡尔·马克思，捡起了赞恩·格雷[①]的西部小说。

我在街上或者央街图书馆里杀了他，马上就会入狱。趁玛丽娜在欧文镇帮鲁思·佩因补习俄语时在楼上的房子里干掉他呢？我可以去敲门，在他开门之后朝他的脑袋开一枪。大功告成。这么近的距离不可能会脱靶。问题是，我开枪之后得逃跑。我如果不跑，会成为警方第一个盘问的人。毕竟，我就住在死者楼下。

我可以声称，事发时我不在场，他们一时之间可能会买账，但是他们需要多长时间发现西尼利街的乔治·安伯森跟不久前出现在蜜蜂树巷暴力事件现场的乔治·安伯森碰巧是同一个人？他们必定会继续调查，并且很快就会发现乔治·安伯森的教师证来自俄克拉荷马州的文凭制造厂，乔治·安伯森的履历也是伪造的。警方会带着法院的搜查令，打开我在银行的保管箱。他们一定很快就能发现我有保管箱。理查德·林克，替我开保管箱的那个银行职员，会在报纸上看到我的名字和/或照片，然后为警方提供帮助。警方会如何看待我放在保管箱的文件？文件透露了我杀李的动机，不管这动机多么荒谬。

不，我必须跑回兔子洞，把雪佛兰汽车丢弃在俄克拉荷马州或者阿肯色州的某处地方，然后乘汽车或者火车。我如果回到二〇一一年，就再也无法在不重置的情况下使用兔子洞了。这意味着永远抛开萨迪，已经毁容的孤独的萨迪。他当然会抛弃我，她会想，他说得好听，天花的疤痕就像酒窝一样美丽。但是他一听到埃勒顿的预言——现在很丑陋，永远很丑陋——就溜之大吉了。

---

① 赞恩·格雷（1872—1939），美国作家，以西部小说见长。

她也许不会责备我。这种可能最令我难受。

但这不是我最难接受的事。不是。我想到了更糟糕的情况。我杀掉李，回到二〇一一年，发现肯尼迪十一月二十二日还是被人暗杀了，怎么办？我目前并不能确定奥斯瓦尔德是独自行事。我仅凭目前潜伏收集到的有限信息，就能说成千上万的阴谋论都错了吗？

或许我会去查查维基百科，会发现射手隐藏在草丘上。或者隐藏在休斯敦大街上监狱和县法院连在一起的楼顶上，拿的是狙击步枪而不是邮购来的曼利夏-卡尔卡诺式步枪。或者隐藏在埃尔姆街的下水道里，用潜望镜窥伺肯尼迪。有些疯狂的阴谋论正是这么认为的。

德·莫伦斯乔特是中央情报局的间谍。几乎确定奥斯瓦尔德是单独行动的阿尔·坦普尔顿是这样认为的。阿尔坚信他只是一个小间谍，在南美和中美之间传递一点闲言碎语，保持自己的石油投机生意立于不败之地。但他要是不止如此呢？肯尼迪拒绝派兵增援在猪湾被围困的游击队之后，中央情报局就开始讨厌肯尼迪。肯尼迪得体地处理导弹危机后他们对他的厌恶更甚。间谍们想利用这一危机永远结束冷战，因为他们确信大肆宣传的“导弹差距”只是虚构。你能从每天的报纸当中读到很多这样的信息，信息有时藏在新闻故事的字里行间，有时就在专栏文章直截了当的陈述里。

中情局中的某些流氓势力有没有可能说服乔治·德·莫伦斯乔特参与更加危险的任务呢？不是让他亲自杀害肯尼迪，而是让他招募几个忿忿不平、愿意实施行动的人？德·莫伦斯乔特会不会同意这样的要求？我想他会。他和珍妮生活得很奢侈，但我不知道他们怎么负担得起凯迪拉克，乡村俱乐部，还有辛普森斯图加特路上的那幢豪宅。充当一个保险装置，成为被列为靶子的美国总统和理论上听命于美国总统的机构之间的短路器……是一件危险的工作，但是如果回报丰厚，一个生活过分高调、入不敷出的人会被引诱。而且，他们根本不必给他现金，这一点很有诱惑力。只是委内瑞拉、海地和多米尼加共和国的石油租赁权。还有，德·莫伦斯乔特虚荣心很强。他喜欢战事，不关心肯尼迪。

因为约翰·克莱顿突然出现，我甚至不能排除德·莫伦斯乔特参与了袭击沃克的行动。步枪是奥斯瓦尔德的，没错，但是李发现时机来临时有没有可能无法开枪呢？关键时刻掉链子。我能想象出德·莫伦斯乔特从李颤抖的手中夺过卡尔卡诺步枪，吼道：“把枪给我，我自己来。”

德·莫伦斯乔特能从李用作狙击枪座的垃圾桶上一枪中的吗？我觉得答案是肯定的，因为阿尔的笔记写道：他是乡村俱乐部一九六一年飞碟射击冠军。

我如果杀了奥斯瓦尔德，而肯尼迪依然被刺，那么一切都是徒劳。之后呢？重置？再次杀了弗兰克·邓宁？再次拯救卡罗琳·波林？再次驱车前往达拉斯？

再次遇见萨迪？

她不会被毁容，这固然好。我会认出她疯掉的前夫，染发什么的再也骗不了我。我可以在他靠近萨迪之前就阻止他，这也很好。但是，只是想想重历这一切，我就心力交瘁。我也不想残忍地杀害李，至少基于我现在掌握的证据还不行。对于弗兰克·邓宁，我证据确凿。亲眼目睹。

所以——下一步怎么走？

四点一刻，我决定下一步去看萨迪。我朝汽车走去，车停在中央大街上。我走到中央大街和休斯敦街的拐角，老县法院过去一点的地方时，感觉有人跟踪我，于是转过身去。身后的人行道上没有人。是仓库大楼盯着我，那些空荡荡、俯视埃尔姆街的窗户，总统的车队在这个复活节两百天之后就会到达埃尔姆街。

8

我赶到时，他们正给萨迪送来晚餐：炒什锦。那股气味让我清晰地想起约翰克·莱顿倒向地毯时（可怜，面部朝下）溅到我手和胳膊上的血。

“嗨，安伯森先生。”我登记时护士长说道。她头发泛灰，戴着古板的白色护士帽，穿着白色护士服，一只怀表别在她令人生畏的巨乳上。她正从一大堆花后面打量我。“昨天晚上里面传出很多声喊叫。我只告诉你，因为你是他的未婚夫，对吧？”

“对。”我说。当然，我希望如此，无论萨迪的脸有没有被割伤。

护士从两个插得满满的花瓶中间往前凑近我。几支雏菊戳进她的头发。“你看，我通常不会对病人说三道四，我也禁止年轻护士这么做。但是她父母对她的态度不正常。我猜我并不想指责他们跟那个疯子的家人从佐治亚州一同赶来，但是——”

“等等。你是说邓希尔一家是和克莱顿一家是拼车来的？”

“我猜他们以前关系很亲密，所以行吧，没问题，但是他们探视女儿时告诉女儿，他们的好朋友克莱顿一家正在楼下签字，把儿子的尸体从太平间里领出来……”她摇摇头，“父亲什么都没说，但是那个女人……”

她向周围张望，确定没有其他人，只有我们两个，又把脸转过来。她那朴素的乡下人的圆脸上充满可怕的愤怒。

“她一直啰嗦个没完。问了一下女儿感觉如何，然后就是可怜的克莱顿这，可怜的克莱顿那。你的邓希尔小姐一直缄口不言，直到她妈妈说他们又要换教堂了，多丢人啊。然后，女儿发了脾气，大喊大叫，让他们出去。”

“做得好。”我说。

“我听到她喊叫：‘想看看你好朋友的儿子是怎么对我的吗？’老天啊，我往病房里跑。她想扯掉绷带。妈妈……倾身向前，安伯森先生，迫不及待。她真想看看。我把他们赶了出去，让医生给邓希尔小姐打了一针，让她镇定下来。父亲——胆小如鼠的家伙——想替妻子道歉。‘她不知道自己让萨迪受刺激了。’他说。‘啊，’我回答说，‘那你呢？你哑巴了吗？’你知道那个女人走进电梯之前怎么说吗？”

我摇摇头。

“她说：‘我不能责怪他，我怎么能责怪他呢？他过去经常在我们的院子里玩，他是个可爱的孩子。’你能相信吗？”

我能。因为我想我已经见过邓希尔夫人说话的方式。她在西七街追赶着大儿子，歇斯底里地大声喊叫：“站住，罗伯特！别走那么快，我还没说完！”

“你会发现她……情绪过分激动，”护士说，“我只想让你知道这是有原因的。”

9

她没有过分激动。她如果过分激动，我会更高兴。如果存在所谓平静的抑郁，在那个复活节的晚上，萨迪的大脑就处于这种状态。她坐在椅子上，面前摆着一碟没有碰过的炒什锦。她瘦了，颀长的身体看似漂浮在白色的病号服里。她看到我走进来，用病号服裹紧身体。

她笑了——用她还能微笑的那半边脸——把这边脸转过来让我亲吻。“你好，乔治。我最好这样称呼你，你觉得呢？”

“也许吧。你怎么样，亲爱的？”

“他们说我好些了，但是我觉得自己的脸好像被人浸在煤油里，然后点着了。这是因为他们停了止痛药。上帝不准我依赖麻醉剂。”

“你如果需要，我可以去找医生。”

她摇摇头。“麻醉剂让我头晕，我得思考。而且，我用了麻醉剂后很难控制情绪。我跟爸妈对骂了一场。”

只有一张椅子——你除非把墙角的便桶也算上——于是我坐到床上。“护士长跟我说了。按照她的说法，你绝对有理由发脾气。”

“或许吧，但是有什么用呢？妈妈永远不会变。她能连续几个小时喋喋不休，说我如何差点要了她的命，但是她不考虑别人。她缺乏分寸，更缺乏别的什么。有个词，但是我记不得了。”

“同情？”

“正是。她的嘴巴像刀子。这么些年，她把爸爸削平了。爸爸都不讲什么了。”

“你没必要再见他们。”

“我想有必要。”我越来越不喜欢她那平静而超然的腔调。“妈妈说他们会为我整理好我以前住的房间，我实在没有别的去处。”

“你的家在约迪。你的工作也在约迪。”

“我想我们讨论过这件事了。我准备辞职。”

“不，萨迪，不，这个主意不好。”

她努力笑了笑。“你的口气就像是埃伦女士。你说约翰尼是个危险分子时，她不信你。”她停顿片刻，又说道：“当然，我也不信。我在他面前一直是个傻子，对吧？”

“你有房子住。”

“不假。但我付不起抵押贷款。我只能放弃。”

“我来付。”

她似乎惊呆了。“你也付不起！”

“我能付得起，真的。”至少，在这一刻……是真的。再说，还有肯塔基州德比大战和夏德凯。“我准备从达拉斯搬来跟德凯一起住。他不收我的房租，我能省下很多钱付房屋贷款。”

一滴眼泪滚到她右眼眼角，在那里颤动着。“你有点没搞明白。我没办法照顾自己，现在还不行。我也不会被接纳，除非是在家里，妈妈可以请个护士帮忙干脏活。我会有点自尊。不是很多，但至少有一点。”

“我会照顾你。”

她看着我，瞪大眼睛。“什么？”

“你听到我的话了。萨迪，我觉得你可以在我面前保持尊严。我碰巧爱你。你如果也爱我，那就别再说要回到你那鳄鱼般的妈妈家里之类的疯话了。”

她勉强微笑，然后静静地坐在那里，沉思，双手放在轻薄罩衫的膝盖部位。“你是来得克萨斯办事的，不是为了照顾一个身处险境却浑然不知的愚蠢图书管理员。”

“我在达拉斯的事情暂停。”

“是吗？”

“是的。”就这么简单，决定了。李准备去新奥尔良，我准备回约迪。过去一直想打败我，它在这一轮赢了。“你需要时间，萨迪，我有的是时间。我们可以一起打发时间。”

“你不可能想要我，”她几乎是在低语，“要现在这个样子的我。”

“我想要你。”

她看着我的眼睛，不敢抱有希望，却又抱着希望。“为什么？”

“因为你是我最美好的经历。”

她完好的一边嘴巴开始颤抖。那滴眼泪滑落到脸颊上，更多的泪珠接踵而至。“我要是不用回到萨凡纳……我要是不用跟他们住在一起……跟她住在一起……我或许可以，我不知道，感觉好点。”

我把她抱在怀里。“你会感觉好很多。”

“杰克？”她的声音被泪水淹没，“你离开前能为我做件事吗？”

“什么事，亲爱的？”

“把那该死的炒什锦端走。那气味让我恶心。”

10

肩膀丰满、胸前挂着怀表的护士叫朗达·麦金利。四月十八日，她坚持推着萨迪下电梯，还一直把萨迪推到路边。德凯在那里等候，旅行车的乘客门开着。

“别让我再看见你回来，甜心派。”我们帮萨迪上车之后，麦金利护士说道。

萨迪心不在焉地笑笑，什么也没说。她——不客气地说——被麻醉剂弄得飘飘欲仙了。埃勒顿医生那天早上检查过她的脸，过程会让萨迪极其痛苦，医生不得不再次使用止痛药。

麦金利转向我。“她在接下来的几个月里需要很多的温柔和体贴。”

“我会尽力。”

我们开车走了。在达拉斯以南十英里的地方，德凯说：“把它拿开，扔到窗外去。我在留心这该死的车流。”

萨迪睡着了，手指之间的香烟还在闷烧。我把头伸到座位前面，把烟摘掉。她呻吟道：“啊，不要，约翰尼，求你了！”

我跟德凯对视一眼。我们只对视了一秒钟的时间，但是我看得出我们在想同样的事情：前面的路还很长。很长。

11

我搬入山姆·休斯敦路上德凯的西班牙式房屋。但这只是为了掩人耳目。事实上，我随后又搬进蜜蜂树巷一三五号，跟萨迪住到一起。我们扶她进屋时，我对眼前可能出现的景象担心不已。我想，萨迪也很担心，不管有没有飘飘然。但是埃伦女士和家庭经济系的乔·彼得已经请了几个可靠的女生，在萨迪回来之前花了一整天打扫、擦拭和清洗克莱顿留在墙上的每一处污秽。客厅的地毯也被换掉了。新的地毯是工业灰色，算不上令人兴奋的颜色，但很可能是精心挑选的：灰色不会保留记忆。她被毁坏的衣物也被悉数收走，被崭新的衣服取代。

萨迪对新地毯和新衣服未置一词。我不知道她是否注意到了这些新东西。

12

我白天待在那里，给她准备一日三餐，在她的小花园（在得克萨斯州中部的炎热夏天里，花朵会蔫，但不会凋零）里劳动，给她读《荒凉山庄》。我们还看了好几部下午肥皂剧：《秘密风暴》《年轻医生马隆》《根》，以及我们的最爱《夜的边缘》。

她把头发从中分改成右边分，维若妮卡·蕾克[①]式的发型，绷带最终取下后，头发会遮住伤疤最难看的部分。伤疤不会存在很长时间，她的第一次修复手术——由四位医生组成的团队操作——安排在八月五日。埃勒顿说至少还要再做四次修复手术。

我跟萨迪吃完晚饭（她只是随便吃几口）后，我会开车去德凯家，因为小镇上到处是无聊的眼睛和多话的嘴巴。最好让这些无聊的眼睛在太阳落山之后看到我的车停在德凯家的车道。天黑后，我会再步行两英里，回到萨迪的住处，睡在沙发床上，直到凌晨五点。我们几乎没睡过整晚的觉，因为只有很少几个夜晚，萨迪没有惊叫着拍打着从噩梦中惊醒。白天，约翰尼·克莱顿死了。到了晚上，他又用枪和刀威胁萨迪。

我会走到她身边，尽力安抚她。她有时会跟着我从卧室蹒跚走进客厅，抽支烟，然后拖曳着脚步回到床上，总是让头发压在损伤的一侧脸上，以此保护自己。她不让我帮她换纱布。她自己换，在浴室里，关上门。

有一回，她做了个极度恐怖的噩梦。我走进卧室，看到她赤裸着身体，站在床边啜泣。她已经瘦得吓人，睡衣凌乱地散落在脚边。她听到我进来，转过身，一只胳膊遮住胸脯，另一只遮住胯部。头发披在右肩上，原来所在的位置。我看到肿胀的伤疤，深深的针脚，还有颧骨上凌乱下坠的肉。

“出去！”她叫道，“别这样看着我，你为什么不出去？”

“萨迪，你怎么了？你怎么把睡衣脱了？你怎么了？”

“我尿床了，行吗？我得换件衣服，所以请你出去，让我换衣服！”

我走到床尾，抓起叠在那里的被子，把她裹起来。我拿起被子一角把她的脸遮起来之后，她安静下来。

“去客厅，别绊倒了。抽支烟。我来换床单。”

“别，杰克，很脏。”

---

① 维若妮卡·蕾克（1922—1973），美国著名女电影演员，其遮住右半部脸颊的发型很有名。

我抓住她的肩膀。“克莱顿才会这样说，但他已经死了。不过是一点尿。”

“你确定吗？”

“确定，但是你在走之前……”

我掀开被角，她畏缩着闭上眼睛，一动不动。她在强忍不自在，但是我仍然觉得这是进步。我亲吻已变成一块耷拉皮肉的她曾经的脸颊，又翻起被角，将那半边脸盖住。

“你怎么能做到？”她没有睁开眼睛，问道，“太恐怖了。”

“不恐怖。这只是我爱你的一部分，萨迪。现在，去外面待一会儿，我来换床单。”

我换完床单，想陪她睡，直到她睡着。就像我之前掀开被子时一样，她畏缩地摇摇头。“我不能，杰克。对不起。”

一点一点，慢慢来，我迈着沉重的步子，在凌晨的第一缕阳光中穿过镇子，朝德凯的住处走去时，对自己说，一点一点，慢慢来。

13

四月二十四日，我告诉德凯，我在达拉斯有事要做，问他能不能陪萨迪，我大概九点钟回来。他满口答应，那天下午五点，我坐在南波克街灰狗长途汽车终点站对面，终点站在七十七号公路和依然很新的四车道I-二〇公路的交叉口旁边。我在读（假装在读）最新的詹姆斯·邦德影片《海底城》的海报。

五点半，一辆旅行车停在终点站旁边的停车场。开车的是鲁思·佩因。李走下车，绕到后面，打开车门。玛丽娜怀里抱着琼，从后座下车。鲁思·佩因待在方向盘后面。

李只有两件行李：一个橄榄绿粗呢包，一个垫着棉花的枪盒，带把手的那种。他把行李搬到豪华长途旅游汽车上。驾驶员粗略地看了李的车票一眼，接过手提箱和步枪，放在露天行李架上。

李走向车门，然后转身跟妻子拥抱，亲吻她的两边脸颊和嘴巴。他接过孩子，用鼻子拱了拱她的下巴。琼笑了。李也笑起来，但我看到了他眼里的泪水。他亲了琼的额头一下，抱了抱，然后把琼递给玛丽娜，冲上台阶，头也没回一下。

玛丽娜走向旅行车，鲁思·佩因正站在车旁。琼把手伸向这个上了年纪的女人，鲁思笑着把她接过去。她们在那儿站了一会儿，看着乘客上车，长途汽车开走。

我待在原地，直到长途汽车在下午六点准时驶离。血色的太阳正在西沉，从窗玻璃上的目的地标牌上闪过，短暂地遮住字迹。之后，我终于看清那几个字。那几个字表明奥斯瓦尔德走出了我的生活，至少暂时如此：

新奥尔良快线

我目送汽车爬上I-二〇公路的坡道入口，往东开去。然后我走过两个街区，来到停车处，驾车回约迪。

14

直觉。又一次。

我还是付了西尼利街公寓五月的租金，尽管我得看紧钱包，也没有理由保留房子。我心里的感觉虽然模糊，但很强烈：我应该保留在达拉斯的行动基地。

肯塔基州德比大战开始前两天，我开车去格林维尔大道，准备押五百美元，赌夏德凯取得名次。我想，这么做与赌这匹老马获得冠军相比，不会那么惹眼。我把车停在距离诚信金融四个街区远的地方，锁上汽车。即便在市里的这片区域，在中午十一点，也有必要小心行事。我一开始走得很轻快，但是突然——仍然没什么具体的理由——我的脚步开始慢下来。在距离伪装成借贷机构的赌博窝点半个街区远的地方，我完全停下脚步。再一次，我看见赌注登记人——今天上午没有戴眼罩——靠在店面门口，抽着烟。他站在强烈光照下的门影中间，看起来像爱德华·霍普[①]画作中的人物。他不可能看见我，因为他正盯着停在街对面的一辆汽车。那是一辆奶油色的林肯，挂着绿色牌照，牌照数字上面写着“阳光之州”。这并不是过去很和谐的表现。这车肯定不属于坦帕的爱德华多·古铁雷斯，那个经常微笑着说“我的从新英格兰来的美国佬来了”的家伙。几乎可以肯定，是那个家伙烧掉了我在海滩的房子。

然而，我还是转身回到车里，兜里装着准备下注的五百块。

直觉。

① 爱德华·霍普（1882—1967），美国绘画大师。

第二十四章

1

历史喜欢不断地重复自己，至少我是这样认为的。你不难想象，迈克·科斯劳为萨迪筹措医疗费的计划就是再次排演约迪狂欢会。他说他能把所有演员找回来演他们先前的角色，我们只要把时间安排在仲夏时节，他就能实现诺言——几乎所有人都能参加。埃伦居然答应弹班卓琴，毫不含糊地再唱一遍《开普敦赛马》和《克林奇山乡村舞曲》，尽管她说她的手指从上次演出结束后疼到现在。时间定在七月十二日和十三日，但还有一些问题要解决。

第一重需要跨越的障碍就是萨迪自己，她听到这个想法后惊骇不已。她称之为“寻求施舍”。

“听起来像是从你妈妈那里学来的。”我说。

她盯着我看了一会儿，然后低下头，用手捋头发，遮住损伤的一边脸。“就算是又怎么样？我说错了吗？”

“唉，让我想想。你说的是那女人的人生教诲，那个看到女儿被人砍伤、几乎丧命之后最关心教会的女人。”

“这么做太卑贱了，”她低声说，“博取全镇人的同情，这么做太卑贱了。”

“博比·吉尔出事那会儿你没这么想！”

“你在逼我，杰克。请别这样。”

我坐在她身边，抓起她的手。她把手抽开。我再次抓起她的手。这一次，她任由我抓着。

“我知道这对你很不容易，亲爱的。但是有付出，就有索取。我不知道《传道书》是不是这么写的，但它应该传达了这样的意思。你的健康保险只是个玩笑。埃勒顿医生给了我们优惠——”

“我从没要求——”

“嘘，萨迪。求你了。这叫无偿服务，他愿意这么做。但是还有其他医生。手术费用惊人，我的钱不够花很久。”

“我真希望他杀了我。”她低声说。

“我不许你再这么说。”她听到我的话音中带着愤怒，缩成一团，泪水涌了出来。她现在只能用一只眼睛哭泣。“亲爱的，大家想为你这么做。让他们做吧。我知道你妈妈活在你的脑子里——我想几乎每个人的脑子里都装着妈妈——但是在这件事上你不能让她插手。”

“这些医生也无能为力。不可能恢复到从前的样子。埃勒顿跟我说过。”

“他们能改善很多。”这听起来比说他们“能改善少许”要好一些。

她叹口气。“你比我勇敢，杰克。”

“你很勇敢。你愿意做吗？”

“为了萨迪·邓希尔的慈善表演。我妈妈要是知道了，准会吃惊不小。”

“我得说，那举办这次活动的理由就更充分了。我们要给她寄些剧照。”

她笑了，不过笑容只绽放了几秒钟。她用微微颤抖的手点燃一支香烟，然后又开始捋一边脸颊上的头发。“我一定要到场吗？让大家看看他们的钱花在哪里？就像拍卖台上的美国波克夏猪？”

“当然不是。我相信不会有人晕倒。这里很多人都看过更糟的情况。”我们作为这个农牧区的教员，看到过更糟糕的情况——例如，布丽塔·卡尔森在房屋大火中严重烧伤，达菲·亨德里克森因为他爸爸车库里吊卡车发动机的起重吊架滑落，左手变得像只蹄子。

“我没准备好接受那种目光。我想我永远都没法准备好。”

我真心希望情况不会果真如此。世界上的疯子——约翰·克莱顿们，李·哈维·奥斯瓦尔德这些人——不应该获胜。他们确实取得些许胜利之后，上帝如果不愿他们继续得逞，那普通人就必须胜。他们至少得尝试。但现在不是就这个问题跟她讲道理的时候。

“我要是说埃勒顿医生也同意参加演出，你会怎么想？”

她暂时忘记头发，盯着我。“什么？”

“他想扮演伯莎的屁股。跳舞的矮种马伯莎是艺术系孩子们的创意。她在别人演滑稽短剧时四处闲逛，她的招牌动作是伴着吉恩·奥特里[①]的《重上马鞍》摇尾巴跳快步舞。”（尾巴由伯莎团队尾部的成员用细绳控制。）乡村人没什么高雅的幽默感，会觉得这很有趣。

萨迪开始笑。我看得出笑让她疼痛，但她情不自禁。她躺回沙发里，一只手掌压住额头中央，好像在阻止脑袋爆开。“好吧！”她最终能开口时说，“随你折腾吧，我真想看看那一幕，”然后她盯着我，“我会在彩排时看。你不能让我站到舞台上，让所有人都能看到我，窃窃私语：‘噢，看那个可怜的姑娘。’就这么定好不好？”

“当然好啦。”我说，吻了她。这只是一重障碍。下一重障碍就是说服达拉斯最好的外科手术医生在七月的酷暑中来到约迪，钻到三十磅重的帆布服装底下，充当马屁股，左右腾跃。我根本还没有征得他的同意。

结果，这不成问题。我把想法告诉他时，他兴奋得像个孩子。“我有经验，”他说，“我太太这些年一直说我是个完美的马屁股[②]。”

2

演出地点成了最后一重障碍。六月中旬，李在新奥尔良因为试图向美国军舰“黄蜂”号上的水手散发支持卡斯特罗的传单而被踢下码头，德凯来到萨迪的住处。他亲吻萨迪完好的一边脸颊（不管是谁来探望，她都转开受伤的那边脸），问我想不想出去喝杯冰啤。

“去吧，”萨迪说，“我没事。”

---

① 吉恩·奥特里（1907—1998），美国乡村音乐歌手、演员。

② 意指愚蠢、没用的人。

德凯开车把我带到一家貌似装了空调的餐厅，餐厅名叫草原松鸡，位于镇子南面九英里的地方。时间是下午三点左右，酒吧里只有两位孤独的客人在喝酒，自动唱机没有亮。德凯递给我一块钱。“我出钱，你出力。怎么样？”

我走到吧台，抓起两瓶鹿角啤酒。

“我要是知道你拿鹿角，就自己去了，”德凯说，“伙计，这玩意跟马尿一样。”

“我碰巧喜欢喝，”我说，“当然，我想你在家喝了酒。我记得你说过：‘地方酒吧里的混蛋对我来说品位太高了。’”

“我根本不想喝这该死的啤酒，”萨迪现在不在我们身边，他怒不可遏，“我想做的事情是照弗雷德·米勒的脸来一拳，当然还要对杰西卡·卡尔特罗普穿着蕾丝的屁股踢一脚。”

我知道这些名字，但是，我只是卑微的工资奴隶，从来没有跟两者说过话。米勒和卡尔特罗普占了德诺姆高中学校董事会三分之二。

“说下去，”我接话道，“你既然发这么大的火，告诉我你想把德怀特·罗森怎么办。剩下的那个不是他吗？”

“是罗林斯，”德凯气愤地说，“我会放过他。他站在我们这一边。”

“我不知道你在说什么。”

“他们不让我们用学校体育馆举行狂欢会。尽管我们说时间定在仲夏，体育馆那时候闲在那里。”

“你在开玩笑吗？”萨迪之前告诉我，镇上有些人会反对她，我还不信。愚蠢的老杰克·埃平，依然停留在二十一世纪的科幻奇想之中。

“孩子，我真希望我是在开玩笑。他们担心会发生火灾。我指出我们当初为学生募款时，他们没有过这种的担忧，卡尔特罗普这个婆娘——这个老贱人——说：‘哦，是的，德凯，但那是在学期当中。’

“他们担心，好吧，他们担心一名员工为何会被她的疯丈夫用刀划开脸。他们担心报纸会报道，或者，但愿不会，达拉斯的电视台会曝光。”

“这有什么关系呢？”我问道，“他……耶稣啊，德凯，他根本不是这里的人！他来自佐治亚！”

“他们不在乎这个。他们在乎的是他死在了这儿，他们担心这会给学校、镇子乃至他们自己带来不良影响。”

我听到自己发出哀号，一个正值壮年的男人发出这种声音实在不雅，但情不自禁：“真是无稽之谈！”

“他们为了消除尴尬，希望开除她。但他们不能开除她，于是希望她能在孩子们看到克莱顿在她脸上留下的伤疤之前辞职。该死的小镇，狗屎的虚伪，伙计。弗雷德二十岁时，经常去墨西哥新拉雷多市的妓院鬼混，一个月两次。他要是能从他爸爸那里提前得到零花钱，会去得更勤。还有可靠的消息证明，杰西卡·卡尔特罗普还是斯威特沃特牧场上名不见经传的杰西·特拉普时，十六岁那年变得超胖，大概九个月之后又恢复苗条的身材[①]。我打算告诉他们我的记忆比他们该死的鼻子还要长，我可以不费吹灰之力羞辱他们。”

“他们真的不能因为萨迪前夫的疯狂责怪萨迪……不是吗？”

“成熟点吧，乔治。有时候，你好像是在马厩里出生的，或者是在哪个直心眼的国家出生的。对他们来说这关乎性。对弗雷德和杰西卡这样的人来说，一切都关乎性。他们很可能认为《小顽童》中的阿尔法尔法和斯潘基闲暇时在马厩外面对着达拉手淫，而布克维特在一旁加油。这样的事情发生时，总是女人的错。他们不会直截了当地这么说，但他们心里认为男人是野兽，女人不能驯服男人。好吧，让他们这么想吧，伙计，让他们这么想吧。我不会让他们得逞的。”

“你必须这么做，”我说，“你如果不这么做，萨迪也许会听到什么风声。她现在很脆弱。流言蜚语可能会让她彻底崩溃。”

“是的，”他说，从胸前口袋里摸出烟袋，“是的，我知道。我只是泻泻火。埃伦昨天跟农庄大厅的业主交涉。他们很乐意让我们在那里演出，里面能多容纳五十个人。因为有阳台，你知道。”

“那里不错，”我放心地说，“头脑冷静的人得胜。”

“只有一个问题。他们要四百块两晚。我能出两百，你能不能拿出两百？不能从善款中拿，你知道的。善款只能用于支付医疗费。”

---

① 暗指怀孕生子。

我十分清楚萨迪的医疗费用有多少。我已经拿出三百美元支付她在医院的花费，她那可恶的保险承担不了多少花费。尽管有埃勒顿的好心帮助，其他花费仍在疯狂增加。我还没到捉襟见肘的程度，但快了。

“乔治？你看怎么样？”

“五五分。”我同意。

“那就把你的马尿干掉。我想回镇上了。”

3

我们离开酒吧时，窗户上的一张海报吸引了我的注意。海报上写着：

在闭路电视上观看世纪之战！
来自麦迪逊广场花园的直播！
达拉斯的“铁锤”汤姆·凯斯对阵迪克·泰格！
达拉斯体育馆四月二十九日
此处预售门票

下面并排贴着两张袒露胸脯的肌肉男的照片，戴着手套的拳头举起来。一位年轻而没有伤痕。另一位年长很多，鼻子好像碎过多次。他们的名字让我停下脚步。我在别的地方见过这两个名字。

“想都不要想，”德凯说，摇摇头，“比特犬和可卡犬打斗都会比这场比赛有趣。汤米只是一条老可卡犬。”

“真的吗？”

“汤米很有热情，但现在是四十岁的心脏，四十岁的身体。他现在有个啤酒肚，行动都困难。泰格年纪轻，动作快。他的经纪人要是不出差错，他几年之内就会夺冠。他们让泰格碾碎凯斯这样的人，以此激发泰格，保持他的状态。”

听起来就像是洛奇·巴尔博厄对阵阿波罗·克里德，但是为什么不能这样呢？生活有时候会仿效艺术作品。

德凯说：“花钱到体育馆看电视。好吧，接下来呢？”

“我认为这是未来的潮流。”我说。

“票可能会卖完——至少在达拉斯会是这样——但是这不会改变一个事实，汤姆·凯斯是过去的潮流。泰格会像切冷盘一般将他切碎。农庄大厅的事，你没问题吧？”

“当然。”

4

那是个奇怪的六月。一方面，我很高兴跟狂欢会原班人马一起排练。这是最美好的似曾相识感。另一方面，我发现自己越来越频繁地怀疑，我是否真的打算将李·哈维·奥斯瓦尔德从历史的公式中消除。我不觉得自己缺乏胆量——我已经杀了一个坏人，手段残忍——但一个不争的事实是，我一直跟着他，却又让他溜了。我告诉自己，这得归因于不确定原则，而不是他的家庭，但是我不断看见玛丽娜微笑着在腹前比划双手。我不断思考他到底是不是替罪羊。我提醒自己他十月会回来。当然，我也会问自己，到那时会有什么不同呢？他的妻子依然怀着孩子，不确定之窗依然敞开。

同时，我还要照顾缓慢康复的萨迪，还有账单要付，还有保险单要填（官僚机构在一九六三年跟在二〇一一年同样让人愤怒），还要排练。埃勒顿医生只能到场排练一次，但是他的接受能力很强，把他跳舞的矮种马伯莎的屁股演得活灵活现。他排练一遍之后，告诉我说想把另一位医生拉进治疗萨迪的团队，一位来自麻省总医院的面部专家。我告诉他——带着沉重的心情——让另一位医生加入是个极好的主意。

“你付得起吗？”他问道。“马克·安德森可不便宜。”

“我们会想办法。”我说。

演出日期临近，我邀请萨迪来参加排练。她温柔但坚定地拒绝了，尽管她之前答应至少参加一次彩排。她很少离开屋子，即便离开，也只不过是进入后院的花园。从约翰·克莱顿割伤她的脸然后割喉自杀的那天晚上开始，她再没去过学校，也没去过镇上。

5

七月十二日，从临近中午到下午早些时候，我待在农庄大厅，进行最后的整体彩排。迈克·科斯劳自然承担主持人的角色，就像他自然是闹剧中的喜剧演员一样。他告诉我，星期六晚上的票已经售完，今晚的票售出百分之九十。“还会有很多现场购票的观众会坐满大厅，放心，安伯森。我只希望我和博比·吉尔不会将这次重演搞砸。”

“博比·吉尔和我，迈克。你不会搞砸的。”

一切顺利。不那么顺利的事情是我往蜜蜂树巷里拐时，埃伦·多克蒂的车正好从巷子出来。稍后，我发现萨迪坐在客厅里，没有受伤的一边脸颊上挂着泪水。一只拳头攥着手帕。

“怎么了？”我问道，“她对你说什么了？”

萨迪咧嘴笑了一下，让我吃惊不已。笑得不对称，但仍然不失娇艳女人的魅力。“说的都是实话。请别担心。我给你做个三明治，你告诉我彩排进行得怎么样。”

于是我告诉她。我确实担心，但是当然，我把担心留给自己。也把对爱管闲事的高中校长的评论留给自己。那天晚上六点钟，萨迪检查我的穿着，重系我的领带，然后刷了刷我运动外套肩膀上的棉绒。我不知道里面真有棉绒抑或这只是她的想象。“祝你演出成功，你放手去做吧。”

她穿着旧牛仔裤和衬衫，衣服稍微掩盖了她消瘦的身躯。我记起她在上次约迪狂欢会上穿的美丽裙子。那天晚上，美丽的裙子里面是美丽的人儿。今非昔比。今晚，女孩——一边仍然美丽——在大幕开启时将待在家里，观看重播的电视连续剧《六十六号公路》。

“怎么了？”她问道。

“希望你能去那儿，仅此而已。”

我话一说出口，便开始后悔，但是结果还好。笑容消失，但很快又回到她的脸上。就像太阳穿过一小片云层。“你去那儿，等于我也去了那儿。”维若妮卡·蕾克发型下的那只胆怯的眼睛看着我。“如果你爱我的话。”

“我非常爱你。”

“是的，我想是的，”她亲吻我的嘴角，“我也爱你。所以祝愿你演出成功，替我向大家表示感谢。”

“我会的。你一个人待在家里不害怕吗？”

“我没事。”她并没有回答我的问题，但是她接下来只能一个人待在家里。

6

迈克关于观众现场购票的说法没错。我们在星期五晚上演出之前一个小时把票卖完了。我们的舞台总监，唐纳德·贝林厄姆，八点钟把聚灯光打到舞台上。经历了上次壮观的扔派大战（我们准备只在星期六晚上再这么干，我们决定打扫农庄大厅舞台——加前面几排座位——但只打扫一次），我以为这次会相形见绌，但是这一次同样出色。不过我觉得这次喜剧演出的亮点是该死的舞马。有一回，埃勒顿的前半部分搭档，热心过度的博尔曼教练，差点把伯莎摇下舞台。

观众以为这二三十秒钟绕着脚灯的游走是演出的一部分，为这一逞能之举尽情鼓掌。知道真相的我发现自己陷入了一种也许永远不会再有的矛盾情绪中。我站在舞台一侧，紧靠近乎瘫痪的唐纳德·贝林厄姆，大笑不已，同时紧张得心都吊到了嗓子眼。

那晚的和谐出现在重演环节。迈克和博比·吉尔手牵着手走到舞台中央。博比对观众说："邓希尔女士对我意义非凡，因为她的善良与她基督徒的博爱。在我需要帮助时，她慷慨伸手，她让我学到我们现在正为你们做的事情。谢谢你们今晚到来，以及你们展现的基督徒的博爱。对吧，迈克？"

"对，"他说，"你们是最优秀的。"

他看着舞台左侧。我指向唐纳德，唐纳德正把头埋在电唱机上，唱臂已经抬起，准备播放。这一次，唐纳德的老爸肯定知道他偷了自己的唱片，因为他老爸也在观众中间。

格伦·米勒，那久违的炮手，又唱起《喜悦心情》。舞台上，和着观众有节奏的掌声，迈克·科斯劳和博比·吉尔跳起强劲的林迪舞，跳得比我和萨迪或者克里斯蒂跳得任何一次都更热烈。年轻、快乐与激情让舞蹈绚丽夺目。我看到迈克推动博比·吉尔的手，示意她反向旋转，从他胯下穿过，感觉自己突然回到德里，看着住在堤上的贝弗利和住在沟里的里奇。

一切谐然一致，我想，回声如此完美，你分不清哪个是人声，哪个是鬼声。

霎时间，一切都变得清晰，此时，你发现世界已经不在那里。我们不都对这一点心知肚明吗？这是一个完美平衡的机械装置，呼喊和回声充当轮子和齿轮，这是一只在我们称为生命的神秘玻璃下面鸣响的梦想时钟。后面呢？下面呢，还有周围呢？混乱纷杂，风暴肆虐。男人们拿着锤子、刀、枪。女人们扭曲她们不能支配的东西，蔑视她们不能理解的东西。一个恐惧与失落混杂的宇宙，围绕着一方点亮的狭小舞台，舞台上的人无视黑暗，尽情舞蹈。

迈克·科斯劳和博比·吉尔在他们的时代里舞蹈，时间是一九六三年，那个小平头的时代，落地式电视机的时代，车库摇滚的时代。他们舞蹈的那一天，肯尼迪总统承诺签署一项禁止核试验条约，并向记者声称他"无意让我们的军队陷入东南亚神秘的政治和长久的怨恨之中"。他们像贝弗利和里奇一样舞蹈，像萨迪和我一样舞蹈。舞姿优美，而且，我并非不顾其脆弱而爱着他们，我是因其脆弱而爱着他们。我仍然爱他们。

他们完美结束，双手上举，呼吸急促，面对观众，观众早已起立。迈克给了他们足足四十秒钟鼓掌（很神奇，脚灯能迅速将谦卑的左内边锋变得如此有型），然后请大家安静。最终，大家安静下来。

“我们的导演，乔治·安伯森先生想说几句话。他为这次演出倾注了很多心血和创意，所以，请大家热烈鼓掌。”

我在掌声中走出来，跟迈克握手，亲吻博比·吉尔的脸颊。他们蹦下舞台。我举起双手，示意大家安静，然后开始精心准备的演讲，告诉大家萨迪今晚无法来到现场，但是我代表她感谢大家。任何一位称职的演说家都知道要把目光聚焦到某些观众身上，而我选择的焦点是第三排的一对男女，他们看上去像油画《美国的哥特式建筑》[①] 中的人。他们就是弗雷德·米勒和杰西卡·卡尔特罗普，学校董事会的成员，认为萨迪被前夫袭击很不得体、应当对其不予理睬，拒绝我们使用学校体育馆。

我才讲到第四句，就被惊叹声打断。随后是掌声——一开始是零星的掌声，然后掌声雷动。观众再次站起来。我不知道他们为何鼓掌，直到感觉到一只手轻轻地抓住我的胳膊。我转身看见萨迪站在我的身边，穿着红色裙子。她的脸——两边脸颊——充分暴露。我惊讶地发现，目前的伤疤一旦袒露，并没有我想象的那么恐怖。其中或许有某种普遍规律，但我太过惊讶，无法弄清是什么规律。当然，那深而粗糙的凹陷，逐渐变淡但仍然杂乱无章的针脚让人难以直视。还有那松弛的肌肉，大得不自然的左眼，再也无法跟右眼一起和谐眨动。

但是她在笑，一边脸颊在笑，笑得很迷人。在我的眼里，她简直美如海伦。我拥抱她，她也回抱我，一边笑，一边哭。裙子里面，她的整个身体像紧绷的电线一样弹动。她再次面对观众时，所有人都站起来，都在喝彩，除了弗雷德·米勒和杰西卡·卡尔特罗普。他们环顾四周，看到只有他们两个还坐着，便不情愿地跟其他人一起站起来。

“谢谢你们，”观众安静下来之后，萨迪说，“我发自肺腑地感谢大

---

① 该油画与自由女神像、芭比娃娃、野牛镍币和山姆大叔并称美国文化的五大象征。

家。尤其要感谢埃伦·多克蒂女士。是她提醒我，我要是不来这儿亲眼看看大家，将终身遗憾。我最感谢……”

最细微的停顿。我敢确定观众没有留意到，我是唯一知道萨迪差点在五百名观众面前说出我真名的人。

“……乔治·安伯森。我爱你，乔治。”

这句话博得全场喝彩。在黑暗时刻，连圣人都感到迷惘时，爱的宣言总是有这样的魔力。

7

十点半，埃伦将萨迪——她已精疲力竭——送回家。半夜时分，迈克和我关上农庄大厅的灯，步入小径。“还想聚聚吗，安伯森先生？阿尔说他的餐馆一直营业到凌晨两点，他买了几桶酒。他没有卖酒执照，但我想没有人会逮捕他。”

“我不去了，”我说，“我已经疲惫不堪。明天晚上见吧，迈克。”

我回家之前把车开上德凯的车道。他穿着睡衣，坐在门廊里，抽着烟袋。

“非常特别的夜晚。”他说。

“是啊。”

“这位年轻女士展示了勇气。她很勇敢。”

“确实。”

“你会好好对她吗，伙计？”

“我会尽力。”

他点点头。“她经历了上次的婚姻后，这是她应得的。到目前为止，你表现不错，”他扫了我的雪佛兰一眼，“你今晚或许该把车开回去，停在她门前。过了今晚，我觉得镇上任何人都不会眨一下眼睛。”

他可能说得对，但保险起见，我还是走回去，和之前的很多个晚上一样。我需要时间让自己的思绪冷静下来。我不断看见脚灯照耀下的她。穿着红色的裙子。优雅的脖颈弧线。平滑的脸颊……还有粗糙的半边脸颊。

我到达蜜蜂树巷，走进屋子时，沙发床被折叠起来。我站在那里，疑惑地看着沙发，不知如何是好。然后，萨迪在卧室叫了我的名字——我的真名。声音非常轻柔。

灯亮着，在她袒露的肩膀和一边脸颊打下柔和的光线。她的目光明亮而严肃。“我想你该睡在这儿，”她说，“我想让你睡在这儿。你想吗？”

我脱下衣服，钻到她身边。她的手伸到床单底下，摸到那地方，爱抚起来。“你饿吗？你如果饿，我有奶油蛋糕。”

“啊，萨迪，我饿坏了。”

“那关灯吧。”

8

在萨迪床上的那晚是我一生之中最快乐的时光——不是因为约翰·克莱顿的门在那晚关上了，而是因为我们的门又开启了。

我们做爱之后，我几个月来第一次陷入沉睡。我早上八点钟醒来。太阳已经升起，厨房的收音机里，天使合唱团正唱着《我的男友回来了》。我闻到煎熏肉的香味。她很快就会叫我吃早餐，但还没到时候。还没有。

我把双手垫到脑后，看着天花板，吃惊地想我多么愚蠢——多么固执而盲目——我那天让李踏上去新奥尔良的汽车，没有采取任何措施阻止他。我是否需要知道乔治·德·莫伦斯乔特对袭击埃德温·沃克的行动参与更多，而不仅仅是唆使了一个性情多变的小人物下手？要确定这一点很简单，不是吗？

我问他就是了。

9

萨迪从克莱顿夜闯她家之后，直到今天才恢复胃口，我也是。我们一起吃了六个鸡蛋，外加烤面包和熏肉。她把盘子收进水槽，抽着烟喝第二杯咖啡时，我说我想问她点事。

“你要是想让我今晚再去演出现场的话，恐怕我办不到。”

“是别的事。但是你既然提到了，埃伦到底是怎么跟你说的？”

“说是时候停止顾影自怜，重新加入大游行了。”

“很犀利。”

萨迪往受伤的一侧脸颊捋着头发——不由自主的动作。“埃伦女士向来不是圆滑世故或机智老练的人。她走到这里，叫我别浪费时间。这让我惊讶吗？是的。她说得对吗？对。”她停止捋头发，突然用掌根把头发捋回它原来所在的地方。“我以后的形象就是这样——也许还会有些改善——我想我最好习惯。萨迪准备检验‘美是肤浅的’这句谚语是否正确。”

“这正是我想跟你聊的事。”

“好吧。”她从鼻孔喷出烟雾。

“我假如能把你带到一个地方，那里的医生能修复你脸上的创伤——不是完美修复，但是比埃勒顿医生和他的团队强很多。你愿意去吗？但我们永远都回不来了。”

她皱起眉头。“我们是在空想吗？”

“不是。”

她专注地轻轻熄灭烟头，思考着。“是不是像米米女士去墨西哥进行癌症实验治疗那样？我不认为——”

“我说的是美国，亲爱的。”

“嗯，如果是美国，我不知道我们为什么不能——”

“情况是这样：我可能必须离开。跟你一起，或者独自一人。”

“再也不回来吗？”她警觉起来。

“永远不能。我们两个都不能。原因很难解释。我想你会觉得我疯了。”

“我知道你没有疯。”她的眼神很困惑，但是语气毫不迟疑。

“我可能不得不做些在执法人员看来非常恶劣的事情。其实并不恶劣，但是永远不会有人相信并不恶劣。”

“这……杰克，这是不是跟你告诉我的有关阿德莱·史蒂文森的那件事有关？他说直到太阳从西边出来？”

“从某种角度上讲，是的。但是有个问题。我即使能够完成使命而不被抓住——我想我能做到——也并不会改变你的处境。你的脸依然会带着严重或者轻微伤疤。我要带你去的地方，有埃勒顿做梦才能见到的医疗资源。”

“但是我们永远回不来了。”她不是在对我说话。她是在整理思路。

“是。”撇开别的不说，我们如果回到一九五八年九月九日，面容修复后的萨迪会看到受伤之前的萨迪·邓希尔。我不愿想这样的场景，以免精神错乱。

她起身走到窗前，背对着我在那儿站了很久。我等待着。

“杰克？”

“亲爱的。”

“你能预测未来吗？你能，对吧？”

我沉默不语。

她从窗边转过身。脸色惨白。“杰克，你能吗？”

“能。”我感觉好像有七十磅重的石头从我胸中落下。与此同时，我一阵恐惧。为我们俩，但主要是为她。

“多长……多长时间？”

“亲爱的，你确定你——”

“确定。多长时间？”

“差不多四十八年。”

“我是不是……死了？”

“我不知道。我也不想知道。我们现在在这里。我们在一起。”

她想了想。伤疤附近的红色印记变得惨白，我想走到她身边，但是不敢轻举妄动。她要是尖叫着跑开怎么办？

“你为什么来这里？”

“为了阻止一个人的行动。如果有必要，我会杀了他。我如果能确定他该杀的话。到目前为止，我还无法确定。”

“什么行动？”

“我很肯定他准备四个月后刺杀总统。他会杀了约翰·肯——”

我看到她的膝盖开始弯曲，但是她尽力撑住自己，时间刚好够我在她倒下之前抱住她。

10

我把她抱到卧室，然后走进浴室，用冷水浸湿毛巾。我回去时，她已经睁开眼睛。她看着我。我说不清那是什么眼神。

“我不该告诉你的。”

“或许不该。”她说。但是我在她身边的床上坐下时，她没有畏缩。我用冷毛巾擦拭她的脸颊，绕开创伤，她发出愉快的叹息。伤疤处除了深深的、单纯的疼痛，别的感觉早已不复存在。我擦完之后，她严肃地看着我。“告诉我将要发生的一件事吧。我想你如果要我相信你，必须这么做。像阿德莱·史蒂文森和太阳会从西边出来这样的事情。”

“我说不来。我的专业是英语，不是美国历史。我在高中学的是缅因州历史——这是必修课——但是我对于得克萨斯州几乎一无所知。我不知——”但是我意识到我确实知道一件事。我知道阿尔·坦普尔顿笔记中有关赌博部分的最后一件事，因为我查证过。“万一你需要最后的资金注入。”他写道。

“杰克？”

“我知道在下个月的麦迪逊广场花园的职业拳击赛上谁将获胜。他的名字叫汤姆·凯斯，他会在第五轮中击倒迪克·泰格。我的话要是与事实不符，我想你可以打电话给白大褂了。但是，你能不能把我们的秘密保守到那个时候？很多事情就仰赖这一点。”

“是的，我能做到。”

11

我几乎期待德凯或者埃伦女士在第二天晚上的演出结束之后强留我谈话，表情严肃地告诉我，他们接到萨迪的电话，萨迪说我失去理智。但这事没有发生。我回到萨迪的住处时，桌上有张便条，便条上写着：“你如果想来点午夜甜点，就叫醒我。”

时间还没到午夜，她还没有睡着。接下来的大概四十分钟令人销魂。之后，在黑暗之中，她说：“我现在不必做出任何决定，对吧？”

“不必。”

“我们现在不必谈论这个。”

“不必。”

“或许可以在拳击比赛之后谈这件事。你告诉我的那场比赛。”

“或许。”

“我相信你，杰克。我不知道自己听到你的话之后是否疯了，但是我相信你。我爱你。”

“我也爱你。”

她的眼睛在黑暗中发出闪光——那只美丽的杏眼，那只萎缩但仍然能看见的眼睛。“我不想你发生任何事，我也不想你伤害任何人，除非你必须那么做。永远不要犯错。*永远不要*。你能发誓吗？”

“能。”这很容易。这也是李·奥斯瓦尔德还在苟延残喘的原因。

“你会当心吗？”

“是的。我会很——”

她用嘴巴盖住我的嘴。“因为不管你来自哪里，没有你，我没有未来。我们睡觉吧。”

12

我以为早上对话会继续。我不知道对话如果继续，我会告诉她什么，以及告诉她多少。但是，我后来什么都不用告诉她，因为她没有再问。她问的是义演募集了多少钱。我告诉她，门票收入加上大厅里捐款箱的收入，只有三千多块，她把头缩回去，发出洪亮的美妙笑声。三千块不够她的全部花费，但是她的笑声值一百万……我没有听到她说“没必要麻烦，我可以在未来搞定它”之类的话。她即使真的相信，我也不确定她到底会不会跟我走，也不确定我是不是想带她走。

我想跟她在一起。尽可能长长久久。但是一九六三年……还有一九六三年之后上帝或者众神赐予我们的那些年代或许更好。对我们可能更好。但我可以想见她在二〇一一年的失落，带着恐惧和不安看着一身身露股装和电脑屏幕。我永远不会打她或者对她大喊大叫——不会，我对萨迪不会——但是她依然会成为我的玛丽娜·普鲁沙科娃，生活在一个陌生的地方，永离故土。

13

约迪有个人可能知道我怎么样能够把阿尔最后的赌博选项付诸实践。那就是弗雷迪·昆兰，房产代理人。他在自己家里经营扑克牌游戏，花五分钱就能玩个一刻钟。我去玩过几次。我有几次在那里打牌时，他吹嘘自己在两个方面赌技高超：职业橄榄球和得克萨斯州篮球锦标赛。他说，他之所以在办公室里见我只是因为，天气太他妈的热，他没办法打高尔夫。

“我们在谈论什么交易，乔治？是中等赌注还是全部身家？”

“我想押五百美元。”

他吹起口哨，然后靠回椅子里。双手抱在大肚子前面。时间才刚上午九点，但是空调已经开足马力。成堆的房地产宣传手册在凉爽的气流中鼓动着。“这可是严肃的事情。有好事想要跟我一起分享吗？”

他既然在帮我的忙——至少我希望如此——我便告诉了他。他的眉毛高高扬起，差不多够到发际。

“天啊！你为什么不干脆把钱扔进下水道里？”

“我有预感，仅此而已。”

“乔治，听老头子的话。凯斯和泰格的比赛算不上体育赛事，只是为了闭路电视这新玩意推出的舆论试探。前面可能有些看头，但主要回合只是个玩笑。泰格会得到指令，跟那个老家伙周旋个七八个回合，然后一拳打得他爬不起来。除非……”

他靠上前来，椅子下面的某个地方发出刺耳的声音。“除非你知道些什么。”他又靠回去，噘起嘴唇。“但是你怎么可能知道？上帝啊，你住在约迪。但是你如果知道，会跟朋友分享，对吧？”

“我什么都不知道，”我说，直视他的脸说谎（并且很高兴这样做），“只是一种预感，但是我上次有这种强烈的预感时，赌在世界职业棒球锦标赛中海盗队打败扬基队，赢了一大笔。”

“不错，但你知道有句老话——停摆的时钟一天也能撞对两次。”

“你到底能不能帮我，弗雷迪？”

他露出令人安慰的笑容，然后说傻子很快就会和他的钱分别了。“达拉斯有个家伙，可能会乐意接受。他名叫阿基瓦·罗思。以经营格林维尔大道上的诚信金融为幌子。五六年前从他爸爸手里接管生意，”他压低声音，“问题是，他跟匪帮有牵连，”他把声音压得更低，“卡洛斯·马塞洛。”

这正是我所担心的事，因为这跟有关爱德华多·古铁雷斯的警示一样。我又想起诚信金融对面停着的挂着佛罗里达州车牌的林肯汽车。

“我不知道自己是否想让人看见我出现在那种地方。我可能还想继续教书，可学校董事会里至少有两人已经对我感到厌倦。”

“你可以试试弗兰克·弗拉蒂，就在沃斯堡。他有一家当铺，”他向前靠，仔细看着我的脸，椅子发出一声尖响，“我说什么了？你吞了虫子了吗？”

“哦。我曾经认识一个弗拉蒂。也经营当铺，接受赌注。”

“他们很可能来自罗马尼亚同一个存贷款家族。反正，他可能会接受五百块的赌注——尤其是你这种菜鸟的赌注。但是，你得不到你应得的赔率。当然，你从罗思那里也得不到，但是他的赔率比弗兰克·弗拉蒂高点儿。”

“但是，弗兰克跟匪帮没有牵连，对吧？”

“我想没有，但是谁知道呢？业余赌注登记人，赖以生存的也不是正当业务。”

“我或许该听从你的建议，看紧自己的钱。”

昆兰看起来很惊讶。“不，不，不，别这样。你可以赌芝加哥熊队在国家橄榄球联赛上赢。你能赚一笔。我敢保证。”

14

七月二十二日，我告诉萨迪，我要到达拉斯去办点事，我已经让德凯看护她。她说没必要，她没事。她正在慢慢变回从前的自己。一点一点，很慢很慢，但是，确实正在变回自己。

她没有问我去办什么事。

我的第一站是第一玉米银行，我打开自己在那儿设的保管箱，再三查阅阿尔的笔记，确认我真的记住了我以为自己已经记住的内容。没错，汤姆·凯斯会意外成为赢家，在第五回合击倒迪克·泰格。阿尔肯定是从网上找到这条比赛信息的，因为在那之前很久——敏感的六十年代——他就离开了达拉斯。

“今天还有什么能为您效劳的吗，安伯森先生？”银行经理陪我走到门口时说道。

嗯，你可以来一段祷告，祈祷我的老兄阿尔·坦普尔顿没有轻信网络垃圾信息。

“或许吧。你知道我能在哪儿找到演出服装店吗？我要出席我外甥的生日聚会，我要扮演魔术师。”

林克先生的秘书，迅速浏览一下黄页，指给我央街上的一处地址。我在那儿买到自己想要的东西。我把东西放在西尼利街的住处——我还在付租金，房子终于派上用场。我还留下左轮手枪，将它放在衣柜上面的格子里。从楼上台灯里拆下来的窃听器，被我放进车内的手套箱，跟可爱的日本录音机在一起。我会在回约迪的路上找处灌木丛，把它们处理掉。它们对我已经没有价值。楼上的房子还没人租住，房子如幽灵般寂静。

我离开尼利街之前，沿着围起来的侧院走了一圈。就在三个月之前，玛丽娜拍下李抱着步枪的照片。除了饱经践踏的土地和几丛杂草，院子里别无他物。然后，我正要转身离开时，确实看到了什么：屋外的台阶上发出红色的闪光。是婴儿的拨浪鼓。我把拨浪鼓捡起来，放进雪佛兰的手套箱，跟窃听器放到一起。但是，我把它留了下来。我不知道为什么。

15

我的下一站是辛普森·斯图尔特路上的农场主房屋，乔治·德·莫伦斯乔特和他的妻子珍妮住在那儿。我一看到房子，就放弃与这个乔治会面的计划。一方面，我不知道珍妮什么时候在家什么时候不在，而这场特别的对话只能发生在两个人之间。另一方面，这里不够隐蔽。保罗·奎因学院，一所全黑人学校，就在附近。学校肯定开设了夏季课程。没有成群的孩子，但是我看到的孩子不少，有的走路，有的骑单车。我不能在这里实施计划。我们的对话有可能会很吵闹。有可能根本不是讨论——至少，不是韦氏词典定义的那种讨论。

有东西吸引了我的眼球。那东西位于莫伦斯乔特宽大的屋前草坪上。洒水喷头在草坪上优雅地旋转，制造出众多小小彩虹，彩虹似乎能被装进口袋。一九六三年不是选举年，但是在四月上旬——正当某人袭击埃德温·沃克将军之际——第五区的代表突发心脏病死亡。八月六日，会有一场针对该空缺的第二轮选举。

标牌上写着："选詹金斯进入第五区！'罗比'罗伯特·詹金斯，达拉斯的白人骑士！"

根据报纸的报道，詹金斯确实是这样的人，一名跟沃克和沃克的精神顾问比利·詹姆斯·哈吉斯看法完全一致的右翼分子。罗比·詹金斯支持州权，支持学校隔离但是平等，支持在古巴周围重新建立封锁。正是德·莫伦斯乔特称为"美丽岛屿"的古巴。这个标牌加固了我对德·莫伦斯乔特业已形成的感觉。他从根本上说是个半吊子，根本没有政治信仰。无论是谁，只要让他高兴或者把钱放进他的口袋，他都会支持。没有人会把钱放在李的口袋，——他穷困潦倒——但对社会主义一本正经，忠心耿耿，野心勃勃，充分满足了德·莫伦斯乔特在信仰方面的需要。

有一点显而易见：李那贫穷的脚从来没有踏上这片草坪或者这栋房子的地毯。这是德·莫伦斯乔特的另一重生活……他的多重生活之一。我觉得他有好几重生活，每一重都无比私密。但我的核心问题仍然没能得到解答：他是不是无聊至极，陪李一起刺杀法西斯怪兽埃德温·沃克？我对他的了解还不足以让我做出有根据的判断。

但是，我会的。我铁了心要弄个明白。

16

弗兰克·弗拉蒂当铺的窗户上贴着"欢迎光临吉他总汇"，里面有很多吉他出售：声学吉他，电子吉他，十二弦吉他，还有一把带着双音桥板的吉他。我想起在克鲁小丑乐团录像里看到的东西。当然，还有破产者留下的其他杂七杂八的东西：戒指，胸针，收音机，小家电。

接待我的女人身材清瘦（和上次不同），穿着裤子和“船与岸”牌女衫，而不是紫色裙子和拖鞋。但是冷酷的表情跟我在德里遇到的那个女人别无二致。我听到同样的话从自己的嘴里说出来。总之，我觉得自己好像是在从事政府工作。

“我想跟弗拉蒂先生谈一桩数额巨大、跟体育有关的生意。”

“是吗？说明了，是不是赌博啊？”

“你是条子吗？”

“是的，我是达拉斯警察局的柯里局长。你从眼镜和面相看不出来吗？”

“我没看到眼镜和面相，夫人。”

“那是因为我伪装了。你想赌什么？现在已经是仲夏了，伙计。没什么好赌的。”

“凯斯对泰格。”

“哪个拳击手赢？”

“凯斯。”

她翻了翻眼睛，朝背后喊了一声：“最好出来一下，爸爸。有个冤大头来了。”

弗兰克·弗拉蒂的年纪至少是查兹·弗拉蒂的两倍，但是两人的长相仍然存在相似之处。他们肯定是亲戚。我要是说起我曾经在缅因州德里市的弗拉蒂先生那里赌过，我们肯定能开心地聊一会儿，感叹这个世界多么狭小。

我没有这样做，而是直奔主题。我可不可以押五百块赌汤姆·凯斯在麦迪逊广场公园里打败迪克·泰格？

“当然可以，”弗拉蒂说，“你还可以拿通红的烙铁戳自己的屁股，但是你为什么要这么做呢？”

他女儿发出短暂但响亮的笑声。

“能给我什么样的赔率？”

他看着女儿。她举起双手，伸出左手的两根手指，右手的一根手指。

“二比一？这太荒谬了。”

“人生本来就很荒谬，朋友。你要是不相信我，就去看尤内斯库[1]的戏剧，我推荐《责任的牺牲者》。”

不过，他没有像他德里的亲戚一样，称我伙计。

“跟我一起玩玩吧，弗拉蒂先生。”

他拿起一把蜂鸟民谣吉他，开始弹奏。弹得非常快。“那就让我也有的玩，不然就去达拉斯，那里有个叫——”

“我知道达拉斯的那个地方。我更喜欢沃斯堡。我在这儿住过。”

“你选择我这里比选择汤姆·凯斯更明智。”

“我赌凯斯七局之内击倒对方怎么样？这样能有多大赔率？”

他看着女儿。这一次，她伸出左手的三根手指。

“五局之内击倒对方呢？”

她慎重思考一会儿，然后伸出第四根手指。我决定不再继续问。我在登记簿上写下名字，给他看驾照上的地址，用拇指遮住我在约迪的地址，跟近三年前在诚信金融赌海盗队获胜时如出一辙。然后，我递过现金（这几乎是我剩余流动资金的四分之一），把收据塞进钱包。两千块足够支付萨迪剩下的医药费，并让我度过在得克萨斯州剩下的时间。而且，我不想像痛宰查兹·弗拉蒂那样痛宰这个弗兰克·弗拉蒂，尽管查兹给我设下比尔·图尔考特这个美丽的陷阱。

“我会在比赛第二天回来，”我说，“把我的钱准备好。”

女儿笑着点支烟。“这不是合唱队女孩对大教主说的话吗？”

“你是不是碰巧叫玛乔丽？”我问。

她僵住，香烟叼在嘴里，烟雾从嘴唇中间往外冒。“你怎么知道？”她看到我的表情后笑了，“事实上，我叫旺达，赌徒。我希望你的手气比你猜名字的运气好。”

我朝汽车走时，也如此希望。

---

① 尤内斯库（1909—1994），罗马尼亚籍法国剧作家，荒诞派戏剧最著名的代表之一。

第二十五章

1

八月五日上午，我跟萨迪在一起，直到他们把她放上推床，推进手术室。埃勒顿医生在里面等着她，还有其他几位医生，人数足够组建一支篮球队。她的眼睛周围涂满外用麻醉剂。

“祝我好运吧。”

我弯下身亲吻她。“愿世界上所有的好运与你相伴。”

三个小时后，她被推回病房——同样的病房，墙上挂着同样的图片，同样恐怖的蹲式便桶——睡得很沉，打着鼾，左脸被新绷带包裹着。肩膀丰满的朗达·麦金利护士让我跟她待在一起，直到她恢复点意识，这严重违反医院的规定。在过去的国度里，探视时间更加严格。当然，护士长对你有好感时另当别论。

“你怎么样？”我抓住萨迪的手，问道。

“痛。想睡觉。”

“那就继续睡吧，亲爱的。”

“或许下次……”她发出一阵可怕的嘶嘶声，闭上眼睛，但又挣扎着睁开眼睛，“……会好点。在你的地方。”

然后，她睡着了。而我有些事情要考虑。

我来到护士站，朗达告诉我，埃勒顿医生在楼下的自助餐厅里等我。

“我们今晚对她留观，很可能明天也得这样，”他说，“我们最不想看见发生任何形式的感染。”（我后来回忆这些经历，觉得这件事有些滑稽，但不是非常滑稽。）

“怎么样？”

“跟预想的一样顺利，但是克莱顿造成的伤害真的非常严重。根据她的恢复情况，我准备把第二次手术安排在十一月或者十二月。”他点支烟，吐了一口，说道：“这是个强大的外科团队，我们会尽一切努力……但是，事情总有限度。”

“是的，我明白。”我很确定我还知道别的事情：再也不会有手术了。至少在这里不会有了。萨迪的下一次手术不会用到刀。用的是激光。

在我的地方。

2

经济拮据终于来咬我的屁股了。我为了每个月能省八块到十块钱，把尼利街房子的电话停掉了，而现在我需要用电话。但是，四个街区外有家连锁便利店，便利店可乐冰柜旁边有个电话亭。我把德·莫伦斯乔特的号码写在一片纸上。我走进这个电话亭，扔进一角硬币，拨通号码。

“德·莫伦斯乔特家，有什么能为您效劳的？”不是珍妮的声音。女佣，可能是——莫伦斯乔特的钱是从哪里来的？

“我想找乔治接电话。”

“恐怕他在办公室，先生。”

我从胸前口袋里抓出一支笔。“你能告诉我他的电话号码吗？”

“可以，先生，查佩尔，五一六三二三。”

“谢谢。”我把号码写在手背上。

“先生，你如果联系不上他，我能说是谁打来的吗？”

我挂断电话。一阵寒意又将我包裹。我坦然接受。如果说我需要冷静和清晰，那就是现在。

我又丢进一枚一角硬币，秘书告诉我，这里是电话公司。我告诉她我要找乔治·德·莫伦斯乔特。她当然想知道我有什么事。

“告诉他事关让-克洛德·杜瓦利埃[1]和李·奥斯瓦尔德。告诉他这对他有好处。”

“您贵姓，先生？”

“普通人”肯定说不过去。“约翰·列侬。”

“请稍等，列侬先生。我看他在不在。”

等候时间没有预录音乐，总体上是个进步。我靠在滚烫的电话亭侧壁上，盯着标牌上的字：“吸烟请开风扇”。我没有吸烟，但还是打开风扇。可无济于事。

耳朵里喀达一声，吓得我一阵畏缩，秘书说：“已经接通了，先生。”

“喂？”那个热情的演员的声音，“喂？列侬先生？”

“你好。电话线路安全吗？”

“你什么意……当然安全了。等一下，我去关上门。”

我等了一会儿，然后他回来了。“什么事？”

“有关海地，朋友。石油租赁。”

“跟杜瓦利埃先生和奥斯瓦尔德那家伙有什么关系？”他的声音里没有担心，只有好奇。

“噢，你对他们都很了解，”我说，“怎么不继续叫他们的绰号，杜小子或者李？”

“我今天很忙，列侬先生。你如果不告诉我是什么事，我恐怕得——”

“杜小子可以批准你想了五年多的海地石油租赁权。你知道这一点。他是他爸爸的得力助手，掌管秘密警察部队通顿马库特，是大位的接班人。他喜欢你，我们喜欢你——”

德·莫伦斯乔特的声音不再像演员，更像是个真实人物。“你说我们，是不是——”

“我们都喜欢你，德·莫伦斯乔特，但是你跟奥斯瓦尔德的牵连让我们担心。”

---

① 让-克洛德·杜瓦利埃（1951—2014），一九七一年至一九八六年任海地总统。

“耶稣啊，我几乎不认识那家伙！我已经有六个月或者八个月都没见他了！”

“你复活节见过他。还给他女儿买了只玩具兔子。”

他沉默了很久。“好吧，我想是的。我忘记这件事了。”

“你忘记有人袭击埃德温·沃克吗？”

“那跟我有什么关系？或者跟我的生意有什么关系？”他的声音疑惑而愤怒，几乎不容置疑。关键词：几乎。

“得了吧，”我说，“你说过是他干的。”

“我是在开玩笑，去他妈的！”

我停顿了两秒，然后说：“你知道我为哪家公司效力吗，德·莫伦斯乔特？我会给你点儿提示——不是标准石油公司。”

电话里一阵沉默，德·莫伦斯乔特正在思考我的胡说八道。但我的话不完全是胡说八道。我知道玩具兔子，知道他的妻子看到步枪之后，他大笑着说李怎么在将军身上失手了。结论很清晰。我的公司就是中央情报局。现在德·莫伦斯乔特脑子里唯一的问题就是——希望如此——毫无疑问，他非常有趣的生活有多少被我们窃听了。

“这里面有误会，列侬先生。”

“希望如此，为了你好。因为在我们看来，好像是你鼓励他发动袭击。不停说沃克是个什么法西斯主义者，会怎么成为美国的希特勒。”

“事实根本不是这样！”

我没有理会。“但这不是我们最担心的事。我们最担心的是，你四月十日参与了奥斯瓦尔德先生的行动。”

“噢，我的天哪！疯了！”

“你如果能证明这一点——你如果发誓将来远离那个不安的奥斯瓦尔德先生——”

“他在新奥尔良，上帝啊！”

“闭嘴！”我说，“我们知道他在哪儿，他在干什么。散发公平对待古巴委员会的传单。他如果不立即停止，会进监狱。”的确如此。而且就在一个星期之内。他的舅舅杜茨——跟卡洛斯·马尔切洛有联系——会保释他。“他很快就会回达拉斯，但是你不能再见他。你的把戏结束了。”

“我跟你说，我从来没有——”

“石油租赁权可以给你，但是你要证明你四月十日没有跟奥斯瓦尔德在一起。你能做到吗？”

“我……让我想想。”他停顿许久。“是的，是的，我想我能。”

“那我们见个面吧。”

“什么时候？”

“今晚。九点。我要向上头报告。我如果编个由头给你时间，他们会很不高兴。”

“来我家吧。我会让珍妮去和她的女伴看电影。”

“我想到了另外一个地方。你不用问路就能找到那里。”我告诉他我的想法。

“为什么去那里？”他实在很疑惑。

“只管来就是了。朋友，你如果不想杜瓦利埃父子对你发火，一个人过来。”

我挂断电话。

3

我六点钟准时回到医院，探视萨迪半个小时。她又清醒过来，说疼痛不很严重。六点半，我亲吻她完好的那边脸颊，告诉她我得走了。

“执行任务吗？”她问道，“关键任务吗？”

“是的。”

“不到万不得已，不要伤害任何人。对吧？”

我点点头。“永远不出差错。”

“当心。”

“就像在鸡蛋上行走。”

她想笑。结果笑容变成畏缩，因为左边脸颊上刚做过手术的皮肤绷得很紧。我转身走向站在门口的德凯和埃利。他们穿得异常整齐，德凯身着夏日西装，系着蝶形领结，戴着牛仔帽，埃利穿着粉色丝裙。

“我们可以等，你如果需要再待一会儿的话。”埃利说。

“不，进来吧。我正要离开。但是别待太久，她累了。”

我又亲了萨迪两次——干燥的嘴唇和湿润的额头。然后我开车回西尼利街。摊开从演出服装饰品店里买来的装备。我在浴室镜子前面小心翼翼地工作，反复查看说明。我希望萨迪能在这里帮我。

我不担心德·莫伦斯乔特会看我一眼，说“我不是见过你吗”；不过我想确保他以后不会认出“约翰·列侬”。考虑到他的品性，我可能还得回来找他。如果必须那样做，我想出其不意。

我先粘上胡子。胡子很浓密，让我变得像是约翰·福德[①]西部电影中的不法之徒。然后我化妆，在脸上和手上涂上牛仔的肤色。我戴上角质架镜框、白玻璃镜片的眼镜。我突然想到染发，但我又想到克莱顿，便无法接受染发。我戴上圣安东尼奥子弹队棒球帽。我做完这一切之后，差点认不出镜子里的自己。

“不要伤害任何人，除非逼不得已，”我对镜子里的陌生人说，“永远不出差错。明白吗？”

陌生人点点头，但是平光眼镜后面的眼睛非常酷。

我离开之前做的最后一件事是从衣柜格子里取出左轮手枪，装进口袋。

4

我提前二十分钟到达梅赛德斯街尽头废弃的停车场，但是德·莫伦斯乔特已经在那儿，华丽而俗气的凯迪拉克抵着蒙哥马利-沃德百货公司仓库后面的砖墙。这意味着他很焦急。很好。

---

① 约翰·福德（1894—1973），美国著名电影导演。

我环顾四周，以为会看到跳绳女孩，但是她们晚上肯定在家里——可能正睡觉，梦见查理·卓别林跑到法国去！为了看女人跳舞！

我把车停在德·莫伦斯乔特的座驾旁边，摇下窗户，伸出左手，弯曲食指，做出召唤的手势。开始，德·莫伦斯乔特坐在车里，好像不确定要怎么办。随后，他下了车。昂首阔步的姿态已然不再。他看起来异常恐惧，鬼鬼祟祟。这很好。他的一只手里拿着一个文件夹。从文件夹的厚度来看，里面的内容不多。我希望那不是个道具。如果是，我们得一起跳舞了，而且跳的不是林迪舞。

他打开车门，弯下身，然后说："听着，你不会杀了我什么的吧？"

"不会，"我说，希望声音听起来不耐烦，"我要是联邦调查局的人，你可能得有所顾虑。但我不是，而且你知道我不是。你之前已经跟我们做过生意。"我恳求上帝，希望阿尔笔记上的相关记录无误。

"这辆车安了窃听器，对吧？"

"你如果说话的时候小心点儿，就不必担心，好吗？进来吧。"

他坐上车，关上车门。"有关租赁权——"

"你可以换个时间讨论这个，跟别人讨论。石油不是我的专长。我的专长是对付不明智的人。你跟奥斯瓦尔德的关系就很不明智。"

"我很好奇，仅此而已。他这个人，成功地投奔苏联，之后再次投奔美国。他是个受了点教育的乡下人，但又令人惊奇地狡黠。还有……"他清清嗓子，"我有个朋友想上他老婆。"

"我们知道，"我想起布埃——又一个乔治，似乎有一大堆乔治。多么高兴，我将逃离过去的回声室。"我唯一感兴趣的事就是，确定你跟沃克遇袭事件没有任何关联。"

"看看这个。我从太太的剪贴簿里拿出来的。"

他打开文件夹，从里面抽出一张纸，递过来。我打开雪佛兰的顶灯，希望我的肤色看起来不像是经过化妆。不过，谁在乎呢？这对德·莫伦斯乔特来说，可能不过是间谍的一个小伎俩。

那张纸取自四月十二日的《新闻晨报》。我记得这个栏目。"城市周边"很可能比世界和全国新闻更受大多数达拉斯人关注。有很多粗体字印刷的人名，还有很多穿着晚礼服的男人和女人的照片。德·莫伦斯乔特已经用红笔圈出页面中间的一小段文字。相应的照片上的确是乔治和珍妮。他穿着男士晚礼服，咧着嘴笑，露出的牙齿似乎跟钢琴上的琴键一样多。珍妮大胆地露出乳沟，桌边第三个人似乎正盯着她的乳房看。三个人都端着香槟玻璃酒杯。

“这是星期五的报纸，”我说，“沃克遇袭事件发生在星期三。”

“‘城市周边’新闻总是滞后两天。因为新闻关乎夜生活，明白吗？还有……别只看照片，请看内容，兄弟。就在那里，白纸黑字！”

我瞅了一眼，一看到报纸上粗体字印刷的另一个人的名字，就知道他说的是实话。回声宛如混响设备上的吉他放大器一般响亮。

星期三晚上，当地石油大亨**德·莫伦斯乔特**携妻子**珍妮**在旋转木马夜总会举杯（或许是十几杯！）庆祝美丽夫人的生日。多大年纪？这对恩爱夫妻没有说，但是她看起来不超过二十三岁（走开！）。**旋转木马**快乐的大亨**杰克·鲁比**是他们的东道主，杰克送了一瓶香槟酒，然后跟他们一起祝酒。生日快乐，**珍妮**，愿你长命百岁！

“香槟质量不高，我一直到第二天下午三点才从宿醉中清醒，但是如果你满意，那也值了。”

我满意，同时也很好奇。“你跟鲁比这家伙关系怎么样？”

德·莫伦斯乔特吸了下鼻子——张开鼻孔的一次简单呼吸，将其势利本性展露无遗。“不怎么熟，也不想跟他熟。他是个疯狂的犹太人，靠免掉酒钱来收买警察，这样他动粗时警察能睁只眼闭只眼。他喜欢动粗。他的脾气迟早会给他惹麻烦。珍妮喜欢脱衣舞表演。她觉得很性感。”他耸耸肩，好像在说，谁能理解女人呢。“现在你是否——”他往下看，看到我手里的枪，停止说话。他瞪大眼睛，伸出舌头舔着嘴唇。舌头缩回嘴里时发出奇怪的吞咽声。

“我是否满意？你是不是想这么问？”我用枪管抵着他，听到他的喘息，开心不已。杀人会改变一个人，我告诉你，杀人者会变得粗野。不过，我得说，要说有什么人应该被恐吓，那就是这个人。玛格丽特对小儿子的未来负有一部分责任，李自己负有很大的责任——那尚未形成的光荣梦想——但是德·莫伦斯乔特难辞其咎。这是不是中央情报局内部策划的复杂阴谋？不是。贫困戏弄了李。变态人格电炉烘烤的愤怒和失望也戏弄了李。

“求你了。”德·莫伦斯乔特低声说。

“我满意。但是听着，你这个谎话连篇的家伙：永远不要再跟李·奥斯瓦尔德见面。永远不再给他打电话。永远不要将我们今天的对话向他妻子、母亲、乔治·布埃，或者其他任何流亡分子透露一个字。你明白吗？”

“明白。当然明白。我对他也厌倦了。”

“我对你加倍厌倦。我如果发现你跟李聊天，会杀了你。明白？”

“明白。租赁权……”

“会有人跟你联系。现在给我滚下车去。”

他下了车，动作飞快。他坐到凯迪拉克的方向盘后面后，我再次伸出左手。这一次不是召唤他，而是用食指指向梅赛德斯街。他走了。

我在车里坐了一会儿，看着他慌忙之中忘了带走的剪报。德·莫伦斯乔特和杰克·鲁比举起酒杯。这到底是不是指向阴谋的一个路标？相信枪手会突然从下水道里冒出来或者奥斯瓦尔德们会阴魂不散这类事情的蠢货们可能会这么想。但我更清楚。这只是又一个和声。这是过去的国度，这里一切都在回响。

我感觉自己已经将阿尔不确定的窗户关到最小。奥斯瓦尔德将于十月三日回到达拉斯。根据阿尔的笔记，他将于十月中旬被得克萨斯教科书仓库大楼雇为普通劳工。这件事很可能不会发生，因为我准备在三日到十六日之间，结束这个可怜而又危险之人的生命。

5

八月七日，我得到允许，将萨迪从医院接出来。在我们回约迪的路上。她沉默不语。我知道她仍在经受巨大的疼痛。但是，在我开车的全程中，她几乎一直将一只手搁在我的大腿上。我们在德诺姆狮子队广告牌处转下七十七号公路时，她说："我准备九月回学校。"

"你确定吗？"

"是的。我能在农庄站在全镇人面前，我想我也能面对学校图书馆里的学生。此外，我觉得我们需要钱。除非你有我不知道的收入来源，不然你应该快要破产了。都是因为我。"

"我这个月底应该有笔进账。"

"拳击比赛吗？"

我点点头。

"好。我只需要听别人的私语和窃笑一小会儿。你要去的话，我会陪你，"她停顿一下，"如果你想要我陪的话。"

"萨迪，我只想要你陪。"

我们转上主街。杰姆·尼达姆刚刚用卡车送完奶。比尔·加弗里正将盖着棉纱的新鲜面包放到面包店前。在一辆驶过的汽车里，简和迪安乐队正唱着"在海浪城市，每个男孩都有两个女友"。

"我会喜欢吗，杰克？你的地方？"

"希望如此，亲爱的。"

"有很大不同吗？"

我笑了。"汽油更贵，按钮更多。除此之外，大同小异。"

6

那个炎热的八月近似我们心中的蜜月，格外甜美。我跟德凯·西蒙斯友好这个借口已经不重要，尽管我晚上仍然把车停在他的车道上。

萨迪从之前的修复手术中迅速恢复，尽管她的眼睛下垂，脸颊依然留有伤疤，克莱顿割穿到嘴巴里的地方深深凹陷，但她有了明显的改善。埃勒顿和他的团队基于现有条件，把活干得很棒。

我们肩并肩坐在她的沙发上读书，电扇将我们的头发吹到后面——她读《群体》，我读《无名的裘德》。我们在后院珍贵的黄连树下用餐，喝很多冰咖啡。萨迪再次减少吸烟量。我们看电视剧《皮鞭》《本·凯西》和《六十六号公路》。一天晚上，她调到《埃勒里·奎因新历险记》，但是我让她换个台。我不喜欢推理剧，我说。

睡觉之前，我小心翼翼地往她受伤的脸上抹药膏，我们一旦上床……就很美妙。适可而止吧。

有一天，我在杂货店外面撞见正直的学校董事会成员杰西卡·卡尔特罗普。她说她想跟我聊聊所谓“微妙的话题”。

“聊什么，卡尔特罗普女士？”我问，“因为我这儿有冰激凌，我想尽快回家，免得它化了。”

她冷冷地笑了一下，那冷气足以让我的法国香草冰激凌几个小时不化。“家是不是在蜜蜂树巷上，安伯森先生？跟不幸的邓希尔小姐在一起？”

“这关你什么事？”

笑容变得更冷。“我作为学校董事会成员，得确保教员没有道德问题。你如果和邓希尔小姐同居，这件事跟我密切相关。青少年容易受到影响。他们会模仿成年人的行为。”

“你这样觉得？我大概教了十五年书，我会说，他们观察成人的行为，然后赶紧转身，跑向相反的方向。”

“我相信我们可以就你如何看待青少年心理进行一场启发式的讨论，安伯森先生。但我今天不想和你聊这个，我很不安，”她看起来一点都没有不安，“你如果跟邓希尔小姐犯下罪恶——”

“犯下罪恶，”我说，“有句话很有意思。耶稣说你们中间谁是没有罪的，谁就可以先拿起石头。你没有罪吗，卡尔特罗普女士？”

“我们要讨论的不是我。”

“但我们可以引领大家讨论你。我可以让大家讨论你。我可以，比如说，让大家谈谈你从前抛弃私生子的事。”

她退后几步，好像被抽了一巴掌，快要靠上市场的砖墙。我上前两步，装杂货的袋子在我的胳膊里卷了起来。

“我觉得你的话很可憎。你如果还在代课，我会——”

“我敢肯定你会，但是我不代课了，所以你给我听仔细了。我知道你十六岁住在牧场时怀了孩子。我不知道孩子的父亲是你的校友，某个淫棍，还是你爸爸——”

“你真恶心！”

这话的确恶心。但有时很解恨。

“我不关心孩子的父亲是谁，我只关心萨迪。她经历的痛苦和伤心比你一辈子经历的都多。”我已经把她按在砖墙上。她抬头看着我，眼里充满恐惧。在另一个时空里，我可能会为她感到难过。但不是现在。“你如果说萨迪一个字——对任何人说一个字——我会找出你那孩子，我会将丑闻从城市的一端传到另一端。你听到了吗？”

“闪开！让我走！”

“你听到了吗？”

“听到了！听到了！”

“很好。”我往后退，“过你的日子，卡尔特罗普女士。我怀疑你十六岁之后一直很阴郁——尽管很忙，调查别人的家丑确实会让一个人很忙——但是你过你的日子，我们过我们的日子。”

她往左边侧身，沿着砖墙朝市场后面的停车场走去。她眼睛鼓胀，目光一刻也没从我身上离开。

我愉快地笑了。“我当这次聊天从来没有发生，但我还想给你点儿建议，小姐。这是我的肺腑之言。我爱她，别惹恋爱中的男人。你如果把我的事——或者萨迪的事——搞砸了，我会不惜一切让你成为得克萨斯州最可怜的下流婊子。我说到做到。”

她朝停车场跑去。跑得很难看，她肯定一直庄严地行走，很久没有以这么快的速度移动过。她穿着长及胫骨的褐色裙子，不透明的肉色长筒袜，惹眼的褐色鞋子，她就是那个时代的精神。她的发髻变得有些松散。毫无疑问，她从前披过头发，男人喜欢那种发型，但那是很久以前了。

“过得开心！”我在她身后喊道。

7

我正把东西收进冰箱时，萨迪走进厨房。“你去了很久。我都开始担心了。”

“我跟人聊天呢。你知道约迪就是这样。总能找到人打发时间。”

她笑了。现在笑容更加自然。“你真可爱。”

我谢谢她这么说，告诉她她是个可爱的女孩。我在想，卡尔特罗普女士会不会向弗雷德·米勒——学校董事会里的另一名成员，自视为城市道德的守护者——报告。我不这么认为。我不仅说出她年轻时的孟浪之举，还恐吓了她。这对莫伦斯乔特有用，对她也有用。恐吓别人并不光彩，但是这个恶人总得有人来做。

萨迪穿过厨房，一只胳膊抱住我。“学期开始之前，去坎德尔伍德小屋待一个周末怎么样？就像以前那样。我想萨迪很冒失，不是吗？”

“嗯，看情况，”我抱住她，“我们是在谈一个下流的周末吗？”

她的脸除了伤疤之外都红了。伤疤处的肌肉仍然惨白发亮。“绝对下流，先生。”

“那么，越快越好。”

8

实际上，那并不是个下流的周末，除非你觉得——像杰西卡·卡尔特罗普们那样——做爱很下流。确实，我们花了很多时间在床上，但是也花了很多时间在户外。萨迪走路从不觉得累，坎德尔伍德后面小山的一侧有片开阔的田野。夏末的野花竞相开放。我们星期六下午的大部分时间都在田野里。萨迪可以叫出一些花的名字——凤尾兰，蓟罂粟，丝兰草——但是她对其他的只能摇摇头，弯下腰闻闻香气。我们手牵着手散步，颀长的野草轻拂我们的牛仔裤，蓬松的云彩飘荡在得克萨斯高高的天空。长长的光影在田间滑动。那天还刮着微风，空气中没有炼油厂的气味。我们走到山顶，转身往回看。树木点缀的草原上，平房显得格外渺小，公路宛如一条丝带。

萨迪坐下来，膝盖顶着前胸，胳膊抱住小腿。我在她身旁坐下。

“我想问你点事。”

“问吧。”

“不是问……你从哪里来……你知道，我现在还没那个心思。我要问的是你要阻止的人。你说会杀害总统的那个人。”

我思忖一会儿。“很微妙的话题，亲爱的。你记不记得我告诉过你，我正在接近一台长满尖牙的巨大机器？”

“记得——”

“我说我摆弄它时，不希望你在我身边。我已经说得太多，我不该说这么多。因为过去不想被改变。你试图改变时它会反击。潜在的改变越大，反击就越厉害。我不希望你受伤。”

“我已经受伤了。”她平静地说。

“你是不是想问，这是不是我的错？”

“不，亲爱的，”她把一只手放到我的脸上，“不。”

“嗯，可能是的，至少在一定程度上是。有种东西，叫蝴蝶效应——”我们前面有成百上千只蝴蝶飞舞，它们仿佛是要解释这一效应。

“我知道是什么意思，”她说，“雷·布拉德伯里有本小说跟这个有关。”

“真的吗？”

“小说叫《一声惊雷》。很美妙，但很揪心。但是杰克——你出场之前很久约翰尼就疯了。你出场之前很久我就离开他了。你如果没有出现，也许会出现别的男人。我敢肯定这个人不会像你这么好，但是我无从知道，不是吗？时间就是长满枝桠的树。”

“你想了解那家伙哪方面的信息，萨迪？”

“主要是，你为什么不打电话给警察——当然，打匿名电话——告发他呢。”

我扯下一根草，一边咀嚼，一边思考。进入我脑海的第一件事就是德·莫伦斯乔特在蒙哥马利-沃德百货公司停车场里所说的话：“他是个受了点教育的乡下人，但令人惊奇的狡黠。”

这个评价非常到位。李厌倦苏联之后逃离苏联。他在射杀总统之后也会狡猾地逃离教科书仓库大楼，尽管警察和特务机关的反应很快。反应当然很快，很多人能立即分辨出枪声从哪里传来。

加速的车队将垂死的总统送到帕克兰医院之前，李就会被枪顶着，在二楼的休息室里被盘问。负责盘问的警官后来会回忆说，这个年轻人的话很有道理，很可信。工头罗伊·特鲁利担保他是职工，警察就会放走他，然后快速冲向楼顶，寻找开枪地点。有理由相信如果不是巡警提皮特，李可能几天甚至几个星期后才能被抓住。

“萨迪，达拉斯警方会成为举世公认的无能之辈。我要是相信他们，那我就是傻瓜。匿名举报他们理都不会理。”

“但是为什么？他们为什么不呢？”

“现在是因为这家伙根本不在达拉斯，他不准备回来。他准备投奔古巴。”

“古巴？为什么去古巴？”

我摇摇头。“这没关系，因为他去不成古巴。他会返回达拉斯，但是还没计划杀害总统。他甚至不知道总统要来达拉斯。肯尼迪自己也不知道，因为行程还没有确定。”

“但是你知道。”

“是的。”

“因为在你的时代里，这一切都写在历史书上。”

“大体上说是这样。我从送我来这里的朋友那里得知细节。等这一切结束之后，我再原原本本告诉你，但不是现在。不能在这台长满尖牙的机器仍然全速运转的时候。关键是：如果警察在十一月中旬之前的任何时间讯问那家伙，会觉得那家伙似乎完全无辜，因为他本来就很无辜。”又一片云彩从我们头上飘过，温度瞬时降了十度上下。“据我所知，他可能直到扣动扳机那一刻才下定决心。”

“你说得就像这已经发生了一样。”她惊叹道。

“在我的世界里，已经发生了。”

“十一月中旬有什么重要的事？”

“十六日，《新闻晨报》会向达拉斯宣告肯尼迪的车队将穿过主街。李——那个家伙会读到报纸，并意识到汽车正好将从他上班的地方经过。他可能会以为这是上帝或卡尔·马克思给他的启示。”

“他在哪里上班？”

我再次摇摇头。她知道了不安全。当然，她已经不安全。但是（我之前已经说过，不过这句话值得重复）对人说出来一些，我感觉轻松多了。

“警察如果找他谈话，至少会吓得他放弃念头吧。”

她说得有道理，但这种情况不一定百分百发生。我冒险跟德·莫伦斯乔特谈话，但是德·莫伦斯乔特希望得到石油租赁权。还有，我不仅是恐吓他——我把他吓坏了。我想他会保持沉默。但是，李……

我抓起萨迪的手。“我现在能像预测行驶中的火车的运行轨迹一样预测这家伙的行为，因为他的行为不会偏离轨道。我一旦插手，我一旦干涉，我的胜算就都没了。”

“如果你自己跟他谈呢？”

一幅噩梦般的景象进入我的脑海。我看见李对警察说：这个想法是一个叫乔治·安伯森的家伙塞进我的脑子里的。如果没有他，我从来都不会想到。

“我觉得这样也不行。”

她声音很低，说道：“你必须杀了他吗？”

我没有回答。当然，没有回答本身就是回答。

“你确信这会发生。”

“是的。”

“就像你知道汤姆·凯斯二十九日会赢得比赛。”

“是的。”

“尽管每个了解拳击的人都说泰格会彻底击败他。”

我笑了。“你读了体育新闻。”

“是的，我读了，”她从我的嘴里把草拿出来，放到她的嘴里，“我从来没看过职业拳击赛。你想带我去吗？”

“不是现场比赛，知道吗？是看电视大屏幕。”

“我知道。你想带我去吗？”

9

拳击之夜，达拉斯体育场里美女如云，但是萨迪吸引了应有的关注。为了这次露面，她精心装扮，但是最灵巧的化妆也只能减少脸上的创伤，无法将其掩盖。她的裙子也吸引了一部分目光。裙子平滑地贴在身上，裙子有个深深的凹领。

埃伦·多克蒂送给她的毡帽是亮点。萨迪告诉她要跟我一起去看职业拳击赛之后，埃伦送给她这顶帽子。帽子跟《卡萨布兰卡》最后一场里英格丽·褒曼戴的帽子不相上下。帽子漫不经心地斜着，完美地遮住她的脸颊……帽子当然斜向左边脸颊，在受伤的脸上投下深深的三角形阴影。这比化妆效果更胜一筹。她从卧室出来让我看时，我告诉她美极了。她脸上放松的表情和眼睛里的闪光表明，她知道我的话是出自真心。

路上非常拥堵，我们坐下来时，五场前导比赛中的第三场正在进行——一个身材魁梧的黑人和一个身材更高大的白人正在缓慢地用拳头击打对方，观众席上传来阵阵喝彩。四个巨大的屏幕，悬在磨光的硬木地板上方。在篮球赛季，达拉斯马刺队在这里打球（打得很烂）。图像由多重后屏幕投影系统提供，色彩不清——简直非常差——但图像还算清晰。萨迪很惊讶。实际上，我也很惊讶。

“你紧张吗？”她问道。

“紧张。”

“尽管——”

“嗯。我在一九六〇年世界职业棒球锦标赛期间赌海盗队获胜时知道。但我现在完全是依赖朋友从因特网上获取的信息。”

“因特网到底是什么东西？”

“科幻。就像雷·布拉德伯里的小说。”

“噢……好吧，”她把手指放在唇间，吹了个口哨，“嗨，啤酒！”

啤酒服务生穿着马甲，戴着牛仔帽，系着布满银饰的腰带。他卖给我们两瓶孤星牌啤酒（玻璃瓶，不是塑料瓶），瓶口上套着纸杯。我给他一美元，告诉他不用找零钱了。

萨迪拿起她的杯子，跟我的碰了一下，说道：“祝你好运，杰克。”

“我如果得靠运气，那我的麻烦就大了。”

她点支烟，她吐出的烟雾飘进灯光周围的蓝色浓雾里。我在她右边，从我坐的位置看，她异常美丽。

我拍拍她的肩膀，她转身，我轻轻亲吻她分开的嘴唇。“美女，”我说，“我们将永远拥有巴黎。[①]”

她咧嘴笑了。“是德州的巴黎吧。”

观众当中响起一阵叹息。黑人拳手已经将白人拳手击倒在地。

10

关键较量在九点三十分开始。屏幕上布满拳击手的特写，摄影镜头聚焦在汤姆·凯斯身上时，我心碎了。卷曲的黑色头发中间已经出现斑斑银丝。脸颊松弛。上腹垂到裤子上。最糟糕的是，他那双不知所措的眼睛从伤痕累累、肿胀的眼袋里向外凝视着。他看起来不是十分清楚自己在哪里。一千五百名左右的观众多数都在喝彩——毕竟，汤姆·凯斯是当地人——但我也听到响亮的嘘声。他坐在凳子上，戴着手套的双手抓着绳索，看起来好像已经输掉比赛。与他相反，迪克·泰格站立着，穿着黑色高帮鞋，机敏地出拳、跳跃。

---

① 《卡萨布兰卡》中的经典台词之一。

萨迪靠紧我，低声说："形势看起来不妙，亲爱的。"

这是这个年代的保守用词。眼前的情形简直糟透了。

屏幕看起来就像海市蜃楼中的悬崖，移动的模糊人影投射在上面，在屏幕下方，我看见阿基瓦·罗思陪伴着一位系着水貂皮围巾、戴着嘉宝太阳镜的美人走进场地，比赛如果不是在屏幕上，那里肯定是最前排的座位。我和萨迪前面一个吸着雪茄的胖子转身说道："支持谁啊，美人？"

"凯斯！"萨迪勇敢地说。

胖子笑了。"嗯，你心肠不错。想赌十块钱吗？"

"你愿意出四比一吗？如果凯斯将他击倒？"

"凯斯击倒泰格？美人，行！"他伸出一只手。萨迪跟他握手。然后萨迪转向我，完好的一侧嘴角挂着挑衅的笑容。

"很有胆量。"我说。

"没什么，"她说，"泰格五回合之内就会倒地。我能看到未来。"

11

场内解说穿着晚礼服，涂了一磅重的育发露，疾步走到拳击场中央，扯下一支带银色软线的麦克风，用巡回演出叫卖者的声音喊出两位拳击手的战况。国歌奏响。男人们扯下帽子，手贴在胸前。我能感觉到自己的心也在加速跳动，每分钟至少一百二十下，甚至更快。体育馆里开了空调，但是汗珠从我的后脖颈往下淌，打湿腋窝。

一位身着泳衣和高跟鞋的女子大摇大摆地绕场地中央走动一周，举着牌子，牌子上面写着大大的"第一回合"。

叮当一声铃响。汤姆·凯斯笨拙地进场，面带听天由命的表情。迪克·泰格高兴地跳上前来，跟他照面，用右手佯攻，然后释放一记左勾拳，在比赛开始十二秒之后就将他击倒。观众——这里的观众和两千英里之外、麦迪逊广场花园的观众——发出厌烦的叹息。萨迪放在我的大腿上的手似乎捏得更紧，抠进我的肉里。

“叫你口袋里的那张十美元跟它的朋友说再见吧，美人。”抽雪茄的胖子欢喜地说。

阿尔，你他妈的在想什么？

迪克·泰格回到自己的边角，在那里若无其事地蹦跳，裁判开始计数，夸张地上下挥舞右胳膊。裁判数到三，凯斯动了一下。裁判数到五，他坐了起来。裁判数到七，他抬起一只膝盖。裁判数到九，他站起来，举起手套。裁判双手抱住凯斯的脸，问了个问题。凯斯回答了。裁判点点头，召唤泰格过来，然后闪到一边。

泰格这家伙兴许是急于赶赴等待着他的萨尔迪餐厅牛排大餐，冲了过来。凯斯没有躲避——可能自一系列小城镇比赛开始，在伊利诺伊斯州的莫林市，或者康涅狄格州的纽黑文市，他的速度就已不复存在——但他能够防守……并扭住对手。他经常扭住泰格，把头靠在泰格的肩膀上，像是筋疲力尽的探戈舞者，用手套无力地击打泰格的后背。观众发出嘘声。铃声响起，凯斯拖着沉重的脚步回到凳子上，低着头，手套耷拉着，嘘声愈加响亮。

“他烂透了，美人。”胖子说道。

萨迪焦急地看着我。“你觉得呢？”

“我想他终究还是挺过了第一回合。”我实际上想的是应该有人拿叉子插进他下垂的屁股。在我看来，他已经完了。

身着健增牌泳装的女人再度出现，举着“第二回合”的牌子。叮当一声铃响。泰格再次跳起来，凯斯曳步走来，仍然贴近那家伙，以便随时扭住他。我注意到，他现在能成功地闪开在第一回合重创他的左勾拳。泰格用活塞般的右拳击打年长拳手的肚子，但是那个部位似乎有大量肌肉，因为击打似乎没怎么伤到凯斯。有一刻，泰格把凯斯往后推，用双手做出“来吧，来吧”的手势。观众开始喝彩。凯斯只是盯着泰格，泰格于是逼上去。凯斯立即扭住他。观众开始叹息。铃声响起。

“我奶奶可以跟泰格打得更精彩。”雪茄男抱怨道。

“有可能，”萨迪说，点燃第三支烟，“但是他还站着，对吧？”

“不会站多久的，美人。左勾拳下次击中他，他就玩完了。”他得意地笑起来。

凯斯在第三回合把对手扭得更紧。但是在第四回合，凯斯稍稍放松防守。泰格用一连串的左右拳击打他的头部，引得观众站立起来，大声吼叫。阿基瓦·罗思的女友也跟着站起来。罗思先生依然坐着，但是用戴着戒指的右手费力地托着女友的屁股。

凯斯往后倒在绳索上，朝泰格几记右拳，其中一记击中了。看起来很无力，但我看见泰格甩头时汗滴从他的头发里飞溅出来，脸上出现不知所措的“那一拳是从哪里来的”表情。泰格又冲上前。凯斯左眼旁的一处伤口开始流血。在泰格将淌血变成喷血之前，铃声再次响起。

“你如果现在把十块钱拿来，美人，”矮胖的雪茄男说道，“你和你的男朋友能避开交通拥堵。”

“告诉你吧，”萨迪说，“我给你一次反悔的机会，你可以省下四十块。”

矮胖的雪茄男笑了。“美人还挺幽默。你的高个子直升机如果对你不好，美人，跟我回家吧。”

教练在边角快速治疗凯斯受伤的眼睛，从一管药膏里挤出什么东西，用指尖抹匀。那看起来像是快干胶，但快干胶可能还没有发明出来。然后他用一条湿毛巾拍了拍凯斯的两腮。铃声响起。

迪克·泰格逼过来，右拳直击，左手勾拳。凯斯躲开一记左勾。整场比赛中第一次，泰格对着年长的拳击手打出一记上切拳。凯斯顺利往后退，避免完全被击中下颌，但还是被击中脸颊。力道扭曲他的整张脸，将其变成恐怖屋里的那种扭曲的脸型。他踉跄着后退。泰格紧逼而来。观众又站起来，呼喊血腥的战斗。我们跟他们一起站起来。萨迪用双手捂着嘴巴。

泰格将凯斯逼在一个角落里，用锤子般的左右拳击打他。我能看到凯斯精神消沉。我能看到他眼睛里的闪光变得暗淡。再来一记左勾拳——或者是炮弹般的右拳——他眼睛里的光就会熄灭。

“击倒他！”抽雪茄的胖子叫道，“击倒他，迪克！砸烂他的脑袋！”

泰格袭击他的下身，腰带以下的部位。很可能不是故意的，但是裁判走上前来。裁判警告泰格不能击打下身时，我观察着凯斯，看他如何利用这一短暂的间歇。我在他脸上看到了我熟悉的表情。李痛骂玛丽娜裙子拉链拉开那天，我在李的脸上见过同样的表情。玛丽娜朝李走回来，斥责他把她和孩子带到猪圈一般的地方，然后用手指捻弄耳朵，做出你疯了的手势。

霎时间，今天对汤姆·凯斯来说，不再只是个挣钱的日子。

裁判闪到一边。泰格往前，但凯斯这一次迎上前去。在接下来的二十秒里，我看到了自己见过的最震撼最恐怖的比赛场景。他们两个脚尖对脚尖站着，猛击对方的脸颊、前胸、肩膀和肚子。没有移动，没有迂回，没有花哨的步法。宛如草原上的两头公牛。凯斯的鼻子断了，血流如注。泰格的下唇撞在牙齿上，裂成两瓣。鲜血从他的两边嘴角流出来，让他看起来像是刚刚饱餐了一顿的吸血鬼。

体育馆里，所有观众都站起来，高声尖叫。萨迪上下跳动。她的帽子掉落下来，露出布满伤疤的脸。她没有注意到。别人也没有注意到。巨大的屏幕上，第三次世界大战正进行得如火如荼。

凯斯低下头，避开火箭筒般的右拳，我看到泰格的右手击中硬骨时，他脸上痛苦的表情。泰格往后退一步，凯斯释放一记下切拳。泰格转过头，避开最大的力道，但是他的牙套飞了出去，在地板上翻滚。

凯斯逼上去，左右拳头轮番出击。毫无技巧可言，只是直接而又愤怒的击打。泰格向后躲开，绊在自己的脚上，倒下去。凯斯站在泰格身边，显然不知所措——或者——不知道身处何地。一边大吼一边发出信号的教练吸引了凯斯的注意，凯斯缓慢地走回自己的边角。裁判开始计数。

裁判数到四，泰格一只膝盖立起来。裁判数到六，泰格站起身。裁判数到关键的八，比赛再次开始。我看着屏幕一角的钟表，这一回合只剩下十五秒。

没时间了，没时间了。

凯斯迈着沉重的步子走上前来。泰格使出一记毁灭性的左勾拳。凯斯将头侧到一边。手套从他的脸边掠过时，他甩出右拳。这一次，是迪克·泰格的脸发生了扭曲。他倒下之后，再也没有起来。

胖子看着被他撕碎扔到地上的雪茄。“耶稣哭了！”

“是的！”萨迪吱喳地叫起来，漫不经心地重新将毡帽斜戴好，“对着一堆蓝莓烤饼，门徒们说这是他们吃过的最好吃的饼！给钱吧！”

12

我们回到约迪时，已经是八月三十日，但我们两个都太兴奋了，睡不着。我们做爱，然后穿着内衣到厨房吃派。

“嗯，”我说，“觉得怎么样？”

“我永远不想再看职业拳击比赛了。太血腥了。我站起来，跟其他人一起喝彩。有几秒钟——或许足有一分钟之久——我希望凯斯杀了那个独自跳舞的花花公子。然后我迫不及待地回到这里，跟你上床。这不是爱，而是欲火。”

我什么都没说。你有时候就是无话可说。

她把手伸过餐桌，摘掉我下巴上的一片面包屑，塞进我的嘴里。“告诉我，这不是憎恨。”

“什么不是憎恨？”

“你觉得你必须单独阻止这家伙的原因，”她看到我准备张嘴，举起一只手拦住我，“我听到了你说的一切，你的原因，但是你得告诉我这些是原因，而泰格击中凯斯的下腹时我从凯斯眼里看到的东西不是原因。你如果是个人，我可以爱你，你如果是个英雄，我可以爱你——尽管由于某种原因，要做到这一点很难——但我想自己不会爱一个义务警员。”

我想起李没有发狂时看妻子的眼神。我想起李和女儿在浴室玩水时我偷听到的对话。我想起他在汽车站外的眼泪。我想起他前往新奥尔良之前抱着琼，用鼻子爱抚她的下巴。

“这不是憎恨，”我说，“我对他的感觉是……”

我压低声音。她看着我。

“惋惜，一个生命被毁掉了。你也会为得了狂犬病的狗感到悲哀。

但你还是会杀了它。”

她看着我的眼睛。“我又想要你了。但是这一次是因为爱，你知道。不是因为我们刚刚看到两个人往死里打对方，而我们的人赢了。”

“好的，”我说，“好的。这很好。”

的确很好。

13

“瞧啊，”星期五中午，我走进典当行时，弗兰克·弗拉蒂的女儿说道，“带新英格兰口音的拳击大师来了。”她朝我灿烂地笑笑，然后转过头喊道，“爸爸！你的汤姆·凯斯来了！”

弗拉蒂曳步走出来。“你好，安伯森先生，”他说，“星期六晚上逍遥得像撒旦一样。我敢说你今天感觉精神饱满，对吧？”

“当然了，”我说，“为什么不呢？我有幸中了。”

“我是被击中了。”他从肥大的华达呢裤子后面的口袋里抽出一个棕色信封，这个信封比普通的商务信封稍大。“两千。数数。”

“没问题，”我说，“我信得过你。”

他递出信封，然后又收回去，用信封拍拍自己的脸。蓝色的眼睛已经褪色，却依旧精明，打量着我。“有没有兴趣继续投资？橄榄球赛季即将来临，还有职业棒球锦标赛。”

“我对橄榄球一窍不通，我对洛杉矶道奇对阵纽约扬基一点都不感兴趣。拿过来吧。”

他把信封递过来。

“很高兴跟你打交道。”我一边说一边走出去。我能感觉到他们的眼睛盯着我，现在我有一种似曾相识的非常不适的感觉。我找不出原因。我钻进汽车，希望永远不用再回到沃斯堡的这个地方。或者回到达拉斯的格林维尔大道。或者再跟另一个叫弗拉蒂的赌注登记人赌博。

这是我的三个愿望，而它们全部成真了。

14

我的下一站是西尼利街二一四号。我已经打电话给房东，告诉他我过了八月份就会搬走。他企图劝说我别退房，告诉我像我这样的房客很难找。这很可能是真话——警察从来没有因为我来过一回，他们经常来这个社区，特别是周末——但我怀疑他这么说主要因为房源很多而租客不足。达拉斯正经历周期性的低谷。

路上，我在第一玉米银行停下来，把弗拉蒂的两千块存到活期账户里。我幸亏这么做了。我后来——很久以后——意识到我要是在尼利街时把钱带在身上，我肯定会把钱弄没了。

我的计划是检查我可能落在四个房间里的任何物品，特别留意容易留下垃圾的角落，沙发垫下面，床底下，以及衣柜抽屉后面。当然，我会带走警用手枪。我跟李打交道时需要枪。我现在有杀掉他的充足意愿，只要他返回达拉斯，只要我有机可乘。与此同时，我不想留下乔治·安伯森的踪迹。

我接近尼利街时，那种被困在时间回音室中的感觉异常强烈。我不断想着两位弗拉蒂，一位的妻子名叫马乔里，另一位的女儿名叫旺达。

马乔里：你是不是想说赌球？

旺达：说白了，是不是赌博啊？

马乔里：我是 J. 埃德加·胡佛，朋友。

旺达：我是达拉斯警察局的柯里局长。

那又怎么样？这就是和声，仅此而已。和谐。穿越时空的副作用。

尽管如此，我的脑袋后面响起警告的铃声。我转向尼利街时，铃声转移到前脑。历史重复出现，过去很和谐，这就是我的感觉……但不是全部。我转进李家——李曾在此拟定刺杀埃德温·沃克的愚蠢计划——前面的车道时，真切地听到警告的铃声。因为声音现在离我很近。铃声变成尖叫。

阿基瓦·罗思出现在拳击比赛上，但不是一个人。跟他在一起的是戴着嘉宝眼镜的甜心伴侣，女孩系着水貂皮围巾。八月的达拉斯还没有到系围巾的时节，但是体育馆里开着空调，而且——就像我的时代里人们说的一样——你有时候得装装门面。

摘下眼镜，取下围巾。你想到什么？

我在车里坐了一会儿，听着发动机冷却的滴答声，还是没想到。然后我意识到，如果把水貂皮围巾换成“船与岸”品牌女衫，那个女孩是旺达·弗拉蒂。

德里的查兹·弗拉蒂曾经派比尔·图尔考特跟踪我。这个想法一扫而过……我抛开了这个想法。这是个让我感觉糟糕的想法。

沃斯堡的弗兰克·弗拉蒂派了谁跟踪我？嗯，他肯定认识诚信金融的阿基瓦·罗思。毕竟，罗思是他女儿的男朋友。

突然之间，我想我需要枪。我想立马拿到枪。

我走下雪佛兰，疾步走上门廊台阶，手里攥着钥匙。我在钥匙串里找钥匙，一辆全封闭式小型邮局卡车呼啸着从海因斯大道拐角驶来，吱吱嘎嘎地停在二一四号门前，左边的车轮碾上路缘。

我四处张望。没看到人。整条街道冷冷清清。这儿没有一个你可以呼救的路人。更不要说警察了。

我把钥匙插进锁里，转动一下，心想把他们锁在外面——不管他们是谁——然后打电话给警察。我进到屋内，闻到一股闷热、发霉的空气，突然想起屋里没有电话。

几个身材高大的男人跑过草坪。三个人。一个叼着一小截烟斗，烟斗看起来像是裹在什么东西里面。

不对，实际上人手足够一桌桥牌。第四个人是阿基瓦·罗思，他没有跑。他缓步走上人行道，双手插在兜里，脸上挂着满足的笑容。

我甩上门。扭上门闩。我刚扭上门闩，门就被撞开了。我朝卧室跑去，但只跑到一半。

15

罗思的两个打手将我拽到厨房。第三个打手叼着烟斗。烟斗用黑毛毡裹着。他把烟斗小心翼翼地放到桌上时我看到了。我曾多次在那张桌上用餐。他戴上黄色生牛皮手套。

罗思靠在门口，仍然在得意地笑。“爱德华多·古铁雷斯染上了梅毒，”他说道，“病毒已经蔓延到大脑里面。十八个月之内就会死。但是你知道吗？他不在乎。他相信自己下辈子会，成为阿拉伯酋长或者其他什么。怎么样，嗯？”

回应不合逻辑的话——在鸡尾酒聚会上，在公共交通工具上，在电影院排队购票时——本来就很冒险，而当两个人将你抓住而第三个人止准备打你时，你真的不知道该说什么好。于是我什么都没说。

“问题是，你让他上心了。你赢了不该赢的钱。你有时候输钱。但是埃迪·古铁雷斯有个疯狂的想法，你输的时候是故意的。知道吗？然后你豪赌德比大战。他认定，我不知道对不对，你有一种能预见未来的心灵感应。你知道他烧了你的房子吗？”

我什么都没说。

“之后，”罗思说，“那些小蠕虫真的开始吞噬他的大脑，他开始觉得你是某种食尸鬼，或者魔鬼。他跟南部、西部还有中西部都打了招呼。‘找到安伯森这个家伙，打死他。杀了他。这家伙不正常。我感觉到了，但是没留意。看看我，大病将死。就是这个家伙害的。他是个食尸鬼、魔鬼之类的狗屎。’很疯狂，知道吗？就像阁楼里的玩具。”

我什么都没说。

“卡尔莫，我觉得我们的朋友乔吉没有听到。我想他在打瞌睡。把他叫醒。”

戴着黄色生牛皮手套的家伙释放一记上切拳，拳头从他的髋处直冲我的左脸。疼痛在我的脑袋里爆开，有一小会儿，我左眼看见的东西都蒙着猩红色。

“好，你看起来更清醒了，”罗思说，“我说到哪儿了？哦，我记起来了。你是怎么变成埃迪·古铁雷斯的恶灵的？因为梅毒，我们都知道。要不是你，肯定就是什么理发店的母狗。或者他十六岁时在免下车影院跟他淫乱的小妞。有时候，他不记得自己的住址，得打电话叫人接他。很悲惨，对吧？因为他脑子里有蠕虫。但是每个人都迁就他，因为他是个好人。他会讲笑话，小子，能笑到你流眼泪。没有人想过你真的存在。不过，恶灵出现在达拉斯，来到我的店里。接下来呢？他赌海盗队击败扬基队。大家都知道这不可能发生，而且是七局之内大家都知道谁也不可能猜得这么准。”

“这不光是运气。”我说。我的声音听起来很愤怒，因为我的嘴角肿胀起来。“是冲动。”

“你的回答很愚蠢，你要为自己的愚蠢付出代价。卡尔莫，打断这个愚蠢的狗杂种的膝盖！”

“不要！”我说，“不要，求你们不要！”

卡尔莫笑了，仿佛我说了什么好笑的话。他从桌子上抓起毛毡包裹的烟斗，朝我的左边膝盖挥来。我听到下面有什么东西发出爆裂的声响。就像是巨大的关节发出的声音。疼痛非常剧烈。我忍住尖叫，瘫到抓紧我的人身上。他们又把我拉起来。

罗思站在门口，双手插在口袋里，脸上挂着满意的笑。“好，酷。会肿起来。你无法相信会肿到多大。但是，你买了，你付了钱，你得到了。与此同时，事实，小妞，只有事实。”抓紧我的两个打手笑了。

“事实是，你这种穿着的人走进我们店里，不会那样赌。你这种穿着的人，会在冲动之下赌十块钱，最多二十块钱。但是海盗队成功了，这也是事实。我开始想埃迪·古铁雷斯可能是对的。不是说你是个魔鬼，食尸鬼，或者有心灵感应什么的，但是，你是不是认识什么人，知道什么内部消息？你贿赂了谁，知道海盗队七场之内必赢？”

“没有人操纵棒球比赛，罗思。自一九一九年的‘黑袜丑闻’之后，再也没人操纵棒球比赛。你是赌注登记人，肯定知道。”

他扬起眉毛。“你知道我的名字！嘿，或许你真是个有心灵感应的家伙。但是我没那么多时间。”

他看看表，好像真的想知道现在的时间。表盘大而笨重，表很可能是劳力士。

“你来收钱时我想看你住在哪儿，但是你用大拇指盖住地址。这没问题。买彩票的人都会这么做。我决定放了你。我难道应该派人到街上揍你一顿，甚至杀了你，让埃迪·古铁雷斯的脑子——剩下的脑子——能够安宁？因为有人赢了我一千二？去他的，埃迪·古铁雷斯根本不知道这件事，又何谈伤害？还有，没有你，他会想别的东西。亨利·福特就是安妮·克赖斯特之类的疯狂念头。卡尔莫，他又走神了，我很生气！”

卡尔莫拿烟斗挥向我的上腹。烟斗带着足以致残的力量，击中我的肋骨下面。先是一阵刺痛，紧接着，一阵火辣蔓延开来，仿佛有一团火球。

“痛吧？”卡尔莫说，“正中了你的要害。”

“我想你打断了什么东西。”我说。我听到一声蒸汽机声响，然后意识到是我自己在喘气。

“我真他妈的希望他打断了什么东西，”罗思说，“我放了你，你这个笨蛋！我他妈的放了你！我把你忘掉了！然后你出现在沃斯堡的弗兰克那里，要赌该死的凯斯对泰格的拳击比赛。完全相同的方式——大价钱押居于下风的人，赢最高的赔率。这一次你精准地预测到比赛回合。所以，接下来这样，朋友：你得告诉我你是怎么知道的。你如果照办，我拍下你现在的样子，埃迪·古铁雷斯就会满意。他知道他不能杀了你，因为卡洛斯告诉他不能，他听卡洛斯的，即便是现在。不过他要是看见你变惨……哦，你现在还不够惨。再给他点厉害，卡尔莫。脸上。”

于是另外两个人抓紧我，卡尔莫捶打我的脸。卡尔莫打断了我的鼻子，打得我左眼看不见了，打掉了几颗牙，还打破了我的左脸。我不断在想，我会晕过去，或者他们会杀了我，不管怎样，疼痛会停止。但是我没有晕过去，卡尔莫终于停下来。他喘着粗气，黄色的生牛皮手套上沾着红色斑点。阳光从厨房窗户照进来，在油毡上投下长方形光带。

“现在好多了，”罗思说，“把宝丽来相机从卡车里拿出来，卡尔莫。到此为止吧。”

卡尔莫离开之前，脱下手套，把手套放到桌上的铅质烟斗旁边。烟斗上的有些毛布条已经松脱，被血浸透。我的脸在悸痛，但是肚子的情况更糟。肚子上，火辣的感觉仍在蔓延。下面出了大麻烦。

“再问你一次，安伯森先生。你怎么知道的？谁告诉你的？说实话。”

“我是猜的。”我想告诉自己，我听起来像是得了感冒，但我没有。我听起来像是被打得半死的人。

他捡起烟斗，用它敲着胖嘟嘟的手。“他妈的，谁告诉你的？”

“没人。古铁雷斯说得对。我是个魔鬼。魔鬼能看到未来。”

“你的机会已经用完了。”

“旺达对你来说太高了，罗思。也太瘦了。你趴在她身上时，看起来肯定像癞蛤蟆想干木头。或者像——”

他满意的表情顷刻变成愤怒。转变彻底而迅速，时间不到一秒钟。他把烟斗甩向我的头。我举起左胳膊，听到骨头裂开的声音，就像结冰的桦树枝折断了。我这一次跌下去时，打手们任由我倒在地上。

“妈的，自作聪明的家伙，我最恨他妈的自作聪明的家伙。”这声音似乎来自远处，或是高处，抑或又远又高的地方。我准备晕死过去，而且有生以来从未如此感激能够晕死过去。但是我眼睛的余光看见卡尔莫带着宝丽来相机回来了。相机硕大，镜头像手风琴一样伸出来的那种相机。

“把他翻过来，”罗思说，“照完好的一边。”打手们照做时，卡尔莫把相机递给罗思，罗思把烟斗递给卡尔莫。然后罗思把相机举到脸边，说道：“看这边，你这个狗杂种。这张是给埃迪·古铁雷斯的……”

闪光。

“……这张我自己收藏。我并不收藏照片，但是可以从现在开始……”

闪光。

“……这一张给你。让你记住，有人问你问题时，你得回答。”

闪光。

他把第三张照片从相机里扯出来，朝我扔过来。相片落在我的左手边……他踩到我的左手上。骨头碎了。我抽泣着，把受伤的手缩到胸前。他至少踩断了一根指头，有可能是三根。

“你记着，六十秒之内要把照片撕下来，否则就会曝光过火。要是你醒着的话。”

“他现在已经变老实了，你想不想继续问他？”

“你开玩笑吗？看他那熊样。他都不知道自己姓什么了。去他妈的，”他转身离开，然后又回过头，“嗨，笨蛋。让你长长记性。”

他用坚硬如铁的鞋尖踢我的一边脑袋。我的眼前直冒火星。然后，我的后脑勺撞到护壁板，我终于晕了过去。

16

我想我失去意识没有多久，因为油毡布上的长方形光带看起来没有移动。我嘴里满是铜的味道。我把半凝的血团吐到地板上，里面掺着半颗牙齿。我准备站起身。我得用完好的一只手撑住厨房的椅子，然后撑着桌子（桌子差点砸到我的身上），但是总体来说，比我想象的容易。我感到左腿麻木，裤腿中间很紧，膝盖已经肿胀，但我想肯定不止肿胀这么简单。

我朝窗外看去，确定卡车已经开走，然后缓慢地走进卧室。心脏在胸腔内缓慢而沉重地撞击。心脏每跳一次，都给我断裂的鼻子带来悸痛，震动肿胀的左脸——左脸的颧骨差点被打碎。后脑勺也阵阵发痛。脖子酸疼不已。

本来可能会更糟，我曳脚走进卧室时提醒自己，你还站着，不是吗？拿到该死的手枪，把枪放进手套箱里，然后开车去急救室。你基本没什么大事。很可能比迪克·泰格今天早上的情况好多了。

我继续对自己这么说，直到我抬起手去够衣柜格子。我这么做的时候，肚子里首先有东西扯了一下……随后我觉得里面好像有东西在*滚动*。迟钝的火辣感集中在我的左边，有点像火上浇油的感觉。指尖碰到枪把，把枪转个方向，我用大拇指钩住扳机护环，把枪从架子上取下。枪掉在地上，撞进卧室里。

很可能没有装弹。我弯腰去捡枪。我的左膝盖发出类似尖叫的声音，然后垮了。我倒在地上，肚子里的疼痛再次袭来。我捡起枪，转动弹膛。枪装了子弹。每个枪膛里都有子弹。我把枪放进口袋，试图爬到厨房，但是膝盖疼痛难忍。头痛也愈发严重，隐秘的触手从颈背上方的小洞窟里伸展出来。

我用游泳的姿势爬到床边。我到了床边，又用右手和右腿把自己拉起来。左腿支撑着我，但是膝盖处不能活动。我必须离开这儿，越快越好。

我走出卧室，穿过厨房，走到前门的模样，看起来肯定像《硝烟》中瘸腿的切斯特。前门洞开，门锁周围木屑散裂。我记得那个片子中的台词："狄龙先生，狄龙先生，朗布朗奇那里有麻烦！"

我穿过门廊，右手抓紧栏杆，侧身走下人行道。只有四级台阶，但是我每次颠簸着走下一级，头痛都会加剧。我似乎无法看清远一点的地方，情况肯定不妙。我想扭头看我的雪佛兰，但是脖子不听使唤。我努力转动整个身体。但我看到汽车时，才意识到我根本不可能开车。甚至不可能打开乘客一侧的车门，把手枪装进手套箱：我一弯腰，身体一侧的疼痛和火辣感觉就会散开。

我从口袋里搜出点三八式手枪，回到门廊上。我抓住台阶的栏杆，把枪藏到台阶底下。只能这样。我又直起身，缓慢地走下人行道，朝街上走去。迈着婴儿的步伐，我告诉自己，婴儿的细小步伐。

两个孩子骑着单车过来。我想告诉他们我需要帮助，但是我肿胀的嘴巴只发出了干巴巴的"帮"的声音。他们彼此对视一眼，然后快速蹬车，从我身边离开了。

我向右转（肿胀的膝盖让左转变成世界上最坏的主意），沿人行道蹒跚走去。我的视野不断缩小，我现在似乎是从枪槽或者管道口往外看。一时间，我想起在德里时见到过的钢铁厂里倒塌的烟囱。

去海因斯大道，我告诉自己，海因斯大道上会有行人。你至少要到那里去。

但是，我是在朝海因斯大道走，还是在远离那里？我不记得了。

我的视野已经降到直径只有六英寸大的圆圈。我慢慢地倒地，人行道就像羽毛枕头一样柔软。

我昏死之前，什么东西戳着我。坚硬的金属之类的东西。在我上面八英里或者十英里远的地方，一个沙哑的声音说道："嗨，嗨，孩子！你怎么了？"

我翻过身。我耗尽了全部力气，但成功地翻了过来。站在我面前的是拉链事件发生那天，我拒绝插手李和玛丽娜的争吵时，叫我胆小鬼的老妇。可能是那一天，因为，不管是不是八月流火，她仍然穿着一件粉色法兰绒睡衣和一件棉袄。我的脑子可能仍然想着拳击，她竖直的头发让我想起著名拳击推广人唐·金。她用助步器的一只前腿戳了戳我。

"噢，我的天哪！"她说，"谁把你打成这样的？"

说来话长，而我无法开口。黑暗已经逼近，我很高兴脑子里的疼痛即将送我去死。阿尔得了肺癌，我想，我遇到了阿基瓦·罗思。不管怎样，游戏结束。李赢了。

我如果能插手，他不会获胜。

我拼尽全力，对身前的妇人，渐渐淹没一切的黑暗中唯一的光明说道："打……九一一。"

"什么？"

她当然不知道。九一一还没有发明。我又坚持了几秒。"救护车。"

我想我可能得重复一遍，但我不确定。然后，黑暗将我完全吞噬。

17

我之后就一直在想，是孩子们偷了我的车，还是罗思的打手们干的？什么时候干的？反正窃贼没有把它当垃圾扔掉或者把它损毁。德凯·西蒙斯在达拉斯警察局的拖吊场里找到了它。车的情况比我的情况好得多。

时间旅行真是充满讽刺。

第二十六章

在接下来的十一个星期里，我再次过上双重生活。我对其中一重（外界的生活）几乎一无所知，对另一重心知肚明。那是我身体里面的生活：我经常梦见黄卡人。

在外界的生活中，拄着助步器的老妇（艾伯塔·希钦森。萨迪找到她，给她买了一束花）在人行道上站在我身边，大声呼喊，直到一位邻居出来，看到情况之后打电话叫了救护车，救护车把我载到帕克兰医院。救治我的医生名叫马尔科姆·佩里，约翰·菲茨杰拉德·肯尼迪和李·哈维·奥斯瓦尔德后来死前都经他救治。在我身上，他的运气更好，尽管三人的情形没差多少。

我的牙齿脱落，鼻子骨折，颧骨骨折，左膝盖骨折，左胳膊骨折，手指错位，腹部损伤。还有大脑创伤，这处创伤最令佩里医生焦虑。

我被告知，医生触诊我的肚子时，我醒了过来，大声号叫，但是我不记得这件事了。我被插入导管，立刻开始尿拳击解说员所谓的“红葡萄酒”的东西。我的关键指标开始还稳定，但稍后开始衰弱。我被验了血型，医生进行血型配对，然后给我输了整整四个单位的血……萨迪后来告诉我，约迪居民九月下旬在集体献血行动中献了四百多个单位的血。萨迪得不断对我重复这一点，因为我不断忘记。他们准备对我的腹部做手术，但是术前要进行神经咨询和脊椎穿刺——在过去的国度里，还没有CT扫描或者核磁共振成像这类东西。

我还被告知，我跟为我做穿刺的两位护士聊了一会儿。我告诉她们，我的妻子酗酒成性。其中一个护士说这很不好，然后问我她叫什么名字。我告诉她们，她是一条鱼，名字叫旺达，然后我开心地笑了。接着我又晕了过去。

我的脾脏坏掉了。他们做了切除手术。

我还处于昏迷中，脾脏不再发挥作用时，被送到整形外科。在那里，我断掉的胳膊被夹上夹板，断腿被打上石膏。在接下来的几个星期里，很多人在石膏上签名。我有时候认识这些名字，但多数时间不认识。

我被灌下镇静剂，脑袋被固定在床上，床被立起三十度。他们对我使用苯巴比安，是怕我突然清醒（我有时候已经含混不清地说话，萨迪说），继续伤害自己。总的来说，佩里和其他医生（埃勒顿也经常来查看我的情况）对待我这个被打碎的笨蛋，就像对待未爆炸的炸弹。

我到现在也不能确定血球密度和血红蛋白是什么东西，但是我的这些指标开始上升，这让每个人都高兴。三天后，我又接受了一次脊椎穿刺。这一次的结果显示有旧血的迹象。在脊椎穿刺中，旧血比新血好。这表明我确实遭受严重的脑创伤，但是他们不用在我的颅骨上钻个孔了。在我的脑袋上打个洞非常危险，因为我的身体正在其他阵地上奋力抗争。

但是过去执拗地保护自己，不想被改变。我入院五天之后，脾切除手术切口附近的肌肉开始变红发热。第二天，切口裂开，我开始发高烧。在第二次脊椎穿刺之后，我的病情本来已经从危重变成严重，现在我回到危重。病历显示，我“按照佩里医生的意见服了镇静剂，神经反应达到最低限度”。

九月七日，我短暂恢复意识。别人是这么告诉我的。一个脸上有疤但很漂亮的女人，以及一个膝盖上放着牛仔帽的老男人，正坐在我的床边。

“你记得自己的名字吗？”女人问。

“普通人，”我说，“再问我我还是这么说。”

“普通人”杰克·乔治·埃平·安伯森先生在帕克兰医院住了七个星期，之后被转移到康复中心：一处小型的患者住所，位于达拉斯市北边。在这七个星期里，之前是脾脏的地方现在被感染盘踞，我接受静脉注射抗生素。胳膊上的夹板换成了长长的石膏模，石膏模里面充满各种我说不出名字的东西。我在转移到伊登法洛斯康复中心之前，胳膊上的石膏模变小了。几乎在同一时间，一位外科医生开始折腾我的膝盖，膝盖似乎恢复了一些活动能力。别人告诉我，我在整个过程中鬼哭狼嚎，但我不记得了。

马尔科姆·佩里和帕克兰医院的其他医职人员挽救了我的生命，我对此毫不怀疑。他们还无意间送给我一个我并不想要的礼物，这个礼物一直陪伴着我在伊登法洛斯的时光。这就是输进我身体对抗第一次感染的抗生素造成的二次感染。我模糊地记得自己呕吐不断，屁股整天都坐在便盆上。我记得自己当时想过，我得回到德里去拜访基恩先生。我需要高岭土果胶。但基恩先生是谁，德里又在哪里？

我的肚子盛得住食物之后，他们让我出院，但是腹泻停止之前，我在伊登法洛斯已经待了差不多两个星期。那时，时间已经是十月末。萨迪（我通常能记住她的名字，但这个名字有时也会从我的脑子里溜走）给我带来一盏南瓜灯。我对南瓜灯的记忆非常深刻，我看到灯时惊叫起来。那是人们忘记重要事情时发出的惊叫。

“怎么了？”她问我，“怎么了，亲爱的？出什么事了？是肯尼迪吗？跟肯尼迪有关吗？”

“他准备用锤子把他们都杀了！”我对她喊道，“就在万圣节晚上！我得阻止他！”

“谁？”她抓住我挥舞的双手，脸上充满恐惧，“阻止谁？”

但是我不记得，我又睡着了。我睡很多，这不仅是因为脑伤痊愈缓慢。我很疲劳，跟鬼魂相差无几。我被打那天，体重是一百八十五磅。我从医院出来、进入伊登法洛斯时，只剩一百三十八磅。

这就是杰克·埃平——一个被打得呜呼哀哉，差点在医院丧命的人——在外界的生活。我身体里面的生活是黑暗，各种声音，以及雷电般的意识的闪光：它们完美地遮住我的视线，我借助闪光，刚看到一丝风景，一切旋即消失。

我发现自己热得要死，一个女人喂我吃冰片，冰片让我凉爽极了。照顾我的就是“脸上长疤的女人”，我有时候认得她是萨迪。

我坐在房间角落的便桶上，搞不清自己是怎么到那里的。我释放好几加仑火辣辣的稀水，肋部痒痛不已，膝盖发出吼叫。我记得我希望有人杀了我。

我发现自己想从床上起来，因为我有非常重要的事情要做。整个世界好像都在等待着我做这件事。“戴牛仔帽的男人”在那儿。他抓住我，在我摔倒之前将我放到床上。“还不是时候，伙计，”他说，“你离康复还远着呢。”

我发现自己跟两位身着制服的警察谈话——或者说试图谈话。他们来询问我被打这件事的情况。其中一个警察的名牌上写着“提皮特”。我想告诉他他很危险。我想叫他记住十一月五日。月份没错，但是日期错了。我不记得确切的日期，便沮丧地捶自己的头。两个警察面面相觑，疑惑不已。“不叫提皮特的那位警察”叫了护士。护士带着医生过来，医生给我打了一针。我又失去知觉。

我发现我自己听萨迪读书。首先是《无名的裘德》，然后是《德伯家的苔丝》。我知道这些小说，再次听到这些故事真的觉得很舒服。有一天，萨迪读《苔丝》时，我想起了什么。

“我让苔西卡·卡尔特罗普别管我们。”

萨迪抬头看我。“你是说‘杰西卡’吗？杰西卡·卡尔特罗普？你说的是这个名字？怎么回事？你想起来了？”

但是我想不起来。记忆又消失了。

我发现自己看着萨迪，她站在小窗户前，看着窗外的雨，流着泪。

在大多数时间里，我没有记忆。

“戴牛仔帽的男人”是德凯，但我一度以为他是我爷爷，并因此异常恐惧，因为格兰佩·埃平已经死了，而且——

埃平，这是我的姓。等等，我告诉自己，但是一开始做不到。

“一位红唇年长女人”来看过我好几次。我有时觉得她是米米女士，有时又觉得她是埃利女士。还有一次，我很确定她叫艾琳·赖安，在《贝弗利山人》中饰演克莱佩奶奶。我告诉她我把手机扔进了一个池塘。“它现在跟鱼儿一起睡觉。我真的希望能把那玩意儿拿回来。”

“一对年轻夫妻”来了。萨迪说：“你看，迈克和博比·吉尔来了。”

我说：“迈克·科尔斯劳。”

“年轻男子”说：“很接近了，安伯森先生。”他笑了。他笑时，一滴眼泪从他的脸颊滑落。

过了一段时间，萨迪和德凯来到伊登法洛斯。他们跟我一起坐在沙发上。萨迪会抓着我的手问："他叫什么名字，杰克？你从来没有告诉我他的名字。我们如果不知道他的名字或者他要在哪里动手，怎么阻止他呢？"

我说："我要阻止他。"我使劲尝试回忆。我的头一阵疼痛，但是我使出更大力气。"阻止他。"

"没有我们帮忙，你连只虫子都阻止不了。"德凯说。

但是萨迪是我最在乎的人，而德凯年纪又太大。她压根就不应该告诉德凯。或许没问题，因为德凯不怎么相信。

"你们如果插手，黄卡人会阻止你们，"我说，"我是他唯一不能阻止的人。"

"黄卡人是谁？"萨迪问道，靠上前来，抓住我的手。

"我不记得了，但是他无法阻止我，因为我不属于这里。"

他正在阻止我，或者说别的东西在阻止我。佩里医生说我的失忆症并不严重，只是暂时的。他说得没错……但只说对了一点。我一旦努力回忆最关键的东西，头就会疼得要命，步履会更加蹒跚，视线也会更加模糊。最糟糕的是，我容易突然睡着。萨迪问佩里医生，这是不是并发性嗜睡症。他说很可能不是，但是我认为他似乎很担心。

"叫他或者摇晃他，他会醒来吗？"

"总是会醒来。"萨迪说。

"他记不起来事情，很焦虑时，这种情况是不是更容易发生？"

萨迪说是。

"那我很肯定，嗜睡症会好起来的，和失忆症一样。"

后来，我身体里面的世界开始跟外面的世界融合，慢慢地，一点一点地。我以前叫雅各布·埃平，是位教师，不知怎么穿越时空，回到过去，想要阻止总统肯尼迪被暗杀。我一开始不相信这个想法，但是我知道这些年间发生的那么多事情不是幻象，而是记忆。滚石乐队，克林顿弹劾听证会，世贸中心一片火海。克里斯蒂，我那总是给我添麻烦的惹人厌的前妻。

一天晚上，萨迪和我一起看电视剧《战役》时，我记起我对弗兰克·邓宁做过的事。

“萨迪，我来到得克萨斯州之前杀了一个人。是在一个墓地里。我别无选择。他要杀害他的所有家人。”

她看着我，目瞪口呆。

“关掉电视，”我说，“扮演桑德斯军士那个家伙——不记得他的名字了——会被直升机桨片削掉脑袋。求你了，萨迪，关掉吧。”

萨迪关掉电视，然后跪在我面前。

“谁会刺杀肯尼迪？他会在哪里动手？”

我想了又想，没有睡着，但想不起来。我记得自己从缅因州去了佛罗里达州。开着福特森利纳，一辆出色的汽车。我从佛罗里达去了新奥尔良，然后离开新奥尔良，来到得克萨斯。我记得自己穿过新奥尔良和得克萨斯之间的州境线时，正听广播上的《大地天使》这首歌，我的车在二十号公路上以七十英里每小时的速度行驶。我记得“得克萨斯欢迎你”的标牌。一块广告牌上写着“桑尼烧烤，二十七英里”。之后的回忆就是胶卷上的一个洞。洞的另一边，在约迪教书和生活的记忆逐渐恢复。跟萨迪一起跳摇摆舞，以及跟她在坎德尔伍德小屋一起在床上的美好记忆也清晰起来。萨迪告诉我，我还在沃斯堡和达拉斯居住过，但她不知道具体的地址。她只知道两个电话号码，这两个号码现在都打不通了。我也不知道具体地址，但我想其中一处地方可能是在凯迪拉克街上。她查看公路图，两座城市都没有凯迪拉克街。

我现在能想起很多东西，但就是想不起刺客的名字，以及他会在哪儿动手。这是为什么呢？因为过去在阻止我。执拗的过去。

“刺客有个孩子，”我说，“我想她的名字叫阿普丽尔。”

“杰克，我想问你件事。这个问题可能会让你抓狂，但关系重大——用你的话说，关系到世界的未来——我必须问。”

“问吧。”我想不出她会问什么能让我生气的问题。

“你在跟我撒谎吗？”

“没有。”我说。到目前为止，这是真话。

“我告诉德凯，我们得报警。于是他给我看《新闻晨报》里的一条新闻，说已经有两百条关于死亡威胁和潜在刺客的小道消息。他说达拉斯和沃斯堡的右翼分子，以及圣安东尼奥的左翼分子都想把肯尼迪从得克萨斯吓走。他说达拉斯警察局把所有的威胁和小道消息都交给联邦调查局，但是他们无动于衷。他说约翰·埃德加·胡佛最恨的人是肯尼迪的弟弟，其次最恨肯尼迪。”

我不怎么关心约翰·埃德加·胡佛恨谁。“你相信我吗？”

“相信，”她说着，叹口气，“维克·莫罗[①]真的会死吗？”

哦，他叫莫罗。“是的。”

“在拍电视剧《战役》时吗？”

“不是，在拍一部电影时。”

她突然大哭起来。“你不要死，杰克——求你了。我希望你好起来。”

我做了很多噩梦。噩梦里的事发生在很多地方——有时候是在一条空旷的大街上，那好像是里斯本福尔斯镇的美茵大街。有时候是在墓地里，我在那里杀了弗兰克·邓宁。有时候是在克里比奇牌高手安迪·卡勒姆的厨房——但通常是在阿尔·坦普尔顿的餐馆里。我们坐在一个隔间里，城镇名人在墙上的照片里盯着我们。阿尔病了——大病将死——但是他的目光炯炯有神。

“黄卡人就是执拗的过去的化身，”阿尔说，“你知道这一点，不是吗？”

是的，我知道。

“他以为你会被打死，但是你没死。他以为你会死于感染，但是你没死。现在他要阻断你的记忆——关键的记忆——因为他知道这是他阻止你的最后希望。”

“怎么可能呢？他已经死了。”

阿尔摇摇头。“不是，死的是我。”

“他是谁？他是什么？他怎么能死而复生？他割断自己的喉咙，卡片变成了黑色！我亲眼所见！”

“不知道，伙计。我只知道你如果拒绝妥协，他无法阻止你。你必须找回那些记忆。”

“那就帮帮我！”我喊道，抓住他如爪子般坚硬的手。“告诉我那家

---

① 维克·莫罗（1929—1982），美国演员。

伙的名字！是不是查普曼？还是梅森？这两个名字都能引起我的回忆，但是两个都不像。是你让我来这里的，帮帮我！”

在梦里，阿尔张开嘴，正要告诉我，黄卡人插手进来。我们要是在美茵大街上，他就会从绿色前线或者肯纳贝克果品公司出来。我们要是在墓地，他就会从一处敞开的坟墓中爬出来，就像导演乔治·罗梅罗[①]电影中的僵尸。我们要是在餐馆里，餐馆的门就会突然打开。他的毡帽帽圈里的卡片颜色漆黑，就像宇宙的长方形黑洞。他死了，正在腐烂。破旧的外套上长满霉斑。眼眶里是两团蠕动的虫子。

“他什么都不能告诉你，因为今天要付双倍！”已经变成黑卡人的黄卡人尖声喊道。

我转向阿尔，不过阿尔已经成了一具骷髅，牙齿间衔着一支烟。我突然惊醒，汗流浃背。我寻找记忆，但是记忆已经不在那里。

德凯给我拿来报纸，报纸上有肯尼迪来访日渐临近的消息，希望这能让我想起什么。但是没用。有一次，我躺在沙发上（我刚从突然而至的沉睡中醒来），听到他们两个又在争论要不要报警。德凯说匿名的小道消息没人理会，实名举报又会让大家都陷入麻烦。

“我不在乎！”萨迪喊道，“我知道你认为他在胡说，但他说的如果是真的呢？肯尼迪如果被装在棺材里，被从达拉斯抬回华盛顿，你会怎么想？”

“你如果把警察惹来，他们会注意杰克的，亲爱的。你说过，他来这儿之前在新英格兰杀了个人。”

萨迪啊萨迪，我真希望你没有告诉他这件事。

萨迪不再说话，但没有放弃。她有时候惊吓我，想让我恢复，就像你惊吓某人，能让他停止打嗝那样。但是没用。

“我该拿你怎么办呢？”萨迪悲伤地说。

“我不知道。”

“试试别的办法。试着悄悄接近记忆。”

“我试了。我想那家伙当过兵，陆军或者海军陆战队。”我摩挲后

---

① 乔治·罗梅罗（1940—2017），编剧、导演、制片、演员，被誉为现代恐怖电影之父。

脑勺，那里又开始疼痛。“但也可能是海军。该死的，克里斯蒂，我不知道。”

“萨迪。杰克。我是萨迪。”

“我不是这样叫你的吗？”

她摇摇头，忍住笑。

十一月十二日，退伍军人节之后的星期二，《新闻晨报》刊载长篇社论，评论肯尼迪的来访，以及此次来访对这座城市的意义。“多数市民似乎已经准备好敞开胸怀迎接这位年轻、涉世未深的总统，”社论说，“情绪高涨。当然，他美丽而又魅力超凡的妻子陪他乘车，是个锦上添花的好消息。”

“昨晚又梦到黄卡人了？”萨迪进来时问我。她在约迪度过假期，主要是在屋内浇浇花，用她的话说，也是为了“露一下脸”。

我摇摇头。“亲爱的，你在这儿的时间远远超过你在约迪的时间。你的工作怎么样？”

“埃利女士给我安排成兼职，我能混过去。等我跟你一起走……如果我们会走……我想我得看看我们走之前会发生什么事。”

她从我身上移开目光，点了支烟。我看着她不停拍打咖啡桌上的香烟盒，用火柴拨弄烟盒，意识到一件令人沮丧的事：萨迪本人对会不会有人刺杀肯尼迪也有疑问。我预料到导弹危机和平解决，知道迪克·泰格会在第五回合倒下……但是，萨迪仍心存疑虑。我不怪她。我们的位置如果互换，我对此可能也会有疑问。

然后她笑了。“我有一大堆很优秀的替身，我敢肯定你能猜到他们是谁。”

我笑了。“是不是……”我想不起名字。我能看见他——饱经沧桑、被太阳晒黑的脸，牛仔帽，蝴蝶领结——但是在星期二早上，我无法说得更准确。我的后脑勺，之前撞到墙脚板的地方开始痛——但是什么墙脚板？在哪里？不知道这一点真是糟糕透了。

肯尼迪十天后就会来，但他妈的连那家伙的名字都想不起来。

“尽力，杰克。”

“我在*尽力*，”我说，“我在*尽力*，萨迪！”

“等一下，我有个办法。”

她把闷烧的香烟放到烟灰缸的一个槽里，站起身，走出前门，关上门。然后她打开门，用滑稽、粗哑、深沉的声音，像那个老男人每次过来看我时那样说道：“今天感觉怎么样，伙计？吃东西了没？”

“德凯，”我说，“德凯·西蒙斯。他娶了米米女士。米米女士后来在墨西哥去世了。我们为她举办了追悼会。”

头痛消失了。就是这样。

萨迪拍着手跑向我。我们久久地美美地吻了一次。

“看到了吗？”她往后退时说道，“你能做到。还不算太晚。他叫什么名字，杰克？那个疯狂的坏蛋。”

但是我想不起来。

十一月十六日，《时代先锋报》公布肯尼迪车队的行驶路线。车队会从拉菲尔德机场出发，最终抵达贸易中心。他会在那里向达拉斯市政委员会及受邀嘉宾讲话。他的演讲名义上是赞扬毕业生研究中心的工作，并对达拉斯过去十年在经济上取得的发展表示祝贺，但是《时代先锋报》得意地告诉那些不明真相的人，此举其实纯粹是出于政治目的。得克萨斯州一九六〇年支持肯尼迪，但是对一九六四年大选似乎有些摇摆不定，尽管选票上有个不错的约翰逊城老男孩。嘲笑挖苦者们依然把副总统称作“一边倒林登”，指他一九四八年以八十七票当选参议员这一极富寓意的重要事件。这是遥远的历史，但这个绰号长期存在说明了得克萨斯人对他的复杂感觉。肯尼迪的工作——当然，这也是杰基的工作——就是帮助林登和得克萨斯州长约翰·康纳利燃起忠心。

“看这儿，”萨迪说，一根指尖沿着路线滑动，“这些是主街上的街区。然后是休斯敦街。这一块沿街都是高楼。这家伙会不会在主街上？他只能在大街上行动，你不觉得吗？”

我根本没有听，因为我看到了别的东西。“看，萨迪，车队会沿着特特尔克里克大道前进！”

她的眼睛发出闪光。“他会在那儿行动吗？”

我困惑地摇摇头。很可能不是在那儿。但是我知道特特尔克里克大道与此事有关，跟我要阻止的人有关。我想到这一点时，有东西浮出水面。

“他会把步枪藏起来，之后再回来拿。”

“藏在哪里？”

“没关系，因为这件事已经发生，已经成为历史。”我双手盖住脸，因为房间里的灯光突然变得耀眼。

“先别想了，”她说，抓起报纸，“放松，不然你又会头痛，又得吃药。药物会让你变得懒散。”

“是的，”我说，“我知道。”

“你需要咖啡。浓咖啡。”

她去厨房泡咖啡。她回来时，我已经在打鼾。我睡了将近三个小时，本来还要在睡眠的国度里待更久，但她把我摇醒了。“你记得来达拉斯路上干的最后一件事吗？”

“我不记得了。”

“你住在哪里？酒店？汽车旅馆？还是出租屋？”

我一时间想起一个院子和很多窗户。还有一位看门人？或许吧。我再也想不起其他东西。然后头痛再次袭来。

“我不知道。我只知道我在二十号公路上穿过州界时，看到了烧烤广告。那里距离达拉斯还有不少英里。”

“我知道，但是我们不用去那么远，因为二十号公路太长了，”她看了手表一眼，“今天太晚了，我们明天来个周日自驾游吧。”

“很可能没用。”我看到了一丝希望，但真的不认为自驾游能有什么用。

她当晚留下来。第二天早上，我们驾车开上人们所谓的蜜蜂公路，离开达拉斯，往东朝路易斯安那而去。萨迪坐在我的雪佛兰方向盘后面，汽车的点火开关先前被撬开了，现在点火开关已经更换。是德凯帮我修的。萨迪把车开到特雷尔，然后开下二十号公路，在一座路边教堂的停车场里掉个头，停车场坑坑洼洼、满是泥土。枯萎草坪里的木板上写着“基督之血教堂”。教堂名下面刷着白字。白字本来写的是：“你今天读了圣经吗？”但是有些字母已经掉落，只剩下“你天读经吗（AVE YOU REA THE WORD OF AL IGHTY GOD TODY）。”

她面带一丝惊恐看着我。“你能开回去吗，亲爱的？”

我很确定我能。路不算难开，而且雪佛兰是自动挡。我根本不需要用到酸痛的左腿。只是……

“萨迪？”我坐进驾驶座时问道。这是我从八月以来第一次开车，我把车座尽量往后调。

“怎么了？”

“我如果睡着了，你就握住方向盘，拔掉车钥匙。”

她紧张地笑笑。“嗯，我会的。”

我察看对向有没有车过来，然后发动汽车。一开始，我没敢超过四十五码，但现在是星期天中午，路上几乎没车。我放松下来。

“放松，杰克。什么都别想，顺其自然。”

“真想开那辆森利纳。”我说。

“那么就当你是在开森利纳吧。顺其自然，想去哪儿就去哪儿。”

“好的。不过……”

“没有不过。今天天气很好。你来到一个新地方，不想操心肯尼迪被暗杀这件事，因为那是很久之后的事。还有好几年呢。”

是的，天气很好。而且，我没有睡着，尽管很疲劳——我挨打之后没出过门。我的思绪不断回到那座路边小教堂。那很可能是黑人的教堂。他们唱的赞美歌很可能和白人的大不一样。他们读《圣经》的时候肯定频繁赞美上帝，赞美耶稣。

我们来到达拉斯。我左转，右转——很可能往右转得更多，因为我的左胳膊还很虚弱，即使有了动力转向，往左转方向盘也会疼。我很快就在小巷里迷路了。

我迷路了，好吧，我想，我需要有人给我指明方向，就像在新奥尔良时那样。在我去月亮石酒店时。

但不是月亮石酒店，而是蒙特莱昂酒店。而我刚到达拉斯时住的酒店是……是……

我一时间以为记忆会随风飘走，萨迪的名字如今偶尔还会这样。但是，稍后，我看到看门人，以及俯视商业街的那些闪光的窗户。想起来了。

我住的是阿道弗斯酒店。是的，因为它靠近……

就是想不起来。那一小段依然阻塞不通。

“亲爱的？还好吗？”

“还好，”我说，“怎么了？”

“开得有点颠。”

“我的腿有点抽筋。”

“对这里的东西都没印象吗？”

“没有，”我说，“一点都没有。”

萨迪叹口气。“又一个彻底失败的主意。我想我们最好回去。我来开好吗？”

“最好你来开。”

我瘸着走到乘客座，想道：阿道弗斯酒店。回到伊登法洛斯后把这个名字写下来。这样就不会忘了。

我们回到那个有坡道、病床，厕所两边带着把手的三房小套间，萨迪说我应该躺一会儿。“吃一片药。”

我上了床，脱掉鞋子——动作缓慢——躺下来。不过，我没吃药。我想保持大脑清醒。从现在开始，我必须保持大脑清醒。肯尼迪还有五天到达拉斯。

你选择住在阿道弗斯酒店是因为酒店附近有什么东西。是什么呢？

嗯，靠近报纸公布的车队行进路线，范围缩小了……哇，不超过两千幢建筑。这还不包括枪手能藏身的所有雕塑、纪念碑和墙壁。路线上有多少巷子？几十条。有多少天桥上露天的消防管线，一直垂到特特尔克里克大道莱蒙街西麦金柏巷上的通过点？车队会经过所有这些地方。主街和休斯敦街上还有多少？

你得记起他是谁，或者他在哪里开的枪。

我能记起一件，就能记起另一件。我清楚这一点。但是我的记忆在二十号公路上的教堂，我们调头的地方不断重复。蜜蜂公路上的基督之血教堂。很多人把肯尼迪当作救世主。当然，阿尔·坦普尔顿就是一个。他——

我瞪大眼睛，屏住呼吸。

在另一个房间里，电话响了。我听到萨迪接了电话，声音压得很低，因为她以为我睡着了。

经（THE WORD OF AL IGHTY GOD）。

我想起那天，我看到萨迪名字的全拼部分被遮挡起来，所以我能看到的是“多丽丝·邓”。这就是那种和声。我闭上眼睛，想象教堂的招牌。然后我想象着用手挡住“IGHTY GOD”这几个字母。

剩下的部分是THE WORD OF AL。阿尔的笔记。

阿尔的笔记。我有他的笔记！

但是笔记呢？笔记在哪里？

卧室的门打开。萨迪往里看。“杰克，你睡着了吗？”

“没有，”我说，“对不起。”

“还有时间。”

“是的。我每天都在回忆起新的东西。”

“亲爱的，是德凯。流感正在学校里蔓延，他染上了。他问我明天和星期二能不能去。可能星期三也要去。”

“去吧，”我说，“你如果不去，他会自己去的。他已经不年轻了。”在我的脑子里，五个字像霓虹灯一样不停闪烁：阿尔的笔记，阿尔的笔记，阿尔的笔记。

她坐到我身边的床上。“你确定吗？”

“我没事。还有很多人陪着。达文明天会来，记得吗？”达文指的是达拉斯地方上门服务护士。对于我这种情况，她们的主要职责就是确认我没有胡言乱语，我没有胡言乱语，就表明我的大脑没有出血。

“对。九点钟。写在日历上，免得忘了。还有，埃勒顿医生——”

“来吃中饭。我记得。”

“好的，杰克。那就好。”

“他说他会给我带三明治。还有奶昔。想把我养肥。”

“你是得长肉。”

“还有星期三的治疗。上午治腿，下午治胳膊。”

“我不想离开你，现在你这么接近……你知道的。”

“我如果有事，会给你打电话的，萨迪。”

她抓起我的手，弯下腰。我能闻到香水味以及呼吸中隐隐约约的烟味。“你能答应我，你会这么做吗？”

“能。当然。”

“我最迟星期三晚上回来。德凯要是星期四还回不来，图书馆就得关门了。”

“我没事。”

她轻轻地吻我一下，开始往外走，然后回过头。“我真希望德凯说的是对的，整件事情只是错觉。我真受不了我们知道，却无法阻止。我们可能会坐在客厅里看电视，而有人——”

“我会想起来的。”我说。

“是吗，杰克？”

“我必须想起来。”

她点点头，但是帘子即便拉着，我仍然能看到她脸上的怀疑。“我走之前我们还能吃晚饭。你闭上眼睛，让药片发挥药效吧。睡一会儿。”

我闭上眼睛，当然睡不着。这很好，因为我需要回忆阿尔的笔记。过了一小会儿，我闻到食物的气味。闻起来很香。我刚出院时，每隔十分钟左右就会上吐下泻，任何气味都让我觉得恶心。现在情况已经好多了。

我开始神游。我能看见，在餐馆的一个隔间里，阿尔坐在我对面。他的纸帽斜到左边眉毛上方。小镇要人们的照片向下俯视我们，但是哈里·邓宁已经不在墙上。我已经救了他。第二次，我可能还将他从越南战争中挽救出来。但是我无法确认这一点。

他还在阻碍着你，对吧，伙计？阿尔问道。

是的。他还在阻碍我。

但是你很接近了。

还不够接近。我不知道我把你那该死的笔记放在哪儿了。

你把它放到了安全的地方。这句话有没有为你缩小范围？

我正要说没有，然后想：阿尔的笔记很安全。安全。因为——

我睁开眼睛，脸上绽放出笑容。这似乎是几个星期以来的第一次。

笔记在保管箱里。

门开了。“你饿了吗？饭在保温。”

“啊？”

“杰克，你已经睡了两个多钟头。”

我坐起来，把腿放到地上。“我们吃饭吧。”

第二十七章

1

一九六三年十一月十七日（星期天）

我们吃完萨迪所说的晚饭、我所谓的正餐之后，萨迪想去洗碗，但是我让她打包回去过夜用的小手提箱。手提箱很小，是蓝色的，带圆角。

“你的膝盖——”

“洗几只碗还站得住。你现在就得上路，如果你想今晚睡个好觉的话。”

十分钟之后，我把碗洗好了。我的指尖僵痛。萨迪站在门口。双手提着小手提箱，头发在脸侧卷曲着。她看起来前所未有的美丽。

“杰克？告诉我一件关于未来的乐事吧。”

令我惊奇的是，我没想到几件事。手机？不算。自杀式炸弹？可能不好。冰山融化？还是换个时间再说吧。

然后我咧开嘴。“我买一送一，告诉你两件。冷战结束，黑人当总统。”

她开始笑，然后意识到我没有开玩笑。她张开嘴。“你是说白宫里有个黑人？”

“是的。尽管在我们的时代里，这群人更喜欢被称为非裔美国人。”

“你是说真的吗？”

“是的。”

“噢，我的天哪！”

“选举结束之后那天，很多人都发出了这种感叹。”

“他干得……怎么样？”

“有不同的看法。在我看来，他做得很出色，因为形势真的很复杂。”

“如果是这样，我想我还是开车回约迪吧，”她心不在焉地笑笑，“有点迷惑。”

她走下坡道，把手提箱放在甲壳虫的后备厢，然后跟我飞吻。她开始上车，但是我不能让她就这么走了。我不能跑——佩里医生说八个月，最好是一年之后再跑——但是我瘸着腿，以最快速度走下坡道。

“等等，萨迪，等一下！”

我的邻居克诺彭斯基先生坐在轮椅里，裹着夹克，握着膝盖上电池驱动的摩托罗拉收音机。人行道上，诺曼·惠滕正拄着滑雪杖般的拐杖慢慢走向角落里的邮箱。她转身朝我们挥手，僵硬的左脸试图挤出笑容。

萨迪在暮色之中不解地看着我。

“我只想告诉你点儿事，”我说，“我想告诉你，你是我他妈的最好的经历。”

她笑着拥抱我。“你对我来说也是，亲爱的。”

我们久久地吻在一起，要不是右边传来干巴巴的掌声，我们还会吻得更久。克诺彭斯基先生在鼓掌。

萨迪抽开身，握住我的手腕。“打电话给我，好吗？让我始终……你是怎么说的来着？在圈子里？”

“是的，我会的。”我不希望她知情。也不希望德凯或警察知情。

“因为你自己一个人做不了，杰克。你太虚弱了。”

“我知道，”我说，心想：我最好别那么无能，“给我打电话，让我知道你平安到家了。”

她的甲壳虫驶过拐角消失之后，克诺彭斯基先生说：“小心点，安伯森先生。看守人在那儿。”

“我知道。”我在车道上站了很久，确保惠滕女士能从邮箱那儿安全返回，不会摔倒。

她做到了。

我回到屋里。

2

我做的第一件事是从梳妆台顶上取下钥匙圈，数了数钥匙，很惊讶萨迪从没有把钥匙拿给我看，看看其是否能激起我的回忆……不过，她当然不可能什么都想到。有十二片钥匙。多数钥匙我都不知道是开什么锁的，但我很确定一片西勒奇牌钥匙是我房子前门的钥匙，房子位于……萨巴特斯？我想是这样，但不确定。

钥匙圈上还有一片小钥匙。钥匙上面贴着FC和七七五号等字样。这是保管箱的钥匙，没错，但是哪家银行呢？第一商业银行？这听起来挺像银行的名字，但是不对。

我闭上眼睛，朝黑暗中看去。我等待着，几乎可以肯定自己想要的会到来……的确到来了。我看见一本人造鳄鱼皮封面的支票簿。我看到自己打开支票簿。这简直容易得出奇。支票上不仅印着我在过去国度里的名字，还有我在过去的国度里最后的住址。

得克萨斯州，达拉斯市
西尼利街二一四号，一单元

我想起来：我的车就是在那儿被偷的。

我还想起来：奥斯瓦尔德。刺客的名字叫奥斯瓦尔德·拉比特。

不，刺客当然不叫这个名字。刺客是个人，不是个卡通人物。但是，很接近了。

“我来找你了，拉比特先生，”我说，“离你越来越近。”

3

接近九点三十分时，电话响了。萨迪安全到家。“没想起什么吧？

我很麻烦，你知道的。”

“想不起来。你一点都不麻烦。”我也许与跟奥斯瓦尔德·拉比特有关系，但萨迪是这个世界上跟他最没有关系的人。萨迪跟他的妻子更没有关系，他妻子也许叫玛丽，但我确信他女儿叫阿普丽尔。

“你说黑人入主白宫是在逗我，对吧？”

我笑了。“过一阵子，你就能亲眼看见这件事了。”

4

一九六三年十一月十八日（星期一）

上门服务护士中的一位又老又丑，一位年轻漂亮，九点钟准时到来。她们履行了职责。老护士觉得我痛苦、抽搐、呻吟够了后，递给我一个纸包，里面包着两粒药丸。“止痛药。”

“我想我其实不需——”

“拿着，”她说——她是个寡言少语的人，“免费的。”

我把药塞进嘴里，藏到舌下，喝了一口水，然后去了浴室。我在浴室里把药吐出来。

我回到厨房时，老护士说：“恢复得不错，不要太累了。”

“绝对没累着。”

“抓住了吗？”

“什么？”

“打你的混蛋？”

“噢……还没有。”

“你做了什么不该做的事情吗？”

我咧嘴大笑，克里斯蒂过去经常说我笑起来像吸了毒的知识竞赛电视节目主持人。“我不记得了。”

5

埃勒顿医生过来吃午饭，带来巨大的烤牛肉三明治，滴着油的松脆炸薯条，还有他答应给我带的奶昔。我尽量吃，真的吃了很多。我的胃口正在恢复。

“迈克有再搞一次综艺秀的想法，”他说，“这一次是为了你。最后，还是明智的观点占了上风。一座小镇能给的只有这么多了。”他点支烟，把火柴放到桌上的烟灰缸里，兴致勃勃地吸起来。“警察有没有可能抓住袭击你的暴徒？有什么消息吗？”

“没有，但是我觉得应该会有消息。他们搜光我的钱包，偷了我的车，扬长而去。”

“你去达拉斯的那种地方干什么？那儿可不是什么高尚社区。”

嗯，很明显，我住在那里。

“我不记得了。找人吧，或许是。”

“你休息得好吗？没有累着膝盖吧？”

“没有。”尽管我不久之前觉得膝盖很累。

“还会突然睡着吗？”

“好多了。”

“太好了。我想——”

电话响了。“应该是萨迪，”我说，“她吃完午饭打过来的。”

“我得走了。很高兴看到你长肉了，乔治。代我向那位美女问好。”

我照办了。她问我有没有什么“相关的记忆冒出来”。我根据她谨慎的措辞判断，她是从学校的办公室打来的——她等会儿要付长途话费给科尔里奇太太。科尔里奇太太掌管德诺姆联合高中的金库，有双尖耳朵。

我告诉她我没有想起新东西。我准备打个盹儿，希望醒来后会想起什么。我告诉她我爱她（能说出真心话，感觉真的很美），询问德凯的情况，祝她下午开心，然后挂断电话。但是我没有睡觉。我拿上车钥匙和公文包，开车去了城里。我向上帝祈祷，我回来时公文包里能装着东西。

6

我缓慢而小心地开车，但是我走进第一玉米银行，递上保管箱钥匙时，膝盖仍然痛得厉害。

银行职员从办公室里出来接待我，我马上回想起他的名字来：理查德·林克。我瘸着走上前去时，他瞪大眼睛，表情十分关切。“发生什么事了，安伯森先生？”

“车祸。”希望他没有读或者忘了《新闻晨报》上“警方直击”版面的短文。我自己也没有读，但的确有这么一条：约迪镇乔治·安伯森先生遭人残暴殴打，失去意识，被人发现并送到帕克兰医院。“我恢复得很好。”

“那就好。”

保管箱放在地下室。我跳着走下楼梯。我们用了钥匙，林克把保管箱拿到一个小房间里，放到一张小桌上，小桌仅能放下箱子。然后他指着墙上的按钮。

“结束之后叫梅尔文，他会帮你。”

我谢谢他。他离开之后，我拉上小房间门口的窗帘。我们已经打开保管箱的锁，但是箱子还关着。我盯着箱子，心跳加速。箱子里面装着约翰·肯尼迪的未来。

我打开箱子。上面是一捆现金和尼利街公寓里的杂物，包括我在第一玉米银行的支票簿。下面是一沓手稿，用两根橡皮筋捆着。最上面那页稿子上赫然印着《凶杀地》。没有作者，就是我的大作。我把它拿在手上，心里坚信我一打开，将会发现里面是空白。黄卡人已经把字迹抹去。

求求你，不要。

我翻开手稿。第一页上，一个人从照片里看着我。瘦长而不怎么帅气的脸。嘴唇弯成笑容，我非常熟悉这笑容——我不是亲眼看见过吗？是“我知道发生了什么，但你不知道，你这个可怜的笨蛋”那种笑容。

李·哈维·奥斯瓦尔德。将要改变世界的可怜虫。

7

我坐在小房间里，记忆汹涌袭来，令我呼吸困难。

梅赛德斯街上的艾维和罗塞特。姓坦普尔顿，跟阿尔一个姓。

跳绳女孩儿们：“我老子开着潜水艇。”

卫星电子沉默的迈克（神圣的迈克）。

乔治·德·莫伦斯乔特像超人一样撕开衬衫。

比利·詹姆斯·哈吉斯和埃德温·安德森·沃克将军。

玛丽娜·奥斯瓦尔德，刺客美丽的人质，站在西尼利街二一四号我住处的门口：“打扰一下，你看到我丈夫了吗？”

得克萨斯教科书仓库大楼。

六楼，东南窗户。视野最好的窗户，俯瞰迪利广场和埃尔姆街，埃尔姆街在教科书大楼旁边弯向特里普尔地下通道。

我开始颤抖。我用双手抱住胳膊，胳膊又紧紧抱在胸前。左胳膊——被毛布包裹的烟袋打断的胳膊——开始疼痛，但我没有理会。我很高兴。疼痛将我和这个世界联系起来。

颤抖消退之后，我将没有完成的书稿、珍贵的蓝色笔记本和剩下的所有东西都装进公文包，然后检查一下保管箱的后面。又发现两样东西。一件是我从金铺买来的便宜婚戒，为了遮人耳目，在卫星电子编故事用的。另一件是一只红色的婴儿拨浪鼓。拨浪鼓属于奥斯瓦尔德家年幼的女儿（琼，不是叫阿普丽尔）。我把拨浪鼓放进公文包，戒指放进裤腰上的表袋里。我开车回去时会扔掉戒指。萨迪会得到一枚更好的戒指，如果我有机会的话。

8

有人敲玻璃。然后有个声音说："——还好吗？先生，你还好吗？"

我睁开眼，一开始不知道自己身处何地。我往左看，一位身穿制服的巡警在敲我雪佛兰汽车驾驶侧的窗玻璃。然后我想起来了。我是在回伊登法洛斯的路上。我因为又累又兴奋又恐惧，那种"我想睡觉"的感觉又钻进我的脑子里。我立即把车停进附近的停车场。那时是两点钟左右。从西斜的太阳来看，现在得有四点了。

我摇下窗玻璃，说道："抱歉啊，警官。我突然犯困，为了安全起见，我停了下来。"

他点点头。"嗯，嗯，喝了酒就会这样。上车之前喝了多少？"

"没喝。我的脑袋几个月前受伤了。"我把脖子转过来，让他看到头发还没长起来的地方。

他将信将疑，让我对着他的脸呼气。然后他彻底相信。

"让我看看你的驾照。"他说。

我把得克萨斯驾照拿给他。

"你不是打算一路开回约迪吧？"

"没这个打算，警官。只开到达拉斯城北。我住在一家名叫伊登法洛斯的康复中心。"

我在出汗。他如果看到了，我希望他会以为这只是在温暖的十一月天气里坐在闷热的车里打瞌睡的缘故。我还希望——强烈希望——他不会问我身边座椅上的公文包里装的是什么。要是在二〇一一年，我可以拒绝他开包检查的要求，告诉他不能因为我在车里睡觉就要搜我的包。天哪，停车场里连收费记录表都没有。在一九六三年，警察可以立即搜包。他不会找到毒品，但是会找到现金，标题里带有"凶杀”二字的书稿，以及有关达拉斯和肯尼迪的内容怪诞的笔记本。我会不会被带到就近的警察局接受盘问，或者被带到帕克兰医院接受精神评估？然后跟沃森一家①一样，住到荒僻地带，连个对我说晚安的人都没有？

他在那儿站了一会儿，圆脸通红，就像诺曼·洛克威尔②刊登在《周六晚报》封面上的警察。然后他把驾照递过来。“好吧，安伯森先生。回法洛斯去吧，我建议你到那里之后立刻下车睡觉。你看起来很虚弱，虽然已经打了个瞌睡。”

“我正是这么打算的。”

我把车开走时，从观后镜里看见他，他注视着我。我敢肯定，我开出他的视线之前就会再次睡着。这一次将毫无先兆。我会突然冲向人行道，或许会碾压两三个行人，然后撞上一家家具店的橱窗。

最后，我把车停在门口带坡道的小房子前时，头疼得厉害，眼睛开始流泪，膝盖不停悸痛……但是有关奥斯瓦尔德的记忆牢固而清晰。我把公文包扔到餐桌上，给萨迪打了个电话。

“我从学校回来后给你打了个电话，但是你不在，”她说，“我很担心。”

“我在隔壁，跟克诺彭斯基先生玩克里比奇牌。”这些谎言是必要的。我必须记住这一点。我还要记住，谎得撒得圆满，因为她对我了如指掌。

“哦，那就好。”然后，她没有停顿，也没有改变语调就继续说道：“他叫什么名字？那家伙叫什么名字？”

李·奥斯瓦尔德。萨迪差点突袭得手。

“我……我还是没想起来。”

“你犹豫了。我听得出来。”

我等着她的责备，紧紧抓住话筒，手握得生疼。

“这一次差点就出现在你的脑子里，对吧？”

---

① 《沃森一家》是美国一九七二年九月至一九八一年六月间播放的电视剧。

② 诺曼·洛克威尔（1894—1978），美国画家及插画家，作品大都经由《周六晚报》刊出。

“是有东西。”我谨慎地表示同意。

我们聊了十五分钟，我一边和她说话，一边看着装有阿尔笔记的公文包。她让我晚上晚些时候再给她打电话。我答应说我会打的。

9

我决定等到新闻栏目《亨特利-布林克利报道》结束之后再打开笔记本。我想，我目前不会找到很多有价值的信息。阿尔笔记的最后一部分很不完整，写得很仓促。他从未想到奥斯瓦尔德到现在还活着。我也没想到。接近那个愤愤不平、无足轻重的家伙，就像是在满是树枝的道路上开车。到最后，过去可能会成功保护自身。但是我阻止了邓宁，这给了我希望。我看到一丝曙光，我能阻止奥斯瓦尔德，而且不用进亨茨维尔监狱坐电椅。我渴望全身而退。最重要的理由今晚在约迪，很可能正在喂德凯·西蒙斯喝鸡汤。

我在供病人使用的舒适的小公寓里有条不紊地工作，收拾东西。除了老打字机，我离开之前不想留下乔治·安伯森的任何痕迹。我打算等到星期三，但是萨迪如果说德凯好些了，她星期二晚上准备回来，我就得加快进度。我要躲到哪里去，直到完成任务呢？这个问题非常好。

小号响起，新闻节目开始。切特·亨特利出现。“肯尼迪总统在佛罗里达度过周末，观看北极星导弹试射，并探望生病的父亲，之后度过一个忙碌的星期一，在九个小时内发表了五场演讲。”

一架直升机——“海军陆战队一号”——降落，等待的人群欢呼起来。下一个镜头里，肯尼迪走近临时障碍后面的人群，一只手捋了一下蓬松的头发，另一只手拂了一下领带。他大步走在特勤局队员的前面，队员们慢跑着跟上他。我看着他，非常着迷。他溜过障碍的一个缺口，走进等待的人群，跟左右两边的人握手。特勤队员们快步跟上，神情紧张。

“这是在坦帕的情景，”亨特利继续说道，“肯尼迪在那里握手近十分钟。他让安保人员焦急万分，但是你可以看出来，群众很喜欢如此。他也同样，戴维——大家公认他态度超然，但他乐于迎合政治的要求。”

肯尼迪现在正向他的轿车移动，同时不停跟群众握手，偶尔跟女士拥抱。那是辆车顶收起来的敞篷车，跟他从拉菲尔德前往奥斯瓦尔德袭击地点时乘坐的敞篷车一模一样。可能就是同一辆车。一时间，模糊不清的黑白镜头在人群中捕捉到一张我熟悉的面孔。我坐在沙发上，看着美国总统跟我之前在坦帕遇到的赌注登记人握手。

我不知道罗思所谓“梅毒”的事是真的，还是在重复别人的谣言，不过爱德华多·古铁雷斯瘦了很多，头发稀疏，眼神看起来很疑惑，好像不知道自己身处何处，甚至不知道自己是谁。他两边的人跟肯尼迪的特勤队员一样，也穿着笨重的西装上衣，尽管佛罗里达热气逼人。镜头只是匆匆一瞥，然后又转到肯尼迪，坐在敞篷车里的他非常容易受到攻击，但他仍然在挥手，脸上洋溢着笑容。

镜头回到亨特利身上，他长满皱纹的脸上现在挂着困惑的笑容。“今天确实很有趣，戴维。总统走进国际旅馆的舞厅，坦帕商会的人正在那里等待他的演讲……嗯，还是你自己听吧。”

镜头回到现场。肯尼迪进入会场，对着站立的听众挥手。一位戴着登山帽、穿着皮短裤，上了年纪的男人开始用手风琴演奏《向统帅致敬》[①]，手风琴比他的个头还大。总统心不在焉，然后恍然大悟，举起双手，做出和蔼可亲的神圣的手势。跟当初看到奥斯瓦尔德真实的一面一样，我现在也看到他真实的一面。在那心不在焉、恍然大悟以及之后的手势之中，我看到了比幽默感更加美妙的东西：一种对荒谬生活的感激。

戴维·布林克利也在笑。“肯尼迪如果再次当选，那位先生可能会被邀请去就职典礼的舞会上演奏。可能演奏《啤酒桶波尔卡》，而不是《向统帅致敬》。与此同时，在日内瓦……”

---

① 美国总统的官方进行曲。

我关掉电视，回到沙发上，打开阿尔的笔记。我翻到后面时，不断地看到那心不在焉和恍然大悟的表情。那笑容。一种幽默感，一种荒谬感。教科书仓库大楼六楼窗户里的那家伙这两样都没有。奥斯瓦尔德一次又一次地证明，他这种人不该改变历史。

10

我很沮丧，阿尔笔记本最后的六页，有五页关乎李在新奥尔良的活动，以及他想从墨西哥辗转去古巴，最后无果而终的事。只有最后一页聚焦于暗杀的前奏，这些最后的笔记敷衍了事。毫无疑问，阿尔肯定将这部分内容熟记于心，他很可能以为，我如果到十一月的第三个星期还没有干掉奥斯瓦尔德，那么就回天无力。

一九六三年十月三日：奥回到得克萨斯。他和玛丽娜“好像”分居了。玛丽娜住在鲁思·佩因的房子里，奥主要在周末出现。鲁思通过一位邻居（比尔·弗雷泽）帮奥在教科书仓库大楼找到一份工作。鲁思称奥是“很棒的年轻人”。

奥工作日住在达拉斯。房子是租来的。

一九六三年十月十七日：奥开始到仓库大楼上班。搬书，卸车，等等。

一九六三年十月十八日：奥二十四岁生日。鲁思和玛丽娜给了他一个惊喜，办了生日聚会。奥谢谢她们。流泪了。

一九六三年十月二十日：第二个女儿出生：奥德丽·雷切尔。鲁思把玛丽娜送到医院（帕克兰），奥在上班。步枪藏在佩因的车库，用毯子裹着。

联邦调查局特工詹姆斯·霍斯蒂反复拜访奥。让他更加偏执。

一九六三年十一月二十一日：奥来到佩因的房子。请求玛丽娜复合。玛拒绝。压垮奥的最后一根稻草。

一九六三年十一月二十二日：奥把所有的钱放在玛丽娜的梳妆台上。还有结婚戒指。跟比尔·弗雷泽一起从欧文去了教科书仓库大楼。比尔问他拿的是什么。“新房的窗帘杆。”奥告诉他。卡尔卡诺步枪很可能已经被拆散。比尔把车停在距离教科书仓库大楼两个街区远的公共停车场。走路过去三分钟。

上午十一点五十分：奥在六楼东南角搭好狙击掩体，用纸板箱挡住，不让另一边的工人看到，他们正在搬卸作为新地板的胶合板。中饭时间。除了他，别无他人。大家都在守候总统。

上午十一点五十五分：奥组装好卡尔卡诺步枪，装上子弹。

下午十二点二十九分：车队抵达迪利广场。

下午十二点三十分：奥连开三枪。第三枪射杀肯尼迪。

我最想要的信息——奥斯瓦尔德出租房的位置——阿尔的笔记没提到。我想把笔记扔掉，但是按捺住这种冲动。我站起来，穿上外套，走出屋子。天几乎黑了，大半轮月亮冉冉升起。我借助月光，看见克诺彭斯基先生躺在轮椅里。他的摩托罗拉收音机放在膝盖上。

我走下坡道，瘸着走上前去。“克诺彭斯基先生？你还好吗？”

开始，他没有回答，甚至动都没动一下，我敢肯定他死了。然后，他抬起头，笑了。“我在听音乐，伙计。KMAT 台上播放的摇摆乐，真的让我回到过去。我过去能跳林迪，兔子舞，跳得非常出色。尽管你从我现在的样子，绝对看不出来。月亮很美吧？”

非常美。我们欣赏了一会儿，什么都没说。我盘算着自己必须完成的任务。我或许不知道李今晚待在哪里，但是知道他的步枪在哪里：在鲁思·佩因的车库里，用毯子裹着。我要是去那里把枪拿走呢？我不需要大费周章。这是过去的国度，在这穷乡僻壤，人们连房门都不上锁，更不要说车库门。

不过，阿尔要是弄错了呢？他已经把袭击沃克的步枪隐藏处弄错了。尽管它是在那里……

“你在想什么，伙计？”克诺彭斯基先生问道，“你的表情很苦恼。我猜，不是因为女人吧？”

“不是，”至少现在还不是，“有什么建议吗？”

“是的，有。既不能甩绳子又不能骑马的老家伙最擅长提建议。”

“你认识一个人，他要干一件坏事。铁了心要干。你要是阻止这个人一次——比如说劝他别做——你觉得他会继续尝试，还是会永远打消念头？”

“很难说。你是不是在想，划破你女朋友脸的那个人还会回来干坏事？”

“差不多吧。”

“疯狂的家伙。”这不算个回答。

“是的。”

“正常人通常会醒悟，”克诺彭斯基先生说，“疯子很少会醒悟。在有电灯电话之前的蛮荒时代，这种人很多。你把他们吓走，他们又会回来。你痛打他们，他们会发动突击——先是对你，然后是对他们真正寻找的人。把他们关在县里，他们就坐等出去。对于疯子，最保险的做法就是把他们永远关在监狱里。或者杀了他们。”

“我也是这么想的。”

“别让他回来继续伤害她，要是他有这打算的话。你要是真像你看起来那么爱她的话，你有责任。”

我当然有，尽管克莱顿已经不再是问题所在。我回到我小小的组合式公寓，煮了份浓咖啡，坐下来，打开笔记本。我的计划现在更清晰了。我想写下细节。

但是我一阵乱画，然后睡着了。

我醒来时，时间已经接近午夜，脸颊压在格子花纹桌布上的地方一阵疼痛。我看着笔记本。我不知道那东西是我睡着之前还是睡醒之后画上去的。不记得了。

本子上面画着一把枪。不是曼利夏-卡尔卡诺步枪，而是一把手枪。*我的*手枪。扔在西尼利街二一四号门廊台阶下的手枪。可能还在那里。*希望*还在那里。

我需要枪。

11

一九六三年十一月十九日（星期二）

萨迪早上打来电话，说德凯好些了，但是她想让德凯明天继续待在家里。“他来学校的话，病又会复发。但是我明天早上去学校之前会打包东西，第六节课一结束就去你那里。”

第六节课下午一点十分结束。也就是说，最迟到明天下午四点钟，我就得离开伊登法洛斯。但我还不知道要去哪里。“我迫不及待地想见你。”

“你的声音听起来很不自然，很好笑。头又痛了吗？”

“一点点。”我说。这是真的。

“去躺下，用湿毛巾盖住眼睛。”

“我会的。”我根本不想那么做。

“你想起什么了吗？”

实际上想起了。我想到，拿走李的步枪并不够。在佩因的房子里杀了他是个很糟糕的选项。不只是因为我很可能会被抓住。算上鲁思的两个孩子，屋子里有四个孩子。李要是从附近的公共汽车站走来，我可以尝试射杀他，但是跟他一起坐车的还有比尔·弗雷泽，在鲁思·佩因的请求下，给他找到工作的那位邻居。

“没有，”我说，“还没有。”

“我们会想起来的。你等着瞧吧。”

12

我开车（仍然开得很慢，但是信心倍增）穿过城市，到了西尼利街，盘算着一楼住房如果已经有人租住了，我该怎么办。买把新枪，我在想……但是点三八式警用手枪才是我想要的，但这只是因为我在德里有把同样的枪，而且成功地完成了那次任务。

按照《今日秀》新闻广播员弗兰克·布莱尔的说法，肯尼迪已经到了迈阿密，遇到一大群“古巴佬”。有的举着“肯尼迪万岁”的牌子，有的打出“肯尼迪背叛了我们”的牌子。要是一切没有变化，他只剩下七十二小时的生命。奥斯瓦尔德——生命略长一些——正在教科书仓库大楼里，可能正在把纸箱装进货梯，抑或在休息室里喝咖啡。

我或许能去那里干掉他——只需走到他面前，开一枪。我如果够幸运，会在开枪之后被摁倒。我如果不够幸运，会在开枪之前被摁倒。不管怎样，我下次看到萨迪·邓希尔，将是在镀锌铁丝网保护的玻璃后面。要是为了阻止奥斯瓦尔德，我不得不放弃自己的话——“牺牲自己，”用英雄的话来说——我想我会做的。但是我不想这样结束。我想要萨迪，我还想吃奶油蛋糕。

西尼利街二一四号外面有个烧烤灶，门廊上有把新摇椅，但是窗帘拉着，车道上没有车。我把车停在屋前，告诉自己，这种大胆的举止很帅，然后走上台阶。我站在玛丽娜四月十日来找我时站的位置，像她一样敲门。要是有人开门，我就自称弗兰克·安德森，在这个社区推销《大英百科全书》——我年纪太大了，不可能是推销《格利特》报的。屋里的女士要是感兴趣，我会答应她，我明天回来时会给她带一份样本。

没人应答。女主人或许也在上班。她或许在小区里串门儿。她或许在卧室——不久前还是我的卧室——醉酒酣睡。对我来说都一样，我们在过去的国度里。那地方很安静，这很关键，人行道空无一人。甚至艾伯塔·希钦森太太，撑着助步器的热心邻居，也不见踪影。

我从门廊上下来，一瘸一拐，走下人行道，好像忘记了什么东西似的转过身，朝台阶下瞥了一眼。点三八还在，一半掩埋在树叶底下，短枪管露在外面。我弯下健康的一边膝盖，抓起枪，丢进运动外套的口袋。我四下张望，周围杳无人迹。我瘸着走向汽车，把枪放进手套箱，然后驾车离开。

13

我没有回伊登法洛斯，而是把车开到达拉斯市中心，路上在一家体育用品商店停下来，买了一套手枪清洁工具和一盒新子弹。我最不希望看到的是，点三八手枪无法启动或对着我的脸爆炸。

我的下一站是阿道弗斯酒店。门卫告诉我，没有房间，要下个星期才有——总统来访，达拉斯的所有酒店都已客满——但是我花了一美元小费后，他屁颠屁颠地把我的汽车泊在酒店停车场里。“但是四点之前必须开走。入住登记高峰那时开始。”

现在才是中午。这里距离迪利广场只有三四个街区远，但是我无法充分享受去那里的时光。我很疲劳，尽管吃了止痛药，头痛还是愈加厉害。得克萨斯人开车不断鸣笛，每一声鸣响都刺激着我的大脑。我频繁休息，靠在建筑侧墙上，用健康的一只腿站立，宛如苍鹭。一位不当班的出租车司机问我怎么样，我告诉他我没事。这是撒谎。我心烦意乱，郁闷万分。膝盖有毛病的人真不应该肩负世界的未来。

我感激地把屁股坐在自己在一九六〇年刚到达拉斯几天时坐过的那条板凳上。曾经荫蔽我的榆树如今已经落叶，枝干发出哗啦哗啦的声响。我伸开疼痛的膝盖，放松地叹口气，然后把注意力集中到丑陋的砖结构教科书仓库大楼上。俯瞰休斯敦街和埃尔姆街的窗户在寒冷的下午阳光中闪耀着光芒。我们知道一个秘密，它们说道，我们即将出名，特别是六楼东南角的那扇窗户。我们即将出名，你阻止不了我们。一种愚蠢的威胁感萦绕着整幢建筑。只有我这么想吗？我看着好几个人穿过埃尔姆街，从另一边经过这幢建筑。我不这么想。李现在正在那幢建筑里，我敢肯定他也在想我正在考虑的很多事情。我能做到吗？我想这么做吗？这是我命中注定的事吗？

罗伯特再也不是你的哥哥了，我想，现在我是你的哥哥，李，你的持枪兄弟。只是你不知道。

仓库大楼后面的火车站里，一台发动机发出轰响。一群斑尾鸽展翅高飞，短暂地在仓库大楼楼顶赫兹公司的标志上空盘旋，然后朝沃斯堡飞去。

我要是在二十二日之前干掉他，肯尼迪会得救，但是我几乎肯定会进监狱或者精神病医院，待上二三十年。但是如果我在二十二日杀了他呢？趁他组装步枪之际？

在这场游戏中，我竭尽全力避免冒险，而等到这么晚动手是非常冒险的。但是我认为自己能够做到，而且这可能是我最佳的机会。有个帮手跟我一起参加游戏，会更安全，但是我只有萨迪，可我又不会让她卷进来。甚至，我悲凉地意识到，即便这意味着肯尼迪必须牺牲，或者我必须进监狱，也绝不能。她已经受过太大伤害。

我慢慢往回走，去酒店取车。我回头最后看一眼教科书仓库大楼。它正盯着我。毫无疑问，游戏肯定会在那里结束。我很愚蠢，还在想别的主意。我被驱赶到那幢砖砌的庞然大物里，就像一头牛被赶下屠宰场的斜道。

14

一九六三年十一月二十日（星期三）

清晨，我从梦中醒来。我已不记得梦，但心跳得很快。

她知道。

知道什么？

知道你一直在对她撒谎，说你没有回忆起来任何事情。

“她不知道。”我说。我的声音还带着瞌睡后的沙哑。

她知道，她很小心地说她准备第六节课结束之后出发，因为她不想让你知道她准备早点出发。她希望你在她出现时才知道。实际上，她可能已经在路上了。你接受上午的治疗时，她会突然到来。

我不想相信这是真的，但就是觉得这是真的。

那么我准备去哪里呢？星期三清晨的第一缕阳光来临，我坐在床上。我的下意识仿佛自始至终都知道。过去有共鸣，有回声。

但是我首先要做件事，这件事要在老打字机上完成。一件令我非常不愉快的事。

15

亲爱的萨迪，

我一直都在对你撒谎。我想你觉察到这一点已经有段时间了。我想你打算今天早点过来。但你只能在肯尼迪后天造访达拉斯之后才能见到我。

事情如果跟我预想的一样，我们会去另一个地方，长久而幸福地生活在一起。你一开始会觉得那地方很陌生，但是我想你能适应。我会帮你。我爱你，这就是我不让你卷进来的原因。

请相信我，请耐心等待。你如果在报纸里看到我的名字和照片，请不要惊讶——事情如果如我所料，这很可能会发生。不管怎样，不要找我。

爱你的，

杰克

一九六三年十一月二十日

又及：把信烧掉。

16

我把乔治·安伯森的人生打包装进海鸥尾雪佛兰汽车的后备厢，把留给医生的字条贴在门上，带着沉重而依恋的心情驾车离开。萨迪从约迪出发的时间比我预想的更早——天亮之前。我九点离开伊登法洛斯。她九点一刻就把甲壳虫停到路边，看到取消治疗的字条，用我给她的钥匙开门进屋。打字机的滚杆上支着一封信，信封上写着她的名字。她撕开信封，读了信，坐在没有信号的电视机前的沙发上，放声痛哭。医生来到时她还在哭……但是她按照我的要求，已经把信烧了。

17

阴沉的天空下，梅赛德斯街一片寂静。跳绳女孩们踪影全无——她们可能在上学，可能正全神贯注地听老师告诉她们，总统即将到访——但是不出我之所料，“房屋出租”的牌子再次挂上摇摇欲坠的门廊栏杆。上面有联系电话。我把车开到蒙哥马利-沃德百货公司仓库的停车场，从装卸台附近的电话亭里拨打电话。毫无疑问，接起电话、简洁明了地说“对，我是梅里特”的，就是把二七〇三房租给李和玛丽娜的那个家伙。我仍然记得他戴着斯泰森毡帽，穿着华丽缝合靴子的样子。

我告诉他我的要求，他不敢相信地笑笑。“我不按星期出租。那可是套好房子呀，兄弟。”

“是个垃圾场，”我说，“我进去过。我知道。”

“喂，等一下——”

“不，你等一下。我给你五十块，只在你那屎坑里蹲一个周末。差不多是一个月的房租了。你星期一来时再把那块牌子挂上。”

“你为什么要——”

“因为肯尼迪要来，达拉斯—沃斯堡的每一家酒店都已客满。我大老远开车来看他，可不想在美丽公园或者迪利广场露宿。”

梅里特考虑时，我听到打火机的咔嗒声和火焰冒出的声音。

“时间在流逝，”我说，“滴答滴答。”

“你叫什么名字，兄弟？”

“乔治·安伯森。”我有点不想打电话，直接搬进去。我差一点就这样做了，但是沃斯堡警察局是我最不想去的地方。我怀疑有时炸死活鸡庆祝节日的人不会理会擅闯民居的人，但是保险总比遗憾好。我不再绕着纸牌屋行走，我就住在纸牌屋里面。

“我半个小时后到门口跟你见面，四十五分钟后吧。”

“我会在屋里等，”我说，“我有钥匙。”

沉默更久。然后他说道：“你从哪里弄的？”

我不想告发艾维，尽管她现在住在莫泽尔。“从李那里。李·奥斯瓦尔德。他给我钥匙，让我进去帮他浇花。”

“那小子还养花？”

我挂断电话，开车回到二七〇三号。我的临时房东可能是受好奇心驱使，十五分钟之后就开着克莱斯勒赶到。他仍然戴着斯泰森毡帽，穿着华丽的缝合靴子。我坐在前厅里，听着活人的鬼魂不断争吵。他们有很多话要说。

梅里特想从我这里打听奥斯瓦尔德的消息——他真是共产党？我说不是，他是个听话的路易斯安那男孩儿，工作的地方星期五正好俯视总统的车队。我说我希望李可以和我分享他的有利地形。

“去他妈的肯尼迪！”梅里特差点喊出来，“他肯定是个共产党。得有人杀了那个狗杂种，让他没法摇尾巴。”

“祝你过得开心，再见。”我一边说，一边打开门。

他很不开心地走出去。这家伙习惯了租客对他点头哈腰。他走向破烂的水泥人行道。“你退房时，房子要和先前一模一样，听到了吗？”

我看了看客厅：腐烂的地毯，崩落的石膏，以及一张坏掉的安乐椅。“没问题，”我说。

我坐下来，想再次听到鬼魂的争吵：李和玛丽娜，玛格丽特和德·莫伦斯乔特，却又突然睡着了。我醒来时，以为叫喊声肯定是来自梦里。

“查理·卓别林，跑到法国去！为了看女人们跳舞！”

我睁开眼睛时，喊声仍在。我走到窗前，往外看去。跳绳女孩们个头高些，年纪大些，但还是那一帮。好吧，恐怖三人组。中间的那个脸上长了很多斑点，尽管她看起来距离长青春期粉刺至少还有四年。或许是风疹。

“向舰长敬礼！”

“向女王敬礼！”我嘟哝着说，走进浴室洗脸。水龙头喷出来的水带着锈，但是冰凉的水让我彻底清醒过来。我先前的表坏了，现在戴的是便宜的天美时手表。我看到现在时间是两点半。我不饿，但是得吃点东西，于是开车去李记烧烤店。我在回来的路上去了一家药店，又买了一盒古迪牌强效头痛粉。我还买了约翰·D. 麦克唐纳的几本平装小说。

跳绳女孩们已经不见了。梅赛德斯街通常嘈杂不堪，现在却出奇的安静。就像戏剧最后一幕幕布开启之前。我进屋开吃，但是，尽管烤排香浓鲜嫩，我最后还是把大部分都扔掉了。

18

我想在主卧睡觉，但是李和玛丽娜的鬼影清晰地出现在那儿。临近半夜，我换到次卧里。罗塞特·坦普尔顿的蜡笔女孩仍然在墙上。不知何故，我觉得她们一样的短上衣（森林绿肯定是罗塞特最喜欢的蜡笔）和硕大的黑色鞋子很舒适。我想这些女孩，特别是戴着美国小姐花冠的那位，肯定会让萨迪发笑。

“我爱你，亲爱的。”我说道，然后睡着了。

19

一九六三年十一月二十一日（星期四）

我不想吃早饭，就像头天晚上不想吃晚饭一样。但是到了上午十一点，我极度渴望喝咖啡。一加仑的咖啡可能才够。我抓起一本新书——名叫《关上大门》——开车到布拉多克公路上的“欢乐蛋”。柜台后面的电视机开着，我看了一则有关肯尼迪即将到达圣安东尼奥的新闻，林登和“小瓢虫”约翰逊会在那里迎接他。肯尼迪还要和约翰·康纳利州长及州长的妻子内利聚会。

镜头里，肯尼迪和妻子穿过华盛顿的安德鲁斯空军基地的停机坪，一位记者谈论着杰基“松弛的”发型，听起来好像要尿裤子。他先说“整洁的黑色贝雷帽”，然后流畅地说“束腰裙衫，是由她钟爱的设计师奥列格·卡西尼[①]设计”。卡西尼可能确实是她钟爱的设计师，但是我知道她在飞机上还有一套装备。那套衣服的设计师是可可·香奈儿[②]。粉色羊毛材质，搭配黑色衣领。当然头上还搭配粉色筒状女帽。那套衣服跟她在拉菲尔德接过的玫瑰十分搭调，但是跟即将溅到她裙子、袜子和鞋子上的血迹不那么搭调。

20

我回到梅赛德斯街，读平装小说。我等待着执拗的过去像拍讨厌的苍蝇那样拍我——房顶塌下来，或者污水坑裂开，把二七〇三房吞下去。我清理点三八手枪，装上子弹，又把子弹倒出来，重新清理。我真希望自己突然睡着——这样至少能打发时间——但是我没有睡着。时间一分一秒地过去，不情愿地聚成几个小时。时间每过去一个小时，肯尼迪离休斯敦街和埃尔姆街交汇处便更近一步。

我今天不会突然睡着，我想，这种情况明天才会发生。关键时刻来临时，我会失去知觉。我再次睁开眼睛，事情已经发生。过去已经保全自身。

会是这样，我知道会是这样。果真如此的话，我得做出选择：找

---

① 奥列格·卡西尼（1913—2006），美国时装设计师，生于法国。

② 可可·香奈儿（1883—1971），法国先锋时装设计师，香奈儿品牌创始人。

到萨迪，娶她，或者回去重新来过。我思考了一会儿，发现自己实际上不用做出选择。我已经没有勇气回去重新来过。不管怎样，就这一次。捕猎手的最后一枪。

那天晚上，肯尼迪夫妇、约翰逊夫妇以及康纳利夫妇在休斯敦共享晚宴，晚宴由拉丁美洲公民联盟举办。美食具有阿根廷风味：土豆沙拉和炖肉。杰基饭后发表了演讲——用西班牙语。我吃外卖汉堡包和炸薯条……尽力吃。我吃了几口，又把食物丢进外面的垃圾桶里。

我读完麦克唐纳的两本小说。我想把自己没有完成的小说从汽车后备厢里拿出来，但是读那部小说的想法让我恶心。最后，我只是坐在断裂一半的扶手椅子里，直到外面天黑。然后我走进罗塞特·坦普尔顿和琼·奥斯瓦尔德曾经睡过的小卧室。我躺到床上，脱了鞋子，穿着衣服，用客厅里的坐垫当枕头。我把门开着，让客厅里的灯亮着。我借助灯光，能看见穿着绿色短上衣的蜡笔女孩。我知道这个夜晚将比刚刚过去的白天更加漫长。我会醒着躺在那里，脚悬在床尾，几乎到了地上，直到十一月二十三日的第一缕阳光透进窗户。

夜很漫长。我被如果……怎么样，本来应该……怎么样，以及对萨迪的思念折磨着。思念最糟糕。对她的思念和渴望如此强烈，几乎成病。有一刻，很可能是半夜过后很久（我已经不再看手表，指针缓慢的移动太让我沮丧），我陷入没有梦境的沉睡。鬼知道我要是不被叫醒，会睡多久。有人轻轻地摇动我。

“快点儿，杰克。睁开眼睛。”

我睁开眼睛。我看见坐在我旁边的人时，一开始很肯定自己是在做梦。我肯定在做梦。但是，我随后伸出手，触摸她穿着褪色牛仔裤的腿，感觉到手掌下面的纤维。她把头发扎了起来，脸上几乎毫无妆饰。她左脸上的破相清晰而奇异。是萨迪。她找到我了。

第二十八章

1

一九六三年十一月二十二日（星期五）

我坐起来，想都没想就抱住她。她也紧紧抱住我。然后我亲吻她，品尝着她真实的存在——烟草和雅芳混杂的味道。口红很淡。她紧张得几乎把口红咬光了。我闻到她身上的香波、除臭剂以及紧张的汗水的气味。我抚摸她：臀部、胸脯和脸颊上的伤皱。她就在那里。

“几点了？”我可靠的天美时手表停了。

“八点一刻。”

“开什么玩笑？不可能！”

“真的是八点一刻。你很惊讶，但我并不惊讶。你突然昏睡的毛病，可不是一时半会儿了吧？”

我还在想萨迪怎么来到这里，李和玛丽娜在沃斯堡住过的地方。怎么可能呢？上帝啊，怎么来的？我也在想其他事：肯尼迪也在沃斯堡，此时此刻正在得克萨斯酒店给当地商会做早餐演讲。

“我的手提箱在车里，”她说，“我们是开我的甲壳虫，还是开你的雪佛兰去？不管你去的是什么地方。甲壳虫可能好点，停车方便。我们可能要付不少钱找个车位。我们还得赶紧出发。黄牛党已经出发了，挥舞着旗子。我看到他们了。”

“萨迪……”我摇摇头，想让脑袋清醒过来，抓起鞋子。我脑子里有想法，很多想法，但是那些想法就像龙卷风里的纸片，我一个也抓不住。

“我在这儿。”她说。

是的。这就是问题所在。“你不能跟我一起去。太危险了。我想我已经解释过了，或许说得不够清楚。你试图改变过去时，过去会咬你。它如果有机会，会撕开你的喉咙。”

“你说得很清楚了。但是你不能单独行动。面对现实吧，杰克。你虽然长了几磅肉，但还像个稻草人。你走路时一瘸一拐，应该说瘸得很严重，每走两三百步就要歇歇膝盖。你要是得逃跑怎么办？”

我什么都没说。但我在听。我一边听一边给表上发条，调时间。

“这还不是最糟的地方。你——哎呀！你在干什么？”我抓住了她的大腿。

“确定一下你是真的。我仍然不敢相信。”“空军一号”三个多小时之后降落在拉菲尔德机场。有人会献玫瑰花给杰基·肯尼迪。她在得克萨斯其他几站会收到黄玫瑰，但在达拉斯收到的花是红色的。

“我很真实，我就在这里。听我说，杰克。最糟的是你现在的身体状况。最糟的是你会突然睡着。你有没有想到这一点？”

我想了很多。

“过去如果真和你说的一样坏，你接近那个要刺杀肯尼迪的家伙时会发生什么事？”

过去并不坏，这个词用得不对，但是我明白她的意思，没有辩驳。

“你不明白形势有多危险。”

“我当然明白。你忘了很重要的事情，”她抓起我的手，看着我的眼睛，“我不只是你最好的女人，杰克……如果我依然是你最好的女人的话……”

“你出现在这儿，这正是最可怕的地方。”

“你说有人要射杀总统，根据你成功预测的其他事情来看，我有理由相信你。德凯都有些相信了。‘他知道肯尼迪会来，比肯尼迪本人知道得都早’，他说，‘准确到日期和小时。他还知道总统夫人会与总统同行。’但是你说得好像只有你一个人关心总统。不止你一个人。德凯也关心，他要不是仍然烧到三十八度的话，他这会来这儿。我也关心。我没有投他的票，但我碰巧是美国人。他不仅是总统，也是我的总统。这种想法对你来说很过时吗？”

“不。”

“好，”她的眼睛突然发亮，“我不希望他被一个疯子杀掉，我不想睡着。”

“萨迪——”

“让我说完。我们时间不多了。所以，你得掏干净耳朵。你把耳朵掏干净了吗？”

“是的。”

“那好。你甩不掉我的。我再说一遍，没门儿。我要去。你要是不让我上你的雪佛兰，我就开着自己的甲壳虫跟着你。”

“耶稣啊。”我说，不知道自己是在咒骂还是在祈祷。

“我们要是结婚了，我会听你的话，只要你对我好。我生来就相信那是妻子的责任。”（噢，你这个二十世纪六十年代的孩子，我想。）“我准备好告别我熟知的一切，跟你一起去未来。因为我爱你，因为我相信你所说的未来真的存在。我很可能不会再给你最后通牒，但是我现在要给你一个。你要么跟我一起做，要么别想做。”

我仔细思考。我问自己她是不是认真的。答案跟她脸上的伤疤一样清晰。

与此同时，萨迪正看着蜡笔女孩。“你觉得是谁画的？画得真不错。”

“罗塞特画的，”我说，“罗塞特·坦普尔顿。她的爸爸出了事故之后，她跟着妈妈回莫泽尔了。”

“然后你就搬进来了？”

“没有，我住在对面。一个姓奥斯瓦尔德的小家庭搬到这里。”

“他姓奥斯瓦尔德？”

“是的。李·奥斯瓦尔德。”

“我跟你一起去吗？”

“我有选择吗？”

她笑着把手放到我的脸上。我看到她放松的微笑，才意识到她在摇醒我时有多么害怕。“没有，亲爱的，”她说，“依我看没有。最后通牒就是这个意思。”

2

我们把她的手提箱放进雪佛兰。我们如果阻止了奥斯瓦尔德（而且不被逮捕），之后可以坐她的甲壳虫，她能开着回约迪，甲壳虫将停在她家的车道上，看起来跟平常一样。事情要是不顺利——我们未能阻止他杀肯尼迪，或是成功阻止了他，却要为谋杀李负责——我们就得逃命。而 V-8 雪佛兰比甲壳虫跑得更快，更远，也不那么显眼。

她看着我把枪放进运动外套的里面口袋，说："不，放在外面口袋里。"

我扬起眉毛。

"你要是突然累了或者想打盹，我能立即拿到枪。"

我们走上走道，萨迪把手提包挂在肩上。天气预报说有雨，但是在我看来，天气预报员得吃一张红牌。大气晴空万里。

萨迪坐进乘客座之前，一个声音在我身后响起。"那是你的女朋友吧，先生？"

我转过身。是脸上长粉刺的跳绳女孩。不过不是粉刺，也不是风疹。我没必要问她为什么没上学。她出了水痘。"是的。"

"她真漂亮。除了——"她发出奇怪的"咦"声，有点可爱，"——她的脸。"

萨迪笑了。我越来越佩服她的勇气……她的勇气与日俱增。"你叫什么名字，亲爱的？"

"萨迪，"跳绳女孩答道，"萨迪·范欧文。你呢？"

"噢，你肯定不会相信，我也叫萨迪。"

女孩带着梅赛德斯街上所有野姑娘都有的那种不信任的讥嘲目光打量着她。"不可能！"

"真的。我叫萨迪·邓希尔。"她朝我转过身。"真是巧啊，你说是吗，乔治？"

说实话，我不这么想。但我没时间讨论这个。“想问你件事，萨迪……范欧文小姐。你知道温斯考特路上的公交车站怎么走吗？”

“当然，”她转动眼睛，好像要问“你觉得我很蠢吗”，“你们两个出过水痘吗？”

萨迪点点头。

“我也出过，”我说，“没事的。你知道哪趟车去达拉斯市中心吗？”

“三路。”

“三路车多久发一趟？”

“半个钟头一趟吧，也可能是十五分钟一趟。你有车，为什么要坐公交车呢？你们有两辆车。”

我从大萨迪的表情看出，她有同样的疑问。“我自有道理。还有，我老子开潜水艇。”

萨迪·范欧文咧嘴大笑。“你也会这个？”

“会了很多年了，”我说，“上车吧，萨迪。我们得走了。”

我看了看新手表。八点四十分。

3

“告诉我你为什么对公交车感兴趣。”萨迪说。

“你先告诉我你是怎么找到我的。”

“我赶到伊登法洛斯时你已经走了，我按你说的，烧掉信，然后问了问隔壁的老头儿。”

“克诺彭斯基先生。”

“是的。他什么都不知道。那时，医生正坐在你的门口。医生看到你不在，很不高兴。她说她跟多琳医生换了班，让多琳今天能去看肯尼迪。”

温斯考特路公交车站就在前面。我减慢车速，看看柱子旁边的小棚子里有没有时间表。没有。我把车开进车站前方一百码的一个停车位。

“你在干什么？”

“买个保险。公交车要是九点还没来，我们继续开。讲你的故事吧。”

“我打电话给达拉斯市中心的酒店，但是没人听我细说。他们都很忙。然后我打电话给德凯，他打电话给警察。他告诉他们，他有可靠信息，有人准备射杀总统。”

我一直在观后镜里观察公交车是否到来，但是现在震惊地看着萨迪。不过我不得不佩服德凯。我不知道他相信萨迪的话多少，但是他冒险行动了。“然后发生了什么事？他留名字了吗？”

“他根本没机会。他们挂断了他的电话。我想我这时开始真的相信你说的过去很会保护自己这件事。你一直在经历这种事，对吧？鲜活的历史教科书。”

“不再是这样了。”

动作迟缓的公交车来了，黄底绿色。目的地窗口上显示：“三路—达拉斯主街—三路。”车停了，前后门打开。两三个人上了车，但是没有座位。车从我们身边缓慢经过，我看到座位都满了。我瞥见一个女人，她的帽子上别着一排肯尼迪纽扣。她高兴地朝我挥手，尽管我们的眼神只交会一秒，我仍感觉到她的兴奋、高兴和期待。

我把雪佛兰挂上挡，跟上公交车。在公交车喷出的褐色尾气里，车尾的广告上，一位拿着伊卡露染发剂的美女声称，她的生命只有一次，她想成为金发美女。萨迪夸张地挥手。“妈的！别跟这么近！真难闻！”

“批评得是，你还每天抽一包呢。”我说，但是她说得对，柴油恶臭难闻。我往后退。现在没有必要跟得太紧，因为我已经知道跳绳的萨迪把线路说对了。她可能连发车间隔都说对了。公交车平时可能半小时一趟，但这会儿不是平时。

“我又哭了一阵子，因为我以为你消失了。我很担心你，但是也恨你。”

我能理解，但还是觉得自己做得对，所以我什么都没说。

“我又打电话给德凯。他问我你有没有说起过什么据点，这个地方可能在达拉斯，更可能在沃斯堡。我说我不记得他说过什么具体的地方。他说你也许在住院期间稀里糊涂地说过什么。他让我认真想想。好像我没认真想似的。我回到克诺彭斯基先生那里，希望你对他说了什么。那时已是晚饭时间，天要黑了。他说没有。正在那时，他儿子带了一锅炖肉来，请我跟他们一起吃晚餐。克诺彭斯基先生说——他知道很多有关过去的故事——”

“我知道。”前方，公交车往东拐上维克里大道。我打转向灯，跟上去。距离足够远，所以我们不用吃柴油。“我至少听了三十几个故事。血染马鞍之类的。”

“听他讲故事是最好的选择，因为我不用绞尽脑汁，可以休息一会儿。有时候，你放松下来，事情就会自然地浮现在脑海里。我走回你的小房子时，突然想起来你说过，你在凯迪拉克街住过一段时间。但我知道地址不准确。”

“噢，我的天哪。我全忘了。”

“这是我最后的机会。我再次打电话给德凯。他没有详细的城市地图，但是他知道学校图书馆里有。他开车——他可能头都要咳掉了，他还病得很重——去拿，从办公室里打电话给我。他发现达拉斯有个福特大街，有个克莱斯勒公园，还有好几条道奇街。但是这些名字都不像凯迪拉克，你明白我的意思。然后他发现了沃斯堡的梅赛德斯街。我想立即出发。但是他告诉我，我在天亮后出发更容易看到你或者你的车。”

她抓住我的胳膊。她的手冰凉。

“这是我一生中最漫长的一个夜晚。你这个讨厌鬼。我几乎没合眼。”

“我会补偿你的。尽管我也直到凌晨才睡着。你要是不出现，我可能一直要睡过该死的暗杀事件。”

那样结局多令人郁闷哪！

“梅赛德斯街有好几个街区，我往前开呀开呀。然后我看见街的尽头，好像是百货商店背面的巨大建筑的停车场。”

“接近了。是蒙哥马利–沃德百货公司仓库。”

“还是没有你的踪迹。我没法形容我有多么失望。然后……”她咧嘴笑起来。脸上有疤，但笑容很灿烂。“然后我看见带海鸥尾红色雪佛兰，尾巴好像女人的眉毛，像霓虹灯一般闪亮。我喊叫着，拍打着小甲壳虫汽车的仪表盘，直到手都拍酸了。现在，我就在这——”

雪佛兰右前方发出一声低沉的吱嘎吱嘎的声响。突然之间，我们冲向一根灯柱。车下方发出一连串碰击声。我扭转方向盘。方向盘变得非常松弛，但是我幸而避免直接撞上灯柱。萨迪那边刮在柱子上，发出金属摩擦金属的刺耳声音。她那侧的车门弯向里面，我把她从座椅上往我这边拉。我们停下来，引擎罩在人行道上悬起来，汽车向右倾斜。不光是爆胎，我想，这简直是他妈的致命损伤。

萨迪看着我，目瞪口呆。我笑了。我之前已经说过，你有时候别无选择。

“欢迎来到过去，萨迪，”我说，“这就是我们的生活方式。”

4

得用撬棍把乘客车门撬开，才能从她那侧下车。她从座位上溜过来，从我这一侧下了车。有几个人在一旁观看，但人不多。

“天哪，怎么了？”一个推着婴儿车的女人问道。

我们走到车前，情况一目了然。右前轮突然折断，躺在我们身后二十英尺处，沥青道路弯沟的尽头。断面参差不齐的轮轴在阳光下闪光。

“轮轴断了。”我告诉推婴儿车的女人。

“噢，天哪！”

“我们怎么办？”萨迪低声问道。

“我们上了保险，现在我们用得上保险了。最近的公交车站。”

“我的手提箱——”

是的，我想，还有阿尔的笔记本，我的手稿——无关紧要的狗屁小说和至关重要的备忘录。以及我仅有的现金。我瞥了一眼手表。九点一刻。在得克萨斯酒店，杰基正穿着粉色套装。再过一个小时左右，政治活动结束，车队就会前往卡斯韦尔空军基地，大飞机停在那里。从沃斯堡到达拉斯的距离来看，飞行员在飞机起飞之后都来不及把轮子收起来。

我想了想。

“你们想用我的电话叫人吗?”推着婴儿车的女人问道，“我家就在前面，”她打量我们，看到我腿脚不便，萨迪脸上有疤，“你们受伤了吗?”

“我们没事，”我说，我抓住萨迪的胳膊，“你能打电话给加油站，请他们把车拖走吗?我知道这么要求太过分，但是我们有急事。”

“我告诉过他前端有些摇晃。”萨迪说。她带着佐治亚口音，拉长腔调。“谢天谢地，我们不是在公路上。”

“往前大约两个街区有家埃索加油站，”她指向北面，“我想我可以把孩子推到那里……”

“噢，您帮了我们的大忙，夫人。”萨迪说。她打开手提包，掏出钱包，拿出一张二十元的钞票。“先付给他们二十吧。真抱歉这么要求您，但我要是看不到肯尼迪，就不活了。”推婴儿车的女人笑起来。

“哎呀，二十块拖两次车都够了。你的包里如果有纸，我可以给你们写张收条——”

“没事，”我说，“我们相信你。但是我们会在雨刷下面写张字条。”

萨迪怀疑地看着我……但她拿出一支笔和一小本便签簿，便签簿封面是个斜视的小孩儿。呆头呆脑的笑容下面写着:“学生时代，可爱而又陈旧的学生黄金时代。”

我在字条上写了很多字，但是没时间考虑措辞。我草草写完，把字条折起来放到雨刷下面。一会儿之后，我们转过街角，消失在推婴儿车女人的视野里。

5

“杰克?你还好吗?”

“还好。你呢?”

“我撞到车门上，肩膀可能擦伤了，但是除此之外，还好。我们要是撞到柱子上，我可能就不妙了。你也是。字条给谁写的？”

“谁拖走雪佛兰就给谁。”我向上帝祈祷这个谁会按照字条的要求做。“我们回来之后再操心这件事吧。”

如果我们能回来的话。

下一个公交车站在街区的中央。三个黑女人，两个白女人，还有一个西班牙裔男人站在站牌旁。种族比例如此平衡，站台看起来像是《法律与秩序：特殊受害者》剧组演员招募现场。我们加入他们。我坐到棚子里的条凳上，旁边是第六个女人，一位非洲裔美国女人。她硕大的身体包裹在一身白色的人造丝制服里，她显然是富有白人家庭的女管家。她胸前佩戴的纽扣上写着：“一九六四年，与肯尼迪一路相伴！”

“腿不好吗？”她问我。

“是的。”我的运动服外套口袋里有四包古迪头痛粉。我拨开手枪，拿出两包，撕开口子，倒进嘴里。

“这么吃会伤肾。”她说。

“我知道。但是我得让这条腿撑到我看见总统。”

她大笑起来。“难以置信。”

萨迪站在路边，焦急地往回看，等待着三路车。

“今天车很慢，”女管家说道，“但是下一辆就要来了。我不会错过肯尼迪的，绝对不会！”

九点半，公交车还没有来，但是我膝盖的疼痛已经变成隐隐的悸动。上帝保佑古迪头痛粉。

萨迪走过来。“杰克，我们恐怕要——”

“来了一辆。”女管家说，站起身。这是个恐怖的女人，黑得像乌木，比萨迪至少高一英寸，头发笔直闪亮。“你——好，我准备在迪利广场找个位置。我的袋子里有三明治。总统能听到我喊话吗？”

“我敢肯定他能听到。”我说。

她笑了。“你最好相信他能！他和杰基都能！”

车上人满为患，但是站台上的人挤进去。萨迪和我最后上车，司机着急得像黑色星期五的股票经纪人，伸出手掌。“别上了！满了！挤得像沙丁鱼罐头！等下一趟吧！”

萨迪痛苦地看了我一眼，但是我还没来得及说话，那位大个子女士替我们说话：“不，不，让他们上吧。这个男的腿脚不便，女的也有问题，你们都能看到。还有，女的很瘦，男的更瘦。你让他们上，不然我会把你拉下来，我自己来开。我会开。我在我爸爸的斗牛犬车上学过。”

公交车司机看着她朝他逼近，翻了翻眼睛，示意我们上车。我们伸手去拿硬币，准备投币箱，他用肉乎乎的手掌把投币箱盖起来。“别投了，退到白线后面吧。尽量靠后，”他摇摇头，“今天为什么不多发十几辆车？我真不明白。”他拉了镀铬把手。前门后门相继关上。气刹松开，发出噗噗的声音。汽车开动，很慢，但是很稳。

我的天使没有就此打住。她开始威吓两名工人：一个白人，一个黑人，坐在司机后面，膝盖上放着饭盒。“起来，赶紧把座位让给这位女士和这位先生！你看不到他的腿不好吗？他还要去看肯尼迪呢！”

“夫人，没关系。”我说。

她没有理会。“起来吧，赶紧，你们是在柴房里长大的吗？”

他们站起来，胳膊肘推搡着走进过道里令人窒息的人群中。黑人工人给了女管家一个臭脸。“一九六三年了，我还在给白人让座位。”

“噢，呼！”他的白人朋友说道。

黑人看着我的脸，先是心不在焉，然后恍然大悟。我不知道他看到了什么，但是他指着空位子说：“坐下，别摔倒了，杰克逊。”

我坐到窗边。萨迪低声说了谢谢，然后坐在我旁边。公交车像一头老象，笨重前行，但若有足够的时间，它也能飞驰起来。女管家站在我们身边，抓紧一根拉手吊带，转弯时臀部甩动。她甩了很多次。我再次看表。指针似乎朝着上午十点跳动，很快就会跳过去。

萨迪靠近我，头发扎得我的脸和脖子一阵刺痒。“我们要去哪里？我们到了那里要怎么做？”

我想把脸转向她，但是眼睛直视着前方，等待着故障，等待着下一次袭击。我们现在到了西区街道，也就是一八〇号公路。我们很快就会到阿灵顿，未来的乔治·沃克·布什的得州游骑兵棒球队大本营。

要是一切顺利，我们十点半会到达达拉斯城郊，比奥斯瓦尔德给他该死的意大利步枪进行第一轮装弹早两个小时。只是，当你试图改变过去，事情很少会顺利发展。

“跟着我就行，”我说，“保持警惕。”

6

我们穿过欧文镇南部，一个月前刚生了第二个女儿的玛丽娜正在这里休养复原。车行缓慢，空气中弥漫着刺鼻的气味。拥挤的公交车里，一半的乘客都在吸烟。外面（空气稍微新鲜些）的街上挤满进城的汽车。我们看见一辆小汽车的后窗上写着：“杰基，我们爱你！”另一辆车的相同位置写着：“滚出得克萨斯，你这个叛徒！”公交车突然倾斜，摇摆起来。大群大群的人站在车站。我们这辆拥挤的车没有减速就开过时，他们挥舞起拳头。

十点一刻，我们到达哈里·海因斯大道，经过一个指向拉菲尔德的路标。事故发生在三分钟之后。我一直期待不要发生事故，但一直在密切留意，悄然等待。那辆翻斗车在海因斯大道和因伍德大道交叉路口闯红灯冲过时，我至少有所准备。我之前见过类似的情况，那是在德里的朗维尤墓地。

我抓住萨迪的脖子，把她的头按到膝盖上。“趴下！”

一秒钟之后，我们被抛到驾驶员座椅和乘客区之间。玻璃破碎。金属发出刺耳的尖响。站着的乘客们被甩向前方，挥舞的胳膊、手提包、帽子乱作一团。之前发出呼号的白人工人撞向走廊尽头的投币箱。肥胖的女管家直接消失了，被人体雪崩掩埋。

萨迪的鼻子在流血，右眼下方的擦伤肿胀起来，像是做面包用的生面团。司机被甩到方向盘一侧。巨大的前窗玻璃破裂，玻璃外面的街景消失，被锈迹斑斑的金属取代。我看到金属上面写着“达拉斯公共工程”。卡车装载的沥青发出刺鼻的恶臭。

我把萨迪转过来。“你还好吗？脑袋还清醒吗？”

“我没事，只是摇晃了一下。你要是别这么大声吼，我的脑袋应该还清醒。”

车厢前面的人堆里传来呻吟和哭喊。一位被撞断胳膊的男人从人堆中挣脱出来，晃了晃司机，司机从座位里滚出来，前额中央插着一块玻璃。

“噢，天哪！”胳膊断掉的男人喊道，“我想他已经死了！”

萨迪走向撞到投币箱的家伙身边，帮他退回到我们就坐的地方。他面色惨白，不断呻吟。我猜他的蛋蛋撞到了柱子上。高度正好差不多。他的黑人朋友跟我一道扶女管家站起身，但是她如果不是意识完全清醒，配合我们，我们恐怕爱莫能助。她足足有三百磅重。她的太阳穴在不停流血，那件制服永远也没法再穿了。我问她伤得怎么样。

“我想没什么事。但是我的头被猛撞了一下。天哪！”

我们身后的车厢里一片骚乱。人们很快就会惊慌逃窜。我站在萨迪前面，让她用胳膊抱住我的腰。考虑到我膝盖的伤势，我应该拉住她，但是本能就是本能。

“我们得让大家下车，”我告诉黑人工人，“拉手柄。”

他试了试，但是手柄一动不动。“卡住了。”

我想，这真是太狗屎了。我想，过去将门关上了。我不能帮他拉，我只有一只胳膊正常。女管家——现在，她的制服一边被血浸透——从我身边挤过去，差点将我撞倒。我感觉萨迪的胳膊松开一下，紧接着又抱紧。女管家的帽子歪到一边，帽檐的薄纱也沾上血珠。帽子看起来非常怪异，像是红色的莓果。她把帽子拨正，然后跟黑人工人一起抓住镀铬门把手。“我数三下，然后我们一起拉，”女管家对他说，“准备好了吗？”

他点点头。

“一……二……三！”

他们使劲拉……或者说女管家在使劲拉，差点没把胳膊底下的裙子撕裂。门噗的一声开了。我们身后传来无力的欢呼声。

“谢谢你们——”萨迪说道，但是我已经开始移动。

“快点。不然我们会被踩到。别放开我。”我们是最先下车的人。我把萨迪转向达拉斯的方向。“我们走。”

“杰克，这些人需要帮助！”

“我敢确定救援已经在路上了。别回头。朝前看，因为下一个障碍就在前面。”

“多少障碍？还会有多少障碍？”

“过去能给我们制造的所有障碍。”我说。

7

我们花了二十分钟，从三路公交车出事故的地方前进四个街区。我能感觉到膝盖肿痛。心脏每跳动一次，膝盖都会抽痛。我们走到一条长椅边，萨迪让我坐下。

“没时间了。”

“坐下吧，先生。”她出其不意地推我一下。我倒在长椅上，长椅背面有张当地殡仪馆的广告。萨迪轻快地点点头，就像完成了一件繁琐的杂务。然后她走向哈里·海因斯大道，一边打开手提包，伸手探摸。我的心跳到嗓子眼里并在那儿停下时，膝盖的悸痛也暂时停止。

一辆汽车突然转向她，鸣响喇叭。汽车差一英尺就撞上她。司机挥舞着拳头，继续往前开，然后突然伸出中指。我对萨迪大声喊叫，让她回来，她看都没朝我看一眼。她拿出钱包，汽车从她身边疾驰而过。在她受伤的脸上，头发被风吹起。她像春天的早晨一样冷酷。她拿出钞票，把钱包扔进手提包，然后将一张钞票高举过头顶。她看起来就像是高中赛前动员会上的拉拉队队长。

“五十块！”她喊道，“五十块去达拉斯！主街！主街！去看肯尼迪！五十块！”

这样没用的，我想，唯一可能发生的事就是，她会被执拗的过去碾压——

一辆锈迹斑斑的斯图贝克汽车呼啸着停在她面前。引擎发出叮当叮当的声响。一侧前灯只剩下一个空洞。一位身着宽松短裤和T恤的男人下了车。头上戴着（一直往下拉到耳际）绿色牛仔毡帽，帽圈上点缀一根印第安羽毛。他咧着嘴。笑容暴露出他至少掉了六颗牙。我看了他一眼，心想，*麻烦来了*。

“小姐，你疯了。”斯图贝克牛仔说道。

“你想不想要五十块？只需要把我们载到达拉斯。”

那家伙瞟钞票一眼，跟萨迪一样，全然没有理会鸣响喇叭驶开的汽车。他摘下帽子，拍打鸡骨头般屁股上的短裤，又戴上帽子，再次把帽檐拉到耳际。“小姐，你拿的不是五十，是十块的。”

“剩下的在我的钱夹里。”

“那我为什么不要呢？”他抓住萨迪大手提包的一根带子。我走下路沿，但是我想在我走近萨迪之前，他会把包抢到手。我如果*真能*走近萨迪，他可能会狠揍我一顿。他瘦得像只猴子，但仍然比我重。他的胳膊完好无损。

萨迪抓紧手提包。手提包被扯得像只极度痛苦的嘴巴。她一只闲着的手伸进包里，掏出一把我似曾相识的匕首，朝那家伙挥去，划开他的前臂。伤口从手腕上方延伸到肘关节内侧。他痛苦而惊讶，尖叫起来，松开手提包带，后退几步，瞪着萨迪。“你这个疯狂的婊子，拿刀刺我！”

他冲向车门敞开的汽车，汽车并未熄火。萨迪冲上前去，在他面前挥了一刀。萨迪的头发披到眼睛上，嘴唇令人生畏。鲜血从斯图贝克牛仔受伤的胳膊上流下来，滴在人行道上。令我难以置信的是，我听到有人喊：“*给他好看，美女！*”

斯图贝克牛仔往人行道上退，目光一直没离开匕首。萨迪看都没看我一眼，说道：“朝你来了，杰克。”

那一秒钟，我没有反应，然后我想起点三八手枪。我从口袋里掏出枪来，用枪指着他。“看到这个了吗，得州佬？上膛了。”

“你跟她一样，是他妈的疯子。”他把胳膊抱在胸前，鲜血染红他的T恤。萨迪飞快地转到斯图贝克的乘客座一边，打开车门。她从车顶上朝我看过来，一只手急躁地朝我做了个手势。我原以为我没办法再爱她更多，但在那一刻，我想我错了。

“你本该收下钱，或者开车走开，”我说，“现在让我看看你怎么跑。马上给我滚，不然我会照你的腿来一枪，让你根本没法跑。”

“你他妈的混蛋。”他说。

“我就是混蛋，你就是要吃枪子儿的蟊贼。”我扳起击铁。他没有犹豫，转过身，往西朝海因斯大道奔去，低着头抱着胳膊，咒骂着，身后留下一道血痕。

“不要停，一直跑到拉菲尔德！”我在他身后喊道，“跑三英里，去向总统问好吧！”

“上车，杰克！趁警察还没到，我们赶紧走！”

我坐进斯图贝克的方向盘后面，膝盖肿痛，十分痛苦。汽车是标准挡位，这意味着我得用受伤的腿踩离合器。我把座椅尽量往后调，听到后面宛如倒垃圾般吱嘎作响，然后汽车开动起来。

“那把刀，”我说，“是不是——”

“约翰尼砍我的那把刀，是的。琼斯长官询问我之后把刀给了我。他以为刀是我的，他可能是对的。但不是从我在蜜蜂树巷的住处拿的。我几乎可以肯定是约翰尼从我们在萨凡纳的房子里带来的。之后我就一直把刀带在身边。因为我需要保护自己，以防万一……”她泪水盈眶，“这就是万一，不是吗？如果有万一，这就是。”

“把刀放回手提包。”我踩下生涩得出奇的离合器，成功挂上二挡，车里闻起来像是十年没有清理过的鸡笼。

“会把包里的东西染得全是血。”

“收进去吧。你总不能挥舞着匕首四处跑吧，尤其是在总统要进城时。亲爱的，那样有点勇敢过头了。”

她把匕首收起来，然后用拳头擦拭双眼，像是蹭伤膝盖的小女孩。“几点了？”

“十一点差十分。肯尼迪四十分钟之后在拉菲尔德机场降落。”

“一切都在跟我们作对，”她说，“是吧？”

我瞥了她一眼，说道：“你现在明白了。”

8

我们在斯图贝克汽车的发动机爆缸之前成功抵达珍珠北街。引擎盖下冒出白烟。路上发出叮当的金属声。萨迪沮丧地吼叫起来，攥紧拳头狠捶大腿，一连骂了几句脏话，但是我几乎放松下来。我们至少再也不用跟离合器较劲了。我退回空挡，任汽车溜到路边。车停在一条巷子前面，鹅卵石上写着“请勿泊车”，但是经历了持枪袭击和抢劫汽车之后，违停对我来说是小事一桩。

我下了车，蹒跚着走到路边，萨迪已经站在那里。“现在几点？”她问道。

“十一点二十。”

“我们还有多远？”

“得克萨斯教科书仓库大楼在休斯敦街和埃尔姆街的交汇处。三英里。或许多点儿。”话音几乎全被遮盖，只剩下口型，因为我们突然听见喷气飞机引擎的声音从我们身后呼啸而过。我们抬起头，看见“空军一号”正在降落。

萨迪疲惫地将头发往后捋。“我们怎么办？”

“现在，我们得步行。”我说。

“把你的胳膊搭在我的肩膀上。让我扶你。”

“没必要，亲爱的。”

我们走了一个街区之后，我发现有这个必要。

9

我们十一点三十分抵达珍珠北街和罗斯大道的交叉口，就在此时，肯尼迪的波音七〇七已经降落，滑向官方迎接队伍……手捧红玫瑰花的女人当然也在其中。前面的街角是瓜达卢佩大教堂。台阶上，一尊胳膊舒展的圣像下面，坐着一个男人，男人的一侧放着木制拐杖，另一侧放着珐琅罐子。靠在罐子上的标牌上写着："我是重度残废！做个行善的撒玛利亚人，酌情施舍，上帝眷顾你！"

"你的拐杖呢，杰克？"

"落在伊登法洛斯了，卧室的衣柜里。"

"你忘了拐杖吗？"

女人善于质问，不是吗？

"我最近一直没用。我随便走几步路还行。"这比承认我当时满脑子的想法就是在萨迪到来之前赶紧离开康复中心好一些。

"嗯，你现在肯定需要拐杖。"

她冲上前去，速度惊人，跟教堂台阶上的乞丐攀谈起来。我一瘸一拐地凑上前去时，萨迪已经在跟他讨价还价。"这样一副拐杖顶多值九块钱，你要五十块钱一根？"

"我至少需要一根回家，"他说得很有道理，"你的朋友看起来需要一根赶往什么地方。"

"上帝眷顾你，做个行善的撒玛利亚人怎么样？"

"好吧，"乞丐说，若有所思地揉搓长满胡须的下巴，上帝眷顾你们，但我只是个可怜的残废。你们如果不喜欢我开的价，就像伪君子那样从我身边走开吧。我要是你们，就会这样做。"

"我敢打赌你会这样做。我要是直接抢过来呢，你这个挖空心思抢钱的家伙？"

"我猜你做得出，但是你那样做，上帝就不会眷顾你们了。"他说道，大笑起来。就一个严重残废的人来说，这声音高兴得有点出奇。他的牙比斯图贝克牛仔好些，但是也好不到哪里去。

"给他钱，"我说，"我只需要一根。"

"噢，我会给他钱。我只是讨厌乘人之危。"

"小姐，这对地球上的男性居民来说是个羞辱，如果你不介意我这么说的话。"

“注意你的嘴，”我说，“你说的可是我的未婚妻。”现在已经是十一点四十。

乞丐没有留意我。他打量着萨迪的钱包。“钱包上有血。你剃毛时弄伤自己了吗？”

“还没到参加《沙利文表演秀》选拔的时候，亲爱的，你也不是阿兰·金[①]。”萨迪拿出之前对着开来的汽车挥舞的十块钱，加上两张二十的。“拿去，”她说，乞丐接过钱，“我没钱了。你满意了吧？”

“你帮助了一位可怜的残废，”乞丐说，“你是唯一应该感到满足的人。”

“噢，我不满足！”萨迪喊道，“我真希望你该死的眼睛从你丑陋的头上掉下来！”

乞丐严肃地用男人对男人的眼神看了我一眼。“最好把她带回家，阳光吉姆。[②]我想她的月事就要来了。”

我把拐杖夹到右边胳膊下——骨头完好的人会以为残疾人是把拐杖架在受伤的一边，但实际情况并非如此——左手抓住萨迪的胳膊。“快点。没时间了。”

我们走开时，萨迪拍了一下穿着牛仔裤的屁股，回头喊道：“亲亲它吧！”

乞丐喊道：“别走啊，屁股撅过来。亲爱的，免费！”

10

我们沿着珍珠北街向前走……或者说，萨迪在走，我拄着拐杖。我有了拐杖，情况好了百倍，但是我们不可能在十二点半之前到达休斯敦街和埃尔姆街的交叉口。

---

① 阿兰·金（1927—2004），美国喜剧演员。

② 美国二十世纪二十年代以后对脾气暴躁之人的流行称呼。

前面有个脚手架。人行道从脚手架下面穿过。我推着萨迪穿过街道。

“杰克，为什么——”

“因为脚手架肯定会砸到我们身上。记住我说的话。”

“我们得坐车。我们真得……杰克？你怎么停下了？”

我停下来是因为生活是一首歌，过去很和谐。通常，这种和谐毫无意义（我在那之前是这么想的），但是偶尔，回到过去国度的勇猛造访者可以利用这一点。我虔心祈祷，希望此刻能成为那样的时刻。

在珍珠北街和圣哈辛托街拐角停着一辆一九五四年款福特森利纳敞篷汽车。我的是红色，这一辆是深蓝色，但是，仍然……或许……

我赶紧走过去，拉了拉乘客门。锁了。当然。你有时候运气不错，但是想得到免费赠品？没门儿。

“你想跳火点火吗？”

我不知道怎么点，怀疑可能比《波旁街乐拍》上演得更难。但是我知道怎么举起拐杖，用腋托猛敲窗户，直到窗户破碎，凹进里面。没人注意我们，因为人行道上空无一人。所有的活动都在东南方。我们能听到此刻正聚集在主街那边的人群的呼声，他们正期待着肯尼迪总统的到来。

安全玻璃陷进去。我把拐杖掉个头，用橡胶的一端把玻璃往里推。如果可以，我们有一个人要坐在后排。成功了。在德里，我配了一把森利纳的点火钥匙，粘在手套箱底部，文书的下面。这家伙或许也会这么做。或许这个具体的和谐能够延伸到这么远。机会很渺茫……萨迪在梅赛德斯街找到我的机会也很渺茫，但是她成功了。我用大拇指按开森利纳手套箱的镀铬按钮，开始在里面摸索。

和谐，你这个狗杂种。和谐，求你了。帮我个小忙，只此一次。

“杰克？你为什么认为——”

我的指头碰到什么东西，我把那东西拿出来，是个锡质塞克雷茨牌润喉糖盒子。我打开一看，里面不是一把钥匙，而是四把。我不知道其他三把是干什么用的，但是对我需要的那把确定无疑。即使在黑暗中，我也能依靠形状摸出它来。

天哪，我喜欢这辆车。

“看吧！”我说，她拥抱我时我差点翻倒，“你开吧，亲爱的。我坐到后面，休息休息膝盖。”

11

我很清楚不能走主街。主街会被锯木架和警车堵死。“走太平洋街，绕得越远越好，之后走边道。让人群的喊声始终在你的左边，我想就行了。”

“我们还剩多少时间？”

“半个小时。”实际上只有二十五分钟，但是我想半个小时听起来更让人放松。而且，我不希望她表演飙车特技，进而出事。我们还有时间——至少理论上如此——不过再出一次岔子，我们就没机会了。

她没有表演任何特技，但是她开得很勇敢。我们遇到一棵倒下的树，树挡住街道（我们当然会遇到）。她把车开上路缘，从人行道上越过去。我们一直开到北列考德街和黑弗里尔街的交叉口。再也没法继续开了，因为黑弗里尔街的最后两个街区——跟埃尔姆街交叉的地方——已经不复存在。那里变成了停车场。一个举着橙色旗子的男人示意我们往前。

“五块钱，”他说，“到主街只需要走两分钟，还有很多时间。”不过他说话时，眼睛怀疑地看着我的拐杖。

“我真的没钱了，”她说，“我没有撒谎。”

我掏出钱包，给了那家伙五块钱。“停在克莱斯勒后面，”他说，“停好，停近点。”

萨迪把钥匙扔过去。“你来停，停好，停近点。来吧，亲爱的。”

“嘿，不是那个方向，”停车男吼道，“那里是埃尔姆街！你们要去主街！他会到那里！”

“我们知道自己在干什么！”萨迪喊道。我希望她是对的。我们穿过车海，萨迪走在前面。我挥舞扭动拐杖，尽力避开突出的观后镜，跟上萨迪。我现在能听到教科书仓库大楼后面的火车站里火车头发出的声音和货运列车叮当叮当的响声。

“我们留下了很多破绽。”

“我知道。我有个计划。”大言不惭，但我的计划的确不错。

我们走出埃尔姆街，我指着街对面两个街区外的一幢建筑。“在那儿。他就在那儿。”

她看着立方形红砖建筑，看到窗户正凝视着下方，然后转过身，神情惊慌，眼睛圆瞪。我观察到——有点儿像临床检查——巨大的白色鸡皮疙瘩已经蔓延到她的脖子上。“杰克，太恐怖了！”

“我知道。”

“但是……哪里出问题了？”

“哪里都有问题。萨迪，我们得赶快。我们快没时间了。”

12

我们斜穿过埃尔姆街，我拄着拐杖，一路小跑。人群大多聚集在主街，但是更多的人聚拢在迪利广场和教科书仓库大楼前的埃尔姆街边。他们把一直延伸到高架桥的路缘挤得水泄不通。女孩们骑在男朋友的肩上。很快就会陷入惊慌和喊叫的孩子们正往嘴边涂抹冰激凌。我看见一个男人叫卖甜筒，一个留着蓬松发型的女人兜售一美元一张的杰克和杰基的照片，照片里的杰基穿着晚礼服。

我们到达仓库大楼的阴影之中时，我在流汗，腋窝被拐杖的支架顶得痛苦不堪，左边膝盖火辣辣的疼。我的膝盖几乎无法弯曲。我抬起头，看见仓库大楼的员工纷纷从窗口探头观看。六楼东南角的窗户里没人，但是李马上就会出现在那里。

我看了看手表。十二点二十。我们根据远处主街传来的呼声，能判断车队走到哪里了。

萨迪拽了拽门，然后痛苦地看了我一眼。“锁了！”

我看见里面有个戴鸭舌帽的黑人，帽子斜戴着，流行的戴法。他正在吸烟。阿尔对次要的东西很关注，在笔记的结尾——非常潦草，几近胡乱涂抹——他写下李的几位同事的名字。我没有费力研究，因为我不知道这些名字究竟有何用处。在其中一个名字旁边——是这个戴鸭舌帽的人，毫无疑问——阿尔写道：“第一个嫌疑人（很可能是因为他是黑人）”。此人的名字不常见，但是我仍然没记住。这要么是因为罗思和他的打手们把它从我脑子里打掉了（连同其他事情），要么是因为我从一开始就根本没留意。

抑或是因为过去很执拗。这有关系吗？我就是想不起来门内的这个人叫什么名字。

萨迪敲敲门。戴鸭舌帽的黑人站在那里，呆呆地看着她。他吸了一口烟，然后朝萨迪挥挥手背：“走吧，小姐，走吧。”

“杰克，赶紧想想吧！求你了！”

十二点二十一。

不同寻常的名字，没错，但是为何不同寻常？我惊讶地发现，自己知道他的名字为什么不同寻常。

“因为是女孩的名字。”我说。

萨迪转向我。她的脸除了伤疤全都涨红，伤疤变成白色的花纹。“什么？”

突然，我敲响玻璃。“邦妮！”我喊道，“嗨，邦妮·雷！放我们进去！我们认识李！李·奥斯瓦尔德！”

他知道李这个名字，迈着缓慢的步子，穿过大厅。

“我不知道骨瘦如柴的李还有朋友，”邦妮·雷·威廉斯一边开门一边说道，我们冲进去时，他走到一边，“他可能在休息室，跟别的人一起看总统——”

“听我说，”我说，“我不是他的朋友，他也不在休息室。他在六楼。我想他要刺杀总统肯尼迪。”

这个大个子高兴地笑了。他把烟头扔到地上，用工作靴踩灭。“那个吹毛求疵的家伙连溺死一只装进袋里的小猫都不敢。他只会坐在角落里读书。”

“我跟你说——”

“我准备上二楼。你们如果想跟我一起去，我想我会欢迎你们。但是别再扯那些关于李伢的瞎话了。我们都这么叫他，李伢。刺杀总统！天哪！”他挥挥手，踱着步子走开。

我想，邦妮·雷，你属于德里，德里人擅长对眼前的事物视而不见。

“走楼梯。”我告诉萨迪。

“坐电梯更——”

我们仅存的机会可能会被葬送在电梯里。

“电梯会卡在两层楼中间。走楼梯。”

我抓起她的手，拉着她冲向楼梯。楼道很窄，木质踏板经年累月，变得凹凸不平。左边是锈迹斑斑的铁栏杆。在楼梯口，萨迪转向我。“把枪给我。”

“不行。”

“你赶不及了。我能。把枪给我。”

我差点给她。我不是觉得我应该拿枪，现在，关键的分水岭时刻已经来临，无论谁阻止奥斯瓦尔德都没关系，只要有人阻止他就行。但是我们距离过去那咆哮的机器仅一步之遥，我如果让萨迪在我前面冒这最后一步的危险，被卷进高速旋转的传送带轮或叶片，我就该死。

我笑了笑，然后弯腰亲吻她。“我们比赛。”我说，然后冲上台阶。我扭头喊道：“我如果睡着了，他就归你！”

13

“你们疯了。”我听见邦妮·雷·威廉斯用略带抗议的腔调说。然后是轻轻的脚步碰击声。萨迪跟着我。我用右腿支撑身体——不再是靠在右腿上，而是绷在右腿上——用力拉左边的栏杆。手枪在运动外套口袋里左右摆动，击打我的髋部。膝盖在怒吼。我任它吼叫。

我到达二楼平台时，瞥了手表一眼。十二点二十五。不是，是十二点二十六。我能听见人群的呼喊正在逼近，即将爆发。车队已经通过主街和埃尔维街，主街和阿卡尔德街，主街和菲尔德街的交叉口。两分钟之后——最多三分钟——就会抵达休斯敦街，向右转，以十五英里的时速经过古老的达拉斯法院。从那里开始，美国总统就进入了袭击范围。在曼利夏-卡尔卡诺步枪的四倍瞄准镜里，肯尼迪夫妇和康纳利夫妇看起来就像里斯本路边影院银幕上的演员一样大。但是李会再等一会儿。他不想自寻死路，他想逃跑。开枪太早，车队头车上的警卫会看到枪火，予以还击。他会等到那辆车——总统的座驾——向左急转上埃尔姆街时。他不仅是个狙击手，还是个背后放枪的狗杂种。

我还有三分钟。

也许只有两分半钟。

我攻占二楼和三楼之间的台阶，忽略疼痛的膝盖，像马拉松运动员接近比赛终点一样，逼迫自己往上爬。对我来说，这就是一场马拉松。

我能听见，在我们下面，邦妮·雷·威廉斯喊叫“疯子”，“说李会刺杀总统”之类的话。

我爬到三楼的一半，能感觉到萨迪击打我的背，就像马夫催马跑快点，但是，她之后落到后面。我听见她喘气，心想，烟吸多了，亲爱的。我的膝盖不再疼痛，疼痛暂时淹没在急剧上升的肾上腺素中。我尽量保持左腿伸直，撑着拐杖走。

绕过弯。抵达四楼。我现在也开始喘气，台阶看起来越来越陡。就像一座高山。乞丐的拐杖顶端的支架被汗水浸得黏糊糊的。我的头开始阵痛，耳朵里萦绕着下面人群欢呼的声音。想象的眼睛睁得很大，我能看见车队到来：警卫车，然后是总统的轿车，两边是担任护卫的达拉斯警察局的哈雷-戴维森牌摩托车，摩托上的警察戴着白色头盔和太阳镜。

绕过角落。拐杖滑了一下，但我稳住了。继续爬。拐杖发出重击声。我现在能闻到六楼翻修产生的锯末的气味：工人们把旧侧板换掉了。但李不在那里。李独自一人在东南边。

我到达五楼平台，最后一次转弯。我张大嘴巴吸气，衬衫湿透了，贴在膨胀的胸前。汗水刺痛我的双眼，我使劲眨眼，把汗水挤掉。

三个书箱，上面印着“《通往任何地方的道路》”和“四五年级读物”，挡住通向六楼的台阶。我用右腿站立，用拐杖的脚猛击其中的一只箱子，把箱子转过去。我听见萨迪现在在四楼和五楼之间。所以，由我拿着枪似乎是对的，但是谁知道呢？根据我自己的经验，明确改变未来的主要责任在你身上，会让你跑得更快。

我从缝隙中往前挤。我为了挤过去，在一秒钟的时间里把身体的重量全部压在左腿上。这引来一阵剧痛。我呻吟着，抓住栏杆，避免倒在台阶上。我看了一下手表。十二点二十八。但是，表如果慢了呢？人群已经开始吼叫。

“杰克……看在上帝的分上，快点……”萨迪仍然在五楼的平台上。

我开始爬最后一段楼梯，人群的呼声逐渐消失，取而代之的是静默。我到达楼梯顶端时，除了我的喘息和负担过重的心跳，唯有一片阒寂。

14

得克萨斯教科书仓库大楼六楼是一片阴暗的空场地，上面散布着几堆书箱。正在更换地板的地方亮着灯。李·哈维·奥斯瓦尔德计划在不到一百秒之内创造历史的地方，灯没有开。七扇窗户俯视埃尔姆街，中间的五扇是宽大的半圆形窗户，两端的窗户是方形。六楼楼梯顶端附近非常阴暗，但是俯瞰埃尔姆街的区域充满朦胧的光线。因为地板工程制造的锯末浮尘，从窗外斜射进来的阳光看似非常密集。光线透过东南角的窗户，但被一堆书箱截断。狙击手的掩体就在斜对面，从西北到东南的对角线上。

在掩体后面，阳光之中，一名持枪男子站在窗前。他弯着腰，往外窥探。窗户开着。微风拂动他的头发和衬衫衣领。他举起步枪。

我拖沓着往前跑，绕过成堆的书籍，把手伸进外套口袋掏点三八手枪。

“李！”我喊道，“住手，你这个狗杂种！”

他转过头看着我，双目圆睁，嘴巴大张。一时间，他只是李——那个跟琼在浴室欢笑戏水的家伙，那个有时候拥抱妻子、亲吻她脸颊的家伙——之后，他的拘谨而单薄的嘴巴突然咆哮起来，露出里面的牙齿。于是他变成丑陋的怪物。我想你并不相信我说的话，但我发誓这是真的。他已经不是人，变成了一个恶魔，从此笼罩整个美国，逞凶发威，无恶不作。

如果我任它横行的话。

人群的喧闹声再次传上来，数千人的掌声、欢呼和喊叫，歇斯底里。我听到他们的叫声，李也听到了。他知道这意味着什么：现在动手，或者再无机会。他转身朝向窗前，把步枪的枪托抵进肩膀。

我有手枪，用来干掉弗兰克·邓宁的那款枪。不仅相像，在那一刻，就是同一把枪。我当时这么想，现在仍然这么想。击铁卡在衣袋里，我把枪扯出来时，听到了布料撕开的声音。

我开了一枪。射高了，只打爆了窗框顶端的木条，但这足以拯救约翰·肯尼迪一命。奥斯瓦尔德听到爆炸声，惊了一下，曼利夏-卡尔卡诺的一百六十格令[①]子弹射高了，击碎县法院的一扇窗玻璃。

楼下传来惊叫和混乱的呼喊。李再次转向我，他的脸上满是愤怒、仇恨和失望。他再次举起步枪，这一次瞄准的不是美国总统。他拉动枪栓——“咔嗒”——我又朝他开了一枪。我距他只有四分之三个房间的长度，不足二十五英尺，但再次失手。我看到他的衬衫一侧骤然一动，但仅此而已。

我的拐杖摔向一堆书籍。我踉跄着跌向左边，想用持枪的手找回平衡，但是几乎没有可能。顷刻之间，我在想我看到萨迪的那一天，萨迪是如何倒进我怀里的。我知道将会发生什么。历史不会重演，它

① 英美最小重量单位，1 格令＝ 0.0648 克。

奏响和声，但那通常是魔鬼的音乐。这一次，摔倒的是我，关键的区别就在这里。

她已经不在楼梯上……我能听到她急速的脚步。

“萨迪，趴下！”我喊道，但是喊声被奥斯瓦尔德步枪的爆裂声淹没。

我听到子弹从我的头顶飞过。我听到萨迪惊叫一声。

然后是无数的枪声，这一次，枪声是从外面传来的。总统的轿车已经离开，正以极快的速度朝立交桥驶去，车里的两对夫妇仍然蹲着，拥抱彼此。但是警卫车已经停在埃尔姆街靠近迪利广场的远端。摩托车上的警察也在街道中间停下来，至少有四十几个人在观察，指着六楼的窗户，在窗户里面，一名骨瘦如柴、身着蓝色衬衫的男子清晰可见。

我听到一串砰砰的声音，仿佛冰雹打在泥土上。这声音来自偏离窗户、击中窗户上方和两边砖墙的子弹。很多子弹没有打偏。我看到李的衬衫波浪翻滚，仿佛一阵风从里面吹出来——红色的波浪，在布料上撕开小洞：一处位于右边乳头上方，一处位于胸骨处，第三处位于肚脐，第四处撕开他的脖子。他像玩偶，在飘满锯末的模糊光线中舞蹈，但嘴里仍在发出恐怖的咆哮。我跟你说了，他那时已经不是人，是别的什么东西。我们听命于最邪恶的天使时，会钻进我们身体的东西。

一颗子弹不偏不倚打在天花板下的一盏灯上，击碎灯泡，电灯线摆动起来。然后，一颗子弹击碎刺客的头顶，就像在我来的世界里，李的一颗子弹击碎肯尼迪的头顶一样。他倒在书箱上，书箱倒向地面。

下面响起喊声。有人喊道：“倒了！我看见他倒下了！”

跑步声冲上楼来。我把点三八手枪扔到李身旁。我还有意识，明白上楼的人如果发现我手里拿着枪，会将我一阵痛打，甚至可能会杀了我。我准备起身，但是膝盖已经难以支撑身体。这也好。他们从埃尔姆街上可能看不到我，但如果能看到，可能会朝我开火。于是，我爬向萨迪躺倒的地方，用双手支撑身体的重量，像拖动锚一般拖着自己的左腿。

她的衬衫前胸浸透鲜血，我能看到枪洞。正中胸腔，乳房上方。嘴里流出更多的血。她已经被血哽住呼吸。我把胳膊放到她身下，抱起她。她的目光一直没有离开我的眼睛。她的眼睛在朦胧的光线中闪闪发亮。

“杰克。”她喘着粗气。

“亲爱的，别说话。”

但是，她没有听我的话——她何曾听过？“杰克，总统！”

“安然无恙。”轿车疾驰而去时，我根本没有看到他。但是李开了唯一的一枪时，我看到他惊了一下，这对我来说就足够了。不管怎么样，我都会告诉萨迪他安然无恙。

她闭上眼睛，然后又睁开眼睛。现在，脚步声更近，从五楼的平台朝最后一段台阶冲来。在遥远的下方，人群既惊慌，又疑惑。

“杰克。”

“在，亲爱的。”

她笑了。“我们的舞跳得多得劲啊！”

邦妮·雷和其他人赶到时，我坐在地上，怀抱着萨迪。他们从我身边冲过去。我不知道来了多少人。可能是四个。或者是八个。抑或是十二个。我看都懒得看他们一眼。我抱着萨迪，把她的头靠在胸口，她的血浸透我的衬衫。她死了。我的萨迪。她掉进了机器里。

我不是一个轻易会哭的人，但几乎任何一个失去心爱女人的男人都会哭，不是吗？是的。但是我没有哭。

因为我知道自己要做什么。

第六部　绿卡人

第二十九章

1

我并没有被拘捕，但是被羁押了，被一辆警车带到达拉斯警察局。在最后一个街区，人们——有些是记者，多数是普通市民——拍打车窗玻璃，朝警车里观看。我内心冷静，考虑着自己会不会被从车里拽出去，因为暗杀总统而被以私刑处死。我不在乎。我最在乎的是我沾满血迹的衬衫。我想把衬衫脱下来。我又想永远穿着它。因为那是萨迪的血。

坐在前排的警察没有问我任何问题。我想有人已经告诉他们不要问问题。他们即使问了，我也不会回答。我在思考。我能思考是因为寒意再次袭来。我把它当成是盔甲。我可以搞定这件事。我要搞定这件事。但是首先，我得接受盘问。

2

他们把我带进一个雪白的房间。里面放着一张桌子，三把椅子。我在一把椅子上坐下。外面，很多台电话响起，电传打字机咔嗒作响。人们走来走去，大声说话，有时喊叫，有时大笑。笑声歇斯底里。幸免于难的那种笑声。躲开子弹的笑声。埃德温·沃克四月十日晚上，一边从头发上拂去玻璃碎片，一边跟记者谈话时，可能就是这么笑的。

将我从教科书仓库大楼带来的两位警官搜了搜我身上，把我的东西拿走了。我问他能不能别拿走我最后的两包头痛药。两位警官交换一下意见，把药包撕开，倒在桌子上。桌上刻着大写字母，还有烟头烧过的痕迹。一位警官舔了一下指头，尝了尝药粉，点了点头。“想喝水吗？”

“不想。”我把药粉舀起来，倒进嘴里。药很苦，但是我觉得还好。

一位警官离开。另一位问我要沾满血的衬衫。我不情愿地把衬衫脱下来，递给他。然后我指着他。“我知道这是证据，但是对衣服尊重点儿。上面是我心爱女人的血。这对你们来说没什么，但她也是帮助我阻止暗杀肯尼迪总统行动的女人，这件事对你们来说应该意义非凡。”

“我们只想做个血型测试。”

“好的。但是这得记在我个人物品的收条上。我还想要这件衬衫。”

“当然。”

离开的警察又回来，穿着纯白汗衫。那看起来像是奥斯瓦尔德穿的那件汗衫——或者说他将要穿的汗衫，在得克萨斯剧院被捕之后拍摄的大头照里。

3

我一点二十分到达白色的小问讯室。大约一个小时之后（我不能确定，因为没有钟表，我的新天美时手表和其他随身物品一起被拿走了），那两位警官给我送来一个同伴。那是我的老相识：马尔科姆·佩里医生，提着一只黑色的乡村医生医疗包。我略带惊讶地跟他打招呼。他来警察局探望我，因为他不必去帕克兰医院，从约翰·肯尼迪的大脑里取出子弹碎片。历史的长河已经流进新的河道。

“你好，佩里医生。”

他点点头。“安伯森先生。”我们上次见面时，他叫我乔治。这个新称呼表明，我还是嫌疑犯。但我并不在意。我在那里，我知道会发生什么。邦妮·雷·威廉斯可能已经告诉过他们。

“我想你的膝盖又受伤了。”

“很不幸，是的。”

“给我看看。”

他想卷起我的左边裤腿，但是卷不起来。关节肿得太大。他拿出一把剪刀时，两位警官走上前来，掏出枪，指着地面，手指放在保险销旁边。佩里先生略带惊讶地看着他们，然后沿着缝线剪开我的裤腿。他看了看，摸一摸，拿出一根皮下注射器，抽出我腿里的液体。我咬紧牙关，等待结束。然后他在包里摸了一阵，拿出弹性绷带，紧紧包住膝盖。我松了一口气。

“我可以给你点止痛药，如果警官们不介意的话。”

他们不介意，但是我介意。我人生中最关键的时刻——也是萨迪最关键的时刻——就在眼前。我不想时间流逝时，麻醉药正麻痹着我的大脑。

“你有头痛药粉吗？”

佩里耸耸鼻子，好像闻到什么异味。“我有拜耳阿司匹林和恩普林。恩普林效果更好。”

“那就给我来点。佩里医生？”

他的眼睛从医疗包上抬起来。

“萨迪和我没有做任何错事。她为国家献出了生命……我差点为她献出自己的生命。我只是没机会。”

“如果是这样，让我第一个感谢你。代表整个国家。”

“总统，他人呢？你们知道吗？”

佩里医生看着警察，扬起眉毛。他们彼此看了一眼，然后其中一位说道：“他去了得州首府奥斯丁，发表晚宴讲话，一切照原计划进行。我不知道他这是英勇还是愚蠢。”

我想，“空军一号”或许会坠机，肯尼迪和机上所有人都会死掉。他或许会突发心脏病或者中风。别的狗屎亡命之徒或许会打爆他潇洒的脑袋。执拗的过去会不会跟对抗促变者一样对抗已经改变的事情？我不知道。也不在乎。我已经做了自己该做的事。从现在开始，肯尼迪身上会发生什么事已经不受我的控制。

“我从收音机上听说，杰基没有跟他在一起，”佩里平静地说，“肯尼迪已经提前送她去约翰逊城，副总统的农场。按照计划，肯尼迪周末会到那里跟她会面。乔治，你说的如果是真的——”

“够了，医生。”其中一位警官说。对我来说当然够了。马尔科姆·佩里又开始称呼我乔治。

佩里医生——有医生的高傲——无视他。“你说的如果是真的，我看你会造访华盛顿。很可能还会出席玫瑰花园的颁奖仪式。”

他离开之后，我又变成独自一人。不过也可以说并非如此，萨迪也在那里。“我们的舞跳得多得劲啊。”她离开这个世界之前说。我闭上眼睛，能看到她跟其他女孩站在一起，抖动肩膀，跳麦迪逊舞。在这个记忆里，她带着微笑，头发飘舞，面容完好。二〇一一年的外科技术能大大修复约翰·克莱顿在她脸上留下的伤疤，但是我想我有更好的技术。我如果有机会使用这种技术的话。

4

我独自一人痛苦地煎熬了两个小时，然后问讯室的门再次打开。两名男子走进来。戴着斯泰森帽子、长着贝塞猎狗脸的人自我介绍说，他是达拉斯警察局的威尔·弗里茨队长。他拿了一个公文包——但不是我的公文包，所以，没问题。

另一名男子长着双下巴，酒鬼肤色，短发上的发油闪闪发亮。他的眼神犀利、好奇而又略显焦急。他从西装外套的里面口袋掏出证件夹，轻轻弹开。“我是詹姆斯·霍斯蒂，安伯森先生。来自联邦调查局。”

你有足够的理由焦急，我想，你就是负责监视李的人，对吧，霍斯蒂特工？

威尔·弗里茨说：“想问你几个问题，安伯森先生。”

“问吧，”我说，“我还想出去呢。拯救美国总统性命的人通常不会受到犯人般的待遇。”

“噢，噢，”霍斯蒂特工说，“我们为你请了医生，不是吗？不是随便找个医生，那可是你的医生。”

“问你的问题吧。”我说。

我做好对抗的准备。

5

弗里茨打开公文包，掏出一只塑料袋，塑料袋上面贴着证据标签。里面是我的点三八手枪。“我们在奥斯瓦尔德垒起的书堆边找到这把枪，安伯森先生。你觉得，枪是他的吗？”

“不，这是警用手枪。枪是我的。李有把点三八手枪，不过是胜利型。你们可以在他身上或他躺着的地方找到这把枪。”

弗里茨和霍斯蒂惊讶地交换眼神，然后看着我。

“也就是说，你承认你认识奥斯瓦尔德。”弗里茨说。

“认识，不过不熟。我不知道他住在哪里，不然我会去找他。”

“实际上，”霍斯蒂说，“他在贝克利街有间住房。他以 O.H. 李这个名字租的房子。他好像还有个化名。阿列克·希德尔。他用这个化名接收邮件。”

“妻子和孩子没有跟他住在一起吗？”

霍斯蒂笑了。笑容让他的下巴向左右分别伸展了半英里。“是谁在这里问问题，安伯森先生？”

“我们都可以问，”我说，“我冒着生命危险拯救总统，我的未婚妻还献出了生命。所以我想我有权提问。”

我等着看他们会有多强硬。他们如果很强硬，肯定以为我也参与了刺杀行动。他们如果很平和，那只不过是想确定我没参与。结果是，他们既不强硬，也不平和。

弗里茨用一根迟钝的手指转动装手枪的袋子。“我会告诉你可能发生的情况，安伯森先生。我不敢咬定事实的确如此，但是你得说服我们事实并非如此。”

“嗯。你们给萨迪的家人打电话了吗？他们住在萨凡纳。你们还应该打电话给迪肯·西蒙斯和埃伦·多克蒂，他们住在约迪，如同她的代父母，”我想了想，“我们的代父母，真的。我打算请德凯当我们婚礼的伴郎。”

弗里茨并不在意我在说什么。“可能发生的情况是，你和女朋友跟奥斯瓦尔德是同伙。在最后一刻，你们临阵畏缩了。”

一种很流行的阴谋论。家喻户晓。

“或许，在最后一刻，你意识到你们准备射杀全世界最有权力的人，”霍斯蒂说，“你们清醒过来。所以你们阻止了他。如果是这样，你们会得到宽恕。”

是的。宽恕是指在莱文沃斯待四十年，或许五十年，吃麦当劳和奶酪，而不是死在得克萨斯的电椅上。

“霍斯蒂特工，那我们为什么没有跟他一起在里面，而是敲门进去？”

霍斯蒂耸耸肩。你来告诉我。

“我们如果一起策划了刺杀行动，你肯定看见过我跟他在一起。因为我知道他处于你们的部分监视之下，”我凑上前去，“你为什么不阻止他，霍斯蒂？这是你的职责。”

他退缩一下，仿佛我朝他举起一只拳头。他下巴涨红。

至少在那一刻，我的悲痛变成一种恶毒的开心。“联邦调查局密切关注他，是因为他投奔苏联，转而又投奔美国，然后准备投奔古巴。他在今天的恐怖表演之前，在街头巷尾发了支持菲德尔的传单几个月。”

“你怎么知道这些？”霍斯蒂咆哮着说。

“因为他告诉过我。之后发生了什么事？穷尽一切办法想击倒卡斯特罗的总统来到达拉斯。李在教科书仓库大楼上班，处在离车队很近的一个理想位置。你知道这一点，却毫无作为。”

弗里茨面带恐惧地看着霍斯蒂。我敢肯定霍斯蒂很后悔达拉斯警察也在屋里。但他能做什么呢？这是弗里茨的警察局。

“我们认为他没什么威胁。”霍斯蒂顽固地说。

“啊，那绝对是个错误的判断。他在给你的便条里说了什么，霍斯蒂？我知道李去过你的办公室，他被告知你不在，然后给你留下一张便条。但他不愿意告诉我里面写了什么。他只是他妈的笑笑。我们在谈论那个杀了我心爱女人的狗杂种，所以我想我有权知道。他有没有说他要干一件让全世界注目的事？我敢说他说了。”

“不是这样！”

“那就把便条给我看看。有这个胆子吗？”

“我跟奥斯瓦尔德先生的任何交往都是联邦调查局的公务。”

“我想你拿不出来。我猜你已经按照胡佛先生的指示，把纸条的灰烬冲进办公室的马桶。”

这件事也许尚未发生，但必将发生。阿尔在笔记里写了。

“你如果是无辜的，”弗里茨说，“你得告诉我们你为什么认识奥斯瓦尔德，为什么带着枪。”

“还有，为什么那位女士带着一把沾满鲜血的匕首。”霍斯蒂点点头。

我发怒了。“那位女士身上到处都是血！”我叫道，“衣服上，鞋子上，提包上！那个狗杂种朝她的胸口开了一枪，你们没看见吗？”

弗里茨：“冷静，安伯森先生。没有人指控你什么。”潜台词是：到目前为止。

我深深地吸口气。“你们跟佩里医生谈过吗？你们请他来给我做检查，治疗我的膝盖，所以肯定跟他谈过。这就是说，你们知道我八月份时差点被殴打致死。下令打我——并且参与其中的——是一位名叫阿基瓦·罗思的赌注登记人。我想他原本没打算伤我那么重，但我很可能向他挑衅了，让他发了疯。我不记得了。从那天之后，我有很多事情都不记得了。”

“这件事情发生之后，你为什么不报警？”

“因为我陷入昏迷，弗里茨探员。我醒过来后，什么都不记得了。我记起来时——记起一部分——想起罗思说他跟我在坦帕打过交道的一名赌注登记人，还有新奥尔良的匪帮成员卡洛斯·马塞洛认识。所以报警就很冒险。”

“你是说达拉斯警察局很腐败？”我不知道弗里茨的愤怒是真的还是假装的，但是我不怎么在乎。

“我是说我看过《天罗地网》，知道匪帮不喜欢被出卖。我买了把枪防身——宪法第二修正案赋予我的权利——我把枪带在身上，”我指着证据袋说，“就是那把枪。”

霍斯蒂：“你在哪里买的？”

“不记得了。”

弗里茨：“失忆症很好用，对吧？就像《秘密风暴》或者《地球照转》中演得那样。”

“跟佩里谈谈吧，”我又说，“再看看我的膝盖。我跑了六层楼梯，膝盖受伤，拯救总统的性命。我会告诉媒体，我履行一位美国公民的义务的奖赏就是在一间闷热的小房子里被讯问，连杯水都没有。”

“你想喝水吗？”弗里茨问道，我知道自己可能没事了，我如果没搞错的话。总统侥幸逃过暗杀。这两个人——更不要说达拉斯警察局的杰西·柯里局长——面临巨大压力，他们得制造一位英雄。萨迪既然已经死了，我是他们仅存的英雄。

“不用，”我说，“但是如果能来杯可口可乐就好了。”

6

我等待可乐的时候，想起萨迪说的那句话“我们留下了很多破绽”。的确如此。但是，我或许可以利用这一点。前提是，来自沃斯堡的某家埃索加油站的某位拖车司机照雪佛兰挡风玻璃雨刷下面纸条上的指示做了。

弗里茨点了根烟，把烟包朝我推过来。我摇摇头，他把烟拿回去。“告诉我们你是怎么认识他的。”他说。

我说我是在梅赛德斯街上遇见李，并偶然相识。我听他夸夸其谈法西斯帝国主义美国的种种罪恶。

“我想他是胡说，但是我喜欢他的家人。”这句话是真的。我的确喜欢他的家人，也的确认为他的话是胡说八道。

“你这样一位教育工作者怎么会住在沃斯堡那种臭地方？”弗里茨问。

“我打算写本小说。我发现教书时没办法写作。梅赛德斯街像个垃圾堆，但是租金便宜。我想，这本书至少要花我一年时间，这就意味着我得省着点花存款。我对邻居们感到沮丧时，就假装自己是住在巴黎左岸的一处阁楼里。”

弗里茨：“你的存款包不包括从赌注登记人那里赢来的钱？”

“根据宪法修正案第五条，我拒绝回答这个问题。”

弗里茨笑了。

霍斯蒂：“所以你遇到奥斯瓦尔德，跟他成了好朋友。”

“不算是好朋友。你不会跟疯狂的人交朋友。至少我不会。”

“继续说。”

李和他的家人搬走了，我留下来。之后有一天，他突然打电话给我，告诉我他和玛丽娜住在达拉斯的艾尔斯贝特街。他说环境不错，租金便宜房源又多。我告诉弗里茨和霍斯蒂，我那时候已经厌倦梅赛德斯街，所以搬到达拉斯，跟李一起在伍尔沃斯的柜台吃了午餐，然后绕小区走了一圈。我租下西尼利街二一四号一楼的房子，楼上住客搬走之后，我把这件事告诉了李。礼尚往来。

“他妻子不喜欢艾尔斯贝特那地方，”我说，“西尼利街的房子就在街角，条件好得多。于是他们就搬进去。”

我不知道他们会多么仔细地验证这个故事，时间顺序是否站得住脚，或者玛丽娜会跟他们说什么，但是这些事情对我已经不再重要。我只需要时间。看上去似是而非的故事对我来说就够了，特别是，霍斯蒂特工肯定会审慎地对待我。我如果说出他跟奥斯瓦尔德的关系，他可能得在法戈度过余下的职业生涯，那里会把他的屁股冻掉。

“之后发生了一件事，让我竖起耳朵。时间是今年四月。复活节前后。我坐在餐桌旁写书，一辆豪华汽车——我想是辆凯迪拉克——停下来，两个人下了车。一男一女。穿着讲究。他们给琼买了玩具。琼是——"

弗里茨："我们知道琼·奥斯瓦尔德是谁。"

"他们走上台阶，我听到那家伙——德国口音，声音就像炸弹一样响——我听到他说：'你怎么在他身上失手了，李？'"

霍斯蒂凑上前来，肥胖的脸上，眼睛睁得老大。"什么？"

"你听到了。于是我查了查报纸。猜猜怎么着？有人四天或者五天前袭击退役的将军。将军是右翼分子头目，正是李憎恨的那种人。"

"然后你做了什么事？"

"什么都没做。我知道他有把手枪——他有一天拿给我看——但是报纸说袭击沃克的家伙使用的是步枪。而且，那时我的主要精力都放在女朋友身上。你问我她的提包里为什么有把刀。答案很简单——她被吓怕了。她被攻击过，不过攻击她的人不是罗思，是她的前夫。前夫把她的脸严重毁容。"

"我们看到了伤疤，"霍斯蒂说，"我们对你的损失深表遗憾，安伯森先生。"

"谢谢你。"你看起来并不怎么遗憾，我想。"她携带的正是她的前夫——名叫约翰·克莱顿——用来砍她的那把刀。她随身携带。"我想到她说："以防万一。"我想到她说："如果有万一，这就是。"

我双手捂住脸颊，沉默了一分钟。他们等待着。我把双手放到膝盖上，继续用乔·弗雷迪[1]那种枯燥沉闷的腔调讲故事。实事求是，女士。

"我租着西尼利街的房子，但我夏天大部分时间都待在约迪，照顾萨迪。我几乎放弃写书，开始考虑重新申请到德诺姆联合高中教书。然后我就遇到阿基瓦·罗思和他的打手，结果自己进了医院。我出院以后，去了伊登法洛斯康复中心。"

"我知道，"弗里茨说，"那是一家提供护理服务的机构。"

---

① 美国二十世纪五十年代至七十年代广播及影视剧中虚构的洛杉矶警察局侦探。

“是的，萨迪是我的主要帮手。她丈夫砍伤她之后我照顾她。罗思和他的伙计们打伤我之后她照顾我。事情就这样来来去去。成了一种……怎么说呢……一种和谐。”

“任何事情背后都有原因。”霍斯蒂严肃地说。一时间，我想跳起来抽他涨红的胖脸。不过，不是因为他说错了。依我的愚见，任何事情背后的确都有原因，但我们喜欢原因吗？几乎不喜欢。

“快到十月底时，佩里先生允许我短途驾驶。”这是明目张胆的谎言，但是他们短时间内不会向佩里求证……他们如果真的把我当成美国的英雄，根本不会去求证。“我这个星期二去达拉斯去看了自己在西尼利街的房子。主要是因为一时兴起。我想看看那栋房子会不会有助于我恢复记忆。”

我的确去了西尼利街，不过是为了拿藏在门廊下的枪。

“之后，我想在伍尔沃斯吃中饭，回忆过去。我在柜台除了看见李还会看见谁呢？他正在吃黑麦配金枪鱼。我坐下来，问他怎么样，他告诉我，联邦调查局正在折磨他和他的妻子。他说：‘我想教教这些混蛋，让他们不要再给我 ××，乔治。你星期五下午如果看电视，或许能看到什么。’”

“天哪，”弗里茨说道，“你有没有把这话跟总统来访联系起来？”

“一开始没有。我不怎么关注肯尼迪的动向。我是个共和党人，”一连两个谎言，“还有，李又继续聊他热爱的话题。”

霍斯蒂：“古巴。”

“对。古巴和菲德尔万岁。他都没有问我为什么瘸了。他完全沉浸在自己的世界里，你明白吗？但李就是这样的人。我给他买了份牛乳布丁——哎呀，伍尔沃斯的牛乳布丁做得真棒，才两毛五分钱——问他在哪里上班。他告诉我，他在埃尔姆街的教科书仓库大楼工作。他说这话时笑容灿烂，好像卸车搬书是世界上最重要的工作。”

我将他的大部分胡话抛诸脑后，因为我的腿在痛，头也痛起来。我开车回伊登法洛斯，睡了一觉。但是，我醒来后，德国人的“你怎么在他身上失手了”这句话又在我的耳边响起。我打开电视，他们正在上面谈论总统的造访。那时，我说，我才开始担心。我在卧室的一堆报纸里翻找，找到车队的行进路线，看到车队正好经过教科书仓库大楼。

“我星期三一整天都在思考。”他们现在靠上前来，全神贯注地听着每一个字。霍斯蒂在做笔记，但他看都不看笔记本一眼。我在想他之后能否认出自己写的字。“我对自己说，*他或许是认真的*。然后我又说，*不会，李只会吹嘘，不会行动*。我就这么思前想后。昨天早上，我打电话给萨迪，把详细情况都告诉她，问她怎么看。她打电话给德凯——德凯·西蒙斯，我把他称作萨迪的代理父亲——然后打电话给我。她说我应该报警。”

弗里茨说：“我不是要往你的伤口上撒盐，伙计，但是你如果报警，你的女朋友现在还活着。”

“等等，你还没听完整个故事。”当然，我也没听完。我边讲边编。“我告诉她和德凯不能报警，因为李如果是无辜的，会被逼疯。你要知道那家伙只是在勉强支撑。梅赛德斯街是个垃圾堆，西尼利街只是稍微好些，但也只是对我这样的人稍好些——我是个单身汉，有书可以写，银行里有点存款。但是，李……他有个美丽的妻子和两个女儿，第二个女儿刚刚出生，他几乎无处栖身。他不是个坏人——”

我说到这里，有种冲动，想摸摸自己的鼻子，看它有没有变长。

“——但他是个世界级的混蛋，原谅我法语说得不好。他的疯狂想法让他很难找到工作。他说他找到工作后，联邦调查局会插手将事情搞砸。他说，他就是这样丢掉了在印刷工厂的工作。”

“一派胡言！”霍斯蒂说，“那小子将他的问题全怪到别人头上。我们在一些事情上观点一致，安伯森先生。他是个世界级的混蛋，我对他的妻女感到遗憾。无比遗憾。”

“是吗？那好。无论怎样，他有份工作，我不想害他丢了工作，他也许仅仅是在胡说八道……他很善于胡说八道。我告诉萨迪，我想明天——也就是今天——去教科书仓库大楼，确认一下。她说她想跟我一起去。我说不行，李如果真的发疯了，决意要干点什么，她去会有危险。”

“你跟他一起吃中饭时，他看上去像发疯了吗？”弗里茨问。

“没有，泰然自若，但是他向来如此，”我凑向他，“我希望你现在仔细听，弗里茨探员。我知道，我不管怎么跟她说，她铁了心要跟我一起去。我从她的声音中听得出来。所以我离开了。我这么做是为了保护她。以防万一。”

“如果有万一，这就是。”我脑子里的萨迪低声说。我看到她的尸体之前，她会一直活在我的脑子里。我发誓无论如何都要再看她一眼。

“我打算在酒店过夜，但是酒店都满了。然后我想到梅赛德斯街。我已经归还我住过的二七〇六号房间的钥匙，但是我还有一片街对面二七〇三号、李住的房子的钥匙。他给我钥匙，让我帮他浇花。”

霍斯蒂：“他养花？”

我的注意力依然集中在威尔·弗里茨身上。“萨迪发现我离开伊登法洛斯就警觉起来。德凯也是。所以德凯打电话报警。打了不止一次，而是好几次。接电话的警察每次都叫他不要胡扯，然后挂断电话。我不知道是否有人将这些来电记录下来了，德凯会告诉你们，他没有理由撒谎。”

现在轮到弗里茨脸皮涨红。“你如果知道我们接到过多少死亡威胁……”

“我能想象。而且，只有这么多人手。所以别告诉我我们如果报了警，萨迪会活下来。别这么说，好吗？”

他沉默无言。

“她是怎么找到你的？”霍斯蒂问道。

我在这件事上没有撒谎，没有必要。然而，他们接下来会问从沃斯堡的梅赛德斯街到达拉斯的教科书仓库大楼这一路的情况。这正是我的故事最不保险的部分。我并不担心斯图贝克牛仔。萨迪砍伤了他，不过是因为他要抢萨迪的包。汽车已经濒临报废，我觉得牛仔可能不会报失。当然，我们还偷了另一辆车，但是考虑到我们要做的事的紧迫性，警方当然不会提起诉讼。他们如果那么做，媒体会抵制他们。我只担心那辆红色雪佛兰，海鸥尾巴好像女人眉毛的那辆车。里面有几只手提箱倒是不难理解，因为我们之前在坎德尔伍德小屋度过很多逍遥的周末。但是，他们如果看阿尔的笔记一眼……我想都不敢想。

问讯室的门上响起一阵急促的敲门声，把我带进警察局的一位警察探进头来。他坐在巡逻车的方向盘后面时，和同事搜查我的个人物品时，看起来神情严肃，非常危险，是犯罪影片中的警察形象。但现在的他缺乏自信，目瞪口呆。我看得出，他不超过二十三岁，青春期的粉刺还没有退去。我看见他的身后有很多人——有的身着制服，有的没穿制服——伸长脖子，要看我一眼。弗里茨和霍斯蒂不耐烦地转向这位不速之客。

“先生们，我很抱歉打扰你们，但是安伯森先生有电话。”

霍斯蒂的下巴再次涨红。“小子，我们在这里问话。是美国总统打来又怎么样？我不在乎！”

警察吞了一口口水，喉结像竹竿上的猴子一样上下翻动。“噢，先生们……正是美国总统。”

他们在乎。

7

他们把我带到楼下柯里局长的办公室。弗里茨架着我的一只胳膊，霍斯蒂架着另一只胳膊。有了他们在两边支撑我六七十磅的重量，我几乎一点儿都不瘸了。记者、电视摄像机、巨大的灯泡一定把那里的温度抬高到华氏一百度。这些人——比没有固定职业的摄影师高级一点——在暗杀行动失败之后的警察局里并不受欢迎，我对此毫不惊讶。在另一个时间系里，奥斯瓦尔德被捕之后，他们冲进来，没有人把他们踢出去。据我所知，甚至没人建议这么做。

霍斯蒂和弗里茨在人堆中推开一条路，表情严肃。问题向他们和我袭来。霍斯蒂喊道：“安伯森先生接受完官方的讯问之后会发表声明。”

“什么时候？”有人喊道。

“明天，后天，或者下周！”

一片嘘声。霍斯蒂笑起来。

“或许是下个月。肯尼迪总统现在在电话上等着他，所以你们给我退后！”

他们往后退，像鹊鸟一样叽叽喳喳。

柯里局长的办公室里唯一的降温设备就是书架上的电扇。我经历了问讯室，以及大厅里的媒体微波炉后，流动的空气让我心存感激。记录本上放着一个硕大的黑色电话听筒。旁边是一份文件，标签上写着“李·哈维·奥斯瓦尔德”。文件很薄。

我拿起电话。“喂？”

电话里传来的新英格兰鼻音让我的背上生出一阵寒意。如果没有萨迪和我，这个人现在已经躺在停尸房里。“安伯森先生？我是杰克·肯尼迪……我……呃……和太太要感谢你……呃……让我们得以幸存。我也知道你失去了心爱的人。”“心爱的”听起来像“相爱的”，我从小到大早已习惯的口音。

“她的名字叫萨迪·邓希尔，总统先生。奥斯瓦尔德杀了她。”

“对你的损失……呃……我深感遗憾，安伯森先生。我能叫你……呃……乔治吗？”

“您尽管这么叫。”我心想：我根本不是在跟总统打电话，而是在做梦。

“她的国家会向她致以深厚的谢意……并对你致以深切的慰问，我敢肯定。让我……呃……首先向你表示感谢和慰问。”

“谢谢您，总统先生。”我喉咙紧闭，语不成声。我看见她的眼睛，看见她躺在我的怀里，眼睛炯炯有神。“我们的舞跳得多带劲啊！”总统们会在意这个吗？他们会知道这些吗？或许最好的总统会在意。或许这就是他们能当上总统的原因。

“这里……呃……还有人想谢谢你，乔治。我爱人现在不在这儿，但是她……呃……打算今天晚上打电话给你。”

“总统先生，我还不确定自己今天晚上会在哪儿。”

“她会找到你的。她……呃……想感谢别人时很坚决。现在告诉我，乔治，你怎么样？”

我告诉他我很好，虽然实际情况不是这样。他答应很快在白宫见我，我感谢他，但是觉得白宫之旅不会发生。那场梦境般的谈话进行时，电扇吹着我流汗的脸，柯里局长办公室门上的石英玻璃上透出外面的电视发出的非自然光亮，几个词蹦进我的脑海里。

我安全了。我安全了。我安全了。

美国总统从奥斯丁打来电话，感谢我拯救他的生命。我安全了。我能做自己要做的事。

8

跟约翰·菲茨杰拉德·肯尼迪梦幻般的对话结束五分钟之后，霍斯蒂和弗里茨推着我走下后面的楼梯，走进奥斯瓦尔德本来会被杰克·鲁比枪杀的车库。在那个时间系里，车库里挤满等待将刺客转移到县监狱的人。此时这儿空无一人，我们的脚步发出回响。看护人开车送我到阿道弗斯酒店，我毫不惊讶地发现自己住进了第一次来达拉斯时入住的那间客房。圣人说，因果轮回。我永远都不会知道这些神秘的圣人是谁，但是在时间旅行这件事上，他们说得对。

弗里茨告诉我，在走廊以及楼下大厅里站岗的警察，将严密保护我的安全，阻止媒体靠近。（嗯。）然后他跟我握了手。霍斯蒂探员也握了我的手。他跟我握手时，我感觉到一张折叠的纸条从他的手里传到我的掌心。“好好休息，”他说，“你应得的。”

他们离开之后，我打开纸条。这是他从自己的笔记本上撕下的一页纸。他写了三句话，可能是在我跟杰克·肯尼迪打电话时写的。

“你的电话被窃听了。我晚上九点来见你。烧掉纸条，用水冲掉。”

我烧了纸条，像萨迪烧了我写的纸条那样，然后拿起电话，旋松话筒。里面的电线上连着一个小型蓝色圆筒，圆筒体积不超过一节五号电池。我很高兴看到上面写着日语——这让我想起我的老朋友沉默的迈克。

我把它拧下来，放进口袋，把话筒旋上，拨通〇。我报上名字之后，接线员沉默了很久。我正要挂断电话重拨，她开始哭泣着感谢我拯救了总统。她如果能效劳，她说，或者酒店里的任何人如果能够效劳的话，我只需给她打个电话，她名叫玛丽。她为了感谢我，可以为我做任何事。

“你能不能帮我接通约迪的电话？”我说，给了她德凯的电话。

“当然，安伯森先生。上帝保佑您，先生。我马上帮您接。”

电话响了两声，然后德凯接了电话。他的嗓音很重，好像感冒愈加沉重了。“你如果又是他妈的记者——”

“不是，德凯。是我，乔治，”我停顿一下，“杰克。”

“噢，杰克。”他悲伤地说，开始哭泣。我等待着，紧握话筒的手开始酸痛，太阳穴也痛起来。白天即将过去，但是阳光穿过窗户，房间里依然明亮。我听到远处轰隆的雷声。最后他说：“你还好吗？”

“还好，但是萨迪——”

“我知道。新闻报道了。我在去沃斯堡的路上听到的。”

所以，推婴儿车的女人和埃索加油站的拖车司机像我希望的那么做了。感谢上帝。但我现在坐着听心碎的老人试图抑制泪水，感觉自己当时的希望并不那么重要。

“德凯……你怪我吗？你如果怪我，我能理解。”

“我不怪你，”他最后说，“埃利也不怪你。萨迪下定决心做一件事，就会坚持到底。是我叫她去梅赛德斯街找你的，你先前是在梅赛德斯街吗？”

“我在那里。”

“是那个狗杂种开枪射她的吗？新闻报道是这么说的。”

“是的。他想射我，但是我的腿……我绊倒在箱子或者什么东西上，倒下去。她正好在我身后。”

“耶稣啊，”他的声音大了些，“但她做的事是对的。这就是我得挺住的原因。这也是你必须坚强的原因。”

“没有她，我根本赶不到那里。你如果看到她……那么坚定……那么勇敢……”

“耶稣啊，”他重复道，叹了口气，声音听起来异常苍老，“那些都是真的。你说的都是真的。她说的关于你的话都是真的。你真的来自未来，对吧？”

我多么庆幸窃听器是在我的口袋里。我想他们没有时间在房间里装其他窃听装置，但是仍然用手罩住话筒，压低声音：“别对警察和记者说一个字。”

“天哪，肯定不会！”他对这个想法很愤怒，“不然你就永远没法呼吸自由的空气了！”

“你有没有把我们的行李从雪佛兰里拿出去？即使后来——”

“你放心。我知道那些东西很重要。我一看到新闻，就知道你会被怀疑。”

“我想我会没事，”我说，“但你得打开我的公文包……你有焚烧炉吗？”

“有，在车库后面。”

“公文包里有个笔记本。把笔记本丢到炉子里烧掉。能帮我这个忙吗？”这也是帮萨迪。我们都靠你了。

“好的，我能。杰克，我对你的损失感到难过。”

“我对你的损失也感到难过。你和埃利女士的损失。”

“这不公平！”他喊出来，“我不管他是不是总统，这个交换不公平！”

“不公平，”我说，“是不公平。但是德凯……不光是总统。还有，总统如果死掉，会发生一系列噩梦般的事。”

“我想我得听你的，但是这么做太难了。”

“我理解。”

他们会不会在高中为萨迪举行一场纪念聚会，就像为米米女士那样？他们当然会。电视台会派出摄影师，美国人人都会落泪。但是演出结束后，萨迪依然不会活过来。

除非我改变这件事。这意味着我要重新经历一切，但是我会为了萨迪这么做。即便在我们相遇的聚会上，她看我一眼后会觉得我太老了，不适合她（我会尽最大努力改变她的这种想法）。重置也有好的一面：我现在知道李真的是独自行事，根本不需要等这么久才解决这个混蛋。

“杰克，你还在吗？”

“在。记住，跟我说话时叫我乔治。”

“别担心这个。我可能老了，但是脑子还很清楚。我能再见到你吗？”

霍斯蒂特工如果告诉我我想听到的事情，就不能了，我想。

“我们如果不能相见，说明事情很顺利。”

“好的。杰克……乔治……她……临终前有没有说过什么？”

我不准备告诉他萨迪最后说的话，那是隐私，但是我可以告诉他些什么。他会带信给埃利，埃利会带信给萨迪在约迪的朋友。萨迪有很多朋友。

“她问总统是否安全。我告诉她总统安然无恙，她闭上眼睛，离开人世。”

德凯又开始哭。我的脸也开始颤抖。哭泣可能是种解脱，但是我的眼睛无比干涩。

“再见，”我说，“再见，老朋友。”

我轻轻地挂上电话，静静地坐了一会儿，看着达拉斯的夕阳从窗外投来火红的霞光。“晚霞行千里。”老话这么说……但我又听见一阵雷鸣。五分钟之后，我控制住自己的情绪，拿起已拆下窃听器的电话，再次拨通○。我告诉玛丽我准备睡觉，请她早上八点钟打电话叫我起床。我还告诉她，在那之前，不要接通任何打给我的电话。

“噢，这已经安排好了，”她激动地说，“不准打电话到您的房间，警察局长的命令，”她的声音降了一个八度，“他很疯狂吗，安伯森先生？我的意思是，他肯定是疯子，但是他看起来疯狂吗？”

我想起那双迷惑人心的眼睛和恶魔般的咆哮。“啊，是的，”我说，“他看上去明显疯了。八点钟。之前不要打扰。”

她开口之前，我挂断电话。然后我脱下鞋子（脱左脚的鞋子时动作很慢，但仍然很痛苦），躺到床上，用胳膊盖住双眼。我看到萨迪跳着麦迪逊舞。我看到萨迪问我，进来吧，先生，想吃奶油蛋糕吗？我看到她躺在我怀里，临终之际，抬起头，明亮的眼睛看着我的脸。

我想起兔子洞，想起每次用它都是一次彻底的重置。

最后，我睡着了。

9

霍斯蒂的敲门声九点钟响起。我打开门，他溜进来，一只手提着公文包（但不是我的公文包，所以一切还好），另一只手握着一瓶香槟。好东西，酩悦，瓶颈绑着红色、白色和蓝色相间的蝴蝶结。他看起来精疲力竭。

“安伯森。”他说。

“霍斯蒂。”我回应道。

他关上门，然后指着电话。我把窃听器从口袋里掏出来给他看。他点点头。

“没有别的设备吗？”我问道。

“没有。那个窃听器是达拉斯警察局的，这案子现在归我们。胡佛直接下的命令。如果有任何人问起窃听器，就说是你自己找到的。”

“好的。”

他举起香槟。“领导奖励的。他们坚持让我拿来。想不想为美国总统干一杯？”

我想到美丽的萨迪现在躺在县太平间的石板上，没兴趣为任何人干一杯。我成功了，但是成功味同嚼蜡。

“不想。”

“我也不想。但是我很高兴他活着。想听个秘密吗？”

“当然。”

“我投了他的票。我可能是联邦调查局里唯一投他票的人。”

我什么都没说。

霍斯蒂自己坐进房间两把扶手椅中的一把，深深地舒了口气。他把公文包放在两脚中间，转过酒瓶，读上面的标签。“一九五八。爱喝酒的人可能知道这一年的酒好不好，但我不是酒鬼。”

“我也不是。”

“那你可能会喜欢他们在楼下帮你保管着的孤星啤酒。有一大箱。有封信承诺，在你的余生中，每个月为你提供一箱。还有很多香槟。我看见至少有十二瓶。从达拉斯商会到市旅游局，每个人都在送礼。还有装在箱子里的真力时牌电视机，卡洛威珠宝店送来一枚镶有总统照片的纯金图章戒指，达拉斯男装店的三套新西装领取凭证，还有各种各样的其他东西，包括一把达拉斯市的城市钥匙。酒店已经在一楼专门开了一间房，存放你的财物。我猜等到明天天亮，他们得再开一间。还有各种好吃的！人们送来各种蛋糕、派、砂锅菜、烤牛肉、烤鸡，还有墨西哥食物，足够你吃上五年。我们让他们走，但他们不想走。我告诉你吧，一群女士，就在酒店大门口等着……嗯，这么说吧，杰克·肯尼迪都会嫉妒你，传说他是个好色之徒。你肯定不敢相信局长的档案中有关他性生活的部分。”

“我的接受能力恐怕会让你惊讶。”

“达拉斯敬爱你，安伯森。嗨，整个国家敬爱你。”他笑了。笑声变成咳嗽。他咳嗽过后，点燃一支烟。然后看看表。“一九六三年十一月二十二日晚上，中部标准时间九点零七分，你成了全美国的金发男孩。”

“你呢，霍斯蒂？你敬爱我吗？胡佛局长呢？”

他只吸了一口，就把烟放到烟灰缸里，然后靠上前来，眼睛盯着我。他的眼睛深邃而疲惫，但是炯炯有神，非常机警。

“看着我，安伯森，看着我的眼睛。告诉我你们跟奥斯瓦尔德是不是一伙的。说实话，因为我能分辨谎言。”

我基于他在奥斯瓦尔德身上犯下的弥天大错，并不相信这一点，但我相信他自以为如此。于是我盯着他说：“不是。”

有一会儿，他什么都没说。然后他叹口气，身子往后仰，又捡起烟。“不，你不是，”他的鼻孔里喷出烟雾，“那么，你替谁工作？中情局？或是苏联人？我不这么想，但局长认为苏联人愿意牺牲深藏不露的间谍，以阻止暗杀行动，因为暗杀行动可能会引发国际灾难。甚至是第三次世界大战。特别是在人们发现奥斯瓦尔德在苏联待过之后。”他把“苏联”说成“苏良”，和电视福音传道者哈吉斯的口音一样。霍斯蒂或许是在开玩笑。

我说：“我不替任何人工作。我只是个普通人，霍斯蒂。”

他用香烟指着我。“省省吧。”他打开公文包，拿出一份文件，这份文件比我在柯里的办公室看到的那份薄一些。这份文件是我的，会越来越厚……但是变厚的速度不会像在电脑驱动的二十一世纪里那么快。

“你来达拉斯之前，在佛罗里达。森塞特波音特镇。”

“是。”

“你在萨拉索塔当过代课老师。”

“正确。”

“我们认为，你在此之前……在德伦待了一段时间？缅因州的德伦镇？”

“德里。”

“你在那里干了什么？”

“我是从那时开始写书的。”

“嗯，在那之前呢？”

“东逛西逛，四处游荡。”

“我跟奥斯瓦尔德的接触，你知道多少，安伯森？”

我沉默不语。

“别这么酷。只有我们两个人。”

“我知道的足以给你和你的局长制造麻烦。”

“如何避免麻烦呢？”

“我这样说吧。我能给你制造的麻烦，跟你能给我制造的麻烦是成正比的。”

“要说制造麻烦，能不能这样说，你会编造你根本不知道的内容……损害我们？”

我一言未发。

他自言自语般地说："我并不惊讶你说你在写书。你本应该继续写，安伯森。你的书可能会成为畅销书。因为我认为你很善于编故事。你今天下午说的故事似乎很能说得通。但你知道你不该知道的事，所以我们绝不相信你是普通老百姓。告诉我，谁说服你的？是不是中情局的安格尔顿？是的，对吧？他是个狡猾的种玫瑰的混蛋。"

"只有我一个，"我说，"我知道的可能没有你想象的多。但是我掌握的信息的确会让联邦调查局难堪。比方说，李告诉我，他直截了当告诉你，他要射杀肯尼迪。"

霍斯蒂使劲捻熄烟头，烟头迸出闪闪火星，有些火星落在他的手背上，但他似乎并未察觉。"这是他妈的胡说八道！"

"我知道，"我说，"我会表情严肃地胡说八道。如果你逼我的话。有没有萌生除掉我的想法，霍斯蒂？"

"不要说连环画册上的那一套。我们不会杀人灭口。"

"去跟越南的吴廷琰兄弟说去吧。"

他看我的表情，就像看一只看似不会伤人却突然咬人一口的老鼠。长着尖牙的老鼠。"你怎么知道美国跟吴廷琰兄弟有瓜葛？根据我在报纸上读到的消息，我们很清白。"

"我们别岔开话题。问题是，我现在太受欢迎，不能除掉。我说得不对？"

"没人想除掉你，安伯森。没有人想在你的故事里挑刺，"他勉强地笑了，"如果我们这样做，整件事情就会分崩离析。就是这么脆弱。"

"'她对撒谎是信手拈来'。"我说。

"你说什么？"

"赫克托·休·芒罗[①]，笔名萨基。小说叫《敞开的窗户》。去查查吧。说到不假思索地胡编乱造的艺术，这一篇非常有启发性。"

他打量我一番，犀利的眼睛异常焦急。"我完全不理解你，所以很担心。"西边，米德兰的方向，油井不断发出捶击声，气体燃烧的火焰让星光变得暗淡，雷声再度响起。

---

① 赫克托·休·芒罗（1870—1916），英国小说家。

“你想从我这里得到什么？”我问道。

“我想我们往后追踪你的来历时，在德伦、德里或者不论哪里，……什么都找不到。你好像是凭空冒出来的。”

他这番话非常逼近事实，我差点喘不过气来。

“我们想让你做的是，回到你来的地方去。媒体会煽动司空见惯的怀疑和阴谋理论，但是我们保证能让你干净脱身。前提是你在意这些事。玛丽娜·奥斯瓦尔德会完全支持你的故事。”

“我想你已经跟她谈了。”

“你想得对。她知道，她如果不配合，就会被驱逐出境。媒体的先生们没有看清你，明天报纸上的照片只会有模糊的影像。”

我知道他是对的。我只是在快速通过大厅去柯里办公室的途中被照相机拍到。而弗里茨和霍斯蒂，两个大个子，用胳膊夹着我，挡住照相的最佳光线。我还低着头，因为灯光太强。我在约迪有很多照片——学校年鉴里还有我的一张肖像照——但是在这个时代，还没有JPEG图甚至传真，所以他们要到下周二或者周三才能找到我的照片并发布。

“我有个适合你的故事，”霍斯蒂说道，“你喜欢故事，对吧？像《敞开的窗户》之类的故事。”

“我是个英语老师，喜欢故事。”

“这个家伙，乔治·安伯森，失去女朋友之后过度悲伤——”

“未婚妻。”

“对，未婚妻更好。他如此悲伤，抛开一切，直接消失。不想要宣传，免费的香槟，总统的奖章，或者盛大的游行。他只想离开，独自哀悼。这是美国人喜欢的故事类型。他们经常在电视上看到这样的故事。不叫《敞开的窗户》，叫《谦虚的英雄》。一位联邦调查局特工乐意证明这个故事里的每一个字，甚至朗读你留下来的声明。怎么样？”

这个主意听起来好像天降甘霖，但我仍然保持一本正经的样子。“你很肯定我能消失。”

“我们很肯定。”

“你真是这个意思？按照局长的风格，我不会消失在特尼提河底吗？”

“绝没有那种事。”他笑了。他想让我放心，但是我想起在我少年时代很流行的一句歌词：“别担心，你不会怀孕。我十四岁时得过腮腺炎。”

“我得留点保障，霍斯蒂探员。”

一边眉毛抽动一下。他在担心。“我们相信你能消失，是因为我们相信……我们这样说吧，你离开达拉斯后，可以请求帮助。”

“没有记者招待会吗？”

“那是我们最不想看到的场面。”

他再次打开公文包。从里面拿出一本黄色拍纸本。他把本子递过来，从胸前口袋里掏出钢笔。“写封信，安伯森。明天早上，弗里茨和我来接你时，会看到信，但收信人可以是‘有关人员’。写得好点，写得漂亮点。你能做到，对吧？”

“当然，”我说，“我对撒谎是信手拈来。”

他毫不愉快地笑了，拿起香槟酒瓶。“我或许可以在你编造时试试这个。不过你别喝。你会忙一整晚。你要赶很远的路才能睡觉。”

10

我谨慎措辞，但是没花多少时间。我想，在这种情况下（整个世界历史上并没有这种情况），信越短越好。我写信时牢牢记着霍斯蒂所谓谦虚的英雄这一说法。我很高兴自己先前睡了几个小时。睡眠里穿插着邪恶的梦境，但是我写信时头脑还算清醒。

我写好信时，霍斯蒂正在喝第三杯香槟。他已经从公文包里拿出几样东西，摆在咖啡桌上。我把拍纸本递给他，他开始读。外面，雷声再度响起，闪电划过夜空。我想，风暴还要过很久才会来临。

他读信时，我查看一下咖啡桌上的物品。有我的天美时手表，是我离开警察局时他们拿走的，但他们没把其他东西还给我。还有一副牛角边眼镜。我拿起眼镜，试戴一下。是普通玻璃镜片。一把空筒而非凹槽钥匙。一个信封，里面装着大约一千美元、面值为二十和五十的旧钞。一只发网。还有一套服装——裤子和套衫。棉布看起来很薄，霍斯蒂说我的故事也很单薄。

“信写得不错，”霍斯蒂说，放下拍纸本，“你碰上了令人悲伤的事，就像《亡命天涯》中的理查德·金博尔。你看过这个电视剧吗？”

我看过汤米·李·琼斯[①]主演的电影版本，但是现在显然不是谈论这个的时候。“没有。”

“你会成为逃亡者，好吧，不过只是逃开媒体以及想了解你的一切——从你早晨喝什么样的果汁到你内衣的尺寸——美国公众。你是个人们感兴趣的人物，安伯森，但你跟警方没关系。你没有射杀女朋友，也没有射杀奥斯瓦尔德。”

“我试过。我要是没有失手，她会活下来。”

“我不会在这一点上苛责你。那个房间很大，点三八手枪在那么远的距离精度不高。”

的确如此。你得在十五码之内射击。别人是这样告诉我的，不止一次。但是我没有对霍斯蒂说出这一点。我想我跟他的短暂相识几近结束。总的来说，我迫不及待想离开。

“你是清白的。你只要去一个你的同类能接走你的地方，叫他们带你回到你们的虚无之地。你能办到吗？”

我的虚无之地就是兔子洞，兔子洞将带我穿越四十八年，回到未来。假如兔子洞还在那里的话。

“我想我会没事的。”

“你最好没事，因为你如果想伤害我们，我们会加倍还给你。胡佛先生……这样说吧，局长可不是个仁慈的人。”

“告诉我怎么离开酒店。”

“你得穿上白色的厨师服，戴上眼镜，还有发网。钥匙可以打开员

---

① 汤米·李·琼斯（1946—　），美国演员、导演、编剧。一九九三年出演《亡命天涯》，获奥斯卡最佳男配角奖。

工电梯。电梯会带你去负一楼。你直走穿过厨房，从后门出去。到现在为止都清楚吗？”

“清楚。”

“会有辆联邦调查局的车等着你。坐到后座上。别跟司机说话。这不是服务客车。车会送你去汽车站。司机可以为你提供三张车票：十一点四十分去坦帕，十一点五十分去小石城，零点二十分去阿尔伯克基。我不想知道哪一趟。你只需知道，我们的联系到此为止。你的责任是从我们的视野里消失，独自一人。当然，不管你在替谁工作。”

“当然。”

电话响了。“如果是个聪明的记者找到门路打进来的，摆脱他，”霍斯蒂说，“你如果提到我一个字，我会割断你的喉咙。”

我想他是在开玩笑，但是不太确定。我接起电话。“我不知道你是谁，但是我现在很困，所以——”

电话另一端带着喘息的声音说不会耽误我很久。我对霍斯蒂做了个口型，杰基·肯尼迪。他点点头，又倒一点香槟。我转过身，好像背对着霍斯蒂，就能防止他听到我们的对话。

“肯尼迪夫人，您真的没必要打电话来，”我说，“但我还是很荣幸听到您的声音。”

“我想感谢你做的事，”她说，“我知道我丈夫已经代我感谢你，但是……安伯森先生……”第一夫人开始哭泣，“我想代表孩子们感谢你，他们今晚能跟妈妈和爸爸道一声晚安。”

卡罗琳和约翰-约翰。直到那一刻，他们出现在我的脑海里。

“肯尼迪夫人，不客气。”

“我知道那位死去的年轻姑娘即将成为你的妻子。”

“是的。”

“你肯定心都碎了。请接受我的哀悼——我知道这远远不够，但是我也只能表示哀悼。”

“谢谢您。”

“如果我能改变……如果，我能用任何方式，扭转时针……”

不用，我想，那是我的工作，杰基女士。

“我能理解，谢谢。”

我们又聊了一会儿。这次通话比我在警察局跟肯尼迪的通话更加艰难。可能是因为那个电话仿佛梦境，而这个不是，但主要是因为，我能从杰基·肯尼迪的声音中听到恐惧仍在。她似乎真正理解她丈夫是多么侥幸。我从肯尼迪本人的话里没有听出这一点来。他似乎坚信自己得到苍天应许的护佑、祝福乃至永生。我们快要结束通话时，我请她确保丈夫在任职期间别再坐敞篷车。

她说这一点我可以放心，然后再次感谢我。我再次告诉她别客气，然后挂断电话。我转过身，发现屋内只剩我一个人。我跟杰奎琳·肯尼迪打电话时，霍斯蒂已经离开。烟灰缸里有两支烟屁股，旁边有一杯喝了一半的香槟。一张字迹潦草的字条躺在黄色拍纸本旁，拍纸本里是“致有关人员”的信。

“进汽车站之前把窃听器处理掉，”字条里说，“祝你好运，安伯森。对你的损失深感遗憾。霍。”

他或许真的很遗憾。但是遗憾不值钱，不是吗？遗憾很不值钱。

11

我穿上厨房小工的伪装，乘电梯下到负一楼，电梯里一股鸡汤、烧烤汁和杰克·丹尼威士忌的气味。电梯门打开，我迅速穿过热气腾腾、香味扑鼻的厨房。我想没有人会看我一眼。

我从一条巷子里出来，几个酒鬼正在垃圾桶里捡东西。他们也没有看我，但片状闪电划亮天空时，他们抬头瞅了一眼。一辆没有明显特征的福特轿车停在巷口，发动机在空转。我钻进后座，车旋即开动。车停到灰狗长途汽车站之前，坐在方向盘后面的人说的唯一一句话是：“好像要下雨了。”

他像拿扑克牌一样拿出三张车票。我挑了去小石城的那张。还有一个小时。我去了一家礼品商店，买了个便宜的手提箱。如果一切顺利，我需要用这个箱子装东西。我不需要很多东西，我在萨巴特斯的家里有很多衣服。那个地方在近五十年后的未来，我希望不到一个星期之后，它还在那里。爱因斯坦可能会喜欢的一种悖论，我疲惫而悲伤的脑子却从未想过——考虑到蝴蝶效应，几乎可以肯定它已经不再属于我。如果它还在那里的话。

我还买了份报纸，《时代先驱报》，只有一张照片，可能是专业摄影师拍的，更可能是看热闹的幸运儿拍的。照片里，肯尼迪俯身护住不久之前跟我打电话的女人，这个女人今天晚上将脱下粉色套装，而套装上没有沾染血迹。

“约翰·菲茨杰拉德·肯尼迪英勇护妻，总统轿车加速驶离，险酿国家灾难。”标题上说。在这行字上面是三十六磅大字标题。标题周围有很多空间，因为标题只有两个字：

获救！

我翻到第二页，又看到一张照片。这是萨迪的照片，萨迪在照片里看起来格外年轻和漂亮。她在微笑。“我还有远大前程呢。”笑容似乎在说。

我坐在一张板条木椅上，深夜的旅客从我身边涌过，婴儿在哭，身着粗呢的军人在笑，生意人脸上洋溢着光彩，头顶的喇叭里传来到站和发车的广播。我小心翼翼地沿着照片的边缘将报纸折起来，将照片从报纸上撕下，避免撕到脸。之后，对着照片看了许久，然后将照片折起来放进钱包。我把剩下的报纸扔掉了。里面没有我想阅读的内容。

十一点二十分，广播说前往小石城的旅客开始上车，我加入检票口的人群之中。我只戴着平光眼镜，并未刻意伪装，但是没人好奇地看我。我只是美国运输系统血流中的一个细胞，不比别的任何人更重要。

在新一天即将到来之际，我看着这些人，想道，我今天改变了你们的生活。但是这种想法中并没有胜利感或者奇妙感可言。我对这件事似乎没有任何情绪，无论是积极的还是消极的。

我上了车，坐进靠后的位置。前面有很多人穿着军装，很可能是要去小石城空军基地。我们今天如果没有做那件事，他们中的一些人可能会命丧越南，还有些人可能会负残归国。但谁又知道他们现在会如何呢？

汽车开动。我们离开达拉斯时，雷声更加响亮，闪电更加明亮，但是还是没有下雨。我们到白硫磺泉镇时，风暴已经被甩在后面，天空亮起万千繁星，如冰片般晶莹闪亮，比冰片更加寒意逼人。我看了会儿星星，然后躺到靠背上，闭上眼睛，听着灰狗牌大巴的轮胎吞没三十号州际公路。

“萨迪，”轮胎在歌唱，“萨迪，萨迪，萨迪。”

凌晨两点，我终于睡着了。

12

我在小石城买了张中午去匹兹堡的汽车票，这趟班次只在印第安纳波利斯停一站。我坐到一位老年乘客旁边，在车站餐馆吃早餐。他在吃饭，面前摆着一台便携式收音机。收音机体积很大，调谐钮闪闪发亮。广播仍在围着暗杀转，当然……还有萨迪。关于萨迪的报道很多。她会被赐予国葬，然后会被安葬在阿灵顿国家公墓。有人觉得肯尼迪会亲自致悼词。邓希尔小姐的未婚夫，乔治·安伯森，也是得克萨斯州约迪镇人，原定于上午十点跟媒体见面，但是会面被推迟到下午晚些时候——原因不明。霍斯蒂是在尽最大努力为我争取逃走的时间。这样对我很好。当然，对他，还有他尊贵的局长都好。

“总统和他英勇的救命恩人不是得克萨斯今早新闻唯一的内容。”老家伙的收音机里说，我端着一杯黑咖啡的手停在盘子和嘴唇中间。嘴里尝到一种酸酸的刺痛。心理学家可能会称之为“预感”——奇怪的事情发生前，人们有时会产生这种感觉——但是我的理解很简单：

和谐。

“凌晨一点之后，在暴风雨的威势下，一股难以捉摸的龙卷风袭击沃斯堡，摧毁了蒙哥马利-沃德百货公司仓库和十几幢房屋。已确定两人遇难，四人失踪。”

其中两处房屋就是梅赛德斯街上二七〇三号和二七〇六号，我对此深信不疑。一股狂风像消除等式一样消除这两处房子。

第三十章

1

十一月二十六日午时刚过，我在缅因州奥本市迈诺特大道车站下了灰狗大巴。在经历了超过八十个小时的颠簸之后——期间只有短暂的几次睡眠——我整个人晕晕乎乎。天气很冷。上帝清清嗓子，从阴沉的灰色天空中吐下片片雪花。我已经买了几件牛仔服，还有几件蓝色格子工作衫，换下厨师的白色外套。但这些衣服还不够。我在达拉斯时没想到缅因州的天气，但是我的身体迅速回想起来，开始哆嗦。我第一站去了路易男装店，挑了件合身的衬羊皮外套，拿到店员那里。

他放下路易斯顿《太阳报》，等着我，我看到自己的照片——是的，从德诺姆联合高中年鉴上找来的照片——出现在头版上。标题是"乔治·安伯森去了哪里？"店员把钱录入收款机，开了张收据。我拍拍自己的照片。"你觉得这个家伙到底怎么了？"

店员看着我，耸耸肩。"他不想公开，我不怪他。我很爱我妻子，她如果突然死去，我也不想人们把我的照片放到报纸上，或者把我哭泣的脸放到电视上。你会吗？"

"不会，"我说，"我想不会。"

"我如果是那家伙，会等到一九七〇年再出来。等骚动平息下来。给那件外套配个帽子怎么样？我昨天刚进了一批法兰绒帽子。耳罩很厚。"

于是我买顶帽子，搭配新外套。然后我一瘸一拐地走了两个街区，回到汽车站，完好的一只胳膊挥动着手提箱。我有点儿想立刻回到里斯本福尔斯镇，确定兔子洞是否还在那里。兔子洞如果还在那里，我会立即钻进去，根本无法抵制诱惑。但我在过去的国度待了五年，理智告诉我，我没有准备好接受突如其来的、在我脑海里已经变成未来的全面袭击。我首先需要休息一下。真正的休息，而不是在孩子哭闹、醉汉喧笑的汽车里打盹。

路边停着四五辆出租车。现在已经大雪纷飞。我坐进第一辆出租车，享受加热器吹出的热风。司机转过身，他身材肥胖，扁帽子的徽章上写着“注册出租”。他对我完全陌生，但是我知道，他打开收音机后，会调到波特兰的 WJAB 电台。他从胸前口袋里掏出的，肯定是好彩牌香烟。这就是因果轮回。

“去哪儿，老板？”

我让他把我带到一九六号公路上的塔马拉克汽车旅馆。

“好的。”

他打开收音机，奇迹乐队正在唱《米奇的猴子》。

“可恶的现代舞！”他哼了一声，抓起烟，“就知道教孩子们摇来扭去。”

“舞蹈就是生命。”我说。

2

这回不是上次那个接待员，但是房间是同一个房间。当然是同一个房间。回声变强了。旧电视机已经被换成新的，但是靠在天线上的同样的标牌上写着：“请勿使用锡箔纸！”信号还是很差。没有新闻，只有电视剧。

我关掉电视，在门上挂上“请勿打扰”的牌子，拉上窗帘，然后脱衣钻进被窝。我除了在睡梦中走进浴室放松膀胱以外，足足睡了十二个小时。我醒来时，已是午夜，停电了，外面刮着强劲的西北风，一轮明亮的月牙悬在高空。我从衣柜拿出备用的毯子，又睡了五个小时。

我再次醒来时，黎明已经点亮塔马拉克汽车旅馆，清晰的光影宛如《国家地理》杂志上的照片。四散停着的汽车上已经结霜，我能看见自己呼出的气。我试了试电话，以为没人接，但是办公室一位年轻人迅速接了电话，尽管他的声音还带着睡意。当然，他说，电话没问题。他很乐意帮我叫辆的士，问我想去哪里。

里斯本福尔斯镇，我告诉他，美茵大街和老路易斯顿路的拐角。

“果品公司？”他问道。

我离开太久，一时间不知道他说的是什么。然后电话发出嘀嗒声。“对。肯纳贝克果品公司。”

要回家了，我告诉自己，上帝保佑我。我要回家了。

我说错了——回到二〇一一年不是回家，我只会在那里待一小会儿——当然，前提是我能到达那儿。可能只待几分钟。现在约迪才是家。或者说在萨迪到达那儿后会成为家。处女萨迪。长着修长的双腿，颀长的秀发，容易绊倒在面前的任何东西上……但在关键时刻，我抱住她。

脸上还没有伤疤的萨迪。

她就是我的家。

3

那天早上的出租车司机是位身材结实的妇女，五十来岁，裹一身陈旧的黑皮大衣，戴着红袜棒球队的帽子，没有戴“注册出租”的徽章。我们往左转上一九六号公路，朝里斯本方向驶去时，她说：“听新闻了吗？我敢打赌你没听——这一带停电了，对吧？”

“什么新闻？”我问，尽管我已经非常肯定：肯尼迪死了。我不知道是因为事故、心脏病发作还是暗杀，但他肯定死了。过去很执拗，肯尼迪必死无疑。

“洛杉矶发生地震了。”她的发音是拉三矶。“有些人已经谣传很多年，说加利福尼亚会沉进大洋，他们的预言好像是对的。”她摇摇头。

“我不想说这是因为他们放纵的生活方式——那些电影明星什么的——但我是个善良的浸信会教徒，我也不会说不是因为这个。”

我们正穿过里斯本路边餐馆。“本季关闭”，招牌上写着，“一九六四年再见”。

“情况有多糟糕？”

“听说有七千人死亡，你听到这样的数字时，就知道死亡人数还会上升。该死的桥梁多半坍塌，高速公路支离破碎，火灾四处蔓延。黑鬼居住区好像被夷为平地。疣区！用这样的名字命名城市片区不是太狗屎了吗？我的意思是，即便是黑鬼住的地方？疣区！嗨！”

我没有回答。我想起拉格斯，我九岁住在威斯康星时养的杂种狗。我可以在上学日的早上在后院里陪它玩耍，直到校车到来。我教它坐下、含物、打滚之类的动作，它很爱学——聪明的小狗！我很爱它。

校车来了之后，我得关上后院的门，然后跑上车。拉格斯总是躺在厨房的门廊上。妈妈送爸爸到当地的火车站回来时会叫它，喂它吃早餐。我总是记得关上门——至少，我不记得自己什么时候忘过——但是有一天，我从学校回来时，妈妈告诉我拉格斯死了。它跑到街上，一辆货运卡车将它碾死。妈妈从不骂我，但用眼睛责备我。因为她也爱拉格斯。

“我像平时一样把它关住。”我流着泪说，或者如我先前所说，我以为我关了。或许因为我平时都关了。那天晚上爸爸和我把它埋在后院。可能不合法，爸爸说，只要你不告诉别人，我也不会。

那天晚上，我醒着躺了很久很久，想不起自己到底有没有关门，并因此而困扰，为自己可能犯下的错感到恐惧。还有愧疚。那种愧疚持续了很久，一年甚至更长。我如果能肯定记得自己关了还是没关门，也许不会内疚那么久。但我想不起来。我关了门，还是没关？我一次又一次回想小狗的最后一个早上，但是，我什么都记不清，除了自己举起牛皮带喊：“叼过来，拉格斯，叼过来！”

我在去福尔斯的路上产生了和当年差不多的想法。但我告诉自己，一九六三年十一月底的确有场地震。这只是我错过的另一起事实——就像刺杀埃德温·沃克事件。正如我对阿尔·坦普尔顿所言，我的专业是英语，不是历史。

这站不住脚。在我走下兔子洞之前美国如果发生如此大规模的地震，我肯定会知道。还有更加严重的灾难——二〇〇四年的印度洋海啸夺去了超过二十万生命——但是七千对于美国来说是个天文数字，比九一一遇难人数的两倍还多。

然后我又问自己，我在达拉斯的行为怎么会造成这位结实的女士声称的发生在洛杉矶的事件？我想到的唯一答案是蝴蝶效应，但是怎么可能如此迅速？不可能。绝对不可能。而且两件事情之间没有明显的因果联系。

但我脑子里还有个声音在低声说：那是你造成的。你造成了拉格斯的死亡，你要么是没关后院门，要么是没有把门关严……这也是你造成的。你和阿尔滔滔不绝地说什么拯救越南成千上万条生命，但这才是你对新的历史的第一个真实的贡献：洛杉矶的七千条人命。

这根本不可能。即便……

没有不利的方面，阿尔曾经说，事情一旦不顺利，你就收回一切。跟擦去粉笔写的脏话一样容易——

“先生？”司机说，“我们到了。”她转头好奇地看着我，“我们已经到这儿快三分钟了。现在逛街还太早。你确定自己要到这里吗？”

我只知道自己必须到这里。我按表付费，大方地给了小费（毕竟，这是联邦调查局的钱），祝她开心，然后下车。

4

里斯本福尔斯跟之前一样臭气熏天，但电力正常。交叉路口的闪光信号灯在西北风中摇曳闪烁。肯纳贝克果品公司一片漆黑，前窗还没有苹果、橘子和香蕉，但这些东西很快就会摆上。绿色前线门上的标牌上写着“上午十点开门”。几辆汽车行驶在美茵大街上，少许行人急促前行，竖起衣领。街对面，沃伦波毛纺厂正全速运转。从我站着的地方能听到织机发出“沙——呼——沙——呼”的声音。然后我听到别的声音：有人在叫我，尽管不是叫我先前用的那两个名字。

“吉姆拉！嗨！吉姆拉！”

我转向毛纺厂，心想：他回来了。黄卡人起死回生，和总统肯尼迪一样。

但不是黄卡人。就像在汽车站接我的出租车司机不是在一九五八年将我从里斯本福尔斯送去塔马拉克汽车旅馆的那一位一样。不过两位司机几乎一样，因为过去很和谐，街对面的家伙跟向我要一美元（因为绿色前线今天要付双倍）的那家伙相似。他的黑外套更新，更干净……但几乎是同一件外套。

“吉姆拉！在这儿！”他向我示意。风卷起他外套的衣襟。他左边的标牌在链子上摆动，就像闪光信号灯在电线上摆动那样。但是，我依然能看清标牌上面的字：“管道维修，禁止穿越”。

五年了，我想，那条该死的管道还没有修好。

“吉姆拉！别等我走过去抓你！”

他可能会走过来，他那自杀的前任一直追到绿色前线。但是我很确定，我如果瘸着迅速走过老路易斯顿路，这个新版本没有那么好的运气。他可能会跟着我到红白超市，阿尔买肉的地方，但是我如果能到泰特斯雪佛龙或者快乐白象，就能转身对他张开手掌，用大拇指顶着鼻尖。他被困在兔子洞附近。否则，我会在达拉斯看到他。我对这一点很肯定，就像知道引力会阻止人们漂浮到太空中那样。

他喊道：“吉姆拉，求你了！”这似乎佐证了我的想法。我在他脸上看到的绝望跟风一样：微弱。持久。

我左右张望，看到没车，便穿过街道，走到他站立的地方。我走近他时，看到了另外两处不同。他跟前任一样，戴着毡帽，但是帽子干干净净，并不肮脏。他跟前任一样，一张彩色卡片从软呢帽的帽圈上伸出来，像张过时的记者采访通行证。不过这一张不是黄色，不是橙色，也不是黑色。

是绿色。

5

“感谢上帝。”他说。他用双手捧起我的一只手，捏了捏。他掌心的肉跟空气一样冰凉。我把手缩回来，动作轻柔。我不觉得他危险，只觉得他身上有种微弱但是持久的绝望。不过这种绝望可能很危险。可能就像约翰·克莱顿划伤萨迪脸颊的刀锋一样尖利。

“你是谁？”我问，“你为什么叫我吉姆拉？吉姆·拉杜这个人在离这里很远的地方，先生。”

“我不知道吉姆·拉杜是谁，”绿卡人说，“我已经尽量远离你的丝弦——”

他住了口，表情痛苦而扭曲。他抬起双手，按住太阳穴，仿佛大脑即将爆裂。但最吸引我的是插在帽圈上的卡片。颜色不完全确定。有一会儿，颜色变换得令人眩晕，让我想起闲置十五分钟的电脑屏保。绿色变成淡黄色。之后，他慢慢放下双手时，卡片又变成绿色。但没有我第一次看到时绿得那么明亮。

“我已经尽量远离你的丝弦，”穿着黑色外套的男子说道，“但是无法完全避开。此外，现在有这么多丝弦。因为你和你的厨师朋友，现在有这么多狗屎。”

“我根本不明白这一切。”我说，但这句话不完全真实。我至少知道这个人（还有他脑水肿的前任）的卡片的含义。卡片就像核电站工作人员戴的徽章。不过，卡片不测量辐射，而是监测……什么呢？心智？绿色，你的心智正常。黄色，你开始心智失常。橙色，叫穿白大褂的人。当卡片变黑……

绿卡人仔细打量着我。从街对面看，他不超过三十岁。从这里看，他看起来更接近四十五岁。你离他足够近，看着他的眼睛时，会发现他未老先衰，而且大脑失常。

“你是守卫吗？兔子洞由你看守？”

他笑了……或者想笑。“你的朋友这么称呼我。”他从口袋里掏出一包烟。包装上没有标签。这可是我从未见过的事，无论是在这过去的国度还是在未来的国度。

“兔子洞只有一个吗？”

他掏出打火机，用手捂住，防止风将火吹灭，然后把火焰凑到烟上。香烟的气味很香，像是大麻而不是香烟。但不是大麻。他没说，但我相信那东西具有药效。很可能跟我的古迪头痛粉类似。

“有一些。想象一杯被遗忘的姜汁汽水吧。”

“好的……”

“两三天之后，碳酸消失殆尽，但汽水仍然能产生少许气泡。你称为兔子洞的东西根本不是个洞。只是个气泡。至于说守卫……不是。不算是。这样很好。无论我们做什么，事情都会变得更糟。时间旅行就是有这样的问题，吉姆拉。”

“我叫杰克。”

“好吧。杰克，我们要做的只是观察。有时候会提出警告。比如凯尔曾经试图警告你的厨师朋友。”

这么说那个疯狂的家伙有名字。非常普通的名字。凯尔，天哪。这个名字让一切更显真实且糟糕。

“他从未尝试警告阿尔！他只要一美元买便宜酒！”

绿卡人深深地吸了口烟，看着皴裂的水泥地面，皱起眉头，好像地上写着什么。织机发出“沙——呼——沙——呼”的声音。“他一开始警告了，”他说，“用他自己的方式。你的朋友对他发现的新世界太兴奋了，没有注意到警告。而且那个时候，凯尔已经快要崩溃了。因为……怎么说呢？职业病。我们因自己的所作所为承受巨大的精神压力。你知道为什么吗？”

我摇摇头。

“想一想。你的厨师朋友想到去达拉斯阻止奥斯瓦尔德之前，进行了多少次旅行和购物？五十次？一百次？两百次？”

我试着回想阿尔餐馆在毛纺厂的院子里矗立了多久，但是想不起来。“可能不止两百次。”

“他是怎么跟你说的？每一次拜访都是第一次？”

“是的。彻底的重置。”

他疲惫地笑道：“他当然是这么说的。人们相信自己的眼睛。但他应该明白。你应该明白。每一次旅行都会创造出相应的丝弦，丝弦太多，总会缠结在一起。你的朋友有没有想过，他怎么能日复一日购买同样的肉？或者为什么他下次旅行时从一九五八年购买的东西从来没有消失？”

“我问了他。他不知道，所以没说。”

他开始笑，但笑容变成畏缩。帽子里的卡片上的绿色再次开始消退。他深深地吸了一口散发着香味的香烟。卡片颜色恢复，变得稳定。“是的，对显而易见的事视若无睹。我们都会这样。即使凯尔的心智开始崩溃，他也肯定知道，他去那边的酒店，情况会变得更糟糕，但是他还是我行我素，毫不顾忌。我不责备他，我敢确定，酒精减轻了他的痛苦。特别是在他临终时。他如果不去酒店——如果酒店在圈子外面，情况会好些，但是它不在圈子外面。不过谁说得准呢？我不是在责备你，杰克。没有谴责。”

这话听起来不错，但这话仅意味着我们可以像疯子一样谈话。他怎么想对我并不太重要，我仍然要做自己必须做的事。“你叫什么名字？”

“扎克·朗。原来是西雅图人。”

“什么时候的西雅图？”

“这个问题跟我们当前的话题没有关系。”

“你待在这里会受伤害，对吧？”

“是的。我如果不能很快回去，也会疯掉。残留效应将会永远陪伴着我。我们种族的自杀率很高，杰克。很高。人——我们是人类，不是异形或者超自然生物，希望你别那么想——的大脑无法接受多重现实的丝弦。这跟想象不一样。一点儿都不一样。我们接受了培训，但是你能够感觉到这份工作在吞噬你，它就像有腐蚀性的酸。”

“这么说，每一次拜访并非彻底重置。”

“是，也不是。会残留。你的厨师朋友每次——”

“他叫阿尔。”

“对，我想我知道，但是我的记忆力正在衰退。我的病就像阿尔茨海默病，不过不是阿尔茨海默病。这是因为大脑会不由自主调和所有这些重叠的脆弱的现实。这些丝弦创造出未来的多重影像。有些很清晰，有些很模糊。这可能就是凯尔以为你叫吉姆拉的原因。他肯定是从某根丝弦中听来了这个名字。”

他没有听到，我想，他是从某种视野的丝弦中看到的。在得克萨斯州的一个广告牌上。也许是通过我的眼睛。

“你不知道自己有多幸运，杰克。对你来说，时间旅行如此简单。”

根本没那么简单，我想。

“存在悖论，”我说，“各种悖论。是吧？”

“不对，这个词用得不对。是*残留*。我不是告诉你了吗？”他看起来对自己的话不怎么确定。“残留会弄坏机器。也许有一天，机器会……停下来。”

我想起萨迪和我抢来的斯图贝克里的发动机如何爆缸了。

“一次又一次来一九五八年买肉并不糟糕，”扎克·朗说道，“哦，这样的行为制造了麻烦，但是这样的麻烦可以忍受。然后是*巨大的*改变。拯救肯尼迪就是最大的改变。”

我想说话，却开不了口。

“你开始理解了吗？”

我不完全理解，但是能看清整体框架，并被这个框架吓得要死。未来悬在丝弦上。就像木偶。上帝啊！

“地震……我*的确*引发了地震。我拯救肯尼迪时，我……干了什么？撕裂了时空连续体？”这话听起来很荒谬，但现实就在眼前。所以这话很严肃。我的头开始阵痛。

“你现在得回去，杰克，”他温和地说，“你得回去看看你到底干了什么。得看看，你艰苦卓绝且毫无疑问出于善意的付出到底造就了什么。”

我沉默不言。我一直担心回不去，但是现在又害怕回去。有比“你得回去看看你到底干了什么”更不祥的话语吗？我一时间想不出来。

“去吧。看一看。待一小会儿。不过就一小会儿。如果不及时纠正，势必酿成灾祸。”

“有多严重？”

他语气冷静：“有可能摧毁一切。”

“整个地球？太阳系？”我把手靠在烘干房的墙上，撑住身子，“整个星系？整个宇宙？”

“更加严重。”他停顿一下，想确定我能理解。他帽圈上的卡片的色调在旋动，变成黄色，又旋成绿色。“现实本身。”

6

我走到铁链边。“管道维修，禁止穿越”的标牌在风中发出吱吱的尖叫。我回头看看扎克·朗，鬼知道这个旅行者是从什么世纪来的。他面无表情地看着我，黑色外套的下摆拍打着胫部。

“朗！这些和谐……都是我造成的。对吧？”

他可能点了头。我不太确定。

过去抵抗改变，因为改变会破坏未来。改变创造了——

我想起推荐美莫雷克斯牌录音磁带的一则老广告。广告播放的是声音振动击碎水晶玻璃。仅仅是通过和声。

“我每成功做出一个改变，和谐就会增强一点。这才是真正的危险，不是吗。这些该死的和谐。”

没有回答。他可能知道答案但已经忘记，他也可能根本不知道答案。

放松，我告诉自己……就像五年前头发中开始出现第一缕银丝时那样，尽管放松。

我钻到铁链下面，左边膝盖发出叫喊。然后我站定一秒，烘干房高耸的绿色侧面在我左边。这一次没有混凝土块标记隐形台阶开始的地方。台阶距离链子多远？我不记得了。

我缓慢地，缓慢地往前走，鞋子摩擦着干裂的水泥。织机发出“沙——呼——沙——呼”的声音……我迈出第六七步时，织机发出的声音离我而去。我又迈了一步。然后再迈一步。我很快就会到达烘干房的尽头，进到院子里。兔子洞不见了。泡沫已经爆裂。

我继续迈步，没有突起的台阶，但我顷刻间看到自己的鞋变成两个。鞋子在水泥地上，也在肮脏的绿色漆布上。我又往前一步，自己也变成两个。我的身体大部分站在一九六三年十一月底沃伦波毛纺厂的烘干房旁，但是有一部分在别处，而那个地方不是阿尔餐馆的储藏室。

要是我出来的地方不是缅因州，甚至不是地球，而是别的什么奇异空间，一个有怪异的红色天空和空气，能让我肺部中毒、心脏停止跳动的地方，怎么办？

我又回头看了一眼。朗站在那里，外套在风中摆动，依然面无表情。你得靠自己了，茫然的脸似乎在说，我不能帮你做任何事情。

这是真的。我除非穿过兔子洞进入未来的国度，否则无法再回到过去的国度。萨迪就会永远死去。

我闭上眼睛，再次向前一步。突然，我闻到微弱的氨水气味，以及别的更令人不适的气味。我坐在很多灰狗大巴后排穿越国土之后，对现在闻到的气味确定无疑。是卫生间里的那种气味，仅往墙上喷洒佳丽牌空气清新剂无法盖住这种气味。

我闭上眼睛，又走一步，听到脑子里响起奇怪的爆裂声。我睁开眼睛，发现自己身处一间狭小肮脏的浴室。没有马桶，马桶已经被移走，留下肮脏的印记。一块尿酸形成的硬饼，已经从明亮的蓝色褪变成冷淡的灰色，躺在角落。蚂蚁在上面爬来爬去。我钻出来的角落被装满空瓶空罐的箱子堵住。那些箱子让我想起李码放的狙击手掩体。

我推开几只箱子，挤进浴室。朝门口走去，然后重新堆好箱子。我不想让人轻易掉进兔子洞。然后我走出浴室，回到二〇一一年。

7

我上次通过兔子洞离开这里时天是黑的，所以，当然，现在天也是黑的，因为只过了两分钟。不过，很多东西在这两分钟里已经改变。我即使在黑暗之中也能看出这一点来。在过去四十八年间的某个时间，毛纺厂在大火中被夷为平地。只剩下焦黑的墙壁，残砖断瓦（废墟立即让我想起在德里看到的基奇纳钢铁厂），还有几堆碎石。没有“缅因舒适小屋”，里昂·比恩或任何高档商店。在安德罗斯科金县河岸，只有破败的毛纺厂。别无其他。

我投身拯救肯尼迪的五年任务的那个六月夜晚，气温舒适宜人。现在却酷热难当。我脱下在奥本买的衬羊皮外套，把它扔进充满异味的浴室。我关上浴室门时，看到了门上的标牌：浴室故障！没有马桶！下水管破裂！

漂亮而年轻的总统死了，漂亮而年轻的总统活着，漂亮而年轻的姑娘活着，然后死了，但很明显，老沃伦波毛纺厂院子破裂的下水管永远存在。

链子也还在那里。我沿着肮脏的空心砖老建筑——原来是烘干房——侧面走到链子那儿。我从链子底下钻过去，绕到建筑的前面，看到这是个被遗弃的便利商店，名叫快闪。窗户破碎，所有的货架都被移走。里面空荡荡的。一盏应急灯，电池几乎耗尽，像冬天的窗玻璃上垂死的苍蝇般嗡嗡鸣叫。残破的地板上有乱七八糟的涂鸦，涂鸦在微弱的光线中依稀可辨：滚出城去，你这个巴基斯坦杂种！

我穿过院子里破裂的水泥地面。毛纺厂工人的停车场不见了。那块地方什么都没建，只是一块长方形空地，布满破碎的瓶子，陈旧的沥青块，以及丛生的杂草。使用过的避孕套随处可见，仿佛古老的舞会彩带。我抬头仰望，没有看到一颗星星。低空中笼着云层，仅有些许月光从云层里透出来。美茵大街和一九六号公路（以前叫老路易斯顿路）交叉路口的闪光信号灯不知什么时候已经被交通信号灯替代，但是灯没亮。这就对了：两个方向都没有车辆。

果品公司消失了。建筑被移除，留下洞穴。对面，绿色前线一九五八年所在的地方，在二〇一一年应该是家银行，现在却变成了缅因州食品合作社。合作社窗户破碎，里面陈列的所有商品早已荡然无存。合作社跟快闪便利商店一样破败。

我走到破败的交叉路口中间，一阵巨大的冰块撕裂声让我僵在原地。以我的想象，唯一能够发出这声音的是某种奇异的冰造飞机融化着发出突破音障的声音。我脚下的地面短暂地震动一下。一辆汽车的报警器响起，然后停止。狗吠叫一阵，一只接着一只又安静下来。

洛杉矶的地震，我想，七千人死亡。

一辆车的前灯照到一九六号公路远处，我快步走到远端的人行道上。是辆巴士，亮着灯的目的地窗口上写着“环线”。这幅景象又敲响了隐约的钟声，但是我不知为何。我猜又是和声什么的吧。车顶上有几个旋转机件，看起来像是暖气机或空调机。或许是风力涡轮机？这可能吗？没有内燃机的声响，只有隐约的电流的嗡嗡声。我看着巴士，直到它唯一的宽大的新月形尾灯消失在视野之中。

好吧，在这个版本的未来——用扎克·朗的话说，在这根“丝弦”——之中，内燃机已经被淘汰。这是件好事，不是吗？

可能是，但是我把空气吸入肺中时，感觉到沉重的死亡气息。还有种气味，这种气味让我想起我小时候用力推莱昂内尔火车变压器时，变压器散发出的气味。“该关掉电源，让它休息一会儿了。”我爸爸说。

美茵大街上，有些生意好像还在经营，但是多数店铺已然沦为废墟。人行道布满裂缝，垃圾遍地。我看到五六辆停着的汽车，这些车要么是油电混合动力，要么带有车顶旋转装置。一辆本田“西风”，一辆拓郎勇气①，还有一辆是福特“轻风”。这些车看起来很旧，有几辆严重毁损。所有的汽车挡风玻璃上都贴着粉色贴纸，黑色的大字即便在黑暗中也很清楚：“在缅因州，‘A’贴纸一定有购货证。”

---

① 一种最先出现在“黑暗塔”系列中的虚构的汽车。

一群孩子在街对面闲逛，说说笑笑。“嗨!”我冲他们喊道，“图书馆还开着吗?”

他们看过来。我看到香烟萤火虫般的闪烁光亮……不过飘到我这边的气味应该是大麻发出的。“滚你妈的!”一个孩子喊道。

另一个孩子转过身，脱下裤子，屁股对着我，说道:“你要是能在里面找到书，书归你!”

他们轰然大笑，然后走开，小声说话，回头看我。

我并不介意别人拿屁股对着我——这已经不是第一次了——但是我不喜欢他们的表情，更不喜欢他们小声说话。可能有阴谋。杰克·埃平不相信这样的事，但是乔治·安伯森相信。乔治经历了太多，乔治还蹲下去，捡起两块拳头大小的混凝土块，装进前面口袋，仅为防身。杰克觉得乔治很荒谬，但是没反对。

我又走了一个街区，商业区（以前是）突然到了尽头。我看见一位年长的女子快步前行，紧张地瞥了这群孩子一眼，孩子们已经在美茵大街另一侧走到更远的地方。她戴着头巾，头巾看起来像是口罩——患慢性阻塞性肺病或者肺气肿晚期的人会使用这种东西。

“夫人，请问图书馆是不是还——”

“走开!”她眼睛圆瞪，恐惧不已。月光短暂地从云层缝隙中射下来，我看到她的脸上满是伤口。右眼下面的一处伤口已经侵蚀到骨头。“我有张出行证，证明上有政务会的公章，所以走开!我要去看我妹妹!这些孩子很坏，很快就会开始撒野。你要是敢碰我，我就使用蜂鸣器，警察会来帮我。”

不知为何，我不大相信警察会来帮她。

“夫人，我只想知道图书馆是不是还——”

“图书馆已经闭门很多年，里面的书早没了。他们现在在那儿举办仇恨聚会。我说，走开，不然我要叫警察了!”

她匆匆走开，不时地回头张望，确定我没有尾随她。我等我们相距很远，她不至于感到不适后，才沿着美茵大街继续前行。我的膝盖在攀爬教科书仓库大楼之后稍有恢复，但我还是有点儿跛，而且这种状态还会持续一段时间。有些房子拉着的窗帘后面亮着灯光，但是我知道电力不是缅因州中央电力公司供应的。有些科勒曼照明灯，有些是煤油灯。多数房屋漆黑一片。还有些房子成了烧焦的断壁残垣。一栋房屋上面画着纳粹万十字章，另一栋上喷着“犹太老鼠”这几个字。

这些孩子很坏，很快就会开始撒野。

而且……她真的说到什么仇恨聚会吗？

在一幢看起来保存较好的房子前面——跟多数房屋相比，这算一幢宅邸——我看到一根长长的横杆，仿佛走到了西部片中。真的有马拴在那里。天空再次被弥漫的月光点亮时，我看到散落的马粪，有些还很新鲜。车道上装了大门。月亮又藏进云层，但是我无需借助月光，知道门上面写着：“止步！”

现在，我清晰地听到有人在我前方骂了一句：“他妈的！”

声音听起来并不年轻，不像是那些野孩子的声音，是从我这一边街道，而非对面传来的。那家伙很愤怒，但像是在自言自语。我朝着声音走去。

“狗杂种！”那个声音喊道，怒不可遏，“臭狗屎！”

他可能在我前面一个街区远的地方。我赶到那里之前，听到一声巨响，是什么东西撞击金属的声音，一名男子喊道：“继续吧！你们这群狗杂种！继续吧，我马上就会掏枪崩了你们！”

紧随其后是一阵笑声。是抽大麻的男孩们。接下来说话的明显是拿屁股对着我的男孩：“你唯一的手枪就是裤裆里的东西，我敢打赌枪管还耷拉着！”

又一阵笑声。之后又是金属的巨响。

“你们这些狗杂种，你们打断了辐条！”男子继续朝他们大喊，声音里带着恐惧。“别，别，别过来！”

云层裂开，月光透出来。我借助微弱的月光，看到一位老人坐在轮椅中。他处在美茵大街和高德街——如果街名没变的话——路口中间。轮椅的一侧轮子卡在路面上的坑里，朝左边倾斜。男孩们穿过街道，朝他走去。叫我滚蛋的孩子拿着一把弹弓，弹弓里装着一颗大石子。难怪会有什么东西撞击金属的声音。

“老东西，有钱吗？罐头呢？”

"没有！你们如果不能讲点该死的礼貌，把我从坑里推出来，至少给我走开！"

但是他们在撒野，他们不会走开。他们准备抢走他身上任何值钱的东西，或许还会痛揍他一顿，肯定要把他掀翻在地。

杰克和乔治融为一体，两个人都怒不可遏。

这些肆无忌惮的孩子注意力集中在轮椅里的老头儿身上，没有注意到我正从斜对面插过去——我就像在教科书仓库大楼六楼斜插过去那样。我的左胳膊还没康复，但是右胳膊很正常，在帕克兰医院和伊登法洛斯先后经过三个月的物理治疗，比受伤前更加健壮。我上高中时是学校棒球队第三垒守垒员，而且精确度仍在。我从三十英尺外扔出第一块混凝土块，击中拿屁股对着我的男孩儿的前胸。他一声惊叫，痛苦而惊讶。所有男孩——总共有五个——都把脸转向我。他们转过脸时，我看到他们的脸跟那位受到惊吓的妇女的脸一样扭曲。拿着弹弓的那个滚蛋少年面相最恐怖。他鼻子所在的地方只剩下凹洞。

我把第二块混凝土块从左手换到右手，扔向个头最高的男孩。他穿着宽松的裤子，腰带几乎勒到胸骨处。他举起胳膊遮挡。混凝土块击中他的胳膊，将他手上的大麻烟卷震落到街上。他看了我的脸一眼，转身跑开。拿屁股对着我的男孩跟着他跑开。现在还剩下三个男孩。

"上啊，伙计！"轮椅里的老头儿尖叫道，"他们欠揍，耶稣啊！"

我知道他们欠揍，但是我寡不敌众，而且弹药耗尽。对付青少年时，唯一可能让你获胜的办法就是毫不畏惧，义愤填膺。只管勇往直前，我正是那么做的。我右手抓住滚蛋少年破烂的T恤衣领，左手抢过他的弹弓。他盯着我，双眼圆瞪，毫不反抗。

"你这个胆小鬼，"我说，把脸凑到他面前……丝毫没有回避他那曾经是鼻子的地方。他身上散发出汗臭、大麻和污秽的气味。"你这个胆小鬼，只知道欺负坐轮椅的老头儿！"

"你是谁——"

"他妈的查理·卓别林。我跑到法国去，只是为了看女人们跳舞！你给我滚开！"

"还我——"

我知道他想要什么，用弹弓敲了他的额头一下。他的一处伤口开始流血。他肯定痛得要死，因为泪水已经浸湿他的眼眶。我对他既感到恶心，又不乏同情，但是丝毫没有表露出这些情绪。“不给你，你这个胆小鬼。给你一次机会，你如果没把握住机会，我就把你的蛋蛋扯下来，塞进鼻洞里。只有一次机会。好好把握。”我吸了一口气，然后唾沫横飞地对着他的脸大吼：“滚！”

我看着他们离开，既羞愧又得意，两者平分秋色。老杰克很擅长弹压放假之前吵闹的自修室，但是他的能力仅此而已。而后来者乔治可是经历了不少事情。

我的身后传来一阵严重的咳嗽。咳嗽让我想起阿尔·坦普尔顿。老头停止咳嗽之后说：“年轻人，我宁愿得五年肾结石，换得这些可恶的小鬼仓皇逃窜。我不知道你是谁，但是我的储藏室里有点格兰菲迪纯麦威士忌——货真价实——你如果能把我从坑里面推出来，我们可以一起喝点。”

月亮又躲进云里，但是它再次从破碎的云层中露脸时，我看到老头的脸。他留着长长的白须，鼻子上插着套管，但是即便五年过去了，我仍能毫不费力认出他，让我卷进整个事件的人。

“你好，哈里。”我说。

第三十一章

1

他仍然住在高德街。我将他推上坡道和门廊，他掏出一大串钥匙。他需要这么多钥匙。前门至少上了四把锁。

“租的还是自己买的？”

“噢，是我自己的，”他说，“不过不怎么样。”

“不错啊。”他之前是租房子住。

“你还没告诉我你怎么知道我的名字。”

“我们先喝一杯吧。我想喝一杯。”

门打开，客厅占据房子的前半部分。他像吆喝马匹一样让我停下来，点亮科勒曼灯。我借助灯光，看到家具属于那种“陈旧但仍可以使用”的类型。地上铺着编织精美的地毯。墙上没有普通教育发展证书文凭——当然也没有装裱起来的作文《改变我人生的一天》——但是有很多天主教圣像和大量照片。我认出照片中的一些人。这毫不奇怪，毕竟，我见过他们。

“把前门反锁起来，好吗？”

我将漆黑而令人烦扰的里斯本福尔斯锁在外面，上了两道门闩。

“把锁定插销也插上吧，你如果不介意的话。”

我转动插销，听到咔嗒一声。与此同时，哈里在客厅里转了一圈，点亮高灯罩煤油灯，我隐约记得自己在祖母萨莉的房子里见过这种灯。这种灯比科勒曼灯好些。我关掉炽热的科勒曼灯时，哈里·邓宁同意地点点头。

“先生，你叫什么名字？你已经知道我的名字了。”

“杰克·埃平。我想这个名字不会让你想起什么，对吧？”

他沉思片刻，然后摇摇头。“我应该想起什么吗？”

“可能不应该。”

他伸出手，手略微颤抖。“我还是会跟你握手。这件事有点不可思议。”

我高兴地跟他握手。你好，新朋友。你好，老朋友。

“好吧，现在这一点清楚了，我们可以放心地喝酒。我去拿那瓶纯麦芽威士忌。”他朝厨房走去，用胳膊滚动轮椅，胳膊有些颤抖，但依然健壮。轮椅上有个小马达，但小马达要么是坏了，要么是他想节省电池。他扭过头看看我。“你不危险吧？我是说，对我而言。”

“对你不危险，哈里，”我笑了，“我是你的善良天使。”

“这就怪了，”他说，“但是这年头，什么不奇怪呢？”

他走进厨房。很快，更多的灯亮起来。舒适的橙黄色灯光。在这里，一切都显得很舒适。但是在外面……在这个世界上……

我到底干了什么？

2

“我们为什么干杯？”我们端起酒杯时，我问道。

“为了比现在更好的时代吧。埃平先生，你觉得这个祝酒词怎么样？”

“很好。叫我杰克吧。”

我们碰杯，喝酒。我不记得自己上一次喝比孤星啤酒更烈的酒是什么时候。威士忌尝起来像是加热过的蜂蜜。

“没有电吗？”我看着周围的油灯问道。他把灯的亮度都调到最低，可能是为了省油。

他愁眉不展。“你不是这里人，对吧？”

我以前也被问到过这个问题，果品公司的弗兰克·阿尼塞问过。在我第一次造访过去时。那时，我撒了个谎。现在，我不想撒谎。

“哈里，我不知道该怎么回答这个问题。”

他耸耸肩。“我们一个星期有三天能用电，今天是三天中的一天，但是晚上六点左右就停电了。我对州电力公司的信任度和我对圣诞老人的信任度一样。”

我思考这句话，想起汽车上的广告。“缅因州什么时候变成了加拿大的领土？”

他看了我一眼，表情似乎在说“你怎么这么傻”，但是我看得出来，他很享受现在的感觉。那种陌生又真实的感觉。我不知道他上次跟人畅快地聊天是在什么时候。“从二〇〇五年以后。有人撞到你的头，还是怎么了？”

“说实话，是的。”我走到他的轮椅旁，用仍然灵活且并不疼痛的膝盖支撑身体，蹲下去，给他看我脑袋后面头发还没有长出来的地方。“几个月前，被人痛殴——”

“是吧，我看到你跑向孩子们时瘸着腿。”

“——我有很多事情都不记得了。”

我们脚下的地板突然摇晃起来。煤油灯的火焰在颤抖。墙上的照片发出吱嘎吱嘎的声音。一幅两英尺高、摊开胳膊的耶稣石膏像朝壁炉架的边缘抖动。石膏像好像打算自杀。基于我自己观察到的情况来看，它这么做实在无可厚非。

“砰响，”石膏像不再颤抖后，哈里说道，“你记得这个，对吧？”

“不记得。”我站起身，走到壁炉架前，把耶稣推回圣母身边。

“谢谢。有一半信徒的石膏像都从卧室的架子上掉落摔碎了，我哀悼每一位信徒。这些石膏像是我妈妈的。砰响就是地震。地震频繁发生，大地震主要发生在中西部和加利福尼亚。当然，欧洲和中国也有。”

“现在人们能把船停在爱达荷州，对吧？”我还站在壁炉架前，看着装了框的照片。

“目前还不至于那么糟糕，但是……你知道日本有四个岛消失了，对吧？”

我沮丧地看着他。“不知道。”

“其中三个是小岛，但是北海道也消失了。四年前像电梯一样沉入该死的海洋。科学家预测这跟地壳运动有关，”他继续道，“他们说这一过程如果不停止，到二〇八〇年前后，地球会被撕成两半。然后太阳系就会出现两个小行星带。”

我一口喝掉剩余的威士忌。在酒精的刺激下，眼泪霎时间模糊我的视线。房间再次变得清晰时，我指着哈里五十岁左右时的一张照片。照片里，他仍然坐在轮椅里，但是看起来很强健，至少腰部以上是这样。西装裤腿在萎缩的腿上翻腾。他的旁边是位身着粉色裙子的女士，这裙子让我想起杰基·肯尼迪在一九六三年十一月二十二日穿着的那条。我记得妈妈告诫我，千万别说相貌不佳的女人“相貌丑陋”。她们应该算是，她说，“相貌不赖”。这个女人就相貌不赖。

“你的妻子吗？”

“嗯。那一张是我们在结婚二十五周年纪念日拍的。她两年后去世了。这种情况很多。政客们会告诉你，这是原子弹造成的——自从一九六九年河内地狱之后，已经炸了二十八或者二十九颗了。他们会发誓，直到累得说不出话来，但是所有人都知道，溃烂症和癌症直到佛蒙特州扬基核电站发生中国综合征[①]之后才真正开始流行。‘噢，’他们说，‘佛蒙特州不会有大地震，在这上帝的王国里，不可能发生这种情况，只有普通的小规模摇晃和砰响。’是的。看看已经发生的情况吧。”

“你说佛蒙特州的反应堆爆炸了？”

“辐射涌向新英格兰全境及魁北克南部。”

“什么时候的事？”

“杰克，你是在跟我开玩笑吗？”

“绝对不是。”

“一九九九年六月十九日。”

“我对你妻子的遭遇感到很遗憾。”

“谢谢你，年轻人。她是个好妻子。很可爱。她不应该遭受这样的事，”他缓慢地用胳膊擦拭眼睛，“我很久没有谈过她了，因为我很久

---

① 《中国综合征》是美国一九七九年电影片名，影片主要围绕一起核电站事故展开，据说核反应堆的冷却水如果烧干，会烧穿地球，美国所处地球的对应面正好是中国。

没有遇到能聊天的人了。我再给你倒点酒怎么样？”

我用手指示意他只倒一点点。我不想在这里待很久。我得迅速理解这个伪造版的历史，这种黑暗。我有很多事要做，尤其是要让我心爱的女人重获新生。这意味着我得再跟绿卡人聊聊。我不想喝醉，但是再喝一点也无妨。我需要酒精。我的情感仿佛被冻结，这可能很好，因为我的意识正在眩晕。

“你是在春节攻势[①]期间瘫痪的吗？”我心想，肯定是的，但是情况原本会更糟。在上一回合中，你牺牲了。

一开始，他一脸茫然，但稍后脸上烟消云散。“我想了想，觉得的确是春季攻势。我们称之为西贡一九六七年玩完战。我乘坐的直升机坠落了。我很幸运。那架飞机上的多数人都死了。有些是外交官，有些只是孩子。”

“一九六七年春季，”我说，“不是一九六八年。”

“对。你可能还没有出生，但是肯定在历史课本里读到过。”

“不记得了。”我让他再往我的酒杯里倒一点威士忌——仅仅盖住杯底——然后说：“我知道肯尼迪总统在一九六三年十一月差点被人暗杀。我把之后的历史几乎全忘了。”

他摇摇头。“这可是我听过的最荒诞的健忘症。”

“肯尼迪连任了吗？”

“对阵戈德华特吗？当然了。”

“他有没有让约翰逊做自己的竞选伙伴？”

“当然。肯尼迪需要得克萨斯，也得到了得克萨斯。康纳利州长在那一轮竞选中像个奴隶一样为他奔波，尽管他非常厌恶肯尼迪的新边疆方针。他们管这叫尴尬的支持。因为肯尼迪差点死在达拉斯。你真的不知道这些？学校没教过吗？”

“你亲身经历过，哈里。讲给我听吧。”

他说：“我不介意重提往事，年轻人。别看那些照片了。你如果不

---

① 一九六八年一月，越南民主共和国（北越）正规军和越共游击队联手，针对越南共和国（南越）境内各军民指挥体系枢纽发动大规模攻势。这是越南战争中规模最大的地面行动，共有两千五百多名美军丧生。

知道肯尼迪在一九六四年连任了，肯定也不会认识我的家人。”

啊，哈里，我想。

3

我三四岁时，一位喝醉的叔叔对我讲述了小红帽的故事。不是童话书里的标准版本，而是R级[①]的，充满尖叫、血腥以及伐木工斧头单调的砰响。我直到今天依然清晰记得听故事时的情景，但是只记得故事的几个细节：比方说，狼咧嘴大笑时的牙齿，浑身是血的祖母从狼裂开豁口的肚子里爬出来。我说这件事是为了告诉你：你如果你想听哈里·邓宁向杰克·埃平讲述简明平行世界史，趁早打消这个主意。这不仅是因为糟糕的真相会让你恐惧。还因为我得赶紧回到过去纠正这些事情。

然而，有些事情没变。比方说，全世界范围内对乔治·安伯森的搜寻。搜寻活动是没有什么趣事可讲——安伯森像克拉特法官[②]一样失踪了，在达拉斯刺杀未遂事件发生后的四十八年里，他几乎成了神秘人物。救星，或者阴谋的一部分？人们像往常一样，还是这样讨论这件事。我听哈里说到这里，自然而然想到李成功暗杀肯尼迪那个版本的世界里的所有阴谋理论。朋友们，我们知道，过去很和谐。

肯尼迪原本应该在一九六四年的竞选中以压倒性优势战胜巴里·戈德华特。然而，他只以不足四十张选票的优势胜出，共和党的支持者们都觉得有点丢脸。他在第二任期开始时，宣称北越“对于我们民主的威胁，还不如我们自己的学校和城市中种族不平等的威胁大”，激怒右翼选民和军火公司。他没有全面撤出美国军队，但仅在西贡及其周边地区保留军队，这片地区有个奇怪的称呼：绿色区域。肯

---

① 在美国电影分级体系中，十七岁以下的未成年人不得进入影院观看此级别影片。

② 约瑟夫·福斯·克拉特（1889—1937？）：美国法学家，曾任纽约高级法院法官，在一九三〇年贿赂案爆发后神秘失踪，一九三七年被合法宣告死亡。

尼迪在第二任期内没有投入大规模部队，但投入了大量金钱。这就是美国的办事方式。

二十世纪六十年代的大规模民权改革并未发生。肯尼迪不是林登·贝恩斯·约翰逊，而作为副总统的约翰逊无力帮肯尼迪。共和党人和美国南部民主党人阻挠议案通过长达一百一十天。一位党员还倒地身亡，成为右翼英雄。肯尼迪最后放弃，做了一场即兴演讲，这场演讲将一直萦绕他的脑海里，直到他一九八三年去世："白人美国已经往议院里填满引火物，议院即将燃烧。"

接下来发生了种族骚乱。肯尼迪忙于应付种族骚乱时，北越军队击败西贡政府——将我牵涉进这一切的哈里在美国航空母舰甲板坠机事故中瘫痪。舆论开始反对肯尼迪。

西贡沦陷一个月之后，马丁·路德·金在芝加哥被人暗杀。刺客是联邦调查局的无赖特工德怀特·霍利。他自己被杀之前，声称他是受胡佛的指使。芝加哥战火连天。美国其他十几座城市也燃起战火。

乔治·华莱士当选总统。但地震那时已经开始频发。华莱士对此无能为力，于是轰炸芝加哥，令其屈服。据哈里所说，这一节发生在一九六九年六月。一年之后，总统华莱士给胡志明下了最后通牒：把西贡变成一座像柏林一样的自由之城，或者一座像广岛一样的死亡之城。胡大叔拒绝了。他如果以为华莱士是在虚张声势，那他就错了。一九六九年八月九日，河内变成一朵蘑菇云，就像二十四年前，哈里·杜鲁门在长崎扔下代号"胖男孩"的原子弹那样。副总统柯蒂斯·李梅亲自负责这一任务。在一次全国演讲中，华莱士将这一行动称为上帝的意愿。多数美国人同意这一观点。华莱士的支持率很高，但是至少有一个人不认可他。这个人叫亚瑟·布莱默。一九七二年五月十五日，华莱士在马里兰州劳雷尔市的一家购物中心参加竞选活动、谋求连任时，被其射杀。

"用的是什么枪？"

"我想是点三八左轮手枪。"

当然了。可能是警用手枪，也可能是胜利型，跟在另一根时间丝弦上夺去提彼特警官性命的手枪一样。

我从此刻开始走神。“我得纠正这一切，纠正这一切，纠正这一切”的想法像敲锣一样敲打我的脑袋。

一九七二年，休伯特·汉弗莱当选总统。地震愈发严重。全世界自杀率飙升。各种形式的原教旨主义遍地开花。更多的蘑菇云升起。印度和巴基斯坦发生战争。孟买的名字没来得及从“Bombay”改成“Mumbai”。孟买在癌症风暴中化作放射性灰烬。

卡拉奇也是一样。苏联和美国声称要将两个国家炸回石器时代，这两个国家才结束敌对状态。

一九七六年，汉弗莱在东海岸对西海岸的选举中惨败于罗纳德·里根。汉弗莱都没有保住老巢明尼苏达州。

圭亚那的琼斯镇，两千人集体自杀。

一九七九年十一月，伊朗学生冲击位于德黑兰的美国大使馆，劫持的不是六十六名人质，而是二百名。伊朗电视台上人头攒动。里根从河内地狱中学会乖乖地让核武器待在炸弹舱，让导弹待在发射井里，但是他派出大量军队。然后人质当然被屠杀，一群自称为基地组织的恐怖分子开始四处埋置路边炸弹。

“那个混蛋擅长无休止地演讲，但对伊斯兰世界一窍不通。”哈里说。

披头士乐队再度复合，举办和平音乐会。一名自杀式袭击者在人群中引爆炸弹，炸死三百名观众。保罗·麦卡特尼[①]在爆炸中失明。

没过多久，中东战火连天。

苏联解体。

有些团体——可能是来自苏联的极端流亡分子——开始向恐怖组织，包括基地组织出售核武器。

“到了一九九四年，”哈里不动声色地说，“那里的很多油田变成黑玻璃在黑暗中闪光。恐怖分子已经精疲力竭。有人两年前在迈阿密引爆手提箱核武器，但是后果不严重。我的意思是，六十或者八十年之

① 保罗·麦卡特尼（1942— ），英国摇滚音乐家、词曲作者，披头士乐队成员。

后，人们就能再次在南海滩上开派对了——当然，墨西哥湾基本变成了一片死海——但是只有一万人死于辐射中毒。这算不上什么大事。缅因州通过公投，成为加拿大的一部分。克林顿总统认为这是一大解脱。”

“比尔·克林顿当了总统？”

“当然不是。他是二〇〇四年必赢的提名人，但是他在会上死于心脏病。他的妻子插进来。当了总统。”

“干得怎么样？”

哈里摆摆手。“不错……但是你无法通过立法制止地震。这就是我们到最后可能面临的结局。”

在我的头顶上，那种冰块撕裂的声音再次响起。我抬起头。哈里没有抬头。

“什么声音？”我问。

“年轻人，”他说，“没人知道。科学家们争执不下，但我想牧师可能说得在理。他们说上帝准备毁掉他的所有杰作，就像参孙摧毁大衮庙那样。”他喝光剩下的威士忌，脸颊上泛起红晕……据我的观察，他的脸上没有辐射造成的伤口。“我想，他们这次可能说对了。”

“万能的耶稣啊。”我说。

他不动声色地看着我。“年轻人，听够历史了吧？”

够用一生。

4

“我得走了，”我说，“你没问题吧？”

“现在没问题，跟别人一样，”他仔细看着我，“杰克，你是从哪里冒出来的？我怎么感觉跟你很熟？”

“或许是因为我们总是跟自己的善良天使很熟吧？”

“胡扯。”

我想离开。我想，反正我经历过下次重置后，生活会变得简单。但是，因为这位善良的人在三次生命中都遭受巨大折磨，我首先再次走近壁炉架，取下一幅装了框的照片。

“小心点儿，”哈里急切地说，“这是我的家人。”

“我知道。”我把照片放到他粗糙而苍老的手上。一张黑白照片，从模糊的图像可以看出，相片是用柯达相机拍出来的。“是你的爸爸照的吗？我这么问，是因为只有他不在照片里。”

他好奇地看着我，然后看着照片。“不是，”他说，“这张是一位女士在一九五八年夏天帮忙照的。那时我的爸爸妈妈已经分居了。”

我在想他说的女邻居，是不是我看见的一边叼着烟、一边拿水龙头洗私家车并喷狗的那个女人。不知怎么，我确定就是她。一个声音从我的脑海深处传来，就像从深井中传来。我听到跳绳女孩们的歌声：“我老子开潜水艇。”

“他有酗酒的毛病。在那时候，这没什么大不了的。很多男人烂醉如泥，但还跟妻子住在一起，但是我爸爸喝了酒就会撒酒疯。”

“我知道。”我说。

他再次看着我，目光更加犀利，然后笑了。他的多数牙齿已经脱落，但是笑容依然可爱。“我怀疑你不知道自己在说什么。你多大了，杰克？”

“四十。”但我敢肯定自己看起来显得更苍老些。

“也就是说，你是一九七一年出生的。”

实际上是一九七六年，但是我如果想跟他说明白，就必须谈起自己钻进兔子洞里，像爱丽丝在镜中世界一般度过五年。“差不多吧，”我说，“照片是在科苏特街拍的。”我用德里的腔调说科苏特。

我敲敲埃伦，她站在妈妈的左边。我想起跟我在电话上聊过天的成年版埃伦——把那一位称作埃伦 2.0 吧。我还想起——当然了——埃伦·多克蒂，我在约迪认识的回声版。

“从照片上看不出来，但她是红头发，对吧？缩微版的露西尔·鲍尔。”

哈里无言以对，瞠目结舌。

“她演喜剧了吗？或者别的什么？在广播或者电视上？”

“她在缅因州加拿大广播公司做DJ秀，”他轻声地说，“不过你怎么……”

“这是特洛伊……和阿瑟，也叫图加……这是你，你妈妈用胳膊抱着你，”我笑了，“就像是上帝的安排。”上帝如果能一直这样安排就好了。如果。

“我……你……”

“你爸爸被人谋杀了，对吧？”

“是的。”鼻子里的套管歪了，他将它推正，手缓慢地移动，像是在睁着眼睛做梦。“他在朗维尤墓地为祖父母献花时被人枪杀。在这张照片拍摄后几个月里。警察逮捕了一个叫比尔·图尔考特的男子——”

噢。我没看到这一幕。

“——但是他有足够的不在现场证据，警方不得不放走他。凶手一直没有被抓住。”他捧起我的双手。“先生……年轻人……杰克……我的话有点疯狂，但是……你是不是杀害我爸爸的人？”

“别胡说，”我拿过照片，挂回墙上，“我一九七一年才出生，记得吗？”

5

我沿着美茵大街往前走，回到破败的毛纺厂以及废弃的快闪便利店。我低头前行，没有看“塌鼻子”和“屁股孩”以及他们的同伙是否还在附近。我想他们如果还在附近哪个地方，会跟我保持安全距离。他们以为我疯了。我可能真的疯了。

“我们这儿的人都疯了。”柴郡猫这样告诉爱丽丝。然后它就消失了。但笑声还没消失。我记得大笑声停留了一会儿。

我现在对时间旅行的理解更加深刻。不是说完全明白。我怀疑，就连卡片人也未必完全明白（他们在履职一段时间之后，几乎仍然什么都不明白），但是这一点对我必须做的决定并无帮助。

我钻过锁链时，远方响起爆炸声。我并不惊讶。我想现在有很多爆炸。人类失去希望时，肯定会有很多爆炸。

我走进便利商店背后的浴室，差点绊倒在羊皮夹克上。我把夹克踢到一边——我到了新地方后不会需要它——缓慢地跨过成堆的箱子，箱子看起来酷似李堆出来的狙击掩体。

该死的和谐。

我挪开足够的空间，进入角落，然后小心翼翼地将身后的箱子重新码好。我迈着细小的步子往前走，再次想起人在黑暗之中试探楼梯顶端的情形。但是这一次没有台阶，只有双重影像。我往前挪动，看着自己的下半身闪闪发光。然后我闭上眼睛。

又一步。再一步。我的双腿感到温暖。我又走两步，阳光将我眼皮底下的黑色照成红色。我再走一步，听到脑袋里的爆裂声。爆裂声消失时，我听见织机发出的“沙——呼——沙——呼”的声音。

我睁开眼睛。肮脏的废弃公厕的臭味已经变成纺织厂满负荷运行的气味，现在，环保署还不存在。我的脚下是开裂的水泥，而不是剥落的漆布。我的左边是巨大的金属容器，里面装满边角布料，上面盖着粗麻布。我的右边是烘干房。时间是一九五八年九月九日上午十一点五十八分。哈里·邓宁再次变成小男孩。卡罗琳·波林在里斯本高中上第五学期，可能正听着老师讲课，也可能在做白日梦，梦见某个男孩，或者梦见几个月之后怎么跟爸爸去打猎。萨迪·邓希尔还没有嫁给扫帚先生，住在佐治亚州。李·哈维·奥斯瓦尔德跟海军陆战队一起在南中国海。约翰·菲茨杰拉德·肯尼迪还是马萨诸塞州的年轻议员，做着总统梦。

我又回来了。

6

我走到铁链前，钻过去。我在铁链另一边静静地站了一会儿，排练下一个动作。然后我走到烘干房尽头。在拐角处，绿卡人靠在墙上。不过扎克·朗的卡片已不再是绿色。卡片已经染上浑浊阴暗的赭色，介于绿色与黄色之间。他不合时宜的外套灰尘扑扑，之前神采奕奕的毡帽变得破败。他的脸颊，之前刮得十分整洁，现在长满胡楂……部分胡须已经发白。眼睛布满血丝。他没有喝酒——至少我没有闻出酒味——但我想他很快就会去喝上一杯。毕竟，绿色前线位于他狭小的活动范围之内。这些时间丝弦挤在脑袋里，一定会让人痛苦不堪。多重过去已经很糟，再加上多重未来呢？任何人都会借酒浇愁，如果有酒的话。

我在二〇一一年待了一个钟头。或许更久。对他来说是多久呢？我不知道。我不想知道。

“感谢上帝。”他说……他之前也这样说过。但是他再次伸手捧起我的手时，我把手缩回来。他的指甲很长，又脏又黑。手指颤抖。这双手，连同外套、帽子，以及帽圈上的卡片，都属于酒鬼。

“你知道你该做什么。”

“我知道你想让我怎么做。”

“这跟想不想没关系。你得最后一次回去。如果一切顺利，你会从餐馆出去。餐馆很快就会被拉走，届时，引起这一切疯狂事件的气泡就会爆裂。泡沫存在了这么久，真是个奇迹。你得结束这个轮回。”

他又把手伸过来。这一次，我不仅把手缩回来，还转身跑向停车场。他跑着追我。我膝盖受了伤，所以他离我非常近。我跑过一辆普利茅斯复仇女神汽车时，听到他就在我身后。之前有天晚上在坎德尔伍德小屋院子里看到过相同的车型，但我没有理睬。然后我就到了美茵大街和老路易斯顿路的交叉口。在另一边，永恒的乡村摇滚乐叛逆少年站在果品公司前面，一只穿着靴子的脚靠在墙上。

我跑过火车轨道，担心受伤的腿会在煤渣上背叛我，但是被绊倒的是朗。我听到他喊叫——绝望而孤独的叫声——立即感到一阵同情。那家伙责任重大且艰难。但是我没有让同情减缓我的脚步。爱情的力量是残酷的。

路易斯顿快线公共汽车抵达。我蹒跚着走过交叉路口，司机朝我按响喇叭。我想起另一辆公共汽车，装满前去观看肯尼迪的群众。当然，他们也是去看肯尼迪夫人，肯尼迪夫人穿着粉色套装。玫瑰花摆在座位上，在两个人中间。不是黄色，而是红色。

“吉姆拉！回来！”

这就对了。我就是吉姆拉，罗塞特·坦普尔顿噩梦里的怪物。我瘸着腿经过肯纳贝克果品公司，已经甩开赭卡人。我会赢得这场比赛。我是杰克·埃平，高中教师；我是乔治·安伯森，胸怀抱负的小说家；我是吉姆拉，每走一步都威胁整个世界。

但是我继续往前跑。

我想到萨迪，高挑、优秀而美丽，继续往前跑。容易出事的萨迪会绊倒在名叫约翰·克莱顿的恶棍身上。在他身上，萨迪将受到的伤害远胜胫骨之痛。“为爱而迷失的世界”，这是德莱顿说的还是蒲柏说的？

我在泰特斯雪佛龙前停下来，急促地喘气。街对面，快乐白象的业主，垮掉的一代，一边吸着烟斗一边看着我。赭卡人站在肯纳贝克果品公司巷子口。显然，他朝那个方向只能走到那里。

他朝我伸出双手，这很糟糕。然后他双膝跪地，双手紧抱在胸前，这更加糟糕。“请不要这么做！你知道这么做的代价！”

我知道，但是继续前行。交叉路口旁圣约瑟夫教堂前有座电话亭。我把自己关进电话亭，翻看电话簿，投进一角硬币。

的士司机赶来，正吸着好彩牌香烟，听着 WJAB 电台。

历史不断重复。

最后的笔记

一九五八年九月三十日

我藏进塔马拉克汽车旅馆七号房间。

我从鸵鸟钱包里掏钱付账，钱包是一位老伙计给我的。钱，跟在红白超市买的肉和在梅森男装店买的衬衫一样，依然存在。如果每次造访都是一次彻底的重置，这些东西不可能保留下来，但重置并不彻底，所以这些东西依然存在。钱不是阿尔给的，是霍斯蒂特工让我跑路用的，这对整个世界来说可能是件好事。

抑或不是好事。我不知道。

明天是十月一日。在德里，邓宁家的孩子们会期待着万圣节，并已经开始计划装扮。埃伦，那个红发女孩，打算装扮成夏秋冬春公主。她永远没这个机会了。我如果今天去德里，可以杀掉弗兰克·邓宁，挽救埃伦的万圣节，但是我不会去。我也不会去达拉姆，阻止卡罗琳·波林被安迪·卡勒姆射伤。问题是，我会不会去约迪？我不能拯救肯尼迪，绝对不能，但是未来世界的历史会不会脆弱到不能承受两位高中教师相遇并相爱？他们能不能结婚，伴着披头士乐队的乐曲《我想握住你的手》舞蹈，并过上平平淡淡的生活？

我不知道，我不知道。

她或许不想跟我扯上任何关系。我们也不再是三十五岁和二十八岁。这一次，我会是四十一岁或者四十三岁。我看起来更显老。但是我相信爱，你明白。爱是可以随身携带的魔法。我不认为爱在星星上存在，但是我确信血脉会呼唤血脉，思想会呼唤思想，心灵会呼唤心灵。

萨迪跳着麦迪逊，面带微笑，十分兴奋。

萨迪让我继续舔她的嘴。

萨迪问我想不想进屋吃奶油蛋糕。

只有一个男人和一个女人。这么要求是不是太过分？

我不知道，我不知道。

你会问，你既然已经不打算当善良天使，那你在这儿干什么？我写了下来。我有支钢笔——迈克和博比·吉尔送给我的那支，你记得他们——我沿着马路走到市场上，又买了十支笔芯，墨水是黑色的，很适合我的心情。我还买了二十几本拍纸簿，目前已经被我写得只剩下一本。市场旁边是家西部汽车公司商店，我在里面买了一把铲子和一个扁平箱，带密码的那种。全部费用加起来是十七美元十九美分。这些东西足以让整个世界变得黑暗肮脏吗？那位银行职员，他的人生轨迹——仅仅是通过我们短暂的交易——会被改变。在他身上会发生什么不好的事吗？

我不知道，但是我知道：我曾经给一位高中橄榄球员一次当演员的机会，他的女友毁容了。你可以说我不负责任，但是我更加清楚一切是怎么回事，不是吗？蝴蝶展开了翅膀。

在三个星期的时间里，我整日写作，从早到晚。有时写十二个小时，有时写十四个小时。奋笔疾书。我的手变得酸痛。我把手在水里浸一会儿，然后继续写。有些晚上，我去里斯本路边餐馆，餐馆对散客有优惠：三十美分。我坐在小吃店前儿童游乐场旁的折叠椅里。我又看了一遍《夏日春情》。还看了《桂河大桥》和《南太平洋》。我看了恐怖双片连映《苍蝇》和《陨星怪物》。我在想自己造成了什么改变。我在想，我拍死一只虫子，对十年之后，二十年之后，或者四十年之后的世界造成了什么改变。

我不知道，不知道。

但我十分清楚一件事。过去很执拗，原因跟龟壳很坚硬一样：因为里面的肉很嫩，不堪一击。

还有别的原因。日常生活中的多种选择和可能就像我们随之起舞的音乐。就像吉他上的琴弦。拨动琴弦就会产生悦耳的声音。一种和声。但是增加琴弦的数量。十根琴弦，一百根，一千根，一百万根。那样声音会相乘。哈里不知道那宛如冰裂的声音是什么，但我认为自己知道。那就是太多的琴弦创造的和声。

C 调如果足够响亮而准确，能震碎水晶。用立体声演奏正确的和声音符能震碎玻璃。那么（至少对我来说）你如果在时间这把乐器上添置足够多的琴弦，就能震碎现实。

每次重置几乎都很彻底。但是会留下残余。赭卡人说了这一点，我相信他的话。但是我如果不做巨大改变……我如果不做别的事，只是去约迪，跟萨迪再次相遇……我们如果碰巧能对彼此倾心……

我希望这事会发生，觉得很可能会发生。血脉会呼唤血脉，思想会呼唤思想，心灵会呼唤心灵。她会想要孩子，我也会。我告诉我自己，一个或者几个孩子没什么区别。或者没有很大区别。两个孩子吧。三个也行（毕竟，这是大家庭时代）。我们会平静地生活。我们不会兴风作浪。

不过每个孩子就是一朵浪花。

我们的每一次呼吸都是一朵浪花。

“你得最后一次回去，”赭卡人说我得结束这个轮回，“这跟想不想没关系。”

我真的忍心为了我心爱的女人，置整个世界——可能是现实本身——于危险之中？李的疯狂现在显得微不足道。

帽圈上插着卡片的男人在烘干房旁等着我。我能感觉到他在那里。他或许没有发出思想的电波，但是我感觉到了电波。回来。你不必做吉姆拉。还不太晚，还可以做杰克。做个好人，做个善良天使。别拯救总统，拯救世界吧。趁还有时间，赶紧回来。

是的。

我会的。

我可能会的。

明天。

明天很快就会到来，不是吗？

一九五八年十月一日

仍然在塔马拉克。仍然在写作。

我对克莱顿的不确定是最糟糕的事。我把最后一支笔芯拧进笔管时在想克莱顿。我现在还在想克莱顿。我想，我如果知道她不会受到克莱顿的伤害，我可以放手。我如果把自己从等式中减掉，约翰·克莱顿还会出现在蜜蜂树巷萨迪的住处吗？他或许是看到我们在一起才疯掉的。但是他知道我们的事之前，就跟踪萨迪到了得克萨斯。他如果故技重施，这一次可能会割断萨迪的喉咙，而不只是划伤她的脸颊。而德凯和我不会去阻止他。

不过他可能的确早就知道我们的事。萨迪可能写信给萨凡纳的朋友，那位朋友可能又告诉另一位朋友，然后萨迪跟一个男人——一个不用扫帚的男人——在一起的消息传到前夫的耳朵里。如果因为我不在那里一切就不会发生，那萨迪就会没事。

淑女，还是老虎？①

我不知道，不知道。

天气转凉，秋大到来。

一九五八年十月六日

我昨晚去了免下车电影院。这是他们营业的最后一个周末。星期一，他们会贴出“本季关闭”的告示，并写上“五九年加倍精彩”的话。最后的节目包括两个主题，一部《兔八哥》卡通片，和两部恐怖电影《恐怖盛宴》和《心惊肉跳》。我坐进平常坐的折叠椅，我看《恐怖盛宴》时心不在焉。感觉很冷。我有钱买件外套，但是我现在不敢买什么东西。我总是担心买东西会导致改变。

第一部电影结束时，我走进小吃店。我想喝杯热咖啡。（我心想这不会改变太多，又想，你怎么知道呢。）我出来时，儿童游乐场上只有一个小孩，仅仅一个月前，幕间休息时里面满是小孩。那是个小女孩，穿着牛仔夹克，明亮的红色裤子。她正在跳绳。看起来像罗塞特·坦普尔顿。

“一路向前走，路上泥水流，”她唱道，“踢到脚趾头，趾头鲜血流。你们全都在？数一数，一二三四五！什么最可爱？蝴蝶满山谷！”

① 《淑女，还是老虎？》是美国作家弗兰克·斯塔顿（1834—1902）在一八八二年所写的故事，这个故事已成为关于无法解决的问题的寓言。

我无法逗留，浑身哆嗦得厉害。

诗人或许会为了爱而牺牲整个世界，但是我这样的无名小卒做不到。明天，兔子洞如果还在那里，我准备回到未来。但是我回去之前……

我在小吃店里不止买了咖啡。

一九五八年十月七日

我从西部汽车公司商店买的银行存款箱放在床上，敞着。铲子放在衣柜里（我不知道服务员会怎么想）。我最后一支笔芯里的墨水不多了，但是没关系。我再写两三页就写完了。我会把手稿放进箱子，然后将它埋在我之前处理手机的池塘附近。我会将其掩埋在那柔软乌黑的土壤中。可能有一天，有人会找到它。或许就是你。当然，前提是有未来，并且有你存在。我很快就会知道这一点。

我告诉自己（既抱有希望，又满怀恐惧），我在塔马拉克待三个星期不会改变太多。阿尔在过去待了四年，结果回到完整的现实……但我承认，我怀疑他跟世贸中心浩劫或者日本大地震可能存在关联。我告诉自己没有关联……但就是情不自禁会这样想。

我也应该告诉你，我已不再把二〇一一年当做现在。菲利普·诺兰[①]是“没有国家的人”，我则是个没有时间范围的人。我怀疑自己将永远如此。二〇一一年即使仍然在那里，我也将成为一位陌生的造访者。

我身旁的桌子上放着一张明信片，明信片上面是停在大屏幕前的汽车。这是里斯本路边餐馆出售的唯一一种明信片。我写下留言，并填上地址：得克萨斯州约迪镇约迪高中迪肯·西蒙斯先生收。一开始写的是德诺姆联合高中，但是约迪高中直到明年或者后年才改名为德诺姆联合高中。

留言内容是：“亲爱的德凯，你的新图书管理员到来后，请留意她的安全。她需要一位善良天使，特别是一九六三年四月。请相信我。”

“不要，杰克，”我听到赭卡人低声说，“约翰·克莱顿如果准备杀

---

① 美国作家爱德华·黑尔（1822—1909）著小说《没有国家的人》中的主人公。

她但没有得手，改变就会发生……而且，你已经亲眼目睹，改变从来都不是积极的。不管你是基于多么善良的目的。”

但那是萨迪！我告诉他，我不是个轻易会哭的人，但现在开始流泪。泪水刺痛眼睛，灼烧脸颊。是萨迪啊，我爱她！有人要杀她，我怎么能袖手旁观呢？

回答就跟过去本身一样执拗：“结束这个轮回。”

于是我把明信片撕得粉碎，扔到房间里的烟灰缸上，点火烧掉。没有烟感器鸣响，向世界警报我的所作所为。只有我自己的啜泣声。我好像亲手杀了她。我很快就会烧掉装着手稿的箱子，回到里斯本福尔斯，赭卡人见到我无疑会非常高兴。我不会叫出租车，我想借着月色一路走回去。我猜我想说再见。我并没有真的心碎。如果心能碎的话。

我现在哪儿都不想去，只想上床睡觉，我会把泪水浸湿的脸埋在枕头上，向我无法相信的上帝祈祷，求他派一位善良天使保护萨迪，让她活下来，让她去爱，让她去跳舞。

再见，萨迪。

亲爱的，你并不认识我，但是我爱你。

世纪公民（二〇一二）

1

我想著名的富客汉堡之家现在已经不在，被比恩户外用品店取代，但是我不敢确定。我从来没有在互联网上查证过这件事。我只知道，我经历了所有冒险之后回去时，它依然在那里。周围的世界也依然在那里。

至少这个世界目前没什么大碍。

我不知道比恩户外用品店是不是取代了富克汉堡，因为我立刻就离开了里斯本福尔斯。我回到萨巴特斯的家，补了一觉，然后打包两个手提箱，载上猫咪，开车南下。我在马萨诸塞州小镇韦斯特伯勒停下来加油。一个男人对生活没有具体的期待的感觉很好。

我在韦斯特伯勒的汉普顿酒店住了第一晚。那里有无线局域网。我访问网络——心跳加速，眼前闪着光点——访问《达拉斯新闻晨报》的网站。我敲进信用卡账号（这一过程重复了几次，因为我的手指抖得厉害），进入资料库。有关一位不知名攻击者袭击埃德温·沃克的新闻出现在一九六三年四月十一日的报纸上，但是四月十二日的报纸中没有萨迪的消息。接下来的一周没有，两周后仍然没有。我继续搜索。

我在四月三十日的报纸中找到我要找的东西。

2

精神病人砍伤前妻，之后自杀

厄尼·卡尔弗特撰稿

（约迪）七十七岁的迪肯·“德凯”西蒙斯和德诺姆联合学区校长埃伦·多克蒂星期天晚上迟来一步，未能阻止萨迪·邓希尔被严重砍伤，但是这位备受欢迎的二十八岁图书管理员的情况，原本可能更糟。

约迪镇警官道格拉斯·里姆斯描述："德凯和埃利如果没有及时赶到，邓希尔小姐几乎肯定会丧命。"

两位教师带来金枪鱼砂锅菜和面包布丁。两位对自己的英雄行为不愿多谈。西蒙斯只说："我希望我们能更早赶到。"

据里姆斯警官透露，西蒙斯制伏来自佐治亚州萨凡纳、比自己年轻许多的约翰·克莱顿，幸亏多克蒂之前将砂锅扔向克莱顿，分散他的注意力。西蒙斯卸下凶手的一把小型左轮手枪。克莱顿随即掏出伤害前妻的匕首，割断自己的喉管。西蒙斯和多克蒂小姐试图阻止流血，但是无能为力。克莱顿当场死亡。

多克蒂小姐告诉里姆斯警官，克莱顿可能已经跟踪前妻数月之久。德诺姆联合高中的职员已经得到过警示，说邓希尔小姐的前夫可能很危险，邓希尔小姐本人还提供了克莱顿的一张照片，但是多克蒂校长称，克莱顿伪饰过自己的外貌。

邓希尔小姐被救护车送到达拉斯的帕克兰纪念医院，已无大碍。

3

我不是个轻易会哭的人。但那天晚上哭了很久。那天晚上，我一直哭到睡着。我在很长一段时间内第一次睡得很沉，很宁静。

活着。

她还活着。

伤疤将永远存在——噢，是的，毫无疑问——但还活着。

活着，活着，活着。

4

世界还在那里，依然和谐……抑或是我让它变得和谐。我猜，我们自己创造和谐时，会称之为习惯。我成了韦斯特伯勒一所学校的代课教师，然后变成全职教师。我一点也不奇怪，当地高中的校长是位具有雄心壮志的橄榄球怪人，名叫博尔曼……和我在另一个地方认识的一位教练同名。我跟里斯本福尔斯的老朋友保持联系一阵子，之后再也没有联系。这就是生活。

我再次查看《达拉斯新闻晨报》的档案，在一九六三年五月二十九日的报纸上找到一则很短的消息：约迪图书管理员出院。消息很短，几乎没有什么详情。只有她的健康状况和她对未来的计划。没有照片。隐藏在第二十页、夹在打折家具广告和上门推销广告中间的短消息，从来都没有图片。这是生活的真理之一，和你上厕所或者洗澡时电话总会响起一样。

回到现在国度之后的一年里，我有意避开某些网站，避免搜索某些话题。我是否感受到了诱惑？当然。但是网络是把双刃剑。你每发现一件令人欣慰的事——比方说发现你心爱的女人从前夫的手里幸存——就会遇到两件让你伤心的事。搜索某人的消息，可能会发现这个人已经死于事故。死于吸烟导致的肺癌，或者自杀。我要搜索的人，很可能是由于酗酒和安眠药的共同作用而死亡。

萨迪独自一人，没有人拍醒她，将她按到冷水淋浴下。如果如此的话，我不想知道她结果如何。

我利用互联网备课，利用互联网查看电影信息。每周一两次，我会用互联网看热门视频。我就是不用它来搜索萨迪的消息。我想，约迪如果有报纸，我可能会更觉诱惑难挡，但是约迪当时没有，现在肯定也没有报纸，因为互联网正逐渐扼杀印刷媒体。此外，老话说得好：“千万不要从节孔里偷窥，否则你会苦恼。”人类历史上是否出现过比互联网更大的节孔呢？

她从克莱顿的手中幸存。我告诉自己，我最好不要再追踪她的消息。到此为止。

5

如果不是我的高级英语班上来了一位转校学生，的确就到此为止了。时间是二〇一二年四月。本来可能是在四月十日，埃德温·沃克躲过暗杀四十九周年的日子。她叫埃林·托利弗，她家从得克萨斯州基林市搬到韦斯特伯勒。

我非常熟悉那地方。我在基林买橡胶安全套时，药剂师会意地邪笑。“别干违法的事，年轻人。”他告诫我。萨迪和我在基林的坎德尔伍德小屋度过无数个甜蜜夜晚。

基林有份名叫《基林周报》的报纸。

她转来后的第二个星期，已经在我的高级英语班上结交了几位新的女朋友，也吸引了好几位男生，正在顺利适应。我问她《基林周报》现在是否还在出版。她的脸霎时亮起来。“埃平先生，你去过基林？”

“很久之前去过。”我说——我如果正在接受测谎，测谎仪的指针肯定会纹丝不动。

“还在出版。妈妈经常说她只用那份报纸包鱼。”

“上面还有‘约迪活动’专栏吗？”

“上面有达拉斯南部每个小镇的活动专栏，”埃林咯咯地笑着说，“我敢打赌，你如果真想看这份报纸，能从网上找到，埃平先生。网上什么都有。”

她的话绝对正确。我拖延了一周时间。但有时候，节孔的诱惑力真是太大了。

6

我的意图很简单：我会去档案库（假设《基林周报》有档案库）搜索萨迪的名字。我明知这么做不可取，但是埃林·托利弗无意间搅乱我业已平静的情绪，我知道自己查看之后心才能恢复平静。结果是，根本不需要访问档案库。我发现我要找的内容并不在“约迪活动”这一栏，而在时事报道的第一页。

“约迪为八月份的建镇百年纪念挑选‘世纪公民’。”大标题写道。标题下面有张照片……她现在八十岁，但是有些脸你无法忘记。摄影师可能已经告诉她侧着脸，以便隐藏左脸，但是她坦然面对镜头。为什么不呢？伤疤结了很久，划伤她的人已经长眠地下。我认为伤疤让她的脸更有特色，但是当然，我有偏见。在爱人的眼里，天花的疤痕也很美丽。

六月底，学校放假以后，我打包手提箱，再次前往得克萨斯。

7

得克萨斯州约迪镇一个夏日的黄昏。约迪比一九六三年面积大，但也没大多少。萨迪·邓希尔在蜜蜂树巷上居住过的地方现在是家箱包厂。理发店已不复存在，我曾经给森利纳加过油的城市服务公司加油站现在变成了 7-11 连锁便利店。阿尔·斯蒂文斯过去售卖叉角羚肉汉堡和牧豆薯条的地方变成了地下通道。

约迪百年纪念演讲已经结束。被历史学会和镇议会选定作为世纪公民的女士的演讲非常简短，镇长的讲话缓慢而冗长，但是很有见地。我听说萨迪担任过一届镇长，还在得克萨斯州议会中任职四届，但她还做了很多其他事情。她做了很多慈善工作，不遗余力改进德诺姆联合高中的教育质量，新奥尔良卡特里娜飓风之后，她在休息日做志愿者。她参与了得克萨斯州图书馆为盲人学生设立的项目，投身改善退伍军人的医疗服务行动，并不遗余力（一直坚持到如今的八十岁）为家庭贫困的精神病人提供更好的服务。一九九六年，她有机会进入美国国会，但是拒绝了，理由是她在基层有更多事可做。

她没有再婚。从未离开约迪。她依然很高，没有因骨质疏松而驼背。她依然美丽，颀长的白发从背上几乎流淌到腰部。

所有的演讲结束，美茵大街封闭。两个街区长的商业区两端都竖着旗帜：

街头舞蹈，晚上七点直到午夜！

你一定要参加！

萨迪被表达祝福的人团团围住——有些人我仍然认得——于是我走到DJ台前，那地方以前是西部汽车公司商店，现在是沃尔格林零售连锁店。负责唱片和CD的是一位六十岁上下的男子，头发稀疏发白，挺着个啤酒肚。但是我在哪里见过他的方腿粉边眼镜。

“你好，唐纳德，”我说，“你还留着这堆碟片。”

唐纳德·贝林厄姆抬起头，面带微笑地看着我。“一直随身携带。我认识你吗？”

“不认识，”我说，“我妈妈二十世纪六十年代初参加了你主持的舞会。她说你偷了你爸爸的大乐队唱片。”

他咧嘴笑起来。“是的，挨了一阵痛骂。你妈妈是谁？”

“安德烈娅·罗伯逊。”我随便说了个名字。安德烈娅是我第二期美国文学班上最优秀的学生。

“对，我记得她。”模糊的笑容表明他并不记得。

“我想你之前的老唱片早就不在了吧？”

“天哪，不在了。早就不在了。但是我有各支大乐队的CD。是不是有什么要求？”

“是的。但是要求有点特别。”

他笑了。“没关系。”

我告诉他我的请求，唐纳德——跟之前一样急于讨好所有人——答应了。我朝街区尽头走去时，我要寻找的女士正向镇长走去。唐纳德在我身后叫我：“我还不知道你的名字。”

“安伯森，”我回头说，“乔治·安伯森。”

“你想在八点十五分放？”

“对。时间很关键，唐纳德。希望准时准点。”

五分钟之后，唐纳德·贝林厄姆播放震撼人心的《舞步回旋》，得克萨斯夕阳之下，舞者满街。

8

八点十分，唐纳德播放阿兰·杰克逊[①]的一首舒缓的舞曲，连成人都可以跟着跳的曲子。演讲结束之后，萨迪第一次一个人独处。我走上前去。心跳加速，心跳似乎摇撼着整个身体。

“邓希尔女士？”

她转过身，笑着微微抬头。她很高，但是我更高。一直如此。“嗨。”

“我叫乔治·安伯森。我想告诉你，对你所做的一切，我很敬佩。”

她的笑容变得疑惑。“谢谢你，先生。我认不出你，但是你的名字听起来很熟。你是约迪人吗？”

我再也不能穿越时空，更不能读懂心灵，但是我知道她在想什么。我在梦里听过这个名字。

---

① 阿兰·杰克逊（1958— ），美国二十世纪九十年代著名乡村音乐男歌手。

“是，也不是，”我在她继续追究之前问道，“能告诉我是什么燃起你对公共事业的热情吗？”

她的笑容从嘴角黯淡下去。“你为什么想知道——”

“是因为暗杀事件吗？肯尼迪被暗杀？”

“嗯……我想从某种角度上说是这样。不管怎么说，我愿意接触更广阔的世界，但我猜是从那件事开始的。那件事给得克萨斯这块地方留下了……”她的左手不自觉地举到脸旁，然后放下，“……这样的伤疤。安伯森先生？我是在哪里认识你的？因为我的确认识你，我敢肯定。”

“能再问你一个问题吗？”

她更加困惑地看看我。我瞥了一眼手表。八点十五分。时间差不多了。除非唐纳德忘记，当然……我想他不会忘记。套用二十世纪五十年代老歌里的歌词来说，有些东西是注定的。

“一九六一年的萨迪·霍金斯舞会。博尔曼教练的妈妈髋部骨折，是谁陪你跳舞的？你记起来了吗？”

她张大嘴巴，然后缓缓合上。镇长和镇长夫人走过来，看着我们正聊得投入，又转身走开。我们现在身处自己的小胶囊里，只有杰克和萨迪。跟很久以前一样。

“唐·哈格蒂，”她说，“我们当时跳得就像白痴。安伯森先生——”

但是她话没说完，唐纳德·贝林厄姆的声音就从八个高高的扩音器中传来，十分准时：“好的，约迪的朋友们，现在是来自过去的冲击波，一首举足轻重、出类拔萃、应邀播放的曲子！”

然后音乐开始，久已消失的乐队的铜管前奏：

“吧哒哒……吧哒哒迪咚……”

“噢，上帝啊，《喜悦心情》，”萨迪说，“我曾经跟着这首歌跳林迪。”

我伸出手。“来吧。我们来跳。”

她笑了，摇摇头。“我跳摇摆舞的日子恐怕早已远去，安伯森先生。”

“但是你还可以跳华尔兹。就像唐纳德过去常说的：‘只管从座位上站起来。’请你叫我乔治吧。”

大街上，人们成双成对地跳着吉特巴。也有些人在跳林迪，但是没有人能像我和萨迪当年跳得那么出色。远远不及。

她抓起我的手，好像在梦里。她就是在梦里，我也在梦里。这个梦跟所有甜蜜的梦一样，很短暂……但正是短暂铸就甜美，不是吗？是的，我以为如此。因为你永远无法找回逝去的时间。

舞会彩灯挂在街头，黄色、红色和绿色的灯。萨迪绊倒在别人的椅子上，但是我有所防备，轻易地用胳膊接住她。

“对不起，我很笨。”她说。

“你一直都是这样。这正是你的一个可爱之处。”

在她提问之前，我把胳膊绕过她的腰。她也用胳膊抱住我的腰，仍然抬头看着我。灯光从她脸上滑过，照亮她的眼睛。我们紧扣双手，手指自然交叠。对我来说，消逝的这些年就像一件又重不紧的外套。我在那一刻只希望：她没有忙得无暇找个好男人，一个消除约翰·克莱顿的扫帚和其他一切的男人。

她对我轻声说话，声音在背景音乐里几乎难以听见，但我听得清清楚楚——我总是能听清楚。“你是谁，乔治？”

“与你在另一重生命中相识的人，亲爱的。”

我们跟随音乐，穿越时空，尽情舞蹈。

佛罗里达州萨拉索塔市

缅因州洛弗尔市

二〇〇九年一月二日—二〇一〇年十二月十八日

后 记

约翰·肯尼迪在达拉斯遇刺已经过去近半个世纪，但是仍有两个问题困扰着大家：李·奥斯瓦尔德真的是扣动扳机的人吗？如果果真如此，他是不是独自一人行动的？我在《11/22/63》中所写的内容并不能回答以上两个问题，因为时间旅行只是有趣的虚构。但是，你如果跟我一样很好奇这样的问题为什么依然存在，我想我可以为你提供一个满意的回答：卡伦·卡林。这不仅是历史的注脚，而且是注脚的注脚。另外……

杰克·鲁比在达拉斯拥有一家脱衣舞表演夜总会，名叫旋转木马。卡林的母亲，艺名叫做小林恩，在夜总会跳舞。暗杀发生当晚，鲁比接到卡林小姐的电话，说她十二月份的房租还欠二十五美元，急切希望鲁比能借钱给她，免得她被扫地出门。他会帮忙吗？

杰克·鲁比的脑子正被别的事情占据，对她言辞粗鲁（实际上，这是达拉斯才华横溢的杰克唯一的一面）。备受尊敬的总统在自己的城市被人暗杀，他非常震惊，并反复向朋友和亲戚表示这将对肯尼迪夫人和她的孩子造成非常糟糕的影响。鲁比想到肯尼迪夫人不得不回到达拉斯，参加对奥斯瓦尔德的审判，感到十分痛心。用他的话说，这位遗孀会成为全国的奇观。她的悲痛将成为小报的佐料。

当然，除非李·奥斯瓦尔德黯然倒下。

达拉斯警察局的所有人跟杰克都至少有点头之交。他和他的“妻子”——他这么称呼自己的小腊肠狗希巴——经常造访达拉斯警察局。他向警察分发夜总会的免费入场券，警察造访夜总会时，他赠送饮料。于是，十一月二十三日，星期六，他出现在警察局时没人留意。奥斯瓦尔德被带到媒体面前，声称自己无辜时，鲁比正在那里。他带了枪

（没错，又是一把点三八柯尔特眼镜蛇手枪），他已决意杀掉奥斯瓦尔德。但是房间里很挤，他被推到后面。然后，奥斯瓦尔德安然离去。

于是杰克·鲁比放弃了。

星期天临近中午，他去距离达拉斯警察局一个街区远的西联汇款公司，给小林恩汇了一张二十五美元的汇票。然后他闲逛着走进警察局。他以为奥斯瓦尔德已经被转移到达拉斯县监狱，所以看到一大群人聚集在警察局前时，感到很惊讶。有记者、新闻采访车，还有普通群众。转移行动没有如期进行。

鲁比带着枪，慢慢走到警察局的车库。毫无阻碍。有些警察甚至向他问好，鲁比也向他们问好。奥斯瓦尔德还在楼上。在最后一刻，奥斯瓦尔德还问看守他能不能穿上毛衣，因为他的衬衫上有个洞。绕道取毛衣花了不到三分钟的时间，但是这已经足够——人生就像一枚不停转动的硬币。鲁比射中奥斯瓦尔德的肚子。一大堆警察将杰克按倒在地时，杰克还喊道："嗨，伙计们，我是杰克·鲁比！你们都认识我！"

奥斯瓦尔德随即死于帕克兰医院，没有机会做任何陈述。因为那位急需二十五美元的脱衣舞者，因为奥斯瓦尔德本人想穿毛衣，奥斯瓦尔德没有得到审判，没有机会认罪。他有关一九六三年十一月二十二日事件的最后陈述是："我是个替罪羊。"关于他所说的话是真是假的争论从未休止。

在小说一开始，杰克·埃平的朋友阿尔认为奥斯瓦尔德是独行枪手的可能性有百分之九十五。我在阅读了跟此话题相关、几乎跟我一样高的一摞书籍和文章之后，认为这种可能性有百分之九十八，甚至百分之九十九。因为所有文字描述，包括阴谋理论家们的描述，都给我讲述了同样简单的美国故事：这是一位醉心名声而又十分危险的无名小卒，发现自己正好处于合适的位置，能够赌赌运气。成功的几率很高吗？是的。那种几率跟彩票中奖的几率一样，但是每天都有人中奖。

我为写这部小说做研究时读到的可能最有价值的材料包括：杰拉尔德·波斯纳的《结案》；爱德华·杰伊·爱泼斯坦（罗伯特·陆德

伦[1]一类的疯狂的东西，但是很有意思）的《传奇》；诺曼·梅勒[2]的《奥斯瓦尔德的故事》，以及托马斯·马隆的《佩因夫人的车库》。最后一本书精彩地分析了各种阴谋理论家以及他们从一个随机事件中寻找规律的欲望。梅勒也很出色。他说他为这个项目做研究（包括广泛地采访认识李·奥斯瓦尔德的苏联明斯克人）时，相信奥斯瓦尔德只是阴谋的牺牲品，但是他最终不情愿地相信，恶心的沃伦委员会是正确的：奥斯瓦尔德是独自行动的。

一个有理性的人很难相信别的论断。奥卡姆剃刀原理——最简单的解释通常是最正确的。

威廉·曼彻斯特的《总统之死》也让我受益匪浅，深受感动，甚至倍感震撼。他对有些情况的理解大错特错，他用华丽的辞藻大肆渲染人物（比方他说玛丽娜·奥斯瓦尔德“眼光锐利”），但对奥斯瓦尔德动机的分析既肤浅又充满敌意，不过他的巨著，发表于达拉斯那个午餐时间发生的悲剧四年之后，写作时间最接近刺杀时间。他写作之际，与事件有关的很多人物还活在世上，他们的回忆依然清晰。在杰奎琳·肯尼迪有条件的同意下，大家都向曼彻斯特讲述故事。他对灾难发生之后的描述有些夸张，但是对于十一月二十二日有关事件的叙述既令人胆寒又异常生动，如同亚伯拉罕·泽普鲁德[3]录像的文字版。

呃……几乎所有人都向他讲述了故事。玛丽娜·奥斯瓦尔德没有，这可能导致曼彻斯特后来对她的态度很严厉。玛丽娜（我写作此书时依然活着）将注意力放在从丈夫的懦夫行动中获利上，谁能责备她呢？有意读她完整回忆录的读者可以读读《玛丽娜与李》，作者是普丽西拉·约翰逊·麦克米伦。我不怎么相信她说的话（除非能通过其他渠道印证她的话），但是我佩服——有点不情愿，真的——她的求生技巧。

---

① 罗伯特·陆德伦（1927—2001），美国惊悚小说作家，有现代惊悚小说之父的美誉。

② 诺曼·梅勒（1923—2007），美国著名小说家。代表作为《裸者与死者》。

③ 亚伯拉罕·泽普鲁德（1905—1970），一九六三年十一月二十二日在自己的女装商店用家庭录影机记录下肯尼迪总统遇刺的录像，这段时长二十六点六秒的录像成为总统遇刺最珍贵的史料之一。

本来，我一九七二年就想写这本书。我之所以放弃这个想法，是因为我作为一名全职教师，调查工作令我畏缩。我最终决定捡起这个项目时，很自然地找到老朋友拉斯·多尔帮我做研究。他还为我的另一部长篇《穹顶之下》提供了系统支持，这一次应付自如。我写这篇后记之际，周围摆满研究资料，其中最重要的就是拉斯在我们详尽而又疲惫地漫游达拉斯时拍摄的视频，以及一英尺高的电子邮件回信打印件，这些邮件是针对我的各种问题——从一九五八年世界职业棒球锦标赛到世纪中叶的窃听装备——给予的回复。是拉斯找到了埃德温·沃克的住址，地点正好位于十一月二十二日车队行进的路线上（过去很和谐），也是拉斯——经过研究达拉斯的各种档案——找到那个最奇怪的人，乔治·德·莫伦斯乔特，在一九六三年可能的住址。顺便提一下，德·莫伦斯乔特先生一九六三年四月十日晚上在哪里？他很可能不在旋转木马夜总会，他在将军遇袭时也许有不在场证据，但是我没找到。

我讨厌用奥斯卡金像奖获奖感言式口气烦扰读者——我对这样的作家非常愤怒——但我还是得向其他一些人致敬。第一位是加里·麦克，达拉斯第六楼博物馆馆长。他回答了不计其数的问题，有时候得在我愚蠢的脑袋明白之前讲两三遍答案。我的得克萨斯教科书仓库大楼之旅非常必要，他无尽的智慧和广博的知识让我深受启发。

还要感谢第六楼博物馆的执行董事妮古拉·朗福德，以及藏品和知识产权董事梅甘·布赖恩特。达拉斯公共图书馆历史部的布赖恩·柯林斯和雷切尔·豪厄尔让我观看了老电影（有些非常有趣），展示了达拉斯从一九六〇年到一九六三年的面貌。达拉斯历史学会研究员苏珊·理查兹也提供了帮助，还有埃米·布伦菲尔德、戴维·雷诺兹，以及阿道弗斯酒店的工作人员。老达拉斯人马丁·诺布尔斯载着我和拉斯在达拉斯兜了一圈。他带我们去了已经关闭但依然矗立的达拉斯电影院，奥斯瓦尔德被抓的地方。还带我们去了埃德温·沃克以前的住所，去了格林维尔大道（不再像沃斯堡之前的酒吧和妓院区那么令人厌恶），去了梅赛德斯街，但是二七〇三号已不复存在。房子的确是在一场龙卷风中被吹走的……但不是在一九六三年。向“沉默的迈克”麦凯克伦致敬，他出于慈善目的贡献出自己的名字。

我还想感谢多丽丝·卡恩斯·古德温和她的丈夫，肯尼迪的助手迪克·古德温，帮助我思考肯尼迪如果幸存，最糟糕的情况是什么。他们认为，乔治·华莱士会成为第三十七任总统……我越想也越觉得有可能。我的儿子，小说作家乔·希尔，指出我没有考虑到的时间旅行的几个后果。他还想出一个更新鲜、更好的结尾。乔，你行。

我想感谢妻子，我的第一位特殊读者，最严厉最公正的批评家。她是肯尼迪的忠实支持者，在肯尼迪遇刺之前不久亲眼见过他，并留下了刻骨铭心的记忆。塔碧莎一生都是个叛逆者（这并没有让我惊讶，也不应当让你惊讶），她站在阴谋理论家一边。

到目前为止，我有没有弄错什么事实？当然有。有没有改写某些事实，让其适应故事发展？当然有。比如，李和玛丽娜确实去了乔治·布埃办的欢迎聚会，出席者主要是该地区的苏联流亡分子，李确实憎恨这些背叛祖国苏联的中产阶级公民，但是聚会比书中时间晚了三个星期。李、玛丽娜和琼确实住在西尼利街二一四号，我不知道谁——如果有人的话——住在一楼。但我确实拜访过（花了二十美元）一楼房间。如果不能利用这一布局，我会感觉很惭愧。那是个多么狭小的地方啊。

然而，总的来说，我尊重事实。

有些人会批评我对达拉斯市过于苛刻。请恕我不敢苟同。第一人称视角允许我随意评判一切，但在一九六三年，达拉斯的确与我的描述并无二致。肯尼迪降落在拉菲尔德那天，达拉斯是个充满憎恨的城市。南部联邦旗帜迎风飘扬，美国国旗被倒挂。机场有些观众举着“帮助肯尼迪扑灭民主”的标语。不久之前，十一月份，总统竞选人阿德莱·斯蒂文森和“小瓢虫”约翰逊夫人都遭到达拉斯选民吐口水。这些朝约翰逊夫人吐口水的是中产阶级家庭主妇。

如今，情况有所改进，但是人们还能从主街上看到“禁止将手枪带入酒吧”的标语。这是后记，不是社论，但我基于我国当前的政治氛围，坚持自己的观点。你如果想知道政治极端主义可能导致的后果，请看前文提到的泽普鲁德拍摄的电影短片。特别注意第三百一十三帧，肯尼迪在那一刻被爆头。

我搁笔之前，还想感谢一个人：已故的杰克·芬利，美国最伟大的幻想家和作家之一。他的作品有《人体入侵者》和《一次又一次》。依我的愚见，后者是部伟大的时间旅行小说。本来，我想将此书献给杰克，但是去年六月，我有了可爱的小孙女泽尔达，于是泽尔达抢了风头。

杰克，我相信你能理解。

斯蒂芬·金

缅因州班戈市

译后记

提到《闪灵》《肖申克的救赎》《绿里奇迹》《迷雾》《穹顶之下》等影视作品，中国观众并不陌生，但不少观众并不知道，这些作品是根据斯蒂芬·金的小说改编而来的。斯蒂芬·金（Stephen King，1947 年 9 月 21 日—　）是美国当代著名恐怖、悬疑、科幻、奇幻小说作家，被《纽约时报》誉为“现代恐怖小说大师”，金的作品还涉及影视剧本及舞台剧剧本等体裁。斯蒂芬·金英文官方网站（www.StephenKing.com）数据显示，自一九七四年至二〇一七年，金已经发表长篇小说 59 部、中篇小说 20 部、短篇小说集 11 部、非虚幻小说 7 部等。以长篇小说为例，自一九七四年发表《魔女嘉莉》（*Carrie*）到二〇一七年发表《睡美人》（*Sleeping Beauties*），几乎每年都有长篇问世。斯蒂芬·金历时三十多年写就的“黑暗塔系列”——《黑暗塔Ⅰ：枪侠》（*The Gun Slinger*，1982）、《黑暗塔Ⅱ：三张牌》（*The Drawing of the Three*，1987）、《黑暗塔Ⅲ：荒原》（*The Wastelands*，1991）、《黑暗塔Ⅳ：巫师与玻璃球》（*Wizard and Glass*，1997）、《黑暗塔Ⅴ：卡拉之狼》（*Wolves of the Calla*，2003）、《黑暗塔Ⅵ：苏珊娜之歌》（*Song of Susannah*，2004）、《黑暗塔Ⅶ：黑暗之塔》（*The Dark Tower*，2004）和《黑暗塔　番外：吹过锁孔的风》（*The Wind Through the Keyhole*，2012），已成为其代表作品。

尽管金因恐怖小说闻名，但他并没有停留在自然和表象的恐怖，而是深入探索现实生活中的恐惧，包括对成长的困惑、对爱人的牵挂、对身份的迷惘、对失去的担忧、对过失的谴责等。二〇〇三年美国国家图书基金会授予斯蒂芬·金“杰出贡献奖”时评价说，金的作品继承了美国文学注意情节和气氛的伟大传统，体现出人类灵魂深处种种美丽却又悲惨的道德真相。斯蒂芬·金的小说“故事情节生动、人物形象逼真、语言表达流畅”，在审视现实社会的同时，“描绘了特定个人所承受的不同寻常的压力和恐惧”。二〇一五年九月十日，时任美国总统的奥巴马为斯蒂芬·金颁发美国“国家艺术勋章”，颁奖词写道，斯蒂芬·金先生是这个时代最多产、最流行的作家之一，他将炉火纯青的故事技巧与对人性的深刻剖析完美融合在一起。数十年来，他营造的惊悚、悬疑、科幻和奇幻世界令全球读者和观众胆战心惊而又无比愉悦。

斯蒂芬·金的作品在中国的译介肇始于台湾地区。一九七七年，台北四季出版社发行《奇女凯莉》，开斯蒂芬·金作品译介之先河。一九八〇至一九八七年，台北皇冠出版社“当代名著精选”丛书陆续推出金的作品。自二〇〇七年起，皇冠文化出版有限公司又推出“史蒂芬·金选”丛书，截至目前，该丛书已经出版三十余部。概而观之，皇冠出版社（及一九九七年改制后的皇冠文化出版有限公司）是台湾地区唯一系统介绍斯蒂芬·金作品的出版社，译介规模之大、体系之全、质量之高，独领惊悚文学译介风骚。与台湾相比，大陆对斯蒂芬·金作品的译介始于二十世纪九十年代，虽起步较晚，但出版机构众多，颇有后来居上之势。截至目前，大陆已有二十余家出版机构印行了斯蒂芬·金的译著或编译著作。金与大陆读者的接触始于译林出版社一九九二年二月出版的《隐秘的一半》。彼时，编者已经意识到斯蒂芬·金在作为西方通俗文学重要一支的恐怖魔幻文学中占有举足轻重的地位。一九九六年十月，中国对外翻译出版公司出版《凯丽》。大陆较早大量译介斯蒂芬·金作品的出版机构是珠海出版社。该社自一九九七年至二〇〇五年陆续推出了“斯蒂芬·金恐怖小说集”和“续集”，译介了金的十余部作品。之后，众多出版社争相效仿，在国内掀起译介斯蒂芬·金的第一股浪潮。上海九久读书人文化实业有限公司联合人民文学出版社和上海文艺出版社的系统译介则将大陆的“斯蒂芬·金热”推向了一个新高潮。上海九久读书人联合人民文学出版社自二〇〇五年至今先后翻译出版了“黑暗塔系列”、《肖申克的救赎》《荒原》《杜马岛》《布莱泽》《斯蒂芬·金的故事贩卖机》《必需品专卖店》《尸骨袋》《日落之后》《魔符》等。值得注意的是，《肖申克的救赎》《斯蒂芬·金的故事贩卖机》《必需品专卖店》《尸骨袋》和《魔符》

均系台湾译本引进。自二〇一三年起，上海九久读书人联合上海文艺出版社将金的作品以平装本形式收录在“99畅销文库”之中，陆续加以推出。二〇一五年之后，上海九久读书人又联合人民文学出版社推出了“斯蒂芬·金作品系列”精装版本。新的译作不断涌现，基本跟上了斯蒂芬·金创作的步伐。

斯蒂芬·金小说在当代中国广泛接受的原因是多方面的。从文学创作的角度来看，斯蒂芬·金的作品创作题材贴近生活、表现形式灵活多样、故事情节曲折生动、人物形象栩栩如生、语言表达亲切风趣。从接受语境的角度解读，自改革开放以来，中国的经济发展和社会进步推动了中国诗学秩序的变动，通俗文学与高雅文学的界限逐渐消融，通俗文学的创作呈现出多元共生、色彩纷呈的局面。恐怖小说跟言情小说、侦探小说、武侠小说一样，赢得了类型小说的独立地位。从文化交流的角度来看，文化全球化背景下不同文学之间渗透融合在一定程度上促成了斯蒂芬·金作品在中国的广泛接受。放眼望去，从罅隙之间悄然透进国内的这股“惊悚之风”，既催生了悬疑和惊悚文学的青苗，还与其他通俗文学的气流融为一体，漫卷中国大地，四处散播芬芳。

《11/22/63》是金发表于二〇一一年的长篇小说，作品背景宏阔、描写细腻、主题深刻，堪称斯蒂芬·金创作生涯的一个高峰。小说取材于真实历史事件。一九六三年十一月二十二日肯尼迪遇刺之后，尽管美国官方对该事件已经盖棺定论，但美国民众却并不买账。各种阴谋理论层出不穷，相关报道、回忆录和著作不计其数。斯蒂芬·金以刺杀日期为题，写就一部厚重的时间旅行小说。金并不占有新的史料，也没有得出新的结论。但他另辟蹊径，从一个普通民众的角度，描绘事件发生的宏大语境——一个简单、纯真、美好的时代。他对二十世纪五六十年代美国社会的历史事件、政治选举、国家战争、服装饮食、音乐舞蹈、文学戏剧、教育体育、情感生活、日常琐事作了全景描述。斯蒂芬·金亲历那个时代，对其十分珍惜和眷恋。透过这部作品，我们不仅能广泛接触到二十世纪五六十年代美国的社会生活，还能走进斯蒂芬·金构筑的文学世界，感受其对宇宙、时间、生命、爱情的思考与探索。金在《11/22/63》中反复写道：

人生就像一枚不停转动的硬币。

历史很执拗。拒绝被改变。

宇宙之中（也包括宇宙之外），一定有一台庞大的机器，转动着无比精巧的齿轮，滴答，滴答……

这是一个完美平衡的机械装置……一个恐惧与失落混杂的宇宙，围绕着光圈下的一方狭小舞台，舞台上的人无视黑暗，尽情舞蹈。

舞蹈就是生命。

这些文字，充满了悲伤的底色。正如斯蒂芬·金在本书第十四章结尾所说，它思考的是“时间、爱与死亡”这些人类的终极命题。与金以往的作品相比，本书主题无疑更加深邃宏远：在浩瀚宇宙和历史长河中，一切都充满了不确定性，人生更是一个不可逆转的过程。生命中最恐怖的，乃是时间本身。这个立意表明，《11/22/63》已臻至斯蒂芬·金恐怖小说的巅峰，可以说，《11/22/63》已经跨越“恐怖小说”的范畴，成为一部严肃的文学作品。

斯蒂芬·金继承美国文学传统，善于渲染和烘托气氛，喜欢以大量篇幅描写细节，作品节奏舒缓、意境深远。金在创作过程中喜欢旁征博引，广泛类比，思维跳跃，大量使用口语、方言。金的语言风格大量依附英语语言形式，内容具有较强的地域性和民族性，不少人物对白都带有缅因州或得克萨斯州口音，这些口音使得人物形象更加丰满。此外，斯蒂芬·金著作等身，作品多是长篇的大部头之作，作品之间互文性强，无论是故事情节还是人情风物，都有很多内在关联，给读者带来系统性的阅读体验。近年来，金的新作被不断翻译引进，旧有译作不断修订出版，翻译作品的规模越来越大，质量也越来越高。斯蒂芬·金在国内的传播和接受必将迎来更加美好的局面。

辛红娟

谨识于宁波大学

二〇一八年一月